계백

이광복 장편소설

청어

계백

이광복 지음

발행처 · 도서출판 **청어**
발행인 · 이영철
영 업 · 이동호
기 획 · 최윤영 | 김홍순
편 집 · 김영신 | 방세화
디자인 · 김바라 | 오주연
제작부장 · 공병한
인 쇄 · 두리터

등 록 · 1999년 5월 3일(제22-1541호)

1판 1쇄 발행 · 2011년 7월 25일
　　2쇄 발행 · 2011년 8월 31일

주소 · 서울시 서초구 서초동 1588-1 신성빌딩 A동 412호
대표전화 · 586-0477
팩시밀리 · 586-0478

블로그 · http://blog.naver.com/ppi20
E-mail · ppi20@hanmail.net
ISBN · 978-89-94638-59-1 （03810）

계백

階伯

작가의 말

필자는 백제고도(百濟古都) 부여 땅에서 태어나 그곳에서 성장하였다. 이런 연고로 어린 시절부터 백제의 숨결을 호흡하며 역사의 준엄함, 저 위대한 계백 장군의 충혼을 가슴 깊이 되새겼다. 그뿐 아니라 구만 리 장천 어딘가에 계백 장군의 원혼이 떠도는 것만 같아 소리 없이 눈물을 흘린 적도 한두 번이 아니었다.

소설가가 된 이후로는 언젠가 반드시 계백 장군의 장엄하고 거룩한 삶을 작품화하리라 별러왔다. 그러던 중 2004년 8월 장편소설 『불멸의 혼』을 발표했다. 계백 장군을 그린 이 작품으로 그 이듬해 1월 제1회 문학저널창작문학상을 수상했다. 그 작품은 이렇듯 기대 이상의 호평을 받았지만 뭔가 미진하게 느껴졌다. 그리하여 이 초판을 계속 갈고 다듬고 매만지면서 제목도 『계백』으로 바꾸었다.

잘 알려진 바와 같이 계백 장군은 백제의 국운이 기울었을 때 자신의 처자부터 목 벤 뒤 5천 명의 결사대를 이끌고 황산벌에 나아가 무려 5만 명에 이르는 신라의 대군과 최후의 일전을 벌인 천하 명장이었다. 결코 승리한다는 보장이 없는 전쟁, 국가 존망의 기로에서 계백 장군이 보여준 대의멸친(大義滅親)은 세계 역사상 유례를 찾아볼 수 없는 애국애족과 충절의 귀감이라고 하겠다.

계백 장군은 절대적으로 불리한 여건 속에서도 신라군을 맞아 네 번 싸워 모두 승리했고, 결국 중과부적으로 5천 결사대와 더불어 장렬히 산화하고 말았지만, 그러나 계백 장군이 몸소 실천한 충절과 용맹은 영원불멸의 신화로 남아 만고청사(萬古靑史)에 길이 빛날 찬란한 금자탑으로 세계 속에 우뚝 섰다. 계백 장군의 이 같은 충혼은 바로 후세를 살아가는 우리에게 참된 삶의 이정표를 마련해주었다.

무릇 역사는 승자의 기록이다. 때문에 승자가 한없이 미화되는 반면, 패자는 남들이 아무리 깔아뭉개도 항변할 길이 없다. 그럼에도 불구하고 패자였던 계백 장군이 적대관계의 승자에 의해 역사에 선명히 기록된 것을 보면, 그분이 얼마나 위대한 인물이었던가에 대해서는 새삼 언급할 필요가 없다고 하겠다.

가족을, 이웃을, 겨레를, 조국을, 아니 더 나아가 적장까지도 아낌없는 인간애(人間愛)로 끌어안았던 대장부 중의 대장부, 장군 중의 장군, 충신 중의 충신 계백 장군. 필자는 지조와 절개와 박애의 표상인 계백 장군이야말로 이 혼탁한 시대에 우리의 영혼을 맑게 일깨워줄, 그리고 겨레와 조국의 제단에 기꺼이 신명을 바침으로써 영원히 사는 삶의 지혜까지 결정지어줄 인류의 사표가 되고도 남는다는 사실을 거듭 확인하면서 이 작품에 더욱 심혈을 기울였다.

계백 장군의 영령 앞에 다시 한 번 옷깃을 여미며, 이 작품이 빛을 볼 수 있도록 성원해주신 모든 분들께 감사의 말씀을 전한다.

이광복

차례

웅진(熊津)으로부터 흘러온 강은 사비(泗泚) 도성을 감돌아 반달을 그리면서 저 멀리 기벌포(伎伐浦, 白江, 只伐浦로도 씀)를 향해 유장히 흘러가고 있었다. 해가 저물고 있었다. 서쪽 하늘에 이글이글 불타는 저녁노을이 강물에 어리어 백마강(白馬江)은 온통 핏빛으로 붉게 물들어 있었다.

이른 아침부터 휘어대(揮御臺) 군영에서 장졸들을 조련시킨 달솔(達率) 계백(階伯, 堦伯으로도 씀)은 귀갓길에 모처럼 일산(日山, 일명 錦城山)에 올랐다. 부소산(扶蘇山)을 등에 업고 눌러앉은 왕궁이 손에 잡힐 듯했고, 일산과 더불어 삼산(三山)을 이루는 부산(浮山)과 오산(吳山) 또한 언제나 그랬던 것처럼 무심한 일몰을 맞이하고 있었다.

화지산(花枝山) 일대의 탁 트인 소부리벌[所夫里原]에는 굽이쳐 흐르는 백마강을 천혜의 해자(垓字)로 삼아 좌평(佐平) 의직(義直, 義眞이라고도 함)의 군영이 방대하게 펼쳐져 있었다. 소부리벌 군영은 예로부터 백제(百濟)의 상비군을 지휘하는 최고 사령부였다.

좌평 의직은 백제 상비군 총령(總領)이었다. 그의 웅장한 군영에서는 막 조련을 마친 장졸들이 군마(軍馬)와 각종 병장기(兵仗器)들을 거두어 정리하느라 부산하게 움직이고 있었다. 백마강에는 범선(帆船) 몇 척이 오락가락하였고, 논밭에서 김을 매던 농민들이 집으로 돌아가고 있었다.

강변을 따라 점점이 흩어진 농가에서는 저녁연기가 모락모락 피어
오르고 있었다. 청산성(靑山城) 너머로 높고 낮은 산들이 켜켜이 쌓여
있었고, 청마산성(靑馬山城) 쪽으로도 짙푸른 멧부리들이 겹겹이 중첩
돼 있었다. 숲에서는 둥지를 찾는 새들이 뭐라 짹짹 지저귀는가 하면
도성 한복판의 정림사(定林寺) 종소리가 긴 여운을 흘리며 은은히 울
려 퍼지고 있었다.

산천은 의구했다. 그러나 지금 나라 안팎에서 벌어지고 있는 여러
정황들을 돌아볼 때 참으로 억장이 무너질 듯했다. 국왕은 국왕대로
대신들은 대신들대로 정도(正道)를 벗어난 채 나라가 망하든 말든 흥
청망청 사치와 향락에 빠져 있었다. 특히 충신들이 모두 쫓겨난 조정
에서는 내신좌평(內臣佐平) 임자(任子)를 비롯한 역신(逆臣)들이 득세하
여 국왕 의자(義慈, 義慈王)를 점점 더 파멸의 길로 몰아넣고 있었다.

휘어대 대장 계백은 땅이 꺼지도록 한숨을 내쉬었다. 가슴이 답답
해서 견딜 수가 없었다. 문득 꿈인 듯 생시인 듯 혜오화상(慧悟和尙)의
그 근엄한 음성이 귓전을 때렸다.

"무릇 문무(文武)를 아는 대장부일수록 지조와 절개를 지킬 줄 알아
야 하는 게야. 제 아무리 글 잘하고 창검 좀 쓴다 한들 지조와 절개를
지킬 줄 모르면 난신적자(亂臣賊子)로 전락할 수밖에 없지."

지조와 절개. 그랬다. 그것은 혜오화상의 문하(門下)를 떠나오던 그
날 이후 계백의 가슴속에 영원한 화두로 각인돼 있었다. 도대체 지조
와 절개란 무엇일까. 조정 대신들 중에는 간에 붙었다 쓸개에 붙었다
양지만을 좇아 일신의 영달을 추구하는 작자들도 한둘이 아니었건만
그는 낮이나 밤이나 오로지 지조와 절개를 신앙처럼 섬기며 살아왔다.

계백은 노을 진 서쪽 하늘을 바라보았다. 가림성(加林城) 날망에서
조금 엇비낀 하늘에 붉은 해가 두어 뼘쯤 둥둥 떠 있었다. 그 너머에

바로 천등산(天燈山)이 있었다. 그곳은 조상의 유해뿐만 아니라 그 산의 정기를 받고 태어난 그의 탯줄이 묻힌 곳이기도 했다.

천등산 서쪽에 야트막한 노고산(老姑山)이 있었고, 그 산 동남쪽 기슭에는 범황사(梵皇寺)가 자리 잡고 있었다. 당대 최고의 고승(高僧) 혜오화상이 창건한 그 절에는 혜오화상 이외에도 다섯 명의 사승(寺僧)들이 불법(佛法)을 닦고 있었다.

어느 날이던가, 소년 계백은 서당에 다녀오다가 마을에 내려온 혜오화상과 마주쳤다. 계백과 혜오화상의 만남은 차라리 하늘이 점지해 준 운명이라 해도 과언이 아니었다. 혜오화상이 계백에게 말했다.

"네가 벌써 이렇게 컸구나. 그래. 열심히 공부하거라. 너는 장차 백제 최후의 보루가 되어 역대 어느 군왕보다도 더 큰일을 하게 될 거야. 어디 그뿐인가. 이 세상을 떠난 뒤에도 만인이 우러르매 만세에 길이길이 성명(聲名)을 떨치게 되겠지. 때를 조금만 더 잘 타고났더라면 천하를 휘어잡을 재목이건만 참으로 안타깝구나. 나무아미타불 관세음보살……."

"무슨 말씀이신지요?"

"아, 아무것도 아니다. 쯧쯧쯧……. 훗날 네 앞에 닥치는 아픔은 너만이 알게 될 것이야. 어차피 죽는 것이 인생이라지만 너야말로 언젠가는 필경 섶을 지고 불 속으로 들어가게 되겠지. 나무아미타불……. 그 아픔을 과연 어떻게 감내할까. 하지만 너는 한 세상 살다가 이승을 떠난 뒤 더 큰 광휘를 발하게 될 거야. 세월이 흐를수록 수많은 사람들이 너를 기리게 되겠지. 그러니까 너는 이승에 살아 있을 때보다도 도리어 죽어서 더욱 이름을 빛낼 사람이니라."

혜오화상은 알 듯 모를 듯 알쏭달쏭한 말을 하면서 우뚝 솟은 가림성 쪽으로 눈길을 던졌다. 가림성 맞은편, 백마강 건너편에는 돌로 쌓은 진악산성(珍岳山城)이 떡 버티고 있었다.

진악산성 왼쪽 태조봉(太祖峰) 동남방에는 백제의 곡창인 황산벌[黃山原, 黃山野로도 씀]이 있었고, 그곳을 지나면 요충 탄현(炭峴, 沈峴이라고도 함. 沉峴으로도 씀)이 있었다. 그 고개 너머 저쪽 어딘가에는 가잠성(椵岑城)을 비롯하여 관산성(管山城) 등 백제와 신라(新羅)의 성채들이 산재해 있었다. 소년 계백이 혜오화상에게 물었다.

"스님은 누구세요?"

"나야말로 바람처럼 왔다가 구름처럼 흘러가는 맹물 같은 인생이지. 공부하다 틈이 나거들랑 우리 절에도 한 번 놀러 오렴."

혜오화상은 그 말을 남기고는 노고산 석굴(石窟) 쪽으로 휘적휘적 걸어가다가 그만 자취를 감추었다. 소년 계백은 눈을 껌벅거리며 얼마 동안 그쪽을 바라보았지만, 스님은 눈 깜빡할 사이에 어디로 사라졌는지 그 자취를 찾을 길이 없었다.

소년 계백은 마치 귀신한테 홀렸다가 풀려난 듯한 기분으로 집을 향해 부리나케 뛰었다. 계백이 서둘러 집으로 들어섰을 때, 그의 모친 연씨(燕氏)는 길쌈을 하느라 삼매에 들어 있었다. 계백이 말했다.

"어머니, 오늘 이상한 일을 겪었어요."

"이상한 일?"

"네, 어떤 스님이……."

계백은 길에서 만났던 스님 이야기를 소상히 아뢰었다.

"네가 정녕 큰스님을 뵌 게로구나. 그렇잖아도 이 에미는 장차 너를 그 큰스님 문하로 보내려던 참이었느니라."

"네에?"

"그렇다고 널더러 스님이 되라는 뜻은 아니야. 절에 들어간다고 전부 스님이 되는 것은 아니니까 너무 걱정하지 말거라. 너는 씩씩하게 자라서 이 다음에 큰 장군이 되어야 해. 그래야만 네 아버지의 원수를 갚고 나라의 옛 영화를 되찾을 수 있을 것 아니냐. 범황사 큰스님 문하에 들어가 그 어른의 가르침을 받으면 네가 반드시 나라의 동량(棟樑)으로 자랄 수 있을 거야. 내가 무엇 때문에 살겠니? 이 에미는 오직 너 하나만을 믿고 살아간단다. 자, 여길 보렴.”

연씨는 길쌈을 하느라 지문이 닳아 없어져 반들반들해진, 그리하여 금방이라도 터질 듯 실핏줄까지 불그죽죽하게 드러난 손바닥을 보여주었다. 그 순간, 계백은 눈시울이 화끈해짐을 느꼈다. 사실 연씨는 어린 계백을 위하여 삶의 모든 것을 걸고 있었다. 계백이 말했다.

“아, 어머니. 소자(小子)는 어머니 뜻을 받들어 꼭 장군이 되겠사옵니다.”

“그래야지. 나는 널 믿는다. 하느님도 반드시 너를 도와주실 거야.”

연씨는 계백을 품안으로 끌어들여 꼬옥 감싸 안았고, 계백은 저 가슴 깊은 곳에서 쿵쿵 울려나오는 모친의 심장 박동을 느꼈다. 연씨는 몸에 밴 버릇처럼 멍석이 깔려 있는 공방(工房)을 바라보면서 간장이 녹아나는 듯한 탄식을 자아냈다.

그 공방에서는 아직도 청강(淸岡)이 살아 움직이는 듯했다. 연씨의 지아비이자 계백의 부친인 청강은 본래 백제에서 살밑, 즉 화살촉을 가장 잘 만드는 장인(匠人)이자 명궁(名弓)이었다. 그는 어쩌면 화살촉을 만들고 활을 쏘기 위해 태어난 인물인지도 몰랐다.

그가 만든 화살촉은 쇠가 야무지고 끝이 날카로워서 한 번 날아가 박혔다 하면 사람이든 짐승이든 치명상을 입게 마련이었다. 더욱이 그 끝에 심지를 매달아 불을 붙이거나 독약을 바르게 되면 그 화살을 맞고 살아남을 인마(人馬)가 없었다.

청강은 궁시(弓矢)의 달인이었다. 청강이 만든 살밑은 백제 제일의 명품이었고, 그가 전역(戰役)에 종군했다 하면 으레 비루(飛樓; 적의 성 안을 들여다볼 때 쓰는 높은 수레)에 올라 효시(嚆矢; 개전을 알리기 위해 쏘는 소리 나는 화살)를 날리는 것은 물론 궁노수(弓弩手) 중 가장 선봉에 서서 화전(火箭; 불화살)과 독전(毒箭; 독화살)을 쏘아 적에게 치명적인 타격을 안겨주곤 하였다.

천둥산에서 두어 마장 떨어진 곳에 무쇠점이 있었다. 그곳에는 각종 병장기를 만드는 병기창(兵器廠)이 있었고, 청강은 보름에 한 번씩 그 자신이 만든 화살촉을 그곳에 보내주었다. 그러면 무쇠점 병기창에서는 살대에 청강이 만든 살밑을 박아 각종 화살을 만들어내곤 하였다.

꽤 오랜 전 일이었다. 그날도 청강은 화살촉 담긴 망태기를 노새 잔등에 길마(짐을 싣기 위하여 말이나 소의 등에 안장처럼 얹는 도구) 지워 무쇠점에 들렀다. 이 근래 회전(會戰)이 잦았던 터라 무쇠점 병기창은 바쁘게 돌아가고 있었다. 창고에는 새로 만든, 그리하여 번쩍번쩍 빛을 내쏘는 창검과 각양각색의 궁시라든가 아무튼 각종 병장기들이 산더미처럼 쌓여 있었다.

시우쇠(무쇠를 불려서 만든 쇠붙이)를 다루는 대장간에서는 대장장이들이 웃옷을 벗어 붙인 채 풀무질을 하거나 치익치익…… 담금질을 하면서 땀을 뻘뻘 흘리고 있었다. 뚜닥뚜닥 뚜드락 뚝딱뚝딱…… 벌겋게 불 단 쇠를 모루에 올려놓고 내리치는 앞메 옆메 소리도 요란했다.

청강은 언제나 그랬던 것처럼 대장간을 둘러보며 장인들과 정다운 인사를 나누었다. 그들이야말로 이름 없는 민초(民草)들로서 사실상 오늘날의 백제를 떠받치고 있는 주춧돌 같은 사람들이었다.

대장간에는 정, 대갈마치, 집게, 숫돌 등 각종 연장들과 쇠붙이들이

한 점 흐트러짐도 없이 단정하게 놓여 있었다. 그것은 바로 달인들의 세계이자 백제정신의 한 표상이었다. 나라가 쇠잔할 때에는 절도부터 무너지는 법이지만 국력이 흥륭할 때에는 어디가 달라도 다르게 마련이었다.

청강이 창고 앞을 돌아 충의루(忠義樓) 쪽으로 다가가자 병기창의 우두머리 기형(起亨)이 댓돌 밑 뜨락으로 내려오며 반갑게 맞아주었다. 그의 관직은 무독(武督)으로 관등 또한 13품(品)에 지나지 않는 미관말직이었지만 그럼에도 불구하고 기형은 보다 더 성능 좋은 병장기를 만들기 위해 견마지로(犬馬之勞)를 아끼지 않고 있었다. 기형이 청강에게 말했다.

"청강, 어서 오시오. 오늘 아침 저 감나무에서 까치가 요란스럽게 울더니만 명궁이 오시려고 그랬나 봅니다. 그래 그동안 잘 지내셨소이까?"

"물론이지요. 무독께서도 별고 없으셨는지요?"

"말도 마시오. 날이면 날마다 허리가 휠 지경이라오. 아마 곧 또 한 차례 회전이 있을 것 같소."

"회전이라니요?"

"하하하……. 뭘 그리 놀라시오? 그야 뭐 늘 있는 일 아니오? 이번에도 우리 백제가 신라의 서남방 공벌에 나설 것 같소. 엊그제 새벽에는 병관좌평(兵官佐平)께서 소리 소문도 없이 몸소 이곳에 납시었소이다. 살상력 뛰어나고 쓰기 좋은 병장기를 더 많이 만들라는 채근이 있었소. 일개 변방에 지나지 않는 신라는 이제 고양이 앞의 쥐에 지나지 않는다 할 것인즉 우리 백제가 신라의 경도(京都) 서라벌에 깃발을 세울 날도 머지않은 것 같소이다. 하하하……."

청강은 호탕하게 웃었다. 새 임금 장(璋, 武王)이 즉위한 이후 백제의 국운은 상승일로에 있었다. 백성들은 지금 저마다 태평성대를 노래하며 과거 그 어느 때보다도 찬란한 전성시대를 열어가고 있었다. 기형이 말했다.

"우리는 신라의 배신을 잊지 말아야 하오."

"아무렴요. 어찌 그 일을 잊는단 말입니까? 우리가 신라의 배신을 응징치 아니하면 역대 선왕(先王)들을 위시하여 조상들의 원혼(冤魂)이 우리를 용서치 않을 것입니다."

일찍이 걸출한 영주(英主)로 떠올라 한 시대를 화려하게 장식했던 백제 국왕 사마(斯摩, 武寧王)가 계묘년(癸卯年, A.D. 523) 5월 웅진의 정궁(正宮)에서 훙서(薨逝)했다. 국인들이 사마에게 '무령(武寧)'이라는 시호를 올렸다. 백제의 시호법(諡號法)은 이로부터 비롯되었는데, 무령왕의 뒤를 이어 그의 아들 명농(明穠; 聖王)이 새 국왕으로 즉위하였다.

식견이 뛰어나고 결단력까지 탁월했던 명농은 내치(內治)와 외치(外治)에 한 치도 소홀함이 없었다. 그는 웅진성(熊津城)을 수축하고 사정책(沙井柵)을 세우는 등 고구려(高句麗)의 남침에 철저히 방비하면서 다른 한편으로는 신라를 빙문(聘問)하고 바다 건너 지나(支那, 中原, 中國)의 양(梁)나라에 사신을 보내는 등 활발한 대외활동을 전개하였다.

그는 가야(伽倻) 지역으로도 세력을 뻗쳐 곳곳에 군령(郡領)과 성주(城主)를 두었다. 그런가 하면 그는 가야의 여러 수장(首長)들을 불러 놓고 일찍이 자신의 선조인 근초고왕(近肖古王)이나 근구수왕(近仇首王)이 가야와 맺었던 부형(父兄)과 자제(子弟)의 관계를 잊지 말도록 분부하였다.

한편, 명농은 백제 중흥의 원대한 꿈을 키우면서 새로운 도읍지를 물색하였다. 웅진은 외부의 침략을 방수(防守)하기에는 유리한 반면, 규국(規局; 형세를 벌일 수 있는 터전)이 협착한 데다 역신들과 토호세력

16

의 발호가 끊이지 않아 국가 발전의 한계를 안고 있었다. 더욱이 백제는 웅진에 도읍을 정한 이후 두 임금이 시해되는 비극을 겪기도 하였다.

지난 63년 동안 내우외환(內憂外患)이 끊이지 않던 웅진. 명농은 즉위 16년째 되던 해 그런 웅진을 떠나 마침내 들 넓고 수량(水量) 풍부한 소부리(所扶里), 즉 사비로 천도하면서 국호까지 남부여(南扶餘)로 개칭하였다.

그가 국호를 남부여로 고친 것은, 일찍이 저 무변광대(無邊廣大)한 북방 대지에서 큰 세력을 떨쳤던 부여(扶餘)의 법통을 계승하고 웅대한 왕국을 재건하기 위한 강력한 의지의 발현이었다. 그는 제2의 건국이라는 차원에서 일대 용단을 내려 국호를 저 옛날 북부여(北扶餘) 동부여(東扶餘)와 일맥을 이루는 남부여라 명명하고 무령왕이 닦아 놓은 탄탄한 기반 위에서 대망의 백제 흥륭을 기약하였다.

명농이 보았을 때 사비는 이 세상에 둘도 없는 천하명당이었다. 산세 수려한 부소산을 끼고 휘돌아 나가는 백마강이 산태극(山太極), 수태극(水太極)을 이루며 그야말로 길지 중의 길지를 형성해 놓고 있었다. 산에는 성을 쌓았고, 강은 외침(外侵)을 막아주는 천연의 해자가 되는지라 외적(外敵)과 전쟁을 하게 되더라도 공격과 방어에 더 이상 유리할 수가 없었다.

백마강 주변에는 구렁잇들[九龍坪]이 광활하게 펼쳐져 있었고, 남방으로 더 나아가면 나아갈수록 놀메[黃山], 징게[金堤], 맹경[萬頃] 등 일망무제(一望無際)의 끝 간 데 없는 기름진 들판이며 저 남쪽 영산강(榮山江) 유역의 옥토라든가 아무튼 사비야말로 웅진보다는 훨씬 더 웅지를 떨칠 수 있는 터전임에 틀림없었다.

뱃길 또한 여간 좋은 것이 아니었다. 백마강 구드래에서 배를 띄우면 상류로는 웅진을 거쳐 내륙 깊숙이 들어갈 수 있었고, 하류로는 갱갱이[江景]로 해서 굽이굽이 이어지는 비단강[錦江]을 따라 기벌포를 거쳐 서해(西海)로 드나들 수 있었다. 그 뱃길을 이용하면 당연히 지나든 왜(倭)든 이웃나라 어디로든지 자유로이 내왕할 수 있었다.

들녘에서는 백성들의 농상(農桑)이 크게 번성하였고, 물 반 고기 반인 강과 바다에서는 언제라도 각종 수산물을 건져 올릴 수 있었다. 그런 농상과 어업은 국부(國富)의 원천으로 백성들을 살찌우고 나라 살림까지 뒷받침해주고 있었다. 명농은 그런 천하명당에 새 터전을 잡고 부국강병(富國强兵) 국태민안(國泰民安)의 웅장한 꿈과 이상을 펼치고자 천도를 단행하였다.

그로부터 이태 뒤 신라에도 큰 변고가 일어났다. 즉, 경신년(庚申年, 540) 7월 신라 국왕 원종(原宗, 法興王)이 죽고 그의 조카 삼맥종(彡麥宗, 眞興王)이 즉위하였다. 신라 국인들이 원종에게 '법흥(法興)'이라는 시호를 올렸고, 법흥왕에 이어 새로 왕위에 오른 삼맥종은 겨우 일곱 살에 지나지 않았으므로 태후가 섭정하였다.

명농은 그 이듬해 양나라에 사신을 보내 모시박사(毛詩博士)와 열반(涅槃) 등의 경의(經義)와 공장(工匠)과 화사(畵師)를 받아들이는 한편 신라와도 화친하였다. 그때부터 백제와 신라 양국은 고구려의 남진(南進)에 공동 대응하였고, 명농은 신라와 연합하여 고구려에 빼앗긴 실지(失地)를 탈환하고자 각고의 노력을 기울였다.

사실 백제는 비유왕(毘有王) 때 이미 신라와 공수동맹(攻守同盟)을 맺고 고구려의 남진에 공동으로 대항하였다. 그리하여 국내성(國內城)에서 평양성(平壤城)으로 천도한 거련(巨連, 璉이라고도 씀. 長壽王)의 본격적인 남방경략(南方經略)에 어느 정도 제동을 걸 수 있었다.

그러나 고구려의 거련은 막강한 국력을 바탕으로 백제를 침략하여 개로왕(蓋鹵王)을 격살하고 마침내 위례성(慰禮城)을 점령하였다. 이에 따라 백제는 눈물을 머금고 웅진으로 천도하지 않을 수 없었다. 그 후에도 고구려는 계속 남방으로 세력을 뻗쳤고, 위기의식을 느낀 백제와 신라는 다시금 제라동맹(濟羅同盟)을 맺어 고구려의 남진에 항거하였다.

특히 명농은 백제군 이외에도 신라와 가야의 군사를 이끌고 고구려를 쳐서 개로왕 때 빼앗겼던 한성(漢城)을 되찾았다. 어디 그뿐인가. 명농이 이끄는 제라연합군(濟羅聯合軍)은 또다시 평양성 턱밑까지 진격하여 여섯 개 군(郡)을 수복하였고, 신라는 죽령(竹嶺)에서 고현(高峴)에 이르는 열 개 군을 차지하였다.

이 회전에서 명농은 장군 달사(達巳)에게 군사 1만 명을 주어 고구려의 도살성(道薩城)을 점령하였다. 하지만 고구려군은 순순히 물러가지 않았다. 성 밖으로 멀리 퇴각하던 그들은 어느 틈엔지 전열을 정비하였고, 백제군이 입성한 도살성을 우회하여 진군하다가 백제의 금현성(金峴城)을 탈취하였다. 그러니까 백제와 고구려는 피차 일승일패(一勝一敗)를 주고받으면서 도살성과 금현성을 맞바꾼 셈이었다.

그런데 이게 웬일일까, 신라 국왕 삼맥종은 백제와 고구려의 군사들이 접전을 벌이느라 매우 지쳐 있음을 알고 돌연 이찬(伊飡) 이사부(異斯夫)를 시켜 두 성을 동시에 공격토록 하였다. 일찍이 우산국(于山國)의 항복을 받아냄으로써 아슬라주(阿瑟羅州)의 군주가 되었던 장군 이사부는 내물왕(奈勿王)의 손자로서 출중한 지략에다 뛰어난 용병술까지 갖춘 신라의 거물이었다.

그는 사생결단의 접전을 벌이느라 거의 곤죽이 되어 있던 두 성의 양국 군사들을 일격에 제압하고 물밀 듯이 입성하였다. 그러고는 성을 증축한 뒤 갑사(甲士) 천 명을 배치하여 굳게 지켰다. 참으로 기막힌 일이 아닐 수 없었다. 죽 쑤어서 개 주는 형국이라고 할까, 아무튼 죽자 살자 싸운 쪽은 백제와 고구려 양국인데 뒷전에서 구경만 하던 신라가 두 성을 늘큼 집어삼켰다.

백제는 신라에 사신을 보내 제라동맹을 준수하도록 강력히 촉구하면서 백제와 신라가 다시 손잡고 고구려 축출에 나설 것을 제안하였다. 그러나 신라 국왕 삼맥종의 답변은 참으로 어이가 없었다. 백제 사신에게 삼맥종이 말했다.

"국가의 흥망은 하늘에 있는 것이오. 만일 하늘이 고구려를 버리지 않는다면 우리가 어찌 그들을 이길 수 있겠소?"

신라에 갔던 사신이 돌아와 그 말을 전했을 때 명농은 말문이 막혀 아무 말도 할 수가 없었다. 삼맥종의 그 말을 뒤집어 해석하면 제라동맹을 파기하고 고구려와 화친하겠다는 뜻이었다.

아니나 다를까, 신라는 돌연 고구려에서 탈환한 백제의 동북쪽 변방을 기습하여 자국의 영토로 편입하였다. 신라는 그 지역에 신주(新州)를 설치하고, 아찬(阿飡) 김무력(金武力)을 군주로 앉혔다.

군주 김무력은 몇 해 전 신라에 항복한 가락국(駕洛國) 구형왕(仇衡王)의 셋째아들이었다. 신라는 금관가야(金官伽倻)를 병합한 이후 가야의 왕족을 우대하였고, 그 맥락에서 구형왕의 아들인 김무력에게 한수 유역의 방대한 신주를 떼어주었다.

믿는 도끼에 발등 찍혔다고나 할까, 아니면 우군에게 뒤통수를 호되게 얻어맞아 눈알까지 빠진 형국이라고나 할까, 아무튼 백제는 우방인 신라를 철석같이 믿었다가 그 방대한 영토를 빼앗겼다. 그 땅을 되찾기 위해 숱한 백제인들이 피와 땀과 눈물, 그리고 목숨까지 바쳤건만 동맹국 신라는 맹약을 헌신짝처럼 내동댕이친 채 그 땅을 내놓지 않았다.

백제 국왕 명농은 신라의 그런 배신행위에 노발대발하였다. 신라가 제라동맹을 일방적으로 파기한 것은 그렇다 치고, 백제의 영토를 가로채 자국의 영토로 편입시켜 항구적으로 다스리고자 군주까지 들어앉힌 그 처사는 도저히 그냥 묵과할 수가 없었다.

명농의 태자 창(昌, 餘昌이라고도 함. 威德王) 또한 부왕(父王) 못지않게 분기탱천하였다. 부왕의 격분도 격분이지만, 태자 창은 나라의 백년대계(百年大計)를 위해 신라의 그 가당찮은 만행을 결코 좌시할 수 없다고 판단했다.

그는 신라를 응징하기 위해 노신(老臣)들의 반대에도 불구하고 약 3만 명의 장졸들을 이끌고 직접 신라의 관산성 정벌에 나섰다. 명농은 그처럼 갸륵한 태자를 응원하고 장졸들을 독전(督戰)하기 위하여 좌평 가량(加良)과 함께 친히 보기(步騎; 步兵과 騎兵) 50명을 거느리고 몸소 출사(出師)하였다.

하지만 명농은 그만 관산성으로 가는 길목 구천(狗川)에서 신라의 복병들에게 사로잡혔다. 싸움다운 싸움도 못해보고 비참하게 사로잡힌 백제의 국왕 명농. 신라의 복병들은 그를 참수한 뒤 시신만 백제에 돌려주고 수급(首級)을 서라벌로 가져가 왕궁의 북청(北廳; 북쪽 청사)의 층계 아래에 묻었다. 신라는 그 층계를 오르내리는 신라인들로 하여금 백제 국왕의 머리를 밟고 지나다니게 함으로써 백제인에게는 치욕을 안겨주고, 그 반면 신라인에게는 백제에 대한 적개심 섞인 전의를 고취시키기 위해 그런 술책을 썼다.

설상가상으로 태자 창도 관산성 전투에서 좌평 네 사람을 비롯, 2만 9천 6백여 명의 전사자를 내고 패퇴하였다. 쓰라린 참패였다. 창은 피눈물을 삼키며 패잔병들을 이끌고 사비 도성으로 철군하였다. 그가 부왕 명농의 영구를 앞세우고 도성으로 들어설 때 사비의 백성들은 연도에 나와 땅을 치며 대성통곡하고 있었다.

백제 조정은 수급조차 찾을 길 없는 명농의 유해를 동문 밖에 장사 지낸 뒤 한 평생 성군(聖君)으로 널리 이름을 떨쳤던 그에게 '성(聖)'이라는 시호를 올리고 그의 유덕(遺德)을 기렸다. 하지만 한 번 신라 땅에 묻힌 성왕의 수급은 영영 찾아올 길이 없었다. 그럼으로 해서 백제인들은 저마다 골수에 사무치는 관산성의 통한을 품고 살아가지 않으면 안 되었다.

청강과 기형은 성왕 시절의 뼈아픈 역사를 이야기하면서 적국 신라에 대한 적개심과 복수심을 불태웠다. 그들은 나라를 위해 신명을 다 바치자고 굳게 다짐하였다. 기형이 말했다.

"이 좋은 살밑을 만드느라 노고가 많았소이다. 아무튼 우리는 반드시 원수를 갚아야 하오. 그리고 도적의 무리에게 빼앗긴 땅을 되찾아 먼저 가신 영령들 앞에 한 점 부끄럼이 없도록 최선을 다해야 할 것이외다."

"그야 물론이죠. 어디 먼저 가신 영령들뿐입니까. 후손들 앞에서도 한 점 부끄러움이 없어야지요."

청강은 돌아오는 길에 병기창에서 살밑 만드는 데 쓸 시우쇠를 받아왔다. 누구보다도 성실했던 그는 밤을 낮 삼아 공방에 틀어박혀 풀무질을 하고 담금질을 해가며 쇠를 깎고 다듬어서 정교한 화살촉을 만들어냈다.

그러던 어느 날이었다. 좀 더 정확히 말하자면 신미년(辛未年, 611) 가을이었다. 백제는 신라를 치기 위해 가잠성 원정에 나섰고, 청강은 그때에도 잠시 생업을 뒷전으로 미룬 채 궁노수로 참전하였다. 백제군에는 역전의 노장 좌평 해수(解讎)와 왕효린(王孝隣)을 위시하여 달솔 백기(苩奇)라든가 아무튼 내로라하는 맹장들이 망라돼 있었다.

22

달솔 백기 휘하의 전군(前軍)이 깃발을 펄럭이며 앞서 나갔다. 영기(令旗)를 앞세운 해수가 중군(中軍)을 이끌고 있었다. 청강은 중군에 배속되어 다른 궁노수들과 함께 종군했다. 그들 뒤에는 좌평 왕효린의 후군(後軍)이 꼬리를 물고 있었다.

해수는 가잠성 밑에 이르러 장졸들을 3도(道)로 전개하였고, 기병들로 하여금 양도(糧道)를 끊은 뒤 성곽을 삼면에서 완전히 포위하였다. 병력 전개를 마친 해수가 청강에게 말했다.

"자, 전서(戰書; 開戰을 알리는 통지서)를 띄우게."

청강은 부장(副將)이 건네준 전서를 살대에 매달아 성 안으로 날려 보냈다. 그가 쏜 화살은 공중으로 높이 치솟았다가 성 안으로 날아가 성루 앞 잔디밭에 정확히 꽂혔다. 해수는 그 전서로써 성 안의 신라군에게 본격적인 개전을 통지하였다. 이윽고 해수가 칼집에서 스르릉 칼을 뽑아 들고 전군에 공격명령을 내렸다.

"공격하라!"

백제군은 가잠성을 향해 총공격을 퍼부었다. 잠시 후 성 안에서 불길이 확확 치솟았고, 신라군은 성 안의 모든 무기를 총동원하여 기를 쓰고 저항했다.

피융, 피융, 피융······. 휘익, 휘익, 휘익······. 쌍방의 화살이 난무했다. 청강도 연신 활을 쏘았다. 그런 난전의 와중에서 유시(流矢) 한 발이 날아와 청강의 목에 정통으로 꽂혔다. 전통(箭筒)에서 화살을 뽑다가 청강은 눈 깜빡할 사이에 그런 변고를 당했다.

그 순간, 청강은 뒤로 나뒹굴면서 정신을 잃었다. 공교롭게도 적의 화살은 마치 쪽진 머리의 비녀처럼 그의 목을 앞뒤로 관통해 있었다. 설상가상으로 성에서 밀어낸 육중한 바윗돌이 떼굴떼굴 굴러와 그의 전신을 덮쳤다.

백제군은 기세가 등등하였고, 이미 전의를 상실한 신라군은 모조리 항복하였다. 마침내 가잠성의 주인이 바뀌었다. 성 안에서는 아직도 뭉클뭉클 화염이 치솟고 있었지만, 백제군은 여기저기 문루(門樓)와 성첩(城堞)에 승리의 기치(旗幟)를 세우고 함성을 질렀다.

"와아, 와아, 와아……."

고수(鼓手)가 승전고(勝戰鼓)를 울리고 있었다. 둥둥둥, 둥둥둥, 둥둥 둥……. 하지만 적의 화살을 맞고 실신한 청강은 아직까지도 사경(死境)을 헤매고 있었다. 다른 궁노수들이 달려들어 가까스로 그의 목에서 화살을 뽑아냈고, 상처 부위에 입술을 들이대고는 연신 전독(箭毒; 화살 독)을 빨아냈다. 하지만 독전을 맞은 데다 바윗돌에 짓눌려 엄청난 피를 흘렸던 그는 좀처럼 소생할 기미를 보이지 않고 있었다.

결국 그는 좌평 해수를 비롯한 백제의 여러 장졸들이 지켜보는 가운데 조용히 숨을 거두었다. 한갓 이름 없는 민초로 태어나 남들이 모방할 수 없는 독창적인 화살촉을 만들었던 청강. 그리고 당대 최고의 신궁(神弓)으로 명성을 떨쳤던 그는 신라 최강의 요새 가잠성에서 한창 젊은 나이에 장렬히 전몰하였다.

청강의 전사 소식이 전해졌을 때 만삭의 부인 연씨는 그러나 아무렇지도 않다는 듯 담담하게 받아들였다. 물론 가슴속으로야 피멍이 들고도 남을 일이었지만, 그녀는 망부(亡夫)의 비통함을 뛰어넘어 전장에 나가 기꺼이 한 목숨 바친 사나이 대장부의 충정에 진심으로 옷깃을 여밀 따름이었다.

한편, 좌평 해수를 비롯한 백제의 장수들은 가잠성에서 개선할 때 청강의 유해를 그의 고향으로 운구하여 천등산 양지바른 곳에 장사지냈다. 연씨는 그로부터 꼭 보름 뒤 옥동자를 낳았고, 범황사의 혜오화상이 그 유복자에게 계백이라는 이름을 지어주었다.

계백의 모친 연씨는 웬만한 남자쯤이야 뺨치고도 남을 만큼 남달리 그릇이 컸을 뿐만 아니라 맺고 끊음이 분명하여 근동에서 여장부로 통하고 있었다. 그런 연씨는 손 귀한 집안에 하필이면 유복자로 태어난 외아들 계백을 위해 한 평생 모든 것을 다 바쳤다.

계백이 건넛마을 서당에 다니다가 범황사 혜오화상 문하에 들어가게 된 것도 모친 연씨의 뒷바라지 없이는 불가능한 일이었다. 모친은 계백이 혜오화상 문하에서 수학하는 동안 호구를 잇기 위해 홀로 길쌈은 물론이려니와 누에 치고 논밭 갈며 온갖 궂은일을 마다하지 않았다.

계백은 혜오화상 밑에서 참으로 많은 것을 배웠다. 혜오화상은 승려이기 이전에 한 시대가 낳은 불세출(不世出)의 사표(師表)임에 틀림없었다. 우주만물에 통달했던 그는 검술(劍術), 창술(槍術), 궁술(弓術), 마술(馬術)이며 축지법(縮地法)에다 기문둔갑술(奇門遁甲術)이라든가 아무튼 온갖 잡술(雜術)에 이르기까지 못하는 것이 없었다.

계백은 그런 혜오화상을 스승으로 모시고 사서오경(四書五經)은 물론이려니와 무술을 비롯하여 각종 비기(秘技)를 익혔다. 그 문하를 떠나 맨 처음 사로(仕路; 벼슬길)에 나설 때 혜오화상이 들려준 말은 아직도 귓가에 쟁쟁하였다.

"무릇 문무를 아는 대장부일수록 지조와 절개를 지킬 줄 알아야 하는 게야. 제 아무리 글 잘하고 창검 좀 쓴다 한들 지조와 절개를 지킬 줄 모르면 난신적자로 전락할 수밖에 없지."

참으로 소중한 가르침이었다. 혜오화상은 어쩌면 진작부터 작금의 형편을 예견하고 있었는지도 몰랐다. 돌아보건대 나라 안에는 지조와 절개를 갖춘 인재들이 설 자리를 잃었고, 그 대신 도처에 쓸개 빠진 간신배들만 파리 떼처럼 와글와글 들끓고 있었다.

눈을 뜨고, 휘어대 대장 계백은 왕궁 쪽을 바라보았다. 그곳에도 휘영청 밝은 달이 비치고 있었다. 어느 사이엔가 삼라만상(森羅萬象)이 모두 잠들었고, 성왕 때 웅진에서 천도한 이래로 1백 23년 동안 백제의 영화를 키워 나온 사비 도성에는 무정한 달빛만 교교히 넘쳐나고 있었다.

그 이튿날 아침, 계백은 국왕 의자의 부름을 받고 입궐(入闕)하였다. 늙을 대로 늙은, 그리하여 시력까지 흐려진 의자 앞에서는 아까부터 간신 임자를 비롯하여 지조나 절개는 고사하고 이렇다 할 줏대조차 없는 좌평 충상(忠常, 仲常이라고도 함)과 달솔 상영(常永) 등이 뭐라 나불거리고 있었다.

내신좌평 임자는 본래 그런대로 괜찮은 인물이었으나 어느 날 갑자기 변절한 이후 이 근래 간신 도당의 수괴가 되어 있었다. 태어날 때부터 부모 잘 만나 호의호식하다가 고위직에 앉은 충상과 상영은 그런 임자의 추종세력이었다. 그들은 백성들의 고혈을 빨아 부귀영화를 누리는 전형적인 부패 세력이었다.

그들을 대하는 순간 대장 계백은 울컥 욕지기가 치밀어 오름을 느꼈다. 무릇 조정의 대신이라면 국왕을 올바로 보필해야 하건만 그들은 입에 발린 교언영색(巧言令色)으로 국왕의 판단을 흐려놓고 있었다.

하지만 계백은 싫은 내색을 할 수가 없었다. 만일 그들에게 밉보였다가는 그들의 중상모략에 걸려 무슨 참변을 당할지 모르기 때문이었다. 계백은 의자에게 정중한 배례(拜禮)를 올리고 한 걸음 옆으로 물러서 시립하였다. 의자가 계백에게 물었다.

"경은 누구신가?"

주색에 곯은 탓일까, 의자의 눈동자는 갤갤 풀려 있었다. 의자는 이제 정신마저 혼미해져 있었다. 눈물겹도록 따분한 노릇이었다. 그런 국왕을 보면서 계백은 실망의 차원을 넘어 백제의 국운이 쇠잔해졌음을 실감했다. 계백이 아뢰었다.

"소신 계백이옵니다."

"오, 좌평…… . 어서 오시오."

계백의 관등은 분명 1품인 좌평이 아니라 2품인 달솔이었다. 국왕이 휘어대 대장의 품계조차 제대로 분별할 줄 모른다면 참으로 심각한 사태가 아닐 수 없었다. 계백이 멋쩍게 아뢰었다.

"소신의 관등은 좌평이 아니라 달솔이옵니다."

"아, 그랬었군. 과인(寡人)은 달솔을 부른 일이 없는데…… . 달솔은 어디에서 오는 길인가?"

의자는 분명 정신질환 증상을 보여주고 있었다. 전내부(前內部)에서 어명을 받들어 거행하는 은솔 무수(武守)를 보내 입궐하라 하교해 놓고 실컷 자다가 남의 다리 긁는 소리나 늘어놓고 있으니 이만저만 안타까운 것이 아니었다. 계백이 다시 아뢰었다.

"소신은 대왕 전하의 부르심을 받고 방금 입궐했사옵니다."

"그런가? 달솔은 지금 어디에서 무슨 일을 하고 있소?"

"휘어대 대장으로 장졸들을 조련하고 있사옵니다."

휘어대로 말하자면 궁궐 직속으로 부소산성(扶蘇山城) 어영군(御營軍)과 함께 국왕의 최측근 군영이었다. 얼마 전 계백을 휘어대 대장으로 재가했던 의자. 그런 국왕이 달솔 계백을 기억하지 못한다니 사태가 이만저만 심각한 것이 아니었다. 의자가 말했다.

"노고가 많으시겠군. 과인이 휘어대에 나가 장졸들을 열병한 지가 엊그제 같건만 벌써 몇 해가 지났는지 모르겠소. 아무쪼록 장졸들을 더욱 세차게 조련하여 동쪽 오랑캐들이 우리 백제를 넘보지 못하도록 잘 방비해주기 바라오."

동쪽 오랑캐란 곧 신라를 의미했다. 지금 신라 국왕은 화랑(花郎)을 집중 육성하는 등 양병(養兵)에 주력하고 있건만 백제의 국왕인 의자는 며칠 전에 알현했을 때보다도 훨씬 노망이 심화된 터라 나라의 장래가 어떻게 될 것인지 한 치 앞을 내다볼 수가 없었다. 계백이 말했다.

"명심하겠사옵니다. 전하……."

"아무렴. 명심해야지. 과인이 살아 있는 한 신라는 결코 우리의 적수가 될 수 없소."

그때 임자가 재빨리 끼어들었다.

"지당하신 말씀이옵니다. 신라는 변방의 일개 소국(小國)에 지나지 않사옵니다. 그런 소국이 우리 백제를 넘본다는 것은 하룻강아지 범 무서운 줄 형국이라 할 것이옵니다. 자고로 치국(治國)의 요체는 국태민안이라 했사옵니다. 지금 우리 백제는 전하의 성은에 힘입어 국운이 하늘처럼 치솟을 뿐만 아니라 백성들은 역대 어느 시절보다도 안락을 향유하고 있사옵니다."

"과인도 그렇게 생각하오. 신라를 쳐서 구원을 갚지 못한 것이 천추의 한이긴 하지만 우리 백제가 이렇듯 태평성대를 맞이한 것은 선왕들의 음덕이 아니고 무엇이겠소? 일찍이 위덕왕(威德王) 전하께서 불법을 크게 일으키시고 45년간 나라를 다스리신 이후 작금에 이르기까지 국가에 큰 변란이 없었던 것만으로도 부처님의 공덕이라 할 것이오."

의자는 횡설수설하였다. 그런데도 좌평 임자는 그 곁에 붙어 서서 시종일관 맞장구를 치며 알랑거리고 있었다. 대장 계백은 배알이 뒤틀려 거의 미치고 환장할 지경이었다. 마음 같아서는 그런 임자를 불끈 들어서 궁궐 밖으로 확 집어던지고 싶었지만 그의 신분이 최고 관등인 좌평인 데다 장소 또한 지엄하기 짝이 없는 어전(御前)인지라 차마 그럴 수는 없었다. 임자가 계백에게 물었다.

"달솔은 우리 백제의 국력이 어떻다고 생각하시오?"

"글쎄요……. 아직은 가야 할 길이 멀다고 판단됩니다만……."

"음, 쯧쯔쯔……. 달솔, 정신 차리시오. 여기가 어느 자리인 줄 알고 그런 언사를 입에 올리신단 말이오?"

임자는 눈을 부라리며 호령하였다. 그는 달솔보다 한 품계 상급인 좌평이라는 관등을 앞세워 사뭇 위세를 부렸다. 하지만 계백은 진작부터 임자가 어떤 인물인지 속속들이 꿰뚫고 있었다. 임자야말로 의자를 망쳐놓은 원흉이었고, 적국 신라의 김유신(金庾信)과 내통하고 있는 역신 중의 역신이었다. 계백이 의자에게 아뢰었다.

"전하, 그럼 소신은 이만 물러가겠사옵니다."

"그렇게 하시오. 이 다음에는 술시(戌時)를 전후하여 입궐해주시오. 과인이 경을 위해 특별한 연회를 마련하고 무희(舞姬)들까지 부르겠소."

그 말을 듣는 순간, 계백은 귀를 의심하지 않을 수 없었다. 참으로 어이가 없었다. 국왕이 부른다기에 목욕재계하고 잔뜩 긴장하여 입궐했건만 의자가 내뱉는 말이라곤 고작 귀신 씨나락 까먹는 소리에 지나지 않았다.

계백은 대궐을 나와 하마비(下馬碑) 앞에 서서 얼마 동안 물끄러미 도성의 동문(東門) 쪽을 바라보았다. 허무했다. 저쪽 구석진 곳에 전령과 호위병이 대기하고 있었다. 계백은 모처럼 나성(羅城) 밖에 나가보기로 하였다. 계백이 말에 오르자 전령과 호위병이 바짝 따라붙었다.

"가자!"

계백은 내친 김에 역대 선왕들의 능묘(陵墓)에 참배하고 능사(陵寺)이자 호국원찰(護國願刹)인 위덕사(威德寺)에 들러 국태민안을 발원하기 위해 그쪽으로 방향을 잡았다. 그의 뒤에 전령과 호위병이 그림자처럼 따르고 있었다.

벌써 오랜 세월이 흘렀지만, 관산성에서 전몰한 명농에게 성왕이란 시호를 올린 이후 백제는 후계 문제로 적지 않은 진통을 겪어야 했다. 국법에 따르자면 그 뒤를 이을 인물은 당연히 태자 창이었다. 하지만 관산성에서 넋이 빠진 창은 감히 왕위에 오를 엄두를 내지 못하고 있었다.

노신들의 반대에도 불구하고 독자적으로 관산성 회전을 주도했던 그는 깊은 죄책감에 빠져 있었다. 이기고 지는 것은 병가상사(兵家常事)라 해도 그 전쟁에서 부왕이 겪은 씻을 수 없는 수모와 치욕, 그리고 비명에 쓰러진 무수한 장졸들을 떠올릴라치면 혀를 깨물고 죽어도 시원찮을 판이었다.

조정 대신들은 국왕의 공위(空位)를 막기 위해 태자 창을 신왕(新王)으로 옹립하였고, 창은 왕위에 오른 뒤에도 한 평생 관산성의 충격에서 벗어날 수가 없었다. 관산성 패전이야말로 그에게는 일종의 업보와도 같았다. 그는 자기 대신 신하 백 명을 출가시켜 승려가 되게 하고 부왕의 명복을 빌도록 하였다.

국왕 창은 왕위에 있는 동안 눈물 반 탄식 반으로 아픈 세월을 보냈다. 앉으나 서나 수급조차 찾을 길 없는 부왕과 관산성 전투에서 비명을 지르며 죽어가던 장졸들의 처참한 모습이 자꾸만 눈에 밟혔다.

이렇듯 백제 국왕 창이 한껏 위축돼 있는 사이, 신라 국왕 삼맥종은 자신감에 넘친 행보를 거듭하고 있었다. 그는 백제의 옛 영화가 살아 숨 쉬는 북한산에 행행(行幸)하는 등 천하를 주름잡으면서 그 땅에서 밀려난 백제를 얕보기 시작하였다.

본래 북한산은 백제의 중심지였다. 불행하게도 백제는 그 유서 깊은 땅을 고구려에 빼앗겼고, 고구려는 그곳을 별도(別都)로 삼아 기존의 국내성 장안성(長安城)과 더불어 삼경(三京)이라 병칭(竝稱)하고 특별히 한성이라는 새 이름을 붙였다.

그 땅은 신라가 제라동맹을 파기한 이후 그들의 수중으로 넘어가 있었다. 삼맥종은 그곳을 순행하여 국경을 척정(拓定)하였고, 서라벌로 귀환할 때에는 경유하는 주군(州郡)마다 한 해의 조세(租稅)를 면제해주는 등 백성들에게 선심을 베풀고 있었다. 그는 죄수들을 석방해주었으며, 한수 상류에 중진(重鎭)을 설치하고는 장한성(長漢城)이라 불렀다.

백제 국왕 창이 왕위에 오른 지 햇수로 4년째 되던 정축년(丁丑年, 557)에는 바다 건너 지나에서도 큰 변란이 있었다. 진(陳)나라가 일어나 양나라를 찬탈하였고, 주(周)나라가 일어나 위(魏)나라를 몰아냄으로써 새로운 왕조가 들어섰다. 그 이듬해 춘삼월에는 고구려 국왕 평성(平成, 陽原王)이 죽고 그의 태자 양성(陽成, 平原王)이 즉위하였다.

백제 국왕 창은 지나에서 발흥한 남조(南朝)의 진나라, 북조(北朝)의 북제(北齊), 그리고 북주(北周)에 자주 사신을 보내면서 왕조를 잘 보전하는 것만으로 자족했다. 이렇듯 백제가 숨을 고르고 있는 동안 신라는 오랜 세월 백제의 영향을 받아온 대가야(大伽倻)를 쳐서 자국에 예속시켰다. 그리고 그들은 전국의 주군을 정비하는 가운데 도처에 거대한 사찰들을 창건하였다.

백제 국왕 창은 종종 인간의 운명이라는 것을 되뇌며 왕위에 오르기 전 불제자(佛弟子)가 되지 못한 것을 자탄하곤 하였다. 부왕을 비롯하여 숱한 장졸들을 죽음으로 내몬 치욕적인 전쟁의 주모자가 왕위에 올라 국가를 경영하다니 그것이 어쩌면 또 다른 참화를 불러오는 화근인지도 몰랐다.

그러나 창은 그것이 자신에게 주어진 얄궂은 운명이라 받아들이면서 쇠가 쇠를 먹고, 피가 피를 부르며, 살이 살을 집어삼키는 전쟁이라면 두 번 다시 결행하지 않으리라 다짐하고 있었다. 그 대신 10년을 하루같이 부왕과 전몰 장졸들의 극락왕생(極樂往生)을 끊임없이 발원하였다.

그러던 어느 날, 국왕 창은 숭법사(崇法寺)의 조실(祖室) 도인(道引)과 보살 연화(蓮花)를 궁중으로 불렀다. 숭법사의 도인은 대덕(大德)으로 나라 안팎에 명망이 높았고, 절세가인(絶世佳人)인 보살 연화는 다름 아닌 부왕의 공주로서 창의 누님이었다. 명농의 총애를 듬뿍 받고 자란 그녀는 부왕이 전몰하자 그 충격을 견디다 못해 홀연히 출가하였다.

국왕 창은 그들의 힘을 빌려 정해년(丁亥年, 567)에 위덕사를 창건하였다. 그 후 그는 사흘이 멀다 하고 기회 있을 때마다 절에 들러 치성을 드리며 부국강병과 국태민안을 간절히 발원하였다. 그는 불법을 치국의 근간으로 삼아 적국인 신라에 대한 원한과 적대감정을 안으로 삭혔으며 백성들에게는 자비와 성덕을 베풀었다.

그리하여 백제는 과거 어느 때보다도 평온했다. 하지만 몇 해 전에 풍월주(風月主), 즉 원화(源花)를 폐지했던 신라는 호시탐탐 백제의 변경을 노리면서 국왕 삼맥종의 뜻에 따라 병신년(丙申年, 576) 봄부터 돌연 화랑을 본격적으로 양성하기 시작했다.

백제 국왕 창은 위기의식을 느끼지 않을 수 없었다. 그 자신은 신라를 선공(先攻)하지 않고 상대방에서 공격해올 때만 잘 방어하여 나라와 백성들을 보전하리라 다짐하고 있었건만 신라의 극성스런 동태는 뭔가 심상치 않았다.

바로 그 해 8월, 백제를 배신했던 신라 국왕 삼맥종이 붕어(崩御)하였다. 그가 죽자 신라 국인들은 '진흥(眞興)'이라는 시호를 올렸고, 그 후계자로 둘째아들 사륜(舍輪, 金輪이라고도 함. 眞智王)이 즉위하였다. 진흥왕의 유해는 애공사(哀公寺) 북쪽에 장사지냈다.

백제 쪽에서 볼 때 배신의 원흉인 삼맥종이 죽었다는 것은 그 찌는 듯한 폭염을 일거에 잠재워주고도 남을 후련한 낭보가 아닐 수 없었다. 유례없이 호전적이었던 삼맥종은 뿌리 깊은 제라동맹을 일방적으로 파기하고 백제의 동북쪽을 송두리째 집어삼켰을 뿐만 아니라 지난 37년 동안 끊임없이 백제를 괴롭혀온 핵심 인물이기 때문이었다. 백제 국왕 창은 급히 조정의 대소신료(大小臣僚)들을 불렀다. 창이 그들에게 말했다.

"신라 신왕 사륜이 어떤 인물인지 궁금하오. 먼저 병관좌평이 말씀해 보시오."

"소신 병관좌평 아뢰옵니다. 삼맥종은 의리가 없고 성정이 포악하여 호시탐탐 우리 백제를 침공하였사옵니다. 하오나 사륜은 훨씬 온

건한 인물이옵니다. 서라벌에 잠입한 세작(細作; 간첩)에 의하면 사륜
은 어렸을 때부터 유순했다 하옵니다. 그러므로 사륜이 왕위에 있는
동안 우리 백제와 북쪽의 고구려는 한 시름 놓아도 좋을 듯하옵니
다.”

“그렇다면 다행이오. 아무튼 전역이 없었으면 좋겠소.”

창은 안도했다. 신라의 신왕 사륜은 즉위 직후 노장 거칠부(居漆夫)
를 상대등(上大等)으로 삼아 군국(軍國)을 총괄토록 하고 국방을 한층
강화하였다. 그 후 백제와 신라 사이에 몇 차례 충돌이 있었지만, 그
러나 창은 전역의 ‘전’자만 나와도 머리를 절레절레 흔들면서 신라에
대한 공격보다는 방수에만 치중하였다.

기해년(己亥年, 579) 2월, 백제는 미처 언 땅이 풀리기도 전에 웅현성
(熊峴城)과 송술성(松述城)을 축조하였다. 신라의 산산성(蒜山城) 마지현
성(麻知峴城) 내리서성(內利西城)으로부터 백제에 이르는 길목을 지켜
그들의 침공을 막기 위한 방책이었다.

그 해 7월 신라 국왕 사륜이 죽고 그의 조카인 백정(伯淨, 眞平王)이
즉위하였다. 신라에서는 사륜에게 ‘진지(眞智)’라는 시호를 올리고 영
경사(永敬寺) 북쪽에 장사지냈다. 진지왕에 뒤이어 왕위를 계승한 백
정은 바로 진흥왕의 태자로 있다가 일찍 죽은 동륜(銅輪)의 아들이었
다. 국왕 창은 이번에도 조정 대신들을 불러 대책회의를 열었다. 병관
좌평이 창에게 아뢰었다.

“전하……. 삼맥종이 죽고 사륜이 재위하는 동안 신라는 꽤 잠잠했
사옵니다. 소신이 파악컨대 신왕 백정은 별로 대단한 인물이 아니옵
니다. 백정이 왕권을 강화하기 전에 신라를 들이친다면 선왕 전하의
구원을 갚을 수 있을 것이옵니다. 전하……. 소신의 주청을 가납해주
시옵소서.”

"그러하옵니다. 병관좌평의 주청이 아주 타당하다 하겠사옵니다. 우리 백제는 이제 강성해졌사옵니다. 지금이야말로 신라를 섬멸할 절호의 기회이옵니다. 전하……. 신라 정벌을 윤허해주시옵소서."

위사좌평(衛士佐平)이었다. 그는 병관좌평의 의견에 가세하였다. 조정좌평(朝廷佐平) 역시 신라 공벌을 간곡히 주청하였다. 하지만 국왕 창의 견해는 간단명료하였다.

"안 되오. 부왕 전하께서 전몰하신 이후 과인은 미물조차 살생하지 않았소. 만일 과인이 미물을 살생한다면 부왕 전하가 어찌 극락왕생할 수 있겠소? 신라를 친다면 신라 국인은 물론 우리 백성들도 목숨을 잃게 될 것이오. 신라가 침공해 온다면 신명을 바쳐 막겠지만 과인은 신라를 선공할 의향이 전혀 없소. 과인이 살면 얼마나 살겠소? 경들은 과인의 뜻을 잘 헤아려 신라 공벌을 재론하지 마시오."

어느덧 늙마에 접어든 국왕 창은 오로지 자애와 인덕을 베풀며 내치에 주력하였다. 그는 재위 45년만인 무오년(戊午年, 598) 섣달 사비도성의 정궁에서 승하(昇遐)하였다. 여러 신하들이 의논하여 '위덕(威德)'이라는 시호를 올렸다. 그가 살아생전 자애와 인덕으로 국왕의 위엄을 크게 떨친 데다 국찰(國刹) 위덕사를 창건한 터라 그 높은 뜻을 기리고자 국인들은 특별히 그런 시호를 올렸다.

휘어대 대장 계백은 능묘를 참배한 뒤 국찰 위덕사에 들렀다. 산천은 온통 신록으로 가득 차 있었고, 금당 뜨락에는 알록달록한 봄꽃이 한바탕 흐드러진 꽃 잔치를 벌여 놓고 있었다. 야트막한 앞산으로부터 향긋한 꽃향기가 바람에 실려와 코끝이 간질간질함을 느끼면서 그는 금당으로 들어갔다.

계백은 곧 금동향로(金銅香爐)에 향을 사르면서 성왕을 비롯한 역대 대왕들의 성덕과 위업을 기렸다. 그는 역대 대왕들의 후손인 의자로

하여금 초심의 그 영웅다운 풍모를 되찾아 만세에 길이 빛나는 군주가 되어주기를 간절히 발원하였다. 어디에선가 구구 구구 구구구 구구 산비둘기가 구슬피 울고 있었다.

그 이튿날 이른 새벽, 계백은 자리에서 일어나자마자 부인 목씨(木氏)와 어린 3남매의 얼굴을 들여다보았다. 맏아들 해명(海明)은 큰 대[大] 자로 팔다리를 벌린 채 누워 있었고, 조금 떨어진 곳에 딸 정은(靜恩)이 제 모친을 향하여 새우처럼 웅크려 있었으며, 막내아들 원동(元東)은 목씨의 품에 안긴 채 새근새근 숨 쉬고 있었다. 그런 부인과 어린 3남매를 보면서 천하 명장 계백은 불현듯 눈시울이 화끈해짐을 느꼈다.

아무리 손이 귀하다고 하지만 슬하의 3남매는 너무 늦둥이로 태어나 있었다. 계백은 어느덧 불혹(不惑)의 한복판을 가로질러 지천명(知天命)의 문턱에 들어서 있었다. 그렇건만 맏아들 해명은 이제 열두 살이었고, 귀염둥이 딸 정은은 열 살이었으며, 막내아들 원동은 겨우 여덟 살에 지나지 않았다.

사람은 저마다 제 먹을 것 제가 타고난다 했지만 나라 사정이 점점 어지러워지는 이때 앞으로 그 아이들을 어떻게 키울 것인가 생각하면 사뭇 가슴이 아려왔다. 계백은 청춘에 홀로 되어 지문이 닳아 없어지도록 한 평생 길쌈만 하다가 돌아가신 한 많은 모친을 그리워하면서 부인 목씨에게로 눈길을 던졌다.

목씨는 비루먹은 당나귀처럼 삐쩍 야위어 있었다. 일산 아래 안골에서 태어난 그녀는 본래 사비 도성 안팎에서 힘깨나 쓰는 명문귀족(名門貴族)의 규수였지만 계백의 아내가 된 뒤 온갖 고생을 하지 않으면 안 되었다. 관직에 나선 이래 계백은 별 볼일 없는 한직(閑職)으로만 돌았고, 부인 목씨는 그런 부군의 임지를 따라다니며 이만저만 고

36

생한 것이 아니었다.

더군다나 계백은 봉록을 받아도 그냥 집으로 가져오는 일이 없었다. 그는 봉록을 받을 때마다 성중(城中)의 다른 이웃들에게 골고루 나눠주고 겨우 가족들 입에 풀칠할 정도만 가져오곤 하였다. 오죽하면 목씨는 소싯적 이후 오늘 이때까지 마음 놓고 밥 한 번 배불리 먹어본 적이 없었다.

계백의 관등은 누가 뭐래도 2품(品)인 달솔이었다. 1품인 좌평보다는 한 품계 아래였지만 그럼에도 불구하고 달솔이라면 나라 안팎에서 만인이 우러르는 고관임에 틀림없었다.

그렇건만 계백의 살림살이는 보잘 것이 없었다. 그는 이제껏 재물 같은 것을 탐낸 적이 없었고, 있으면 있는 대로 없으면 없는 대로 청빈하게 살아왔다. 그 대신, 그는 지금까지 살아오는 동안 단 한 차례도 양심에 거리낄 일을 한 적이 없었다.

아니, 그는 천성적으로 불의(不義)한 일을 허용하지 않았다. 그는 남들에게 한없이 너그러운 반면 자기 자신과 가족들에게는 시퍼런 서슬처럼 엄격하였다.

계백이 저 유명한 가잠성 성주로 있을 때의 일이었다. 그 해 겨울, 계백은 성첩과 성보(城堡)의 장졸들을 점고(點考)하고 돌아오던 길에 이름 없는 민초들과 격의 없이 어울리면서 그들의 생생한 목소리를 들어보려고 일부러 방개(芳芥)의 사랑방에 들른 적이 있었다.

그 사랑방에는 주인인 방개 이외에도 도석(都石), 용옥(用沃), 개동(介童), 두현(杜玄) 등 초로(初老)에 접어든 동네 마실꾼들이 희미한 등잔불 아래 도란도란 모여 있었다. 그들은 지난봄 성곽 보수 때 몸뚱이가 망가지는 줄도 모른 채 구슬땀 흘리며 등골 물러빠지도록 노역한 사람들이었다. 아무런 예고도 없이 계백이 불쑥 들어서자 그들은 화들짝 놀라 일어났다. 계백이 그들에게 말했다.

"앉으시오. 괜히 불청객이 끼어들어 재미나게 노는 분들을 훼방하는 것은 아닌지 모르겠소. 하하하……."

"아, 아니옵니다. 장군 나으리께서 이렇듯 누추한 곳을 찾아주시다니 저희들은 몸 둘 바를 모르겠사옵니다. 이쪽으로 앉으시지요."

방개는 아랫목을 양보하면서도 도리어 너무 송구스러운 나머지 어쩔 줄 모르는 채 쩔쩔 매고 있었다. 그 순간, 계백은 지난날 가잠성을 다스리던 신라의 성주들이 얼마나 민초들과 동떨어져 지냈던가를 직감할 수 있었다. 계백이 말했다.

"누추한 곳이라니요. 사람 사는 곳은 다 마찬가지 아니겠소?"

"황송하옵니다."

"조금도 괘념치 마시오. 내가 왕명을 받들어 성주의 직분을 수행하고 있기는 하나 사실은 꾸밈없이 사는 것을 더 좋아한다오. 우리가 살면 얼마나 살겠소? 내가 언제까지 이곳에 복무할지 모르지만 서로 좋은 이웃으로 살았으면 하오."

마실꾼들은 자기도 모르는 사이 계백 특유의 고매한 인품에 매료되고 있었다. 계백은 본래 문무를 겸전(兼全)한, 그리하여 천하가 다 알아주는 맹장 중의 맹장이었다. 그뿐 아니라 그는 하늘이 낸 지장(智將)이자 용장(勇將)이요 덕장(德將)이기도 했다. 마실꾼 도석이 말했다.

"저희들은 장군 나으리가 어떤 어른인가를 잘 알고 있사옵니다. 가잠성이 함락되기 이전부터 저희들은 나으리의 명성을 잘 듣고 있었사옵니다. 그러던 차에 나으리께서 이곳을 공략하셨지요. 저희들은 나으리께서 싸우시던 장면을 생생히 기억하고 있사옵니다. 나으리께서도 가잠성에 대해 잘 아시겠지요?"

"그야 물론이오."

계백은 가잠성에 대해 어느 누구보다도 잘 알고 있었다. 이곳 가잠성은 바로 그의 부친 청강이 독전을 맞고 쓰러진, 계백으로서는 잊으려야 잊을 수 없는 한 맺힌 땅이었다. 그는 어렸을 때, 모친으로부터 가잠성 이야기를 귀가 닳도록 들었으므로 언젠가는 가잠성을 쳐서 선친의 원한을 갚고야 말리라 벼르고 별러왔다.

알 만한 사람은 다 알고 있는 사실이지만 가잠성은 본래 신라의 최전방 변성(邊城)이었다. 아주 오래 전 백제 국왕 장이 이곳을 들이쳤고, 그때 계백의 부친 청강이 난전 중에 독전을 맞고 전몰하였다. 그로부터 8년 뒤 신라의 북한산 군주 변품(邊品)이 군사를 일으켜 백제군을 축출함으로써 가잠성은 다시금 신라의 영토로 넘어가게 되었다.

가잠성 현령은 변품의 아들 달통(達統)이었다. 그는 신라 국왕의 총애를 받던 화랑 출신으로, 제 부친 변품이 북한산 군주로 원대 복귀하자 그 후광으로 일약 요직에 앉아 있었다.

한편, 계백은 혜오화상 문하에서 수학하는 동안 언젠가는 반드시 가잠성을 쳐서 불공대천의 원수를 갚고야 말겠다는 비장한 결의를 다지곤 하였다. 하지만 벼슬길에 오른 뒤에도 여간해서 그럴 기회가 오지 않았던 터라 이만저만 답답한 것이 아니었다.

그는 몇 번인가 국왕 장에게 봉장(封章)을 올려 가잠성 공벌을 주청한 바 있었다. 하지만 이미 노쇠할 대로 노쇠한 장은 노환으로 병석에 눕게 되었고, 백제는 부득이 신라 응징을 뒤로 미루지 않을 수 없었다. 사실 국왕 장이 군사를 일으켜 신라를 치기에는 그의 환우가 날로 위중해지고 있었다.

백성들은 국왕 장이 하루 속히 환우를 떨치고 일어나주기를 기원했다. 그러나 국왕도 인간인지라 죽음 앞에서는 어쩔 도리가 없었다. 남달리 기개가 호방하여 웅위한 기상으로 한 시대를 주름잡았던 국왕 장은 신축년(辛丑年, 641) 3월 숨을 거두어 끝내 불귀의 객이 되었다.

조정 대신들은 그에게 '무(武)'라는 시호를 올렸고, 무왕의 뒤를 이어 태자 의자가 즉위함으로써 백제는 새로운 시대를 맞이하게 되었다. 의자는 영웅의 풍모를 갖춘 데다 담대하고 용맹하며 남들이 모방할 수 없는 담력과 결단력을 갖추고 있었다.

일찍이 무왕은 그 원자(元子)가 태어났을 때 의롭고[義] 자비롭게[慈] 살아가기를 희구하여 의자라는 이름을 지어주었는데, 의자는 어린 시절부터 그 이름에 값하고도 남을 만큼 효도로써 부모를 섬기고 형제들과 더불어 우애를 돈독히 하였다. 그리하여 국인들은 의자를 '해동증자(海東曾子)'라 칭송하였다.

증자는 지나의 춘추시대(春秋時代) 노(魯)나라에 살았던 공자(孔子)의 제자로 하루에 세 번 성찰하면서 부모에게 효도한 성현(聖賢)이었다. 백제의 국인들이 의자에게 해동증자라는 칭호를 붙여준 것은 그의 몸가짐이 그 성현의 처세와 꼭 닮아 있었기 때문이었다.

부전자전(父傳子傳)이라고 할까, 부왕인 무왕의 뒤를 이어 왕위에 오른 의자는 소싯적부터 내면에 키워온 장대한 꿈과 이상을 펼쳤다. 그는 해가 바뀌어 설을 쇠자마자 해동도 되기 전에 궁궐을 박차고 나와 전국의 주군을 순행하는 한편 사형(死刑)에 해당하는 중죄인(重罪人)을 제외한 모든 죄수들을 방면(放免)하여 집으로 돌려보내주었다.

그뿐이 아니었다. 백제 국왕 의자는 사택지적(砂宅智積), 정무(正武), 정복(正福, 貞福으로도 씀), 성충(成忠, 淨忠이라고도 함), 흥수(興首), 윤충(允忠), 의직, 계백, 은상(殷相), 정중(正仲, 正中으로도 씀)을 비롯하여 사택천복(沙宅千福, 沙吒千福으로도 씀), 국변성(國辯成), 복신(福信), 귀지(貴智), 흑치상지(黑齒常之), 사타상여(沙吒相如), 사타충의(沙吒忠義), 손등(孫登), 여자신(餘自信), 사택소명(沙宅紹明), 귀실집사(鬼室集斯), 곡나진수(曲那

꼽首), 목소귀자(木素貴子), 억례복류(憶禮福留) 등 유능하고 충직한 인재들을 찾아내 적재적소에 중용하였다.

역시 민심은 천심이었다. 백성들은 그런 의자를 하늘처럼 떠받들면서 조정에서 결정한 일이면 무엇이든 지지와 찬사를 아끼지 않았다. 더욱이 그는 조상 전래의 구원을 청산하기 위해 무왕 때부터 본격화된 대외정벌을 더욱 가속화하였다.

즉위 이태 째 되던 해 그는 무왕이 주도했던 미완(未完)의 대업을 이어받아 군사를 크게 일으켰고, 그 이듬해 7월 미후성(獼猴城) 등 신라의 서남방 40여 성을 공략 대상으로 삼아 친정(親征)에 나서서 전군을 직접 진두지휘하였다.

계백은 홀로 가잠성 공벌을 자청하였다. 가잠성이라면 삼척동자도 잘 알다시피 승패를 예측하기 어려운, 그리하여 노장들도 선뜻 덤비지 못하는 요새였다. 계백은 의자에게 그곳 공벌을 주청하였고, 의자는 그의 뜻을 받아들여 겨우 이립(而立)을 갓 넘긴 새파란 장수 계백에게 별동대(別動隊) 병력 7천 명을 주어 출사를 윤허하였다.

백제 국왕 의자의 그런 결정은 일종의 모험이라고 말할 수 있었다. 계백의 지모와 용맹은 의심할 나위가 없다 해도 아직은 실전 경험이 많지 않은 젊은 장수에게 그런 중책을 맡긴다는 것은 위험천만한 일이었다. 더욱이 가잠성의 군세(軍勢)가 워낙 막강한지라 그만큼 위험 부담이 클 수밖에 없었다.

무려 40여 성을 동시에 공벌하기로 작정한, 그리하여 장수가 태부족인 현실을 감안할 때 의자로서는 어차피 참신하고 유능한 인재를 찾아내 대담한 승부수를 띄우지 않을 수 없었다. 평소 계백의 기백을 높이 평가해온 의자는 차제에 그의 기량을 실증적으로 확인하고 보다 큰 재목으로 키우기 위해 과감히 그를 기용하였다.

아무튼 국왕 의자의 재가가 떨어졌을 때 계백은 내심 짜릿한 쾌감을 맛보았다. 별로 많지 않은 7천 명의 군사로 신라가 총력을 기울여 사수하는 가잠성을 친다는 것은 결코 쉬운 일이 아니었지만 이제야 비로소 부친의 원수를 갚게 되었다 생각하면 가슴이 설레어 잠도 오지 않았다.

별동대 대장 계백은 휘하의 장졸들을 전군 중군 후군 등 3군으로 편성한 뒤 그 자신은 전군의 선봉에 서서 몽매에도 잊지 못했던 가잠성을 향해 장도(壯途)에 올랐다. 영기를 비롯하여 형형색색(形形色色)의 깃발들이 전군에서 후군에 이르기까지 물결을 이루면서 계백의 군령을 척척 전달하고 있었다.

계백은 일부러 느긋하게 행군했다. 마음 같아서는 하루라도 빨리 가잠성으로 달려가 성주 이하 성 안의 모든 신라군을 형해(形骸)조차 알아볼 수 없을 정도로 분쇄하고 싶었지만 그는 행군 도중 장병들의 체력이 떨어지지 않도록 세심하게 배려하는 가운데 중간 중간 충분한 휴식을 취하면서 전열을 일사불란하게 가다듬었다.

계백은 이렇듯 서두르지 않고 완만하게 행군하면서도 끊임없이 적정(敵情)을 살폈다. 전방에는 척후(斥候; 적의 지형이나 형편을 살피는 군인)와 세작이 나가 있었고, 그들이 번갈아 가며 수시로 달려와 적정을 보고해주었으므로 계백은 가잠성의 신라군이 어떻게 움직이고 있는가를 훤히 꿰뚫어 볼 수 있었다.

한편, 가잠성의 달통은 계백의 백제군을 맞아 일전을 치르기 위해 만반의 준비를 서두르고 있었다. 더욱이 그들은 과거 어느 때보다도 잔뜩 긴장하고 있었다. 계백의 명성이 성 안에 전해진 이후 달통 이하 장졸들뿐만 아니라 백성들까지 겁을 집어먹은 탓이었다.

행군 나흘째 되던 날이었다. 가잠성에 이른 계백은 3군을 동도(東

道), 서도(西道), 남도(南道), 북도(北道) 등 4도(道)로 재편한 뒤 험준한 곳을 골라 동서남북에 각각 영채를 전개하였다. 그들은 계백의 군령에 따라 녹음방초가 컴컴하게 우거진 험지(險地)에 병영을 설치하고 진격에 대비하였다.

별동대 대장 계백은 가장 높은 위치에 포진한 동도에서 기수(旗手)로 하여금 깃발을 올렸다 내렸다 하면서 전군을 지휘하고 있었다. 폭풍 전야의 고요라고나 할까, 그때까지만 해도 가잠성은 여느 때와 마찬가지로 평온했다. 계백의 백제군이 바삐 군막(軍幕)을 세우는 동안에도 가잠성의 신라군은 숨을 죽인 채 아무런 기척을 보이지 않고 있었다.

그날 밤이었다. 계백은 얼굴 한 번 보지 못한 선친 청강의 영령 앞에 특별한 제사를 올렸다. 본격적으로 원수를 갚기에 앞서 그는 선친의 공훈을 기리며 영원한 안식을 기원하였다. 그는 마침내 모락모락 피어오르는 향연(香煙) 속에서 어렴풋이 선친의 환영(幻影)을 볼 수 있었다.

그 이튿날, 이윽고 먼동이 터서 결전의 날이 밝아오고 있었다. 누군가가 가잠성 성루에 얼쩡거리고 있었다. 그는 바로 현령 달통이었고, 부장 순태(筍太)가 그 곁에 그림자처럼 따라붙고 있었다. 계백은 달통을 발견한 순간 애마(愛馬)에 올라 홀로 성루의 턱밑까지 달려갔다. 그가 달통에게 호령하였다.

"가잠성의 수괴 달통은 들어라. 나는 백제 별동대 장수 계백이다. 오늘 우리 백제군은 가잠성을 쳐서 구원을 갚고자 여기 왔노라. 달통은 백기를 들고 투항하거나 아니면 성문을 열고 나오기 바란다. 아니면 우리가 즉각 들이쳐서 네 목을 벨 것이니라."

그러자 달통이 성루 난간까지 다가와 말총으로 삿대질을 하며 응수하였다.

"예끼 고얀 놈. 여기가 어딘 줄 알고 까부는가. 오늘이 바로 네 제삿날이 될 줄을 어찌 모르는가."

"하하하……. 네놈이야말로 정녕 간이 부어터진 모양이구나."

계백의 그 말이 미처 떨어지기도 전에 계백을 향하여 휘익 화살 한 발이 날아왔다. 그것은 달통의 부장 순태가 쏜 화살이었다. 그 순간, 계백은 살짝 몸을 낮추면서 날아오는 화살을 손으로 낚아채 슬쩍 자신의 전통에 꽂았다.

바로 그때 백제군 동도에서 화전이 날아올랐고, 서도의 군사들이 가잠성 서쪽을 향해 함성을 올리며 돌진하였다. 달통은 어디론가 자취를 감추었고, 동쪽에 몰려 있던 성 안의 신라군은 서쪽을 방어하기 위해 그쪽으로 내달았다.

그 직후 서도가 재빨리 물러났고, 이번에는 남도가 전광석화처럼 공격하였다. 성 안의 신라군이 다시 남쪽으로 우르르 몰리자 남도가 슬쩍 뒤로 빠지나 했더니 그 대신 북도가 기다렸다는 듯 돌진하면서 신라군의 전열을 마구 교란하였다.

계백의 교란작전은 절묘했고, 잘 훈련된 그의 별동대는 손발이 척척 맞았다. 그리하여 동서남북의 각 도군(道軍)이 바람개비 돌아가듯 잇따라 치고 빠지는데, 계백의 교란작전에 외통으로 걸려든 성 안의 신라군은 귀신에 홀린 듯 얼이 빠져 우왕좌왕하는 가운데 저희들끼리 허둥지둥 부딪치고 넘어지면서 북새통을 일구고 있었다.

계백은 달통의 신라군을 마음껏 조롱하며 가잠성을 한바탕 마구 흔들었다. 그런 다음 그는 일단 군사를 뒤로 물렸다. 그가 총공격을 서두르지 않으면서 질질 시간을 끄는 데에는 그만이 아는 고도의 계책이 숨어 있었다.

아무튼 1합(合)은 이렇듯 싱겁게 끝났다. 4도의 군사들은 전의에 불타고 있었지만 계백은 행여 그들이 한 사람이라도 다칠까봐 신중에 신중을 기하면서 성 안의 신라군을 독 안에 든 쥐 다루듯 하였다.

그날 새때쯤이었다. 동도의 군막 안에서 성루를 주시하고 있던 계백은 다시 그곳에 나타난 달통을 발견하였다. 그는 냅다 필마로 달려 나가 어제 보기 좋게 낚아챈 순태의 화살을 날렸다. 아니나 다를까, 정확히 달통의 투구 꼭지에 적중했던 화살은 각도를 꺾어 튕기면서 그 곁에 서 있던 부장 순태의 멱통에 콱 꽂혔다.

그와 동시에 순태가 성루 밑으로 굴러 떨어졌고, 분기탱천한 달통은 활에 화살을 메겨 계백을 겨냥하였다. 그 순간, 남도에서 화전이 날아올랐고, 그것을 신호로 북도의 와글와글 함성을 올리며 신라군을 혼란으로 몰아넣었다.

이번에는 달통이 계백을 향해 화살을 날렸다. 그러자 계백은 그 화살을 다시 낚아채 자신의 활에 메겨 되쏘았다. 그 화살은 달통의 겨드랑이 밑을 파고들며 전포(戰袍)에 꽂혔다. 그는 얼마든지 화살을 달통의 멱통에 명중시킬 수 있었지만 그의 넋을 빼놓기 위해 일부러 겨드랑이 밑으로 쏘았다.

계백의 화살이 겨드랑이 밑 전포에 꽂혔을 때 달통은 찔끔 오줌을 지렸다. 그런가 하면 계백의 궁술에 기가 질려버린 신라군 사졸들은 성첩 뒤로 몸을 숨긴 채 아예 오금을 펴지 못하고 있었다. 그러니까 계백은 벌써 이겨놓고 싸우는 셈이었다.

사실 달통은 계백의 적수가 될 수 없었고, 계백은 언제라도 일격에 그를 거꾸러뜨릴 수 있었다. 하지만 그는 달통을 곯려주는 데까지 곯려주고, 다른 한편으로는 신라의 구원군(救援軍)을 가잠성으로 유인한 뒤 그들을 한 놈이라도 더 격살하기 위하여 슬슬 지연작전을 펴고 있었다.

그리하여 계백은 2합도 가볍게 맛만 보여주고 끝냈다. 점심을 먹고 다시 3합을 벌인 그는 한 번 더 달통을 혼내주었고, 해질 무렵 4합에 들어가서는 신라군의 기세를 완전히 꺾어 놓았다.

한편, 그 무렵 백제 국왕 의자는 어영군을 이끌고 부산성(夫山城)을 쳐부순 뒤 신라 서남방에서 가장 막강한 미후성을 공격하고 있었다. 그는 노장들을 앞세워 며칠째 공방전(攻防戰)을 벌였으나 아직 이렇다 할 결말을 보지 못한 가운데 적군의 만만찮은 저항을 받고 있었다.

하지만 계백은 벌써 가잠성을 자유자재로 요리하면서 신라군의 숨통을 점점 더 옥죄고 있었다. 그 이튿날, 백제군의 남도는 날이 밝자 마자 충거(衝車; 성에 충격을 주기 위해 통나무로 만든 공격용 수레)를 들이대 고 가잠성의 남문을 들이받았다. 그런데도 신라군은 여간해서 성문을 열지 않았다. 백제군의 남도가 계속 남문을 들이받고 있는 사이 북도 의 장졸들은 포거를 벌여놓고 돌을 우박처럼 날려 보냈다.

그때 북한산 군주로 있다가 작년 가을 관산성 성주로 자리를 옮긴 변품이 구원군을 거느리고 득달같이 달려와 동도를 공격하였다. 드디 어 올 것이 온 셈이었다. 그것은 계백이 3군을 4도로 재편할 때부터 충분히 예측한 일이었고, 백제군은 이제 그들까지 싸잡아 격멸할 절 호의 기회를 맞이하였다.

별동대 대장 계백은 마침 잘 됐다 싶어 동도를 이끌고 변품의 구원 군과 격전을 벌이다가 돌연 말머리를 돌렸다. 그와 동시에 그는 칼을 높이 들었다. 남도의 깃발만 꼿꼿이 서 있었고, 동도 서도 북도의 깃 발이 일제히 드러눕고 있었다. 남도를 제외한 3도에게 퇴군하라는 명 령이었다. 계백이 소리쳤다.

"퇴각하라!"

부장이 그 명령을 복창하고 있었다.

"퇴각하라!"

나팔수가 나팔을 불고 있었다. 뿌우, 뿌우, 뿌우, 뿌우우……. 계백은 애마에 박차를 가하면서 멀리 서도 쪽으로 쏜살같이 질주하였다. 그의 뒤를 따라 동도 서도 북도의 3도가 부리나케 퇴각하고 있었다.

아니나 다를까, 가잠성 동문이 벌컥 열리면서 신라군이 밀물처럼 쏟아져 나왔다. 그들은 계백의 유인작전(誘引作戰)에 여지없이 걸려들었다. 그들은 계백이 패주하는 줄 알고 그 뒤를 추격하기 위하여 출성(出城)했던 것인데, 바로 그 순간 계백은 다시 말머리를 돌리면서 변품의 구원군과 정면대결을 벌이는 한편 한쪽에 대기하고 있던 남도로 하여금 신라군 후미를 들이치게 하였다. 계백의 공격명령이 떨어졌다.

"공격하라!"

징, 징, 징, 징……. 동라(銅鑼)가 울리고 있었다. 동도 서도 남도 북도의 기수들은 깃발을 세차에 나부끼고 있었다. 부장이 계백의 명령을 척척 복창했다.

"공격하라!"

계백이 소리쳤다.

"전원 돌격하라!"

치고, 받고, 베고, 찌르고……. 계백이 이끄는 별동대와 변품의 구원군은 피차 물러설 수 없는 한판을 벌였다. 창과 칼이 부딪쳐 쩔그렁 쩔그렁 쨍그랑쨍그랑 쨍쨍…… 금속성(金屬聲)을 내뿜는 가운데 팍팍 피를 뿌리는 혈전이 계속되는 동안 계백은 이리 뛰고 적진을 휘저으며 흡사 검무(劍舞)를 추듯 유연하게 일장검(一長劍)을 휘둘렀다. 그의 검법(劍法)은 검술이라기보다 차라리 무예(武藝)의 극치라고 말할 수 있었다.

철퇴를 휘두르는 병사, 도끼로 적을 내리찍는 병사, 갈고리로 기병을 찍어 내리는 병사, 몽둥이로 상대방을 후려치는 병사, 말에서 떨어진 적군의 배에 올라타고 주먹으로 면상을 사정없이 쥐어박는 병사, 공중으로 부웅 뛰어올랐다가 뛰어내리면서 날렵한 발차기로 한꺼번에 서너 명씩 해치우는 병사……. 여기저기서 피가 팍팍 튀었다. 계백이 이끄는 천하무적 별동대 앞에서 살아남을 자가 없었다.

"으악, 으아악!"

신라군의 비명이 등천하였다. 계백의 칼이 한 번 빗금을 그으며 스칠 때마다 적의 목이 뎅겅뎅겅 떨어져 나뒹굴었다. 그러면서도 계백은 그때그때 전군에 작전명령을 하달하고 있었다. 계백이 변품의 구원군을 밀고 당기면서 마음대로 쳐부수는 동안 남도는 활짝 열린 성문으로 가장 먼저 몰려 들어가 성루며 성첩 곳곳에 백제의 깃발을 세웠다.

백제군이 입성했을 때 성 안의 노인들과 아녀자들은 그들을 열렬히 환영하였다. 시간이 흐를수록 성 밖의 백병전은 대세가 확연히 기울어지고 있었다. 변품의 구원군은 사실상 궤멸되었고, 성 안에서 달려나온 달통의 군사들도 거의 탈진상태로 접어들고 있었다.

강장(強將) 밑에 어찌 약졸(弱卒)이 존재할 것인가. 계백이 워낙 용맹한지라 휘하의 장졸들도 모두 그런 강장을 닮아 용감무쌍하게 싸웠다. 계백은 종횡무진(縱橫無盡)으로 적진을 헤집고 있었다. 장졸들 또한 싸우면 싸울수록 더욱 힘이 치솟아 펄펄 날고 있었다.

사실 승부는 벌써 판가름 난 셈이었다. 이미 한계에 접어든 신라군은 이제 전멸 아니면 항복 중에서 한 가지를 선택하는 일만 남겨놓고 있었다. 이렇듯 승리가 확실해지자 계백은 말을 몰아 성 안으로 달려들어갔다.

그는 말에서 뛰어내리자마자 대뜸 성루에 올랐고, 전고(戰鼓)를 울려 최후의 승리를 쟁취하기 위해 분전 중인 장졸들의 사기를 한층 북돋아주었다. 그 반면, 피투성이가 된 달통은 이삿짐에 개 따라나서듯 제 아비만 졸졸 따라다니면서 부러진 칼로 사졸들을 거듭 독려하고 있었다. 하지만 이미 지칠 대로 지친 신라의 사졸들은 오합지중(烏合之衆)이 되어 백제군의 창검 아래 추풍낙엽(秋風落葉)처럼 나뒹굴고 있었다.

매미가 줄기차게 울어댔고, 녹음방초 우거진 가잠성 일대의 산야에는 신라군의 시체가 즐비하게 쌓여가고 있었다. 계백은 피비린내 나는 그 시산혈해(屍山血海)의 한복판에서 저 옛날 신라군의 독전을 맞고 쓰러져서 숨을 거두던 부친 청강의 환영을 보았다.

계백은 전통에서 독전을 뽑았다. 마침 변품이 성을 향해 달려들고 있었다. 계백은 활에 화살을 메겼고, 적장 변품의 멱통을 겨냥해 힘껏 시위를 당겼다. 화살은 쪽진 머리에 꽂은 비녀처럼 변품의 산멱을 관통하였고, 변품은 마상에서 떨어지며 몇 바퀴 떼굴떼굴 구르다가 움푹한 구렁으로 쑤셔 박혔다.

성 안의 백제군이 바윗덩어리를 굴렸고, 떼굴떼굴 구르던 그 바윗덩어리는 변품의 몸뚱이를 덮쳐눌렀다. 화들짝 놀란 달통이 제 아비를 구출하기 위해 그쪽으로 달려가고 있었다. 계백은 다시 독전을 날렸는데, 그 화살은 바람을 일으키며 날아가 달통의 산멱을 정통으로 꿰뚫었다.

달통이 몸을 휘청 하나 했더니 그는 이내 말에서 떨어져 가시밭으로 나뒹굴었다. 변품의 후광을 등에 업고 화랑이 되어 가잠성의 우두머리로 일세를 풍미했던 달통. 그러나 그는 계백이 쏜 응징의 화살을 맞고 제 아비와 더불어 같은 날 같은 장소에서 앞서거니 뒤서거니 똑같이 죽어갔다.

어쨌든 변품 부자가 죽자 나머지 신라군은 모두 항복하였다. 계백은 그들을 성 안으로 불러들여 편안히 쉬게 하였고, 휘하의 의병(醫兵)들로 하여금 부상당한 병사들을 각별히 잘 치료해주도록 당부하였다. 구사일생으로 살아남은 신라 병졸들은 계백의 온정 앞에 뜨거운 눈물을 흘리고 있었다.

때마침 북도의 도부수(刀斧手)가 변품 부자의 수급을 베어 계백 앞으로 가져왔다. 전독이 퍼지면서 얼룩얼룩 사반(死斑)이 묻어난 그 수급은 거무튀튀하게 변색돼 있었다. 계백은 장계(狀啓)와 함께 그 수급을 미후성에서 전투 중인 국왕 의자에게 보냈다. 결국 계백은 노장들의 우려를 뒤엎고 신라에서 가장 견고하다는 가잠성을 무너뜨려 완승을 일구어냈다.

한편, 계백의 가잠성 승첩은 미후성에서 공방전을 벌이고 있던 국왕 의자와 어영군에게 신선한 활력을 불어넣었다. 그리하여 한층 고무된 의자는 전선의 교착을 무너뜨리면서 총공격에 들어가 마침내 미후성을 점령하였다.

백제는 그 여세를 몰아 계속 신라 서남방의 여러 변성을 장악하였고, 그로부터 한 달 뒤인 8월에는 백제의 노장 윤충이 대야성(大耶城)으로 쳐들어가 신라 최고의 실력자 김춘추(金春秋, 太宗武烈王)의 사위 김품석(金品釋)과 그의 아내 고타소랑(古陁炤娘)의 수급을 거두었다. 대야성이 함락되자 신라는 큰 위기에 빠졌고, 신라의 서남방을 완전 장악한 백제는 마침내 서라벌까지 위협하게 되었다.

아무튼 계백의 가잠성 승리는 백제의 연전연승(連戰連勝)에 불을 붙이는 기폭제가 되었다. 그리하여 백제는 마침내 신라보다 군사적 우위를 차지하게 되었고, 계백의 가잠성 입성은 달통의 학정에 시달려

온 그곳 백성들에게도 새로운 전기를 마련해주었다. 마실꾼 용옥이
계백에게 말했다.

"비호(飛虎)가 따로 없더군요. 장군 나으리께서 신라군을 무찌르는
동안 저희들은 손에 땀을 쥐고 있었사옵니다."

가잠성 백성들은 전란이 수습된 이후 계백의 진면목을 발견하고는
다시 한 번 경탄을 금치 못했다. 적과 싸울 때에는 굶주린 호랑이보다
도 더 용맹스러웠던 계백이지만, 그러나 전투를 마치고 평온을 되찾
은 뒤에는 순한 양처럼 그렇게 온후하고 인자할 수가 없었다.

오죽하면 계백은 가잠성 성주로 있는 동안 성중의 아이들한테 턱밑
의 수염을 한두 번 잡힌 것이 아니었다. 그때까지도 슬하에 자녀를 두
지 못했던 그는 아이들을 만나면 코를 닦아준 뒤 불쑥 들어 올려 품안
에 안아주곤 하였다.

본래 아이들 예뻐하면 턱밑의 수염이 남아나지 않게 마련이었다.
그의 품에 안긴 아이들은 거의 어김없이 수염을 잡고 늘어졌다. 하지
만 계백은 성중의 아이들을 만날 때마다 그냥 지나치는 법이 없었다.
아이들의 머리라도 한 번 쓰다듬어주어야 직성이 풀렸다.

그 무렵 계백의 집에는 끼니거리가 없었다. 성주의 집에 식량이 떨
어졌다면 어느 누구도 믿지 않겠지만 계백은 전란 중에 농사를 짓지
못한 백성들을 돌보느라 봉록까지 다 내놓았던 터라 그 자신 끼니를
잇기가 어려운 형편이었다.

그러나 부인 목씨는 쓰다 달다 군말이 없었다. 설령 먹을 것이 없어
맹물만 마시게 되더라도 목씨는 오직 지아비 하는 일에 순명할 따름
이었다. 그녀는 여필종부(女必從夫)의 미덕을 선험적으로 통찰한 순종
의 여인이었다.

그 후 계백은 조정의 부름을 받고 사비 도성에 올라왔으나 그의 살

림은 별로 나아진 것이 없었다. 물론 끼니 걱정이야 면하게 되었지만 앞으로 어린 3남매를 어떻게 키워낼 것인가 생각하면 아득하게 느껴졌다. 더군다나 나라의 앞날을 전혀 예측할 수 없는 터라 그 걱정이란 이루 말할 수가 없었다.

계백은 생애 가장 큰 보람을 느꼈던, 그러나 고생도 적지 않았던 가잠성 성주 시절을 회상하면서 그 날도 마당에 나와 한 차례 창검을 다루었다. 그것은 몸에 밴 하루 일과의 시작이었다. 눈을 뜨자마자 한 차례 창검을 다루지 않으면 온종일 온몸이 근질거리고 팔다리가 욱신거려 견딜 수가 없었다.

그는 어느덧 노장의 반열에 들어 있었다. 한껏 농익은 그의 무술은 이제 은사이신 혜오화상의 경지를 훨씬 뛰어넘고 있었다. 그가 칼을 내리그으면 바람이 스윽스윽 베어져 나갔고, 창을 내뻗었다 하면 상투꼭지 위로 삐쭉 솟아 나온 상대방의 머리카락 한 올까지 잘라낼 수 있었다.

계백은 누가 뭐래도 지휘통솔의 대가였다. 지휘는 계급으로 할 수 있는 것이지만, 통솔은 아무나 할 수 있는 것이 아니었다. 계백은 특유의 인품과 실력과 덕망을 갖추고 있었다. 어느 누구라도 그의 대인다운 도량에 고개를 숙였다. 계백은 지휘와 통솔 양면에서 타의 추종을 불허했다. 아무리 드센 장졸이라 할지라도 그의 휘하에 들면 스스로 왜소해져서 저절로 복종하게 마련이었다.

조반(朝飯)을 들고, 그는 말에 올라 집을 나섰다. 단숨에 남령(南嶺)을 넘은 그는 희뿌연 청산성을 바라보며 우측으로 일산 밑자락을 끼고 돌아 동문을 벗어났다. 짙은 안개를 헤치며 오산 모퉁이에서 나타난 조랑말 한 필이 동문 쪽으로 향하고 있었다.

계백은 뭔가 낌새가 이상하다 싶어 얼른 말머리를 돌려 그의 진로를 막아섰다. 조랑말을 타고 나타난 사나이는 내신좌평 임자의 노비 조미압(租未押)이었다. 그는 계백과 마주치는 순간 몸을 움찔하면서 재빨리 조랑말에서 뛰어내렸다. 그가 허리를 꺾으며 마상의 계백에게 인사하였다.

"장군 나으리, 오랜만에 뵙사옵니다. 그간 존체만안(尊體萬安)하셨는 지요?"

"그래. 나야 잘 지냈다만 어디 갔다 오는 길이더냐?"

"심, 심부름……. 갔다 오는 길이옵니다."

"심부름?"

"그렇사옵니다. 소인의 주인어른께서 황산성(黃山城)에 갔다 오라고 하셔서……."

"네 이놈! 좌평께서는 무슨 일로 네놈을 꼭두새벽부터 황산성에 보냈단 말이냐?"

"사, 사실은……."

조미압은 벌써 사색이 되어 있었고, 계백은 그가 어디에서 무슨 짓을 하고 돌아오는지 훤히 꿰뚫고 있었다. 하지만 계백은 조미압의 상전인 임자의 체면을 참작하여 더 이상 수상쩍은 행적을 추궁하지 않았다. 계백이 물었다.

"그렇다면 일개 종놈이 웬 말을 타고 나섰는가?"

"이 조랑말은 소인이 주웠사옵니다."

"주웠다구?"

"그러하옵니다. 황산성에는 주인을 버리고 뛰쳐나온 조랑말이 여러 필 있었사옵니다. 걷기에는 너무 멀다 싶어 길 잃고 헤매는 조랑말 가운데 한 필을 주워서 예까지 타고 왔사옵니다."

"거짓말하지 마라. 나는 네놈 속을 다 알고 있느니라. 쓸데없는 헛

소리 그만하고 어서 가보아라."

"예, 예. 그럼 또 뵙겠사옵니다."

조미압은 드디어 살았다는 듯 말고삐를 잡아채며 벌 쏜 강아지처럼 달아나더니 이내 동문 쪽으로 자취를 감추었다. 참으로 가소롭기 짝이 없었다. 망둥이가 뛰면 꼴뚜기까지 뛴다더니 상전이 하늘 높은 줄 모르고 발호하니까 그의 노비 녀석까지 덩달아 설치고 돌아다녔다.

더욱이 조미압은 위험하기 짝이 없는 위인이었다. 본래 신라의 급찬(級飡)이었던 그는 부산현령(夫山縣令)으로 있었는데, 지난 임인년(壬寅年, 642) 7월 백제 국왕 의자가 신라 서남방을 친정할 때 일군(一軍)을 통솔했던 임자한테 사로잡혀 이곳 사비 도성까지 개처럼 끌려왔다.

그런데도 임자는 그런 조미압을 깨진 똥장군 받들어 모시듯 애지중지하고 있었다. 하기야 조미압이야말로 노비 중에서는 단연 군계일학(群鷄一鶴)이라고 말할 수 있었다. 다른 고관들의 노비가 무지렁이에 지나지 않는 반면, 조미압은 신라에서 급찬에 올라 현령까지 지냈을 만큼 그 나름대로 학식을 가지고 있었으므로 부려먹기가 좋았다.

벌써 오래 전 일이었다. 남달리 조미압을 신임하고 있던 임자는 그에게 출입의 자유를 허락해주었다. 그러자 조미압은 임자의 집을 나가 며칠째 돌아오지 않았다. 쥐새끼처럼 약아빠진 조미압은 백제 땅을 벗어났고, 은밀히 서라벌에 들어가서 신라의 최고 실세로 떠오른 김유신과 줄을 대고 있었다.

여왕 덕만(德曼, 善德女王)이 신라를 다스린 지 16년째 되던 정미년(丁未年, 647) 정월에는 서라벌에 큰 변란이 있었다. 상대등 비담(毗曇)과 염종(廉宗)이 여왕 덕만을 폐하려고 반란을 일으켜 명활성(明活城)에 웅거하였다. 그때 김유신은 그 난신적자들을 토벌하였고, 변경에 쳐들어온 백제군까지 잇따라 격파함으로써 신라 국왕은 그를 이찬으로 승진시켜 상주행군대총관(上州行軍大摠管)으로 삼았다.

이렇듯 김유신은 승승장구하고 있었다. 그러던 차에 김유신은 조미압이 서라벌에 들어왔다는 것을 알았다. 어느 날 밤이던가, 김유신은 휘하의 심복을 조미압에게 보냈고, 남의 이목을 피해 조심조심 그를 관저로 불러들이도록 하였다.

그의 부름을 받은 조미압은 가슴이 철렁하면서 눈앞이 노래짐을 느끼지 않을 수 없었다. 고국에 남아 있는 일가친지들이 그리워 제 발로 서라벌을 찾아오긴 했지만 대총관이 직접 부르는 것으로 미루어 짐작한다면 필시 백제에 들어가 부역(附逆)한 사실을 문죄(問罪)할 모양인 듯했다.

신라의 봉록을 받다가 백제로 잡혀간 뒤 적국의 대신 임자에게 충성을 아끼지 않고 있는 조미압. 그것은 살아남기 위한 절박한 선택이었지만, 그러나 김유신이 그 죄를 따져 추궁한다면 목숨을 보전할 길이 없었다.

사실 조미압은 백제의 사비 도성을 떠나 신라의 서라벌로 향할 때에도 몇 날 며칠 동안 밤길을 걷지 않으면 안 되었다. 그는 친지들이 살고 있는 서라벌에 당도한 뒤에도 그는 이만저만 몸을 사린 것이 아니었다. 백주(白晝)에 고개를 빳빳이 들고 나타났다간 어느 누구에게 돌을 맞을지 모르기 때문이었다.

하지만 그는 애당초 백제 땅을 벗어날 때부터 죽음을 각오한 바 있었으므로 삶과 죽음을 운명에 맡기기로 하였다. 설령 김유신의 칼날아래 죽는다 해도 그것은 팔자소관일 따름이었다.

조미압은 그런 각오로 관저에 들어가 김유신을 만났다. 하지만 그의 예측은 여지없이 빗나갔다. 천만뜻밖에도 김유신은 넉넉한 미소를 머금은 채 그를 반갑게 맞이해주었다. 자리를 권하면서 김유신이 말했다.

"앉으시게. 급찬……. 적국에 들어가 그동안 얼마나 노고가 많았는가?"

"고생이야 많이 했지요. 하지만 소인이 맡았던 고을을 보전치 못한 것은 죽어 마땅한 대죄(大罪)라 할 것이옵니다."

"아, 아닐세. 전역에서 생금(生擒)된 자가 어디 한둘이던가. 백제에서 벼슬하다가 우리 신라에 부로(俘虜; 전역에서 사로잡힌 자)로 잡혀와 충성하는 사람들도 적지 않다네. 적에게 사로잡혔던 몸으로 무사히 살아 돌아온 것만으로도 천행이라 할 것이야. 아무튼 잘 왔네. 내 일찍이 백제와 고구려를 토멸코자 결심하고 차근차근 수순을 밟아가고 있는 중이지. 이제 귀관이 나를 좀 도와줘야겠어."

"귀관이라니요? 소인은 이미 나라에서 주신 관직마저 보전하지 못하고 적국의 일개 노비가 되었사옵니다."

"하하하……. 그래도 귀관은 우리 신라의 급찬이 아니던가. 내가 살아 있는 한 급찬은 미구(未久)에 중책을 맡게 될 것이야. 나는 대왕 전하께 상주하여 곧 백제로 출병코자 하네. 이번 전역은 국운을 건 일전이 되겠지. 그 점에 대해 급찬은 어떻게 생각하는가?"

"범인(凡人)으로서는 감히 꿈도 꿀 수 없는 대계(大計)라 하겠사옵니다. 하오나 소인이 판단컨대 아직은 시기상조라 할 것이옵니다."

"시기상조라……?"

"그러하옵니다. 아뢰옵기 두렵사오나 백제 국왕 의자가 위용(偉容)하여 백성들의 신망이 두터운 데다 충직한 간신(諫臣)들까지 건재한지라 신라가 백제를 칠 경우 아직은 그 승패를 예단할 수 없다 하겠사옵니다."

"백제 국인들이 의자를 그렇게 믿고 따른단 말인가?"

"물론이옵니다. 국왕 의자의 선정에 감읍하지 않는 신하가 드문 형편이옵니다. 하온즉 대총관 어른께서 백제를 치고자 하신다면 먼저 물샐틈없는 계책을 세우신 연후에 때를 기다리심이 좋을 듯하옵니다. 아울러 상승일로에 있는 백제의 국력을 피로케 하고, 간신들을 이간하여 국왕 의자로 하여금 방탕의 길을 재촉토록 하는 것도 한 번쯤 강구해볼 좋은 계책이 될 것이옵니다."

"방탕의 길이라……?"

"그러하옵니다. 의자는 본래 풍류를 좋아해 술과 여인을 가까이하고 있사옵니다."

"여인을 가까이한다 했는가?"

"그렇사옵니다."

"잘 알았네."

김유신은 조미압의 말에 일리가 있다고 판단하면서 불현듯 미인계(美人計; 미인을 이용하여 사람을 꾀는 계책)를 생각했다. 그의 뇌리에 번뜩 떠오르는 여인이 있었다. 천관녀(天官女)와 절친한 금화(錦花)였다. 천관녀는 김유신의 애첩이었고, 금화는 천관녀의 아우뻘 되는 여인이었다. 천관녀로 말하자면 서라벌 전역에 널리 알려진 호색녀였지만 금화 역시 천관녀와 쌍벽을 이룰 만큼 요염하였다.

조미압이 백제의 최근 동향을 알려주는 동안 김유신은 저 몽매에도 잊지 못할 대야성 참패를 떠올리고 있었다. 대야성이 함락된 이후 신라 왕실의 체면은 말이 아니었고, 한 번 추락한 민심은 회복하기 어려울 정도로 곤두박질쳐서 그 여파는 일파만파의 파장을 몰고 왔다.

대야성에서 죽은 김품석은 김춘추의 사위였고, 그의 처 고타소랑은 김춘추의 딸이었지만 김유신에게는 매부와 누이 사이에서 태어난 생질이었다. 대야성 실함(失陷)은 김춘추와 김유신에게 깊은 상처를 남겼을 뿐만 아니라 더 나아가 신라의 자존심에 결정적 타격을 안겨주었다. 김유신이 조미압에게 물었다.

"모척(毛尺)은 살아 있는가?"

모척은 대야성에서 김품석의 막료로 있다가 그의 폭정에 시달리다 못해 몇 해 전 아내와 함께 탈출하여 백제에 투항한 인물이었다. 그들 부부는 그동안 김품석의 학정을 폭로하면서 백제에 숱한 정보를 제공해주었다.

모척은 일찍이 백제 상비군 총령 의직에게 신라 전도(全圖)까지 그려 헌납하였다. 서라벌과 대야성은 물론 신라의 여러 요충들이 상세하게 나타난 지도. 그는 특히 대야성 내부를 속속들이 그려냈다. 그 덕분에 백제 상비군은 대야성에 대한 정확한 정보를 챙길 수 있었다.

의직은 그 지도를 여러 장수들에게 골고루 베껴주었다. 물론 계백도 의직으로부터 넘겨받은 신라의 지도를 잘 간수하고 있었다. 그 지도는 그 어떤 무기보다도 소중했다. 모척이 그려준 지도는 거의 오차가 없었다. 백제의 여러 장수들은 신라를 공벌할 때마다 그 지도를 아주 요긴하게 사용하였다. 조미압이 말했다.

"물론이옵니다. 그는 사비에서 특별대우를 받고 있사옵니다."

"천하대역(天下大逆) 검일(黔日)은⋯⋯?"

검일은 본래 신라의 사지(舍知)로서 김품석의 막객(幕客)이었다. 어느 날이던가, 김품석은 아주 미인이었던 그의 아내를 빼앗아 강제로 몸을 섞었다. 말하자면 권력을 앞세워 남의 유부녀를 겁탈한 셈이었다.

그 일로 말미암아 검일은 김품석에게 말할 수 없는 원한을 품고 있었다. 그러다가 윤충이 대야성을 공격할 때 백제군의 앞잡이로 나섰던 모척과 내통하여 성 안의 창고에 불을 지른 주역이었다. 조미압이 말했다.

"그 작자도 아주 후한 포상을 받아 떵떵거리며 지내옵니다."

"그렇군. 그 놈들을 잡아 죽여야 할 텐데⋯⋯. 내가 사비 도성에 입성하면 그 놈부터 처단할 걸세."

"꼭 그렇게 될 날이 있을 것이옵니다."

"그래. 급찬이 말했듯 매사에는 때가 있는 법이지. 나는 그 결정적 기회를 준비하고자 급찬을 부른 거라네. 듣건대 사비에서는 내신좌평 임자의 세력이 만만치 않다고 하던데 그게 사실인가?"

"그렇사옵니다. 소인의 상전인 임자는 국왕 의자로부터 가장 신임을 얻고 있사옵니다. 그가 주청하는 일이면 안 되는 것이 없사옵고 웬만한 국사는 임자의 손에서 전결된다 해도 과언이 아니옵니다."

"과연 그렇군. 내가 오래 전부터 임자와 더불어 중대사를 도모하고자 했지. 하지만 임자에게 내 뜻을 전해줄 사람이 없었어. 자네가 사비 도성으로 돌아가 내 뜻을 임자에게 전해줄 수 있겠는가?"

"그야 여부가 있겠사옵니까? 대총관께서 소인을 믿고 소인이 감당해야 할 도리를 가르쳐 분부하신다면 비록 죽더라도 후회하지 않을 것이옵니다.”

“그렇다면 임자에게 꼭 내 뜻을 전해주게. 모름지기 국가는 꽃과 같고 인생은 나비와 같은 것이야. 만일 이 꽃이 진 뒤에 저 꽃이 핀다면 이 꽃에서 놀던 나비가 저 꽃으로 옮겨가겠지. 그것이 세상의 이치일진대 사시(四時)를 늘 봄으로 착각할 수야 없지 않은가. 구태여 꽃을 위하여 충절만 좇는다면 그 나비는 부귀를 잃고 목숨까지 망치게 되겠지. 무슨 뜻인지 알겠는가?”

그가 말하는 꽃이란 국가를, 그리고 나비란 국가의 권신을 의미하고 있었다. 그러니까 신라와 백제가 쟁패하는 동안 어느 쪽이 망하든 양인(兩人)은 피차 처신하기에 따라 얼마든지 권신의 특권을 유지할 수 있다는 뜻이었다. 조미압이 말했다.

“잘 알겠사옵니다. 역시 대총관 어른의 깊은 뜻은 헤아릴 길이 없사옵니다. 꽃이 지더라도 나비는 살아야겠지요. 현명한 나비라면 지는 꽃에 끝까지 붙어 앉아 자멸을 초래하지는 않을 것이옵니다. 사비로 돌아가면 기회를 엿보아 임자에게 꼭 그 말씀을 전하겠사옵니다.”

“호랑이와 호랑이가 서로 싸우면 어느 한쪽은 죽게 되어 있지. 그래서 호랑이끼리는 싸우지 않는 법이야. 나도 살고 임자도 살고……. 우리 두 사람이 다 살면 얼마나 좋겠는가?”

김유신의 그 말은 조미압에게도 큰 위안을 안겨주었다. 그 자신 국가에 대한 충성도 충성이지만 오로지 목숨을 보전하기 위해 임자의 집에서 노비 노릇을 하고 있었다. 이를테면 조미압이야말로 이 꽃에 붙어 있다가 난리 통에 저 꽃으로 끌려간, 그리하여 지금은 이 꽃을 멀리한 채 저 꽃을 좇는 나비인 셈이었다. 그가 김유신에게 말했다.

“정말 사람의 운명이란 언제 어떻게 될지 알 수가 없사옵니다.”

“그래. 바로 그걸세. 아무쪼록 사비 도성에 돌아가거든 임자로 하여

60

금 현명한 선택을 할 수 있도록 내 뜻을 잘 전해주게나. 그럼 잠깐만 기다리게."

그 말을 마치고 나서 김유신은 내실로 들어갔다가 금괴(金塊) 두 개를 들고 나왔다. 그 금괴를 보는 순간 조미압의 두 눈이 화등잔처럼 커지고 있었다. 김유신은 그 금괴를 조미압 앞으로 내놓았다. 깜짝 놀란 조미압이 물었다.

"이게 뭡니까?"

"금괴일세. 큰일을 하다보면 꼭 필요할 때가 있을 걸세. 자, 어서 넣어두게. 한 개는 임자에게 건네고 다른 한 개는 급찬이 쓰게나."

조미압은 징벌을 받아 목숨까지 내놓을 각오로 김유신의 관저에 들어갔다가 뜻하지 않은 횡재를 만났다. 그것도 한창 날개를 달고 떠오르는 당대 최고의 거물 김유신으로부터 그런 금괴를 받게 될 줄이야 꿈에도 생각 못한 일이었다. 조미압이 굽실거렸다.

"대총관 어른, 참으로 황송하옵니다."

"아, 아니야. 조금도 부담 느끼지 말게. 아, 참……. 귀관은 본래 신라의 국록을 먹던 관원이었지?"

"그러하옵니다."

"그렇다면 장차 조국 신라를 위해 큰일을 해야겠지?"

"그야 여부가 있겠사옵니까."

"그래, 그래. 급찬은 분명 나와 더불어 대사를 도모할 수 있으리라 믿네. 신라에서 관원으로 있던 사람이 적국에서 하인 노릇하기가 쉽지 않겠지. 하지만 우리 신라가 백제를 섬멸할 때까지 당분간 사비 도성에 머물러주게. 내 말 알아듣겠나?"

"명심하겠사옵니다."

"사비 도성에 머물러 있으면 반드시 좋은 일이 있을 것이야. 급찬이 말한 대로 국왕 의자로 하여금 방탕의 길을 재촉코자 하면 여인이 필요하겠지?"

"그렇사옵니다."

"잘 알았어. 귀관이 원한다면 미인계도 쓸 수 있으니까 잘 알아서 끊임없이 기회를 엿보도록 하게나."

김유신은 귀엣말로 뭔가를 소곤소곤하였다. 조미압은 눈알을 팽글팽글 굴리면서 김유신의 말을 귀담아 듣고 있었다. 조미압이 말했다.

"소인은 대총관 어른께 끝까지 충성하겠사옵니다."

충성을 맹세한 조미압은 곧 금괴를 챙겨 들고 관저를 벗어났다. 그는 이게 꿈인지 생시인지 알 수 없어 직접 허벅지를 꼬집어서 비틀어 보기도 하였다. 검지와 엄지 사이에 물린 살점이 아픈 것으로 보아 꿈이 아닌 생시임에 틀림없었다.

그는 아까부터 계속 주위를 둘러보았다. 아무도 보이지 않았다. 그는 너무 흡족해서 하늘의 별들을 보고 껄껄 웃었다. 맨 처음 김유신의 부름을 받았을 때에는 꼼짝없이 죽었다고 예측했건만 웬걸 김유신은 전과(前科)도 묻지 않았을 뿐만 아니라 난생 처음 구경해 보는 금괴까지 안겨주었다.

임자의 노비 조미압은 며칠 후 서라벌을 떠나 사비 도성으로 돌아왔고, 그 이전보다 훨씬 더 임자를 극진히 모셨다. 그것은 임자의 마음을 송두리째 사로잡기 위한 계략이었다. 아니나 다를까, 세월이 흐를수록 임자는 그를 더욱 신뢰하여 말을 타고 밖으로 나돌아도 그냥 방임하였다.

휘어대 대장 계백은 임자의 그런 처사를 도저히 이해할 수가 없었다. 좌평에게 좌평의 도리가 있는 것처럼 노비에게는 노비의 도리가 있지 않은가. 그렇건만 일개 노비가 도성 안팎을 휘젓고 돌아다니는

데도 그 주인인 임자는 전혀 책망하지 않았다.

한편, 계백의 부인 목씨는 가끔 틈을 내어 몸종 언년이를 데리고 도성 한복판의 정림사를 찾아 예불을 드리곤 하였다. 그녀는, 비록 늦기는 했지만 어린 3남매가 성장하는 것을 보면서 부처님 대전에 늘 감사하는 마음으로 살아가고 있었다.

계백의 지어미가 된 이후 목씨는 모두 7남매를 낳았지만 위로 4남매는 갓난아기 때 모두 죽었다. 그 아기들은 미처 젖도 떼기 전인 벌거숭이 때 홍역에다 마마하며 볼거리라든가 아무튼 이상맹랑한 역질(疫疾)을 앓다가 사람 노릇도 못해보고 내리 죽어갔다.

그 아이들을 살려보려고 약을 쓰고, 의원을 부르고, 심지어 무당을 불러 푸닥거리까지 해보았지만 아기들 돌림병 앞에서는 백약이 무효였다. 그러나 밑으로 3남매는 별로 속 썩이지 않고 새록새록 잘 자라 이제는 저희들끼리도 마음껏 뛰어 놀게 되었다.

손 귀한 집안의 며느리로서, 또 지체 높은 장군의 지어미로서 아기를 낳자마자 그 녀석들이 차례차례 죽어갈 때 얼마나 마음고생이 컸던지 그것은 차라리 그녀만이 아는 비밀이었다. 그런데 늦게라도 그처럼 귀여운 아이들이 잘 자라게 되었다는 것은 오로지 부처님 은덕이라고 말할 수밖에 없었다.

더욱이 그 아이들을 낳은 이후 집안 형편도 조금씩 나아지고 있었다. 본래 계백이야 권세를 탐하지 않는, 오직 청렴결백을 최고의 덕목으로 삼아 강직하게 살아가는 대쪽 같은 인물이었지만 그래도 벼슬이 점점 높아져 달솔까지 이른 것을 본다면 정녕 대자대비(大慈大悲) 부처님께서 그 뒤를 잘 보살펴주시는 듯했다.

그날도 정림사에서 예불을 마친 목씨는 곧 구드래로 나아갔다. 온갖 꽃이 흐드러지게 피어난 부소산은 그야말로 장관이 아닐 수 없었

다. 구드래 일원은 물론 강 건너에도 형형색색의 들꽃이 만발하여 온
통 꽃세상을 만들어 놓고 있었다. 제 새끼들을 거두어 먹이려는 듯 먹
이를 입에 문 때까치 한 마리가 부소산 기슭 숲으로 날아가고 있었다.

백마강 제언(堤堰)으로 올라서자 울성산(蔚城山) 아래로 웅장한 왕흥
사(王興寺) 일각이 시야에 들어왔다. 백마강은 반짝반짝 햇빛을 내쏘
며 흘렀고, 저 건너 부산과 엿바위도 그녀를 반겨주는 듯했다. 새들이
물속을 들락거리며 자맥질을 하거나 몇몇은 모래톱에 올라앉아 해바
라기를 하고 있었다.

부소산 그늘을 벗어난 범선 한 척이 왕흥사 쪽으로 건너가고 있었
다. 뱃사공의 노 젓는 노랫가락이 여기까지 들려오고 있었다. 범선이
왕흥사 앞 나루터에 몸을 대는가 했더니 이번에는 곰나루 쪽에서 내
려온 또 다른 범선 한 척이 물길을 따라 엿바위 쪽으로 미끄러지고 있
었다.

목씨는 얼마 동안 그런 백마강 정경을 바라보다가 집으로 돌아왔
다. 마당쇠 덕보(德甫)가 마굿간을 치우고 있었다. 그는 얼마나 부지런
했던지 계백이 애마를 매어두는 마굿간을 언제나 반들반들하게 치워
놓곤 하였다. 중방(中枋)에 가로지른 칸살이나 말구유만 아니라면 마
굿간은 여느 살림방이나 다름없었다. 목씨가 언년이와 함께 바깥마당
으로 들어서자 덕보는 헤벌쭉 웃으며 허리를 굽실굽실하였다.

한편, 계백은 그날 저녁 때 장졸들을 조련하고 돌아오는 길에 잠깐
진악산성의 봉두정(鳳頭亭)에 들렀다가 성말(城末)을 거쳐 강변을 따라
화지산 쪽으로 방향을 잡았다. 그곳에는 백제군 총령 의직이 있었고,
계백은 그를 만나기 위해 소부리벌 본영 신기정(新基亭)에 들르기로
하였다.

의직은 산전수전(山戰水戰) 다 겪은 용장이었다. 그는 그동안 한두

차례 출사한 것이 아니었고, 승전과 패전을 두루 경험한 역전의 백전노장(百戰老將)이었다. 계백이 이제껏 싸움에 나아가 전승을 거둔 반면, 의직은 몇 번인가 처절한 패전을 겪어 휘하의 장졸들을 무수히 잃은 비운의 장수이기도 했다.

그러나 의직만큼 병법(兵法)에 밝은 인물도 드물었다. 대부분의 장수들이 육전(陸戰)이면 육전, 수전(水戰)이면 수전, 어느 한 분야에만 능통한 반면 의직은 육전과 수전에 모두 통달해 있었다. 그러니까 의직은 수륙(水陸) 양면의 전술전략에 해박한 식견과 풍부한 경험을 가지고 있었던 것이다.

일찍이 해양으로 나아가 저 옛날부터 왜를 지배한 백제는 마침내 지나로도 진출하여 요서(遼西)를 경략한 데다 내주(萊州)와 월주(越州)에까지 강대한 세력을 뻗친 바 있었다. 의직은 백제의 그런 영화가 수군으로부터 비롯되었다는 것을 잘 알고 있었다. 그리하여 그는 노상 수군의 중요성을 역설하곤 하였다.

실지로 지금 백제의 수군이 서해를 안방 드나들 듯 하면서 제해권(制海權)을 완전 장악한 것은 물론이려니와 기벌포 등 여러 포구와 해안과 강안(江岸)을 철통같이 방비하고 있는 것도 순전히 그의 공로라 말할 수 있었다. 아니, 현재 해상의 함정을 운용하는 모든 현역 수군 장졸들이 바로 의직 휘하에서 배출되었다 해도 과언이 아니었다.

아무튼 그는 백제에서 가장 바다와 강의 중요성을 잘 알고 있었다. 그는 언제나 육군뿐만 아니라 수군까지 아우르는 양병을 주장하였고, 백제가 바다를 주름잡는 해양 강국의 전통을 이어받은 것도 의직 같은 선각자가 있어 가능한 일이었다. 그리하여 백제의 장졸들은 그에게 '바다의 용(龍)'이라는 뜻에서 '해룡(海龍)'이라는 별호를 붙여주었다.

더욱이 그는 어느 누구보다도 의롭고 강직하였다. 그가 여러 번의 패전에다 임자를 비롯한 적신(賊臣)들의 모함과 농간에도 불구하고 이제까지 건재한 것은 남달리 의롭고 강직하기 때문이었다. 만약 그가 조금이라도 부정이나 부패에 물들었다면 지금까지 어떻게 살아남았을 것인가.

휘어대 대장 계백이 일산 산모퉁이를 돌아섰을 때 백마강에는 저무는 햇살을 받으며 돛대에 황포 돛을 올린 범선 몇 척이 오락가락하고 있었다. 그가 화지산 언저리로 들어서자 군문 파수병(把守兵)들이 일제히 예의를 갖추었다. 계백이 본영으로 들어섰을 때 총령 의직은 마악 조련을 끝내고 모사(謀士)들과 뭣뭣을 의논하는 중이었다. 의직이 반겨주었다.

"장군, 어서 오시오. 그동안 얼마나 노고가 많으셨소이까?"

"그 뭐 노고랄 거야 있습니까? 늘 똑같은 일만 반복하고 있을 따름이지요."

"아무튼 우리 백제에 장군 같은 분이 더도 말고 딱 두 분만 계신다면 걱정할 것이 없을 텐데……. 최근 조정 안팎에서 돌아가는 여러 형세로 보아 아무래도 뭔가 심상치 않소이다."

"그렇습니다. 조미압의 발길이 한결 부산해진 것만 보더라도 예사가 아닌 듯합니다. 오늘따라 선왕 전하의 위업이 더욱 그립다 하겠습니다. 국왕 전하께서 그 위업을 이어받아 더욱 국력을 길러야 하실진대 어쩌다 나라의 형세가 이 지경으로 돌아가는지 정말 알다가도 모를 일입니다."

휘어대 대장 계백은 무왕 치세의 저 웅위했던 태평성대에 아련한 향수 같은 것을 느끼고 있었다. 국왕 의자가 탐락과 황음에 빠진 데다 노망까지 들어 국정을 제대로 살피지 못하는 오늘날 계백뿐만 아니라 대다수 백성들은 무왕 시절의 그 찬란했던 국위를 떠올리지 않을 수 없었다.

　말이 나왔으니까 얘기지만 성왕이 관산성에 출정했다가 구천에서 신라의 복병을 만나 전사한 뒤 백제는 큰 위기를 맞는 듯했다. 그러나 그 뒤를 이어 즉위한 위덕왕이 천수를 누리면서 장장 45년 동안 왕위에 있었고, 그가 재위하는 동안 백제는 보란 듯이 저 쓰라린 시련을 극복하고 재기와 중흥의 발판을 다질 수 있었다.

　그가 무오년(戊午年, 598), 즉 지나의 수(隋)나라 문제(文帝) 개황(開皇) 18년 섣달에 세상을 뜨자 그의 둘째아들 계명(季明, 惠王)이 즉위하였다. 하지만 부왕의 재위기간이 워낙 길었던 터라 계명은 이미 늙어 있었다.

　그는 불행하게도 왕위에 오르자마자 몇 달 만에 승하하였다. 백제의 조정 대신들은 그에게 '혜(惠)'라는 시호를 올렸는데, 재위기간이 너무 짧았던 혜왕의 치적은 사실상 내세울 만한 것이 없었다.

　백제의 백성들은 실망하지 않을 수 없었다. 관산성 참패 이후 위덕왕이 절체절명의 위기를 극복해낸 것은 참으로 다행스런 일이었지만, 그 사왕(嗣王)이 잠깐 사이에 훙서함으로써 백제인들은 실의에 젖지 않을 수 없었다.

　그 뒤를 이어 혜왕의 장자 선(宣, 일명 孝順, 法王)이 즉위하였다. 그러나 선 역시 문약(文弱)하기 짝이 없었다. 그는 병약한 몸으로 불법에 심취하여 정사(政事)보다는 불사(佛事)에 더 관심을 기울였다.

　효순은 즉위하던 그 해 겨울 어명을 내려 살생을 엄금하는 한편, 민가에서 기르던 매, 비둘기 등속을 방생토록 하고 어렵(漁獵) 도구들을 거둬들여 모조리 불태웠다. 그런가 하면 그는 즉위 이태 째인 경신년(庚申年, 600) 춘정월 왕흥사를 창건하고 도승(度僧) 30명을 두도록 하교하였다.

그 해 봄에는 큰 한발이 들었고, 땅이 어떻게나 메말랐던지 농작물 씨앗을 파종할 수가 없었다. 이러한 가뭄이 계속되자 선은 대소신료들을 거느리고 칠악사(漆岳寺)에 가서 몸소 기우제를 지내기도 하였다.

이렇듯 불법에 심취했던 선 역시 낮이나 밤이나 고롱고롱 병고에 시달리지 않으면 안 되었다. 그는 친히 절에 나가 고승들의 설법을 듣고, 또 숱한 백성들에게 도첩(度牒)을 주어 중이 되게 하였으며, 부처님의 음우(陰佑)를 간절히 바랐으나 점점 환우가 깊어지더니 그 해 5월 급기야 세상을 떠나고 말았다.

조정 대신들은 숙의를 거쳐 불법에 심취했던 그에게 '법(法)'이라는 시호를 올렸고, 그 뒤를 이어 여러 논란과 우여곡절 끝에 법왕의 아들인 장이 즉위하였다. 그는 바로 어린 시절 항간에서 흔히 마동, 또는 서동(薯童)이라 불리던 기복 많은 인물이었다.

왕년의 다른 왕자들, 특히 궁궐에서 호의호식하며 성장한 역대 태자들에 비한다면 그는 분명 불우한 어린 시절을 보냈다. 궁궐 밖에서 성장한 그는 마[薯]를 캐다가 저자에 내다 팔아 모친과 더불어 생계를 꾸려가야 할 정도로 힘든 세파를 헤치지 않으면 안 되었다.

그러나 장은 본래 어떤 왕자들보다도 남달리 훤칠한 기상을 갖추고 있었다. 약골 중의 약골이었던 부왕에 비한다면 그 아들 장은 하늘이 낸 강골 중의 강골이라고 말할 수 있었다.

그는 풍채가 영특하고 기골이 장대한 데다 지기(志氣)가 사뭇 호걸스러웠다. 더군다나 그는 도량이 넓고 담대할 뿐만 아니라 남들이 모방할 수 없는 기막힌 지모까지 겸비하고 있었다. 살아 있는 전설이라고나 할까, 그가 신라에 들어가 국왕 백정의 공주 선화(善花, 善化라고도 씀)를 데려다 배필로 삼은 일화는 입에서 입으로 건너고 건너 백제 전역에 널리 퍼져 있었다.

아무튼 서동, 즉 새 임금 장은 그처럼 호방한 데다 지략이 절륜(絶倫)한 인물인지라 백성들로부터 큰 신망을 얻고 있었다. 한편, 왕위에 오른 장은 백성들의 여망에 보답하기 위하여 불철주야 심혈을 기울였다.

하늘은 스스로 돕는 자를 돕는다고 했던가, 국왕 이하 온 백성이 하나로 뭉치자 해마다 풍년이 들어 백제의 국력은 점점 더 부강해지고 있었다. 국왕은 백성들을 자기 살붙이처럼 아꼈고, 백성들은 그런 국왕을 하늘처럼 받들어 모시고 있었다.

국왕 장은 이렇듯 날로 융성해지는 국력과 단단하게 결집된 백성들의 응집력을 바탕으로 대외정벌을 모색하였다. 그 첫 번째 표적은 당연히 구원(舊怨)에 사무치는 신라일 수밖에 없었다. 그는 신라를 상대로 여러 차례 전쟁을 벌여 백제가 지난날의 시련을 딛고 우뚝 솟아났음을 과시하였다.

가잠성 쟁탈전은 더 말할 나위도 없거니와 그가 왕위에 오른 지 17년째 되던 해에는 달솔 백기에게 군사 8천 명을 주어 모산성(母山城)을 공취하였다. 그 후 즉위 24년째 되던 계미년(癸未年, 623)에는 신라의 늑노현(勒努縣)을 쳐서 빼앗았고, 그 이듬해에는 속함(速含), 앵잠(櫻岑), 기잠(岐岑), 봉잠(烽岑), 기현(旗縣), 용책(冗柵) 등 신라의 여섯 군데 성을 들이쳐서 대승을 거두었다.

이제 백제는 지난날의 치욕을 떨치고 일어나 강력한 왕국으로 웅비하고 있었다. 백제 국왕 장은 날로 우뚝우뚝 치솟는 국력을 바탕으로 사비 도성의 궁궐 남쪽, 그 자신 어린 시절을 보냈던 마래방죽을 크게 확장하고 20리 밖에서 물을 끌어들였다. 그뿐 아니라 사방에는 버드나무를 심고 못 가운데에는 도서(島嶼)를 쌓아 방장선산(方丈仙山)을 옮겨 놓은 듯한 선경(仙境)을 만들어 놓기도 하였다.

백제는 그곳을 정궁 이외의 이궁(離宮)으로 요긴하게 사용하였다. 그러던 어느 날, 국왕 장은 왕비 선화와 함께 사자사(師子寺)에 행차하려고 금마저(金馬渚)의 용화산(龍華山) 아래 큰 못가에 이르렀다. 그 순간 미륵삼존(彌勒三尊)이 못 속에서 불쑥 솟아 나와 수레를 멈추고 왕과 왕비에게 경의를 표하였다. 왕비가 국왕에게 말했다.

"모름지기 이곳에 큰절을 세우고 싶사옵니다."

"좋은 생각이오. 그렇게 합시다."

국왕 장과 왕비 선화는 곧 지명법사(知命法師)를 찾아가 불사 문제를 의논하였다. 선화가 지명법사에게 말했다.

"큰절을 세우려면 못부터 메워야 할 텐데 그게 걱정이군요."

"나무아미타불 관세음보살……. 그거야 걱정하지 않으셔도 되옵니다. 소승은 하룻밤 사이에 저 못을 모두 메울 수 있사옵니다."

"아, 어쩌면……."

아니나 다를까, 지명법사는 신통력을 써서 하룻밤 사이에 그 못을 메우고 평지를 만들어 놓았다. 그것을 시작으로 국왕 장은 중신들에게 하교하여 미륵사(彌勒寺) 창건에 착수하였고, 경내에는 각각 3개소(個所)의 회전(會殿)과 탑(塔)과 낭무(廊廡)를 세워나가게 되었다.

그뿐 아니라 장은 자신과 인연이 깊은, 즉 한때 마를 캐며 살았던 그곳에 별궁(別宮)을 짓고 사비 도성에 버금가는 또 다른 왕도(王都)를 건설하기 위해 방대한 토목공사를 벌였다. 당시 일부 조정 대신들이 국력낭비 등을 문제 삼아 반론을 제기하기도 했지만 장은 그곳을 신라 정벌의 전초기지로 삼아 다시 한 번 흥륭을 기약하고자 심혈을 기울였다.

한편, 신라 국왕 백정은 아들 없이 딸만 셋을 두고 있었다. 덕만과 선화와 문정(文貞)이 그들이었다. 장이 서라벌에 들어가 선화를 꼬드거 나올 때 덕만은 출가하여 비구니(比丘尼)가 되어 있었는데, 둘째공주인 선화마저 신라의 성골(聖骨)을 놔두고 달아나 타방(他邦)의 왕족과 혼인하게 되자 백정은 닭 쫓던 개 하늘 쳐다보는 식으로 허탈감에 젖어 있었다.

그러나 그는 막내딸 문정을 진지왕의 아들 김용춘(金龍春, 金龍樹라고도 함)에게 시집보낸 것을 무척 다행스럽게 생각하고 있었다. 백정은 선화를 버린 자식으로 여기는 반면 정상적으로 혼인한 문정을 유난히도 편애하였다. 그는 사위 김용춘을 아들처럼 인식하는 가운데 이찬으로 삼고 요직에 중용하였다.

하지만 백정의 입장에서 볼 때 백제 국왕 장은 사랑하는 딸을 몰래 훔쳐간 괘씸하고 고약한 사위가 아닐 수 없었다. 그 반면, 장 쪽에서 볼 때에는 그 자신 장인(丈人)한테 사위 대우도 제대로 못 받을 뿐만 아니라 신라에서 손아래 동서(同婿)가 장인에게 밀착하여 절대 권력을 농단하는 꼴이란 이만저만 구역질나는 것이 아니었다.

사실 이찬 김용춘은 백정 치세에서 날개를 달고 승승장구하였다. 그는 임오년(壬午年, 622)에 이르자 내성사신(內省私臣)이 되어 삼궁(三宮)을 겸관(兼官)하였다. 신라는 본래 대궁(大宮), 양궁(梁宮), 사량궁(沙梁宮)에 각각 사신을 두었는데 김용춘에게는 이들 삼궁의 업무를 총괄토록 하였다.

백제의 국왕 장이 장인으로부터 홀대를 받아온 반면 김용춘은 이렇듯 깃발을 날리고 있었다. 더욱이 신라 왕실의 법도로 따지자면 장은 국왕의 사위라 할지라도 성골이 아닌지라 절대로 신라의 군왕에 오를 수가 없었다. 그 대신 백정에게 아들이 없음을 감안할 때 김용춘에게는 장차 왕위까지 상속될 개연성도 없지 않았다. 그러니까 국왕 장은 장인의 나라이자 왕비의 나라인 신라에 대하여 개뿔이나 아무것도 기대할 것이 없었다.

장이 왕위에 오른 지 33년째 되던 해였다. 그 해 정월 신라 국왕 백정이 죽자 조정 중신들은 그에게 '진평(眞平)'이라는 시호를 올리고 후계 문제를 긴밀히 논의하였다. 진평왕에게 아들이 있었더라면 별 문제가 없었겠지만 그가 딸만 셋을 두었던지라 후계 문제가 복잡해질 수밖에 없었다.

일부에서 김용춘을 신왕으로 추대해야 한다는 주장이 나왔다. 하지만 김용춘을 국왕으로 옹립할 경우 백제 국왕 장과의 미묘한 관계가 파생될 수밖에 없었다. 진평왕의 사위 중 굳이 서열로 따진다면 장이 손위에 있었기 때문이었다. 하지만 성골도 진골도 아닌, 이방(異邦)의 국왕을 신라의 국왕으로 추대한다는 것은 신라를 통째로 백제에 헌상하는 것과 다를 바 없었다.

신라의 대신들은 갑론을박(甲論乙駁)을 거듭하던 끝에 궁여지책(窮餘之策)이라고나 할까 이미 출가한 여승(女僧) 덕만을 궁궐로 모셔와 국왕으로 옹립하고 성조황고(聖祖皇姑)라 불렀다. 진평왕의 장녀로서 평소 관인명민(寬仁明敏)하여 국인들에 의해 신라 역사상 최초의 여왕으로 추대된 성조황고 덕만은, 그러나 왕위에 오른 뒤에도 늘 절간으로 돌아갈 궁리만 하였다.

한편, 신라의 덕만이 등장하던 그 해 백제 국왕 장은 장남 의자를 태자로 책립하였다. 역대 군왕들이 일찍 태자를 책봉한 데 비추어 그의 태자 책봉은 매우 늦은 편이었다. 국왕 장은 왕실의 복잡한 사정을 정리하느라 그제서야 의자를 태자로 세웠다.

그럴 즈음 신라 국왕 덕만은 조정 대신 을제(乙祭)에게 전권을 맡겨 국정을 총지(摠持)토록 하고 제부(弟夫)인 김용춘을 중용하였다. 왕위에 오른 지 4년째 되던 을미년(乙未年, 635)에는 이찬 수품(水品)과 김용

72

춘으로 하여금 전국 각지의 주·군·현을 순행토록 하였다. 그러니까 덕만은 그들에게 국왕에 준하는 권한을 부여한 셈이었다.

그 반면, 그녀는 김용춘보다 손위 제부인 장을 국정 운영에서 완전히 배제하였다. 하기야 장이 적대관계에 있는 백제의 국왕이기도 했지만, 덕만이 장을 매정하게 따돌린 그 이면에는 김용춘의 집요한 이간술책이 작용한 탓이었다.

본래 아내가 예쁘면 처가의 말뚝까지 예뻐 보이게 마련이었다. 하지만 장의 입장은 달랐다. 처형(妻兄)의 배척에다 손아래 동서 김용춘까지 농간을 부리는지라 장으로서는 처가의 나라인 신라에 굳이 애착을 가질 필요가 없었다.

그뿐 아니라 백제 국왕 장은 일찍이 성왕의 참극을 잘 알고 있었다. 더군다나 신라의 진평왕이 바로 성왕의 사위였다는 사실을 잊을 수가 없었다. 즉, 그는 성왕의 딸을 데려다 소비(小妃)로 삼은 사위로서 졸개들을 내보내 장인을 무참히 살해하였다.

제라동맹 파기 이후 백제는 이래저래 신라를 용서할 수가 없었다. 백제 국왕 장은 어느 누구보다도 그런 저간의 전말을 잘 알고 있었으므로 국적 신라와는 끝장을 볼 때까지 싸우기로 작정하였다.

더군다나 장에게는 야무진 야망이 있었고, 그는 왕위에 오른 뒤 그것을 몸소 실천에 옮겨 나갔다. 그리하여 그가 재위하는 동안 한 풀 꺾인 신라는 납작 엎드린 채 백제 침범을 극도로 자제하였다.

계백은 장, 즉 무왕 시절의 태평성대를 회상하며 이궁 쪽으로 눈길을 던졌다. 버들가지 휘늘어진 그곳에서는 금방이라도 무왕이 백마를 타고 뛰어나올 듯했다. 의직이 말했다.

"본관 또한 오늘 낮 잠시 이궁에 들러 선왕 전하의 위업을 기렸소. 만일 선왕 전하의 영혼이 대왕 전하께 응감하신다면 우리 백제의 정세가 이 지경까지 이르지는 않았을 것이오.”

“누가 아니랍니까.”

의직과 계백은 무척 말을 아끼고 있었다. 낮말은 새가 듣고 밤 말은 쥐가 듣는다 했지만 지금 같은 난세에 자칫 혀를 잘못 놀렸다가 무슨 설화(舌禍)를 입을지 모르기 때문이었다. 의직이 말했다.

“대왕 전하께 극간도 할 만큼 했지요. 하지만 오히려 역신들의 말에 더 귀를 기울이시니 통탄할 일이지 뭐겠소. 그렇게 영걸스러웠던 대왕이시건만 대야성을 칠 때의 그 위용은 어디로 갔는지…….”

의직은 무심히 흐르는 백마강을 바라보며 혼잣말 같은 탄식을 자아 냈다. 사실 국왕 의자가 처음 등극했을 때만 해도 조정 대신들은 물론 모든 백성들이 그의 선정에 찬사를 아끼다 못해 감읍하지 않은 자가 없었다.

국왕 의자는 무왕 못지않게 용감하고 담대하여 크고 작은 국사(國事)를 시원시원하게 처결(處決)하곤 하였다. 특히 신라를 칠 때에도 작은 성만을 골라 깔짝깔짝 싸운 것이 아니라 대병을 일으켜 판세를 크게 벌이곤 하였다. 그 중에서도 즉위 직후 성충의 계책을 받아들여 한꺼번에 신라의 서남방 40여 성을 평정하고 윤충을 내보내 대야성까지 차지한 것은 최대의 치적이 아닐 수 없었다.

윤충은 둘째가라면 서러워할 천하 명장이었다. 사비 도성에서 군사를 이끌고 남하한 그는 본격적으로 대야성을 공격하기에 앞서 다시 한 번 모척을 군막 안으로 불러들였다. 윤충이 모척에게 물었다.

“정말 검일을 만날 수 있는가?”

“조금도 염려하지 마시옵소서. 소인이 오죽하면 대야성에서 탈출해 나왔겠사옵니까? 소인은 김품석을 잡아 죽일 수만 있다면 무슨 일이라도 하겠사옵니다. 만약 소인이 손을 뻗치기만 하면 검일은 얼씨

74

구나 춤을 추면서 나올 것이옵니다."

"오, 그래? 그럼 성 안에서 싸울 줄 아는 사람은 누가 있는가?"

"그야 많지요. 김품석 휘하에는 아찬(阿湌) 서천(西川)를 비롯하여 사지 죽죽(竹竹)이며 용석(龍石) 등등 쓸 만한 인물이 꽤 있사옵니다. 하지만 창고에서 불길이 치솟으면 김품석 이하 나머지 졸개들은 혼비백산하여 허둥지둥 달아나게 될 것이옵니다."

"알았네. 그럼 꼭 검일과 내응하여 실수 없도록 하게."

"명심하겠사옵니다. 잠시 후 땅거미가 내리면 곧 행동을 개시하겠사옵니다."

"그렇다고 너무 서두르진 말게. 자네가 성 안으로 들어가면 분명 개들이 짖어댈 걸세. 그러면 누군가의 눈에 발각되겠지. 본관은 자네가 침투하기 직전부터 공작을 마치고 나올 때까지 팔매질하듯 포거(抛車; 돌을 쏘기 위해 만든 수레. 砲車로도 씀)로 찔끔찔끔 성 안으로 포격을 가하겠네. 물론 돌에 놀란 개들이 짖어대겠지. 그렇게 되면 성 안에 있는 신라군들은 여기저기 떨어지는 돌 때문에 개가 짖어대는 줄 알면서 성 밖의 우리에게 신경을 곤두세울 거란 말야. 그 사이에 검일을 만나고 나오면 될 것 아닌가. 검일을 만나거든 이쪽에서 화전을 쏘아 올릴 때 창고에 방화(放火)하라 이르게. 물론 자네가 무사히 임무를 마치고 나오면 우리 쪽에서는 포격을 멈추겠네."

"아, 정말 장군 나으리의 계책은 기가 막히옵니다. 저는 쥐도 새도 모르게 성 안에 들어가 눈 깜빡할 사이에 검일을 만나고 오겠사옵니다. 그럼 본격적인 공격은 언제 시작하실 것이옵니까?"

"그건 자네가 돌아온 뒤에 결심할 일이니까 무사히 다녀오기나 하게. 화공(火攻)에는 바람이 솔솔 불어올 때라야 제격이지. 아무쪼록 자네의 무운을 비네. 술 한잔 마시겠는가?"

"아, 아니옵니다. 술을 마셨다가 실수하는 날에는 죽도 밥도 아니 되옵니다. 술은 이번 작전이 성공한 뒤에도 얼마든지 마실 수 있사옵니다. 조금도 심려치 마시옵소서. 소인은 이번 기회에 검일과 더불어 원수를 갚고야 말겠사옵니다."

"아암, 그래야지. 원수를 꼭 갚아야지."

윤충은 일부 포수(砲手)와 파수병을 제외한 전군으로 하여금 저녁밥을 먹자마자 초저녁부터 일찍 취침하도록 배려하였다. 그것은 모척의 은밀한 침투를 돕고, 장졸들을 충분히 재워 다음 작전에 돌입하기 위한 고도의 계책이었다.

이윽고 해가 져서 주위가 어둑어둑해지고 있었다. 윤충은 포수들을 동원하여 성 안으로 슬쩍슬쩍 돌을 날려 보냈다. 아니나 다를까, 성안의 개들이 컹컹 짖기 시작하였고, 횃불을 든 신라군 초병(哨兵)들이 성첩으로 나와 두리번거리고 있었다.

그 절호의 기회를 놓칠세라 모척은 후미진 수문(水門) 구멍을 통해 번개처럼 대야성 안으로 잠입하여 검일과 만났고, 백제군 진영에서 화전이 치솟는 것을 신호로 성 안팎에서 손발을 맞춰 적극 협력할 것을 굳게 약속한 뒤 잽싸게 그곳을 빠져 나왔다. 모척이 윤충에게 말했다.

"모든 준비가 끝났사옵니다."

그의 보고를 받은 윤충은 포수들에게 포격 중지명령을 내렸다.

"포격을 중지하라."

포수들의 포격이 멎자 잠시 후 개 짖는 소리도 뚝 그쳤다. 때마침 바람까지 솔솔 불어오고 있었다. 모척은 성 밖에서, 그리고 검일은 성 안에서 효시가 날아오기만을 애타게 기다렸다. 하지만 윤충은 좀처럼 공격명령을 내리지 않고 있었다.

달은 서산으로 꼴깍 넘어갔고, 하늘에는 보석 같은 잔별만 촘촘히 빛나고 있었다. 죽은 듯이 고요한 밤이었다. 윤충은 장졸들이 조금이라도 더 수면을 취할 수 있도록 배려하면서 모사들과 함께 뜬눈으로 닭이 울기를 기다렸다.

드디어 첫닭이 울었다. *꼬꼬, 꼬꼬, 꼬끼요……*. 윤충은 각 군막으로 이어진 노끈을 툭툭 잡아당겨 기침(起寢) 명령을 내렸다. 그러자 각 군막에서는 초저녁부터 숙면을 취했던 장졸들이 벌떡벌떡 일어나 삽시간에 전투태세를 완비하였다. 윤충이 궁노수에게 명령하였다.

"화전을 쏴라!"

잠시 화전이 별똥별처럼 꼬리를 날리며 높이 날아올랐고, 그와 동시에 성 안에서 불길이 확확 치솟아 올랐다. 초조하게 기다리던 검일이 곡물 창고에 불을 지른 것이었다. 높이 치솟은 화염이 널름널름 캄캄한 밤하늘을 핥고 있었다.

일찍이 야전에서 청춘을 바친 노장 윤충은 이 기회를 놓칠세라 둥, 둥, 둥…… 전고를 울렸다. 그것을 신호로 군막에서 맹수처럼 뛰어나온 백제의 용사들이 포거를 들이대고 앞이 안 보일 정도로 돌을 쏘아댔다.

돌멩이 날아드는 소리와 개 짖는 소리에 초저녁잠을 설쳤다가 뒤늦게서야 겨우 잠들었던 성 안의 신라군. 그들은 창고에 불이 붙은 데다 돌까지 우박처럼 쏟아지자 비몽사몽간(非夢似夢間)에 혼비백산하여 갈팡질팡하였다.

징, 징, 지잉, 지잉……. 윤충은 동라를 울리면서 장졸들의 공격 강도를 점점 더 높여나갔다. 화살이 성 안을 향해 소나기처럼 날아가고 있었다. 하지만 잠결에 기습당한 성 안의 신라군은 싸움다운 싸움도 해보지 못한 채 점점 궤멸돼 가고 있었다.

시간이 흐를수록 대야성은 온통 불바다가 되어 검붉은 화염을 뭉클 뭉클 토해냈다. 그뿐 아니라 신라군은 줄줄이 밧줄을 타고 다람쥐처럼 쪼르르 성벽을 내려와 백제군 진영에 투항하였다.

먼동이 트고 있었다. 얼마나 싸웠을까, 성 안은 외마디소리와 통곡소리가 뒤범벅되어 아수라장이 돼가고 있었다. 윤충이 말을 타고 앞으로 나아갔다. 그는 간헐적으로 날아드는 화살을 창으로 척척 막아내면서 여유만만하게 성곽 쪽으로 접근하였다. 성주 김품석을 보좌하고 있던 아찬 서천이 성첩에 붙어 서서 얼굴만 내민 채 윤충에게 소리쳤다.

"살려주시오. 만약 우리를 죽이지 않는다면 성을 들어 항복하겠소."

"하하하……. 진작 그럴 것이지. 너희들이 항복한다면 우리는 너희들 목숨만은 보전해줄 것이니라."

"좋소. 잠시 시간을 주시오."

"알았다."

윤충은 공격 중지명령을 내렸고, 그와 동시에 백제군 진영에서 빗발치던 화살과 돌이 뚝 멎었다. 그 사이 서천은 김품석에게 항복할 것을 간곡히 권고하였다. 하지만 김품석의 당하(幢下)로 있던 사지 죽죽이 입에 버캐를 물며 반대하였다. 그가 김품석에게 말했다.

"안 됩니다. 백제는 변덕이 죽 끓듯 하는 나라입니다. 윤충이 달콤한 말로 우리를 꾀어내려 하지만 거기에 말려들어서는 안 됩니다. 만약 우리가 성을 나가게 되면 죽음을 면치 못할 것이외다. 그럴 바에는 마지막까지 싸워야 합니다. 쥐같이 엎드려 목숨을 구걸하느니보다는 범처럼 싸우다 죽는 것이 낫다 하겠습니다."

"아니오. 우린 이미 패했소. 끝까지 버티다 개죽음을 당하는 것보다는 일단 목숨을 구한 뒤 훗날을 기약하는 편이 낫겠소. 어서 성문을 여시오.”

대야성 도독으로 남의 아내까지 빼앗을 정도로 막강한 권세를 농단했던 김품석도 그때쯤 해서는 기가 팍 꺾여 있었다. 그러나 그의 폭정에 피눈물을 삼켜야 했던 모척과 창고에 불을 지른 뒤 도망쳐 나온 검일은 백제군 진영에서 윤충의 기치 아래 한창 기세를 올리고 있었다.

김품석의 명령을 받은 신라군은 어쩔 수 없이 성문을 열었다. 그리고 그들은 밀물처럼 성문을 빠져나갔는데, 그 앞에서 기다리고 있던 백제군은 신라군을 닥치는 대로 모조리 처단하였다. 천지를 진동하는 신라군의 울부짖음이 메아리치고 있었다.

김품석은 서둘러 성문을 열었다가 장졸들이 모두 격살되는 것을 보고 먼저 아내 고타소랑과 자녀들을 죽인 뒤 그 자신도 스스로 목 찔러 죽었다. 그가 죽자 사지 죽죽이 잔졸들을 거두어 성문을 닫은 뒤 혼자서 끈질기게 항거하였다. 그런 죽죽을 보고 동료 용석이 고개를 가로저으며 말했다.

“틀렸소. 병세(兵勢)가 기울었소. 우리가 아무리 싸워본들 온전히 견딜 수가 없을 것이오. 살아서 투항했다가 다시 기회를 엿보는 것이 어떻겠소?”

“닥치시오. 나의 아버지가 내 이름을 죽죽이라 지은 것은 나로 하여금 대나무처럼 추운 겨울에도 시들지 말고 누군가에게 꺾여도 굽히지 말라는 뜻이었소. 그렇건만 어찌 죽음을 두려워하여 항복할 수 있단 말이오?”

그는 끝까지 싸웠고, 결국 용석과 함께 장렬히 전사하였다. 성 안의 저항이 멎자 윤충은 드디어 장졸들을 이끌고 성 안으로 들어가 곳곳에 백제의 깃발을 세웠다. 아직도 불길이 치솟고 있는 성 안에는 여기저기 신라군의 시체들이 산더미처럼 쌓여 있었다.

단번에 신라군 천여 명을 사로잡은 윤충은 성루 근처에서 김품석 일가의 시신을 찾아냈다. 그의 가족들은 피투성이가 되어 있었고, 한 때 대야성 백성들 위에 제왕처럼 군림하는 가운데 떵떵거리며 살았던 김품석의 멱통에는 예리한 칼이 박혀 있었다.

윤충을 따르고 있던 검일이 달려들어 김품석의 멱통에서 칼을 쑥 뽑아 들었다. 칼끝에는 시뻘건 선혈이 묻어나 있었다. 검일은 그런 칼로 다시 김품석의 멱통을 도려 두상(頭上)을 잘라냈다. 그러자 이번에는 모척이 검일로부터 그 칼을 넘겨받아 고타소랑의 멱통을 질근질근 베었다.

이를테면 김품석은 자신의 칼로 처자와 더불어 두 번 죽은 꼴이었다. 윤충은 김품석 내외의 수급을 도성으로 보냈고, 성 안은 물론 성루(城壘)에도 병력을 배치하여 대야성을 굳게 지키도록 하는 한편 성중의 백성들을 서쪽의 여러 고을로 이주시켜 토박이 백제인들과 더불어 살아가게 하였다.

한편, 백제 국왕 의자는 사비 도성에서 김품석 내외의 수급을 받았다. 지난번에는 미후성에서는 계백이 보낸 변품 부자의 수급을 받았는데 이번에는 윤충이 보낸 김품석 내외의 수급을 받게 됨으로써 이만저만 흡족한 것이 아니었다.

국왕 의자는 즉각 김품석 내외의 수급을 형옥(刑獄)의 밑바닥에 깊이 파묻도록 어명을 내렸다. 신라가 성왕의 수급을 북청 층계 밑에 묻은 사실을 상기하면서 의자는 그들 내외의 수급을 형옥 밑바닥에 파묻어 그들로 하여금 죽은 뒤에도 영원히 감옥살이를 하도록 응징하였다.

며칠 후 장군 윤충이 사비 도성으로 개선할 때 의자는 동문 밖까지 친림(親臨)하여 환영하였고, 백제의 백성들은 생업을 작파한 채 연도

에 나와 뜨거운 박수갈채와 함께 우레 같은 함성을 올리면서 그의 전
공을 찬양하였다. 의자는 윤충에게 말 20필과 곡식 1천 석을 상으로
내려주었다.

그 반면, 사위 김품석과 딸 고타소랑이 죽었다는 소식을 급보로 전
해들은 김춘추는 몸을 가눌 수 없을 정도로 큰 충격을 받았다. 그는
얼마나 놀랐던지 기둥에 기댄 채 온종일 눈 한 번 깜박이지 않았다.
그러다가 그는 뜨거운 눈물을 흘리며 신음처럼 중얼거렸다.

"아아……. 대장부로 태어나 어찌 원수를 갚지 못하랴."

물론 여왕 덕만도 격분한 나머지 치를 떨고 있었다. 신라는 참패했
고, 백제는 대승을 거두었다. 그런 대승의 중심에 바로 백제 충신 성
충의 혜안과 지략이 있었다. 역시 그 형에 그 아우였다. 성충과 윤충
형제는 분명 백제의 보배로운 인재들이었다.

일찍이 성충이 예견했던 것처럼 백제군의 동향을 파악하느라 말에
올라보지도 못한 김유신은 계속 가슴을 쳤다. 말하자면 그는 성충의
계책에 말려들어 손도 써보지 못한 채 꼼짝없이 신라 서남방을 모조
리 잃었다.

신라의 여왕 덕만은 대야성에서 용감히 싸우다 전몰한 죽죽에게 급
찬을, 용석에게는 대내마(大奈麻)를 추증(追贈)하고 그의 가족들을 왕도
로 옮겨 후한 포상을 내렸다. 하지만 때는 이미 늦어 있었다. 대야성
을 빼앗김으로 해서 신라는 낙동강(洛東江) 동쪽으로 후퇴하지 않을
수 없었다. 그리하여 그들은 압량주(押梁州)에 진을 치고 벌벌 떨면서
백제의 재침(再侵)에 대비하였다.

그 후 계백을 비롯한 백제의 대신들은 그 시절 의자가 이룩한 대업
을 가슴 속 깊은 곳에 하나의 전설이나 신화처럼 간직하고 있었다. 물
론 각지에서 활약한 제장들의 공업(功業)도 공업이지만 의자가 아니고

서는 그렇게 통 큰 원정을 벌일 수가 없었다. 계백이 의직에게 말했다.

"대왕 전하는 분명 걸출한 영웅이었지요. 그 충천했던 기백과 용맹은 어디로 갔는지 참으로 안타깝기 짝이 없습니다. 아마도 하늘은 우리 백제를 더 이상 굽어 살피시지 않는 듯하오이다. 지금이라도 대왕 전하께옵서 국기(國基)를 바로 세우셔야 할 텐데……. 아, 참……. 너무 안타깝고 딱해서 뭐라 드릴 말씀이 없습니다."

"그렇소. 대왕 전하의 망령이 점점 깊어 가는지라 나라가 누란(累卵)의 위기에 처했다 할 것이오. 만약 신라가 이러한 속내를 알게 된다면 불원간 거병할 것이 분명하오. 자, 그건 그렇고……. 우리 모처럼 만났는데 석반(夕飯)을 겸하여 박주(薄酒)라도 한잔 나눕시다."

좌평 의직은 달솔 계백을 내실로 안내하였다. 그 안에는 벌써 조촐한 주안상이 차려져 있었다. 등불을 켜고, 휘어대 대장 계백은 백제군 총령 의직과 마주 앉아 앞이 보이지 않는 조국의 장래를 걱정하며 진지한 대화를 나누었다. 어느덧 밤이 깊어가고 있었다.

돌이켜 보면 국왕 의자는 참으로 한 시대의 영걸이었다. 즉위 초기 의자가 신라의 서남방을 모두 평정하는 동안 각지로 나간 여러 장수들 또한 모두 압승을 거두었다. 계백이 가장 먼저 가잠성을 무너뜨렸고, 성충은 파죽지세(破竹之勢)로 도살성을 점령했으며, 신라의 정병들과 맞붙어 혈투를 벌이던 의직까지 금현성에 무사히 입성하였다.

백제의 이런 대승은 의자가 거병한 지 불과 한 달 만에 일구어낸 쾌거였다. 그로부터 한 달 뒤, 윤충이 대야성을 장악함으로써 백제는 대장정의 대미를 장식하였다. 동남방의 가잠성에서 시작된 계백의 승리가 동북방의 성충, 중동방의 의직, 서남방의 의자와 윤충의 승리로 이어지면서 백제는 모든 전선에서 신라를 완전히 제압하였다.

계백은 그 시절을 의자 치세의 전성시대라 믿고 있었다. 그는 어디를 가나 성충과 흥수를 잊지 않고 있었다. 그들은 바로 천등산 인근의 동향인(同鄕人)이었고, 일찍이 혜오화상을 스승으로 모시고 동문수학한 선배들이었다.

계백은 그런 선배들을 존경했다. 그처럼 인격적으로 훌륭한 선배들과 한 시대를 살아간다는 사실만으로도 행복했다. 예로부터 유유상종(類類相從)이라 하지 않았던가. 충신은 충신끼리, 역적은 역적끼리 살아가게 마련이었다.

성충과 흥수는 물에 빠져도 절대로 개헤엄을 안 칠 사람들이었다.

설령 얼어 죽는다 해도 곁불을 쬐지 않을 당대 최고의 양반들. 그런 거인들이 있음으로 해서 백제는 사상 최강의 왕국으로 우뚝 설 수 있었다.

계백보다 먼저 세상에 태어난, 본래 명문거족(名門巨族)의 후예인 성충과 흥수는 일찍 사로에 나가 요직을 두루 거치면서 한 시대를 화려하게 이끌어 나왔다. 그 반면, 그들보다 뒤늦게 태어난 계백은 일개 평민의 자제인지라 사실상 관계 진출이 어려운 실정이었다.

그런 여건 속에 남달리 계백을 눈여겨 본 사람들이 있었다. 바로 성충과 흥수였다. 그들은 어느 누구보다도 계백에 대해 관심이 많았다. 계백의 부친 청강이 세운 전공도 전공이지만, 계백 자신이 어렸을 때부터 남다른 데가 있었으므로 성충과 흥수는 소년시절 이후 그를 각별히 아껴왔다.

계백은 조용하고 온순하면서도 불의를 보면 참지 못하는 천성을 가지고 있었다. 외유내강(外柔內剛)의 전형이라고나 할까, 평소에는 그렇게 온순하고 부드러우면서도 사리에 맞지 않은 꼴을 보면 결코 그냥 지나치지 못했다.

계백은 의리에 살고 의리에 죽는 의인이었다. 누군가 어려움에 처한 사람을 보면 어떤 희생을 감수해서라도 도움을 베풀었다. 손익 따위는 아예 안중에도 없었다. 이웃이 불행한 일을 당하면 그는 몸이 부서지도록 돌봐주었다.

본래 될성부른 나무는 떡잎부터 알아본다고 했지만 이웃 사람들은 그런 계백을 예사로 보지 않았다. 더군다나 계백은 몸이 날쌘 데다 두뇌까지 명석하여 한 가지를 일러주면 두 가지 세 가지씩 척척 이해하곤 하였다.

아무튼 혜오화상 문하에 들어간 뒤 계백의 학문과 무술은 일취월장(日就月將)을 거듭하였다. 성충과 흥수는 그런 계백이 언젠가는 큰일을 하게 되리라 믿어 의심치 않았고, 그 후 계백의 나이가 성년의 반열에 들었을 때 성충과 흥수는 기꺼이 그를 사로에 천거하였다.

당연한 결과이지만, 국왕 장은 그들의 주청을 가납하여 계백을 극우(剋虞)로 제수하고 사군부(司軍部)의 말직에 한 자리를 마련해주었다. 극우는 16관등 중 최하위 관등이었다. 사군부는 병마(兵馬)를 취급하는 외관(外官)으로서 계백은 그 말직을 맡아 관계(官界)에 첫발을 내디뎠다. 그의 나이 열일곱 살 때의 일이었다.

계백을 천거한 성충과 흥수는 계백이 장차 훨씬 더 크고 높은 자리를 맡을 수 있을 것으로 기대했다. 그들은 일찌감치 계백을 훌륭한 장재(將材)로 보았고, 그가 말직에서부터 착실히 경력을 쌓으면 언젠가는 훨씬 더 무거운 대직(大職)에서 아주 뛰어난 역량을 발휘할 수 있으리라 믿어 의심치 않았다.

한편, 계백은 평소 성충과 흥수를 부형처럼 존경했다. 대대로 자손이 귀했던 터라 이렇다 할 일가친척도 없이 고단하게 살아온 계백에게는 그들이야말로 친형제 이상으로 가까운 이웃이자 가장 든든한 후원자라 해도 과언이 아니었다. 어떻게 보면 어려운 시대에 태어나 그런 인물들을 만날 수 있다는 자체가 큰 행운이 아닐 수 없었다.

백제의 백성이라면 다 알고 있는 일이지만 그들은 누가 뭐래도 한 시대의 등불 같은 존재들이었다. 혼탁한 시대에 나라와 백성이 나아갈 길을 밝혀주는 등불. 계백에게는 그들이야말로 면경(面鏡) 같은 선배들이었다. 자신의 모습을 비춰보는 면경. 계백은 종종 그들에게 자신의 모습을 비춰보며 과연 어떻게 사는 것이 올곧은 삶인가를 가슴에 되새기곤 하였다.

계백의 눈에 비친 좌평 성충과 흥수는 하늘을 우러러 한 점 부끄러움도 없는, 그리하여 모든 백성들의 귀감이 되고도 남을 양심과 실력의 표본이었다. 그들은 길이 아니면 가지 않은 사람들이었다. 세상이 다 썩어문드러져도 그들만은 언제나 산천어(山川魚)처럼 고결하기만 하였다.

당장 목에 칼이 들어온다 해도 할 말을 하는 충신들이었고, 그들의 말 한마디는 천금보다도 더 무거웠다. 그들의 말이라면 설령 팥으로 메주를 쑨다 해도 충분히 새겨들어야 할 값어치가 있었다. 뒤가 구린 사람 같으면 비리나 부정을 보고서도 제 발이 저려 입을 다물거나 적당히 타협할 수밖에 없겠지만 그들이야말로 그런 속인들과는 거리가 멀었다.

그들은 뭐가 달라도 달랐다. 그들은 아무리 털어도 먼지 날 소인들이 아니었다. 아니, 그들은 털면 털수록 향내 나는, 대장부의 지조와 의리를 생명처럼 여기는 대인들이었다. 그들은 언제나 어려운 일을 스스로 떠맡았고, 어떻게 해서든 다른 사람들의 짐을 덜어주려 하였다.

의자가 친정에 나섰던 임인년 회전 때만 하더라도 좌평 성충은 다른 장수들을 여러 방면으로 내보내면서 그 자신은 자발적으로 위험부담이 가장 큰 도살성을 선택하였다. 도살성은 백제, 고구려, 신라뿐만 아니라 예족의 이해관계까지 맞물려 자칫 잘못하면 삼국의 전면전(全面戰)을 불러올 수 있는 곳이기도 했다.

더욱이 도살성과 그 주변 백성들의 성향 또한 여간 복잡한 것이 아니었다. 지난 세월 도살성의 주인이 수시로 바뀐 탓이었다. 지난 수년간 백제, 고구려, 신라가 번갈아 가며 다스렸던 터라 도살성과 그 주변 백성들의 속내랄까 성향은 전혀 예측할 수가 없었다.

더욱이 도살성 주변에는 예족(穢族)들까지 득실거리고 있었다. 그들은 송산(松山), 배산(排山), 작산(鵲山) 등지에 고만고만한 작은 성을 두고 있었다. 삼국이 쟁패하는 동안 그들의 환심을 사기 위해 몇몇 우두머리에게 식읍(食邑)을 준 탓이었다.

예족 우두머리 중에는 종기(琮起), 학현(壑玄), 용성(用成)처럼 현령을 자처하며 제법 잔머리 깨나 쓰는 작자들도 있었다. 그들은 신라가 제라동맹을 파기하고 신주를 설치할 때 식읍을 받은 자들이었다. 그들은 해마다 도살성에 예물을 바치면서 자기들의 실익을 추구해왔다.

도살성 언저리의 예족, 특히 자칭 현령들은 강자의 눈치를 보는 데가위 귀신이라고 말할 수 있었다. 그들은 슬금슬금 백제, 고구려, 신라의 눈치를 살피면서 그때그때 자기들에게 유리한 쪽으로 빌붙었다. 바로 그 중심에 종기와 학현과 용성 따위가 있었고, 그들은 동족을 보호한다는 미명 아래 간에 붙었다 쓸개에 붙었다 시류에 편승하곤 하였다.

그것은 곧 그들의 생존방식이었다. 고래 싸움에 새우등 터지는 형국이라고나 할까, 그들은 오랜 세월 삼국의 쟁패 속에서 그런 생존방식을 몸에 익혔다.

좌평 성충이 도살성을 공략할 때 신라군보다 더 극렬하게 저항한 것은 바로 그들 예족이었다. 도살성이야 본래 백제 땅이었지만, 고구려를 거쳐 잠시 백제가 점령했다가 신라의 강역으로 넘어간 이후 신흥 지배계층이 형성된 탓이었다.

그들 신흥 지배계층은 세상이 바뀌는 것을 원치 않고 있었다. 그들은 그동안 신라에 충성하여 재미를 보았고, 신라는 신라대로 최전방에 살고 있는 그들을 군사적으로 적절히 이용하기 위하여 선심을 베풀어왔다.

좌평 성충은 진작부터 도살성 주변의 그런 사정을 속속들이 파악해놓고 있었다. 당초 성충이 국왕 의자에게 계책을 상주할 때 계백을 가잠성으로, 의직을 금현성으로, 윤충을 대야성으로 내보내면서 그 자신 도살성 출사를 결심한 이유가 바로 거기에 있었다.

동남방, 중동방, 서남방 여러 성의 경우 신라군을 무찌름으로써 사실상 전역이 끝난다고 말할 수 있었다. 하지만 동북부에 있는 도살성의 경우 신라군을 격파한 다음에는 예족까지 제압하지 않으면 안 될 형편이었다.

사정이 이런지라 성충 자신은 백제, 고구려, 신라뿐만 아니라 예족의 이해관계까지 복잡하게 얽혀 있는 도살성을 선택했다. 이번 기회에 예족의 버르장머리를 고쳐 완전히 복속시키고야 말겠다는 결연한 의지. 성충은 그런 계산까지 하면서 도살성 공벌을 자청하였다.

백제군이 입성했을 때 간신히 살아남은 신라군의 잔졸들은 예족의 작은 읍성(邑城)을 향해 똥줄이 빠지게 달아났다. 하지만 성충은 도살성에 입성한 뒤 성 안의 백성들을 따뜻이 위로하였다. 그날 저녁, 막료회의를 열었을 때 막하의 부장 경수(耕水)가 성충에게 말했다.

"장군, 내친 김에 예족의 읍성까지 초토화시키는 것이 어떻겠사옵니까?"

"내 생각은 좀 다르오만……."

성충은 빙그레 웃었다. 그러자 나머지 장졸들은 입을 굳게 다물고 말았다. 그들은 죽었다 깨어나도 성충의 지략을 당할 수 없기 때문이었다. 꼴깍, 마른침을 삼킨 뒤 경수가 다시 말했다.

"쇠뿔도 단김에 빼라고 했사옵니다. 저쪽으로 달아난 잔졸들이 필경 유격전을 벌일 것이옵니다. 내친 김에 잔졸들을 모조리 소탕하고 예족의 읍성까지 우리 손에 넣으면 후환을 없애는 데다 강역까지 넓힐 수 있어 꿩 먹고 알 먹는 셈이라 하겠사옵니다."

"부장……. 내가 왜 그걸 모르겠소. 하지만 입술이 없으면 이가 시린 법이오. 우리는 저 예족을 입술로 삼아 신라와 고구려를 견제해야

하오. 저 예족을 잘 이용하면 신라의 북진을 막고, 고구려의 남진을
막을 수 있을 뿐만 아니라 때에 따라서는 우리가 저들을 앞세워 신라
도 치고 고구려도 칠 수 있을 것이오. 부장의 생각은 꿩 먹고 알 먹는
일거양득(一擧兩得)이라 하겠으나 내 계책은 따로 있소이다. 내가 예측
컨대 신라 잔졸들의 유격전보다는 예족의 꼼수를 더욱 경계해야 할
것이오.”

“꼼수라니요?”

“하하하……. 그동안 예족이 강대국의 틈바구니에서 어떻게 살아
왔는가를 생각한다면 그들은 필경 꼼수를 쓰게 될 것이오. 머지않아
종기, 학현, 용성이 우리에게 연락을 취해올 것인데 그때까지 그들의
동태를 잘 살펴봐야 할 것이오. 부장은 경계를 늦추지 말고 수병(守兵)
을 세워 저들의 움직임을 주시토록 하시오.”

“예, 알겠사옵니다.”

그 이튿날이었다. 부장 경수가 수병들을 챙기며 순행을 돌고 있을
때 화살 한 발이 날아와 성루 댓돌 밑에 박혔다. 경수는 이게 웬일인
가 싶어 화살을 뽑아 들었는데 살대에는 뜻밖에도 전서가 매달려 있
었다. 전서의 내용을 살펴본 그는 재빨리 그것을 움켜쥐고 성충에게
로 달려가 급보를 올렸다. 성충이 말했다.

“부장……. 성산의 종기가 전서를 보낸 모양이구려?”

“그렇사옵니다. 백제군의 승전을 경축하고 더 나아가 높은 충절을
흠모하여 장군 나으리께 예물을 바치겠다 하였사옵니다.”

“예물을 보낸다면 당연히 받아야지. 종기한테서 사자가 오거들랑
언제라도 성문을 열고 예물을 받아들이시오.”

“예, 장군…….”

경수는 예의를 갖춘 뒤 물러갔고, 잠시 후 송산 쪽에서 나타난 수레

한 대가 도살성 남문 쪽으로 다가오고 있었다. 경수가 성문을 열어주자 그들은 수레에 싣고 왔던, 비단으로 곱게 덮은 거창한 궤짝을 내려놓고 돌아갔다. 경수는 사졸들을 동원하여 그 궤짝을 성충 앞으로 운반하였다. 성충이 경수에게 말했다.

"하하하……. 그것을 어찌하여 예까지 가져왔소?"

"예에?"

"그걸 사람들의 발길이 미치지 않는 외진 곳으로 가져가시오. 그런 다음 기름을 붓고 불을 질러 궤짝을 통째로 태워버리시오."

경수는 깜짝 놀랐다. 조금 전까지만 해도 예물을 받아들이라 했던 성충이 돌변한 탓이었다. 비단으로 덮은 궤짝에 무슨 금은보화가 들었을지 모르는 마당에 다짜고짜 불을 지르라니 도저히 납득할 수가 없었다. 경수가 말했다.

"예에? 그건 당치도 않은 말씀이옵니다. 장군께서 청렴결백하게 살아오신 것은 만인이 다 아는 일이옵니다만 이것은 어디까지나 뇌물이 아니라 예물이옵니다. 종기가 장군의 충절을 흠모하고 우리 백제에 충성을 맹세하기 위하여 보낸 예물일진대 불을 지른다는 것은 부당한 일이라 할 것이옵니다."

"부장은 어찌하여 군령을 어기려 하시오. 당장 끌고 나가 불 지르도록 하시오."

"장군……. 소장이 생각하건대 저엉 예물을 받기가 내키지 않으신다면 종기의 성의를 생각해서라도 일단 개봉이라도 하신 연후에 소각하심이 옳을 줄 아옵니다."

"어허……. 군령이라 하지 않았소? 부장은 즉각 시행하시오."

좌평 성충이 추상같이 호령했으므로 부장 경수는 더 이상 어쩔 도리가 없었다. 그는 사졸들을 동원하여 궤짝을 후미진 곳으로 옮겼고

기름을 부은 다음 불을 질렀다. 비단에 불이 붙고, 잘 만든 궤짝이 통째로 타들어가는 것을 보면서 경수 이하 여러 사졸들은 안타까움을 금치 못했다.

그런데 웬걸 궤짝 안에서는 앵앵앵앵…… 고막을 찢는 듯한 날갯짓 소리와 함께 마치 가마솥에 메뚜기 볶는 듯한 소리가 쏟아져 나왔다. 아니나 다를까, 불길 먹은 궤짝의 한 귀퉁이가 스르르 주저앉자 그 틈새로 빠져나온 무시무시한 벌떼가 부나비처럼 푸르르푸르르…… 치솟아 오르다가 속절없이 추락하여 불길에 타 죽었다. 참으로 기절초풍할 일이었다.

만약 궤짝을 그대로 열었더라면 어떻게 되었을까. 두말할 나위도 없이 그 언저리에 있던 백제의 장졸들은 난데없는 벌떼의 습격을 받아 곤경에 처했을 것이었다. 그러니까 성충의 절인(絶人)한 기지가 예기치 못한 큰 피해를 막은 셈이었다.

그 이튿날, 이번에는 배산의 학현이 똑같은 방식으로 예물을 보내왔다. 그가 보낸 궤짝 역시 알록달록한 비단으로 화려하게 포장돼 있었다. 하루 전날 벌떼에 놀랐던 장졸들은 당연히 그 궤짝을 외진 곳으로 가져가 소각하려 하였다. 경수가 성충에게 말했다.

"괘씸한 놈들……. 어제는 정말 가슴이 철렁했사옵니다. 오늘 또 다시 똑같은 궤짝을 보냈으니 또 불 질러 태워버릴까 하옵니다."

"아, 아니오. 그 궤짝은 이리 가져와 천천히 개봉하시오."

"예에? 만약 궤짝 안에서 벌떼가 쏟아져 나오면 어떻게 하시렵니까?"

"그야 조금도 걱정하지 마시오."

경수는 성충의 군령을 받들어 사졸들과 함께 궤짝 겉에 덮인 비단을 걷어냈다. 그런 다음 그들은 궤짝을 열기 시작했는데, 바로 하루

전 벌떼에 놀랐던 터라 여간 조심스러운 것이 아니었다.

그런데 웬걸 그 궤짝 안에는 천만뜻밖에도 화약과 염초(焰硝)가 가득 들어 있었다. 그 순간 경수는 다시 한 번 가슴이 철렁함을 느꼈다. 만약 그 궤짝에 불을 질렀더라면 그 언저리에 있던 장졸들은 모두 큰 화상을 입었거나 폭사했을 것이기 때문이었다. 경수가 성충에게 말했다.

"족히 10년은 감수했사옵니다. 만약 어제처럼 불을 질렀더라면 저희들은 살아남지 못했을 것이옵니다."

"하하하……. 그러니까 내가 뭐랬소? 예족은 꼼수에 능한 족속이오. 학현이 보낸 화약과 염초를 잘 두었다가 이 다음 전역에 나갈 때 요긴하게 쓸 수 있도록 하시오."

"예, 명심하겠사옵니다."

"이제 내일쯤 작산의 용성한테서 무슨 궤짝 한 개가 더 들어올 것이오."

그 다음날이었다. 성충이 말했듯 작산의 용성한테서 다른 궤짝이 들어왔다. 그 궤짝 역시 겉은 비단으로 치장돼 있었다. 그것을 받아 성중으로 가져온 경수가 성충에게 물었다.

"이번에도 뚜껑을 열까요?"

"아, 아니오. 이번에는 궤짝을 통나무 위에 걸쳐놓고 나무토막 자르듯이 한 가운데를 톱으로 켜서 두 동강으로 자르시오."

경수는 사졸들과 더불어 그 궤짝을 통나무 위에 걸쳐놓았고, 사졸들은 큼직한 톱을 가져다가 한 가운데를 슬겅슬겅 켜나갔다. 그러자 궤짝 안에서 으악, 으악, 으아악…… 사람의 비명소리와 함께 궤짝이 덜컹덜컹 요동을 치나 했더니 그 밑으로 시뻘건 선혈이 뚝뚝 떨어져 내렸다.

이윽고 궤짝이 두 동강으로 갈라졌다. 아니나 다를까, 궤짝 안에는 험상궂은 자객(刺客)이 들어 있었고, 그 자객은 궤짝과 함께 두 동강으로 잘려진 채 죽어 있었다. 궤짝 언저리에서는 피비린내가 진동하였다.

그 자객이 몸에 비수(匕首)를 지니고 있었으므로 경수와 사졸들은 더욱 경악을 금치 못했다. 만일 그 궤짝을 열었다면 자객이 밖으로 뛰어나와 누군가를 찔러 죽였을 것이 틀림없었다.

하지만 좌평 성충은 탁월한 지모로써 예족의 교활한 잔꾀를 여지없이 분쇄하였다. 그러니까 예족은 도살성의 성충에게 심대한 타격을 주려다가 도리어 검은 속내만 드러내 보인 꼴이었다. 아무튼 성충은 백제, 고구려, 신라는 물론 당(唐)에서까지 알아주는 재사(才士) 중의 재사로서 어느 누구라도 그 앞에서 잔꾀를 부리고 꼼수를 썼다가는 큰코다치게 마련이었다.

그 후 종기, 학현, 용성은 두 번 다시 꼼수를 쓰지 못했고, 그쪽으로 달아났던 신라의 잔졸들도 조용히 꼬리를 내린 채 감히 유격전 같은 것은 시도하지도 못했다. 그들은 오히려 성충이 성 밖까지 진격하여 맹렬한 추격전을 벌일까봐 전전긍긍하고 있었다.

하여간 좌평 성충의 지략은 상상을 초월할 정도로 무궁무진하였다. 고구려에 연개소문(淵蓋蘇文)이 있고, 신라에 김유신이 있다면 백제에는 그들보다 훨씬 뛰어난 성충이 있었다.

어느 날이던가 국왕 의자가 그런 성충을 불렀다. 성충은 도살성 방수를 부장 경수에게 맡기고 즉각 사비 도성으로 달려갔다. 그가 대궐로 들어섰을 때 의자는 반가워서 어쩔 줄 몰랐다. 의자가 그에게 말했다.

"어서 오시오. 먼 길 오느라 노고가 많았소. 경이 세운 공로를 뭐라 칭송해야 좋을지 모르겠소."

"과찬의 말씀이옵니다."

"아, 아니오. 경이 아니면 누가 그런 계책을 쓸 수 있겠소? 과인은 부덕한 탓으로 대위(大位)를 이어가기가 버거운 실정이오. 더군다나 우리 백제는 신라와 세구(世仇)가 되어 국가의 존망을 걸고 싸워왔소. 앞으로도 우리 백제와 신라는 끊임없이 싸워야 할 것이오. 장차 우리 백제가 신라를 격멸하지 않으면 신라가 우리 백제를 멸할 것인즉 이는 우리가 풀어야 할 난제(難題)라 아니할 수 없소이다. 과인은 자나 깨나 그것을 화두로 삼고 어떻게 하면 우리 백제가 신라를 멸할 수 있을 것인가 모색해 왔소. 하지만 과인이 부덕한 데다 신라도 만만치 않은지라 아직까지는 딱 부러지는 해법을 마련하지 못했소이다. 저 옛날 월왕(越王) 구천(句踐)은 범려(范蠡)를 얻어 10년간 생취(生聚; 백성을 길러 군사를 강화하고 나라를 풍요롭게 함)하고 다시 10년간 교육하여 오왕(吳王) 부차(夫差)를 격멸하였소. 이제 경이 범려가 되어 과인으로 하여금 구천이 될 수 있도록 적극 보필해주었으면 하오."

"전하……. 오왕 부차는 교만하기 짝이 없어 월을 안중에도 두지 않았사옵니다. 사정이 그러한즉 범려는 10년간 생취한 뒤 또 다시 10년간 교육하여 오를 멸할 수 있었사옵니다. 그러나 우리 백제는 북으로 고구려, 동으로 신라의 침구(侵寇)가 그칠 날 없어 전쟁의 승패가 순간에 좌우되고 국가의 흥망이 조석에 달려 있는 형편이옵니다. 때문에 20년에 걸쳐 생취하고 교육할 틈이 없다 하겠사옵니다. 고구려는 곧 서부대인(西部大人, 東部大人이라고도 함) 연개소문이 내란을 일으킬 터인즉 한참 동안 외사(外事)를 경영치 못할 것이오니 우리 백제로서는 걱정하지 않아도 될 것이옵니다. 신라는 본래 소국으로서 진흥왕 삼맥종 이래 일약 강국이 되어 우리 백제를 배신하고 결원(結怨)하게 되었던 바 이 근래 더욱 호시탐탐 침략의 빈도를 높여왔사옵니다. 신라의 내성사신 김용춘이 선왕 전하와 혈전하다가 죽고, 그 아들 김춘추가 늘 백제의 허실을 노려왔으나 선왕 전하의 영무(英武)하심이 두려워 도발하지 못하였사옵니다. 이제 선왕 전하께서 훙서하셨고, 대왕전하께서 즉위하신 이때 그 작자는 절호의 기회로 판단할 것이옵니다. 대왕 전하께서는 이미 신라 서남부를 쳐서 국적(國敵) 신라에 뜨거운 맛을 보여주셨고, 급기야 대야성까지 쳐서 군세를 크게 떨치셨습니다만, 아뢰옵기 황공하오나 김춘추는 대왕 전하께서 군려(軍旅; 국가와 국가 또는 交戰 단체 사이에 무력을 사용하여 싸움)에 보다 더 익숙해지기전에 덤빌 것이옵니다. 특히 그 사위 김품석이 우리 백제군에 의해 목숨을 잃은 데다 그 자 부부의 수급이 우리 백제의 형옥에 묻힌지라 김춘추는 김유신과 더불어 더욱 앙심을 품고 있을 것이옵니다. 따라서대왕 전하께서는 그들이 쳐들어올 경우 기민하게 반격을 가해 그들로하여금 우리 백제 땅에 한 발자국도 들여놓지 못하도록 예봉부터 꺾어야 할 줄 아옵니다.”

의자와 성충이 그런 방책을 논의하고 있던 바로 그때, 마침내 고구려의 연개소문이 역모를 일으켜 세상을 발칵 뒤집어 놓고 말았다. 물경 백여 명에 이르는 조정 중신들을 쥐도 새도 모르게 잡아 죽인 연개소문은 곧 대궐로 난입하여 국왕 건무(建武, 營留王)를 쳐서 몸통을 두 동강으로 자른 뒤 그 시신을 개천에 버렸다.

연개소문은 건무에게 ‘영류(營留)’라는 시호를 올린 뒤 영류왕의 조카 장(藏, 寶藏王)을 신왕으로 옹립하였다. 신왕 장은 영류왕의 아우 대양(大陽)의 아들이었다. 그를 허울뿐인 국왕으로 세운 연개소문은 스스로 막리지(莫離支)가 되어 전권을 장악하였다.

한편, 고구려에서 그런 변란이 일어나자 당나라 황제 이세민(李世民, 太宗)도 충격과 경악을 금치 못했고, 백제 국왕 의자는 성충의 선견

지명(先見之明)에 다시 혀를 내둘렀다. 성충의 예측이 그대로 적중했기 때문이었다. 어느 날이던가 백제 국왕 의자는 성충을 불러 한바탕 극찬을 아끼지 않았다. 그가 말했다.

"경의 혜안은 하마 귀신도 따르지 못할 것이오. 그런데 과인에게는 풀리지 않는 의문이 있소이다. 연개소문이 아무리 걸물이라 하나 일개 인신(人臣)으로서 국왕을 시해한 대역죄인이거늘 어찌하여 고구려의 전국이 그에게 습복(慴伏)하는지 모르겠소. 또한 고구려의 백성들이 그의 죄상을 문죄하지 않는 까닭도 궁금하기 짝이 없소."

"그야 당연지사(當然之事)라 하겠사옵니다."

"당연지사라니……. 그렇다면 경은 대역원흉 연개소문의 반역을 정당한 행위로 받아들인단 말이오?"

"반드시 그런 것은 아니옵니다만, 우리 백제에는 백제의 사정이 있는 것처럼 고구려에는 고구려의 사정이 있다 하겠사옵니다. 소신이 판단컨대, 고구려 백성들이 연개소문을 숭앙하는 데에도 그럴 만한 사유가 충분하다 하겠사옵니다."

일찍이 고구려는 지나에서 일어났던 여러 나라들과 맞붙어 수백 년 동안 싸워 한두 번 곤욕을 치른 것이 아니었다. 그러나 대왕 중의 대왕인 광개토대왕(廣開土大王) 이래로 고구려는 지나 일대를 완전히 평정하고 동방의 강대국이 되어 있었다. 그 후 고구려는 마침내 요동(遼東)은 물론 요서까지 석권하여 광활한 강토를 차지하게 되었다.

더욱이 고구려는 육상에서만 패권을 차지한 것이 아니라 해상에서도 지나를 완전히 제압하고 있었다. 일찍이 영양왕(嬰陽王) 때에는 3차에 걸쳐 백만에 이르는 수나라 대군을 대파함으로써 고구려의 국위가 하늘 높이 치솟았다. 그때 고구려의 모든 백성들은 혼연일체(渾然一體)를 이루어 지나의 당나라를 들이쳐서 천하를 통일하고자 기염을 토했다. 그러나 국왕 건무는 도리어 당나라와 화친하여 군민(軍民)의 원성을 사고 마침내 민심 이반을 가져왔다.

그러던 차에 연개소문이 등장하였다. 그는 기득권에 안주하던 조정 대신들을 모조리 처단하고 국왕 건무까지 살해하였다. 이와 함께 그는 정당론(征唐論), 즉 당나라를 정복하자는 주장을 들고 나와 부글부글 내연하고 있던 백성들의 마음을 여지없이 사로잡았다.

고구려 백성들은 그런 연개소문을 하늘처럼 받들어 모시고 있었다. 물론 그 자신 위엄을 떨치기 위하여 폭압적인 여러 수단을 동원하고 있었지만, 고구려 백성들이 연개소문의 죄를 묻지 않고 오히려 그를 영웅으로 찬양하는 데에는 성충의 지적처럼 그럴 만한 사유가 있었다. 국왕 의자가 혀를 끌끌 차면서 성충에게 물었다.

"어허, 그것 참……. 그렇다면 고구려와 당나라가 싸울 경우 어느 쪽이 이기겠소?"

"고구려가 이길 것이옵니다."

좌평 성충은 당당하게 답변했고, 의자는 깜짝 놀라 눈을 휘둥그렇게 떴다. 지금까지는 백제 고구려 신라가 지나에서 일어났던 여러 나라들과 사신을 교환했다. 이 과정에서 백제, 고구려, 신라는 소위 조공(朝貢)이라는 형식을 통해 독특한 우호관계(友好關係)를 유지했을 뿐 정면대결을 벌여 지나의 왕조 자체를 타도한 적이 없었다. 고구려의 광개토대왕이 조금만 더 살았더라면 지나 전역은 물론 남만(南蠻)까지도 거뜬히 정벌했을 텐데, 대왕은 애석하게도 청춘에 홍서하였다. 그 뒤를 이은 장수왕은 지나 평정보다도 남방경략에 더 힘을 쏟아 대세를 그르쳤다. 국왕 의자가 성충에게 의자가 반문하였다.

"뭐라? 고구려가 이긴다고 했소?"

"그렇사옵니다. 당나라의 토지가 고구려보다 넓고 인민 또한 많은 것이 사실이오나 이세민의 전략은 감히 연개소문의 계책을 따를 수가 없다 하겠사옵니다. 그러므로 당나라와 고구려가 쟁패하면 마땅히 고구려가 이길 것이옵니다.”

“과연 그럴까……. 이세민은 지나에 발흥하던 사국(四國)의 군웅(群雄)을 토벌하여 일통(一統)의 황제가 되었소. 하지만 연개소문은 아직 천하를 평정한 경력이 없소이다. 그런데도 연개소문의 계책이 이세민의 전략을 앞선다 하니 참으로 이해하기 어렵소.”

의자는 고개를 가로저었다. 하지만 성충은 이미 오래 전 고구려에 출유(出遊)하여 직접 연개소문을 만난 적이 있었다. 그 당시 연개소문은 아무런 직위도 없는, 그러나 고구려에서 대대손손 장상(將相)의 명가로 이어져 내려온 연씨 문중의 한 소년으로 벌써부터 세인의 주목을 받고 있었다.

성충은 그때 이미 연개소문이 범상치 않은 재목임을 알아차릴 수 있었다. 우선 그의 생김생김도 괴위(魁偉)하였고, 의기 또한 이만저만 호일(豪逸)한 것이 아니었다. 성충과 연개소문은 이것저것 다양한 대화를 나누었는데 마침내 화제가 병법으로 발전돼 나아갔다.

아니나 다를까, 연개소문은 병법에도 통달해 있었다. 지난번 그가 정변을 일으킬 때에도 하루아침에 백여 명의 대인들을 해치우고 패수대첩(浿水大捷)의 영웅인 국왕 건무까지 단칼에 살해한 것을 본다면 그의 전략은 새삼 언급할 필요가 없었다. 성충이 말했다.

“천하의 이세민이라 한들 어찌 그 감쪽같은 지략을 당할 수 있겠사옵니까? 따라서 소신은 연개소문의 전략이 이세민의 전략보다 한 수 우위에 있다고 보는 것이옵니다.”

“알겠소. 그럼 한 가지만 더 묻겠소. 경은 고구려가 지금이라도 당장 당나라를 멸할 수 있다고 생각하시오?”

참으로 어려운 하문(下問)이었다. 무릇 전쟁이란 정치(政治), 천시(天時), 지리(地利, 地理), 장병(將兵), 법도(法道)에 따라 승패가 결정되는 것이라서 고구려와 당나라가 국가 존망을 걸고 싸울 경우 그 결과를 선불리 예측할 수가 없었다.

만약 연개소문이 좀 더 일찍 대권을 장악했더라면 충분히 이길 수 있었겠지만, 이제 갓 등장한 연개소문에게는 왕실이며 호족(豪族)의 정리를 비롯하여 국력 결집이라는 당면과제가 없지 않았다. 그 반면, 이세민은 벌써 오래 전에 지나의 천하를 통일하고 안정을 다진 데다 널리 민심까지 얻고 있었다. 성충이 말했다.

"그것은 단언키 어렵다 하겠사옵니다. 하지만 어느 정도 시일이 지난 뒤 양국이 대결하면 반드시 고구려가 이길 것이옵니다."

"그러면 우리 백제는 어떻게 되겠소?"

"대왕 전하께서는 주변 정세를 계속 주시해야 할 것이옵니다. 장차 고구려가 당나라를 치지 않으면 당나라가 고구려를 칠 것이옵니다. 그들 두 나라가 싸울 경우 고구려든 당나라든 서로 남방의 우리 백제나 신라와 화친코자 하겠지요. 그러나 우리 백제와 신라는 피차 구원(舊怨)이 깊어 북방의 두 나라는 양국 중의 한 나라를 선택하지 않을 수 없을 것이옵니다. 예컨대 고구려가 백제와 화친하면 당나라는 신라와 화친할 것이요, 그 반대로 고구려가 신라와 화친하면 당나라는 백제와 화친하려 시도할 것이옵니다. 한편, 연개소문은 당나라와 싸울 경우 남방의 두 나라, 즉 우리 백제와 신라가 서로 싸워주기를 기대할 것이옵니다. 고구려가 당나라와 싸우게 되면 후방이 불안해지기 때문이지요. 사정이 이러한즉, 만약 우리 백제와 신라가 서로 싸운다면 연개소문으로서는 한 시름 놓고 대당(對唐) 전쟁에만 전념할 수 있을 것이옵니다. 그러므로 연개소문은 우리 백제와 신라가 더욱 치열하게 싸워주기를 바랄 것이라 믿어 의심치 않사옵니다."

"알겠소. 좌우간 경의 지략에는 참으로 경탄을 금치 못하겠소."

"이제 우리 백제는 하루 속히 고구려와 화친하는 것이 옳다 하겠사옵니다. 고구려가 당나라를 맡고, 우리 백제가 신라를 맡아 싸우면 양쪽에서 모두 이길 수 있사옵니다. 신라는 이미 한풀 꺾여 우리 백제의 적수가 될 수 없는지라 고구려와 당나라가 싸우는 것을 보아가며 실익을 추구하면 모든 편의가 고구려보다는 도리어 우리 백제에 돌아올 수도 있을 것이옵니다."

"경은 미구에 신라가 도발해올 것이라 하지 않았소?"

"그러하옵니다. 하지만 신라는 반드시 외세를 등에 업을 것이옵니다."

"외세를 등에 업는다 했소?"

"예, 대왕 전하……. 이제 신라는 자력으로 도전할 수 없게 되어 고구려 아니면 당나라에 손길을 뻗쳐 구원을 요청할 것이옵니다. 전하께서는 신라가 고구려나 당나라에 손을 뻗치지 못하도록 미리 영단을 내리셔야 할 줄 아옵니다."

"잘 알았소."

국왕 의자는 고개를 끄덕였다. 아무리 생각해봐도 좌평 성충의 말은 구구절절 옳았다. 도살성에서 예족의 버르장머리를 고쳐 놓은 성충. 의자는 백제에 그런 인재가 있다는 것을 가슴 뿌듯하게 여기고 있었다.

며칠 후 국왕 의자는 성충을 다시 불러 전권을 위임한 뒤 부절(符節; 돌이나 대나무쪽으로 만든 符信으로, 사신의 信標로 이용되었음)을 주어 고구려에 사신으로 보냈다. 그것은 백제가 고구려와 화친하기 위한 몸짓이었다. 성충이 극비리에 배를 타고 고구려 해안으로 들어가자 연개소문이 마중 나와 있었고, 그들 두 사람은 구면인지라 만나자마자 서로 그간의 안부를 물으면서 곧장 말을 타고 평양성으로 달려갔다.

연개소문은 특별히 성충을 자신의 별관(別館)에 유숙토록 배려하였다. 본래 타국에서 사신이 오면 객관(客館)으로 안내하는 것이 상례였지만 일찍이 성충으로부터 크게 감화된 바 있었던 연개소문은 그를 특별히 자신의 별관으로 모셨다.

그날 저녁, 연개소문은 융숭한 연회를 베풀고 성충을 대대적으로 환영해주었다. 성충의 명성이야 고구려 신라는 물론 바다 건너 당나라에까지 파다하게 퍼져 있었지만 연개소문은 처음부터 그를 국왕에 준하는 국빈(國賓)으로 예우해주었다.

그 이튿날 아침, 연개소문은 몸소 성충의 침소에 들러주었다. 고구려의 광활한 강토를 호령하는, 그리하여 공중에 뜬 새도 떨어뜨린다는 연개소문이었지만 성충 앞에서는 그렇게 온후할 수가 없었다. 성충이 말했다.

"막리지께서 원하신다면 우리 백제는 고구려와 화친코자 합니다만 귀국(貴國) 고구려의 방침은 어떠하신지요?"

"그야 좋지요. 잘 아시겠지만 우리 고구려는 지금 백제든 신라든 남방의 양국 중 어느 나라와도 화친해야 할 입장이오. 장차 당나라와 일전을 겨루자면 남방이 편안해야 하니까요. 하지만 아직 화급한 것은 아니오. 지금 당나라가 쳐들어온 것도 아니니까 좀 더 신중하게 생각해 보기로 합시다. 저어……. 대신께서 몸소 우리 고구려에 오신 것으로 미루어 짐작한다면 혹시 백제가 기왕에 당나라와 손잡고 우리 고구려의 속셈을 떠보려는 것 아니오?"

연개소문은 입가에 징그러운 미소를 흘리고 있었다. 그것은 일국의 사신을 무시한, 어쩌면 입에 올릴 수 없는 큰 결례의 망언일 수도 있었다. 하지만 성충은 진작부터 그와 유대가 있었던지라 대수롭지 않게 받아넘겼다. 성충이 말했다.

"그럴 리가 있겠소이까?"

"하하하……. 그냥 지나가는 말이었소. 조금도 고깝게 생각하지 마시오. 아마 당나라에서는 신라보다 백제와 화친하기를 원할 것이오. 하지만 우리 고구려 입장에서는 어느 쪽이라도 다 괜찮소이다. 어쩌면 여제동맹(麗濟同盟)보다 여라동맹(麗羅同盟)이 나을 수도 있지 않을까 생각되오만……."

여제동맹이란 고구려와 백제의 동맹을, 여라동맹이란 고구려와 신라의 동맹을 각각 의미했다. 역시 병법에 도통한 연개소문은 백제와 신라의 지리적 이점을 꿰뚫어 보고 그렇게 말한 것이었다. 그러니까 그는 백제와 신라 두 나라를 놓고 어느 쪽이 유리한지 은밀히 저울질하고 있다는 뜻이었다.

더군다나 그는 내심 백제를 경계하고 있었다. 그것은, 고구려가 당나라와 싸워 당나라를 격퇴한다 해도, 백제가 신라보다 월등한 국력을 바탕으로 전쟁에 지친 고구려를 재빨리 집어삼킬지도 모른다는 위기감에서 나온 것이었다.

동맹체결을 위한 협상은 난항을 거듭했다. 연개소문은 분명 신라보다 백제 쪽에 호감을 가지고 있었지만, 그럼에도 불구하고 이것저것 면밀히 계산하면서 신라가 화친을 제의해올 경우 뿌리치지 않고 신중히 고려의 대상으로 삼겠다는 이중성을 보여주고 있었다.

백제 최고의 전략가 성충이 연개소문의 그런 속셈을 모를 리 없었다. 국왕이 있다고는 하지만 고구려의 실질적 통치권자인 연개소문은 자국의 이익을 극대화하기 위하여 은근히 밀고 당기면서 유리한 조건을 붙이려 들었다.

성충은 좀 더 시간을 벌기로 작정하였다. 조금만 시간을 끌면 연개소문의 속내가 달라질 수도 있었다. 성충은 국왕 의자의 어명도 있고 해서 결말을 보기 전에는 귀국을 서두르지 않았다. 그는 요때나 조때나 연개소문의 최종 결정이 떨어지기를 기다리는 가운데 연개소문의 별궁에서 며칠째 묵고 있었다.

한편, 대야성 실함으로 궁지에 몰린 신라는 자구책을 찾기에 급급하였다. 그러던 어느 날, 김춘추가 입궐하여 이모이기도 한 여왕 덕만을 알현하였다. 그는 넙죽 엎드려 부복한 뒤 덕만에게 아뢰었다.

"성조황고 전하……. 소신 김춘추는 고구려에 사신으로 가서 원병을 청하여 원수를 갚고자 하옵니다. 부디 소신으로 하여금 고구려에 들어갈 수 있도록 윤허하여주시옵소서."

"고구려에 큰 사변이 있었다 하거늘 과연 우리 신라에 원병을 보내줄 수 있을지 걱정이오만……."

"일찍이 선현께서 말씀하시기를 진인사대천명(盡人事待天命)이라 했사옵니다. 소신이 살피건대 국적 백제는 미구에 압량주를 위협할 것이옵니다. 아뢰옵기 황공하오나 그럴 경우 도성을 보전할 길이 없사옵니다. 더욱이 백제의 병세가 날로 상승하는 반면 우리 신라의 병세는 하락하는 추세인 만큼 자력만으로는 국가의 운명을 장담할 수 없다 하겠사옵니다. 그렇다고 가만히 앉아서 사직을 내어줄 수도 없사옵니다. 사세가 이러할진대 국체(國體)를 보전하기 위해서는 외세를 끌어들이지 않을 수 없다 하겠사옵니다. 국가의 운명이 백척간두(百尺竿頭)에 놓인 이때 소신이 고구려에 들어가 원병을 요청하여 반드시 구국(救國)의 길을 마련하겠사옵니다. 우리가 최선을 다하면 반드시 하늘도 우리를 도우실 것이옵니다. 그리고 하늘이 우리를 버리지 않는 한 신라는 작금의 이 위기를 떨치고 반드시 일어나리라 믿어 의심치 않사옵니다.”

자국의 자주와 주체를 포기하고 외세에 의존하기로 작정한 김춘추. 그것은 그가 죽을 때까지 한평생 추구해온 사대주의와 대외의존(對外依存)의 출발점이었다. 신라 여왕 덕만이 말했다.

“과연 충신다운 말씀이오. 과인은 아무쪼록 경의 그 가상한 노고가 헛되지 않기를 바랄 뿐이오. 고구려로 출발할 때에는 상주행군대총관 김유신과 의논하여 신변의 안위에 유념토록 하시오.”

“성은이 망극하옵니다.”

김춘추는 다시 큰절을 올린 뒤 탑전(榻前)에서 물러 나왔다. 일단 국왕 덕만의 윤허를 받아내긴 했지만 고구려에 들어갈 일을 생각하면 심란하고 두려운 것도 사실이었다. 또, 고구려에 들어간다 하더라도 그쪽 내부 정세가 어지러운지라 과연 원병요청이 성사될 수 있을 것인지 걱정스럽기만 하였다.

그는 곧 김유신을 만났고, 고구려에 들어가게 된 저간의 배경을 설명하였다. 하지만 제라동맹 이후 적대관계에 있던 고구려에 들어간다는 것은 위험한 일이 아닐 수 없었다. 더군다나 이 근래 연개소문의 정변이 있었던 터라 신변에 무슨 변고가 발생할지도 모르는 일이었다. 김유신이 김춘추에게 말했다.

“참 어려운 결단을 내리셨소.”

“그대와 나는 고굉(股肱)이 되어 그동안 고락을 함께 하였소. 만약 내가 고구려에 갔다가 돌아오지 못한다면 그대는 어떻게 하겠소?”

“그렇게 된다면 나의 말발굽이 양왕(兩王)의 궁정을 짓밟을 것이오.”

양왕이란 두 왕, 즉 백제 국왕과 고구려 국왕을 싸잡아 지칭하는 말이었다. 김유신은 굳게 다짐했지만, 그러나 그 말은 허장성세(虛張聲勢)에 지나지 않았다. 백제에 밀린 나머지 타국에 원병을 요청하지 않

으면 안 되는 이 절박한 마당에 자신의 말발굽으로 양국 궁정을 짓밟
는다는 것은 현실적으로 불가능한 일이었다. 김춘추가 말했다.

"고맙소. 나는 지금 떠나면 두 달 안에 돌아올 수 있을 것이오. 만약
두 달이 지나도 돌아오지 않는다면 다시 만날 수 없을 것이오."

"아무튼 무사히 다녀오기를 빌겠소."

작별 인사를 마치자 김춘추는 곧 서라벌을 떠나 고구려로 향했다.
그가 대매현(代買縣)에 이르렀을 때에는 그 고을 토호(土豪) 두사지(豆斯
智)가 청포(靑布) 3백 필을 주었다. 이렇듯 국인들의 따뜻한 환송을 받
은 김춘추는 곧 고구려를 향해 지경을 넘어서고 있었다.

김춘추는 마침내 평양성에 들어가 객관에 여장을 풀었다. 백제의
성충이 연개소문의 특별한 배려로 그의 별관에 유숙하고 있는 반면
김춘추는 통상적인 관례에 따라 객관에 묵게 된 것이었다. 그것은 하
등 이상할 것이 없었다. 아니, 적대관계에 있는 양국의 사신이 각각
다른 장소에 체류하게 된 것은 피차 잘된 일이었다.

연개소문은 연일 잔치를 베풀어 김춘추를 환영해주었다. 그는 자신
의 위엄을 과시하고, 더 나아가 김춘추의 콧대를 꺾어 놓기 위하여 일
부러 그런 환대를 베풀었다. 그의 내면에는 진짜 다른 속셈이 숨어 있
었다. 김춘추가 연개소문의 환대를 받고 있던 어느 날 조정의 대인 명
석(鳴石)이 국왕 장에게 아뢰었다.

"대왕 전하……. 신라 사신은 보통 사람이 아니옵니다. 그가 고구려
에 온 것은 우리 내정을 정탐하기 위한 것인즉, 전하께서는 그를 도모
하시어 후환을 없애야 할 줄로 아뢰옵나이다."

"과인도 그렇게 생각하였소. 경이 나아가 춘추에 대한 병위(兵衛)를
엄하게 하고 그를 대전으로 들이시오."

국왕 장의 어명이 떨어지자 명석은 객관으로 나아가 김춘추를 대궐

로 안내하였다. 그 곁에는 만일의 사태에 대비하여 정병들이 그림자처럼 따라붙고 있었다. 탑전에 이르자 김춘추는 코가 땅에 닿도록 부복한 뒤 국왕 장에게 간절히 아뢰었다.

"대왕 전하……. 신라의 하신(下臣) 김춘추가 문안드리옵니다. 하신이 어명을 받들어 불원천리(不遠千里)하고 대왕 전하를 찾아 뵈옵는 사연인즉, 작금 백제가 무도하여 우리 강역을 침노하는지라 대국 고구려의 위엄에 의지하여 설욕코자 함이옵니다. 대왕 전하께서는 고구려와 신라의 옛 선린을 돌아보시어 하신의 주청을 저버리지 마시옵소서."

"어허, 선린이라니……? 지금 그걸 말씀이라고 하시는가. 죽령에서 고현에 이르는 열 개 군은 본래 우리 고구려의 강역이었소. 신라는 당장 그 땅을 돌려줘야 할 것이오. 우리 고구려는 그런 연후에나 원병 파송을 재고해 볼 것이오."

"하신은 어명을 받들어 대국 고구려에 원병(援兵)을 빌러 왔사옵니다. 하신의 임무와 사명이 이러할진대 대왕 전하께서는 환란을 구해 줄 생각은 하지 않으시고 사신을 위협하여 옛 땅을 돌려 달라 하시니 하신에게는 죽음이 있을 뿐이옵니다. 재삼 통촉하여주시옵소서."

김춘추는 애원하였다. 하지만 고구려 국왕 장은 꽝꽝 큰소리치면서 그를 거들떠보지도 않았다. 그는 원병을 얻으러 갔다가 원병은커녕 왕년에 고구려로부터 빼앗은 영토까지 돌려주어야 할 형편에 이르러 있었다. 말하자면 동냥하러 갔다가 동냥은커녕 동냥자루를 통째로 빼앗기고 몰매까지 맞아야 할 형편이었다.

106

백제 사신 성충은 요 며칠 동안 이상한 낌새를 느끼고 있었다. 고구려 연개소문의 태도가 냉랭하게 돌변한 탓이었다. 고구려에 들어온 김춘추가 연개소문에게 갖은 감언이설(甘言利說)로 고구려와 백제의 동맹체결을 방해함으로써 연개소문의 태도가 그렇게 돌변하여 별관에도 찾아오지 않았다.

그러던 어느 날, 성충은 별관의 사인(舍人)을 시켜 연개소문에게 면담을 요청하였다. 그러자 연개소문은 마지못해 부하들을 거느리고 별관에 나타났다. 성충은 이 기회를 놓칠세라 재빨리 말하였다.

"소신은 이제 본국으로 돌아갈까 합니다."

"그야 좋을 대로 하시구려."

"그동안 환대해주셔서 고맙소이다. 그 환대에 보답하는 뜻으로 한 말씀 드리고 돌아가겠소이다. 막리지께서 장차 당나라와 싸우려 하신다면 마땅히 백제와 화친해야 할 것이오. 그동안 지나가 고구려를 칠 때에 매양 운량(運糧)의 불편으로 패배하였소. 만일 당나라가 백제와 연합하면 그들은 육로를 통해 공격하는 것은 물론 주선(舟船)으로 군병을 운송하여 백제로 들어와 백제의 쌀과 보리를 먹고 고구려를 공격하게 될 것이오. 그럴 경우 고구려는 남북으로부터 협공을 받게 되어 그 위험을 감당하기 어려울 것이외다. 그 반면, 신라는 동쪽에 치우쳐 있어 당나라의 운병(運兵)이 백제처럼 용이치 못하다 할 것이오.

더군다나 신라는 백제와 동맹을 맺고 고구려를 치다가 돌연 백제를 배신한 뒤 죽령에서 고현에 이르는 열 개 군을 차지하였소. 만일 고구려가 신라와 화친할 경우 신라는 반드시 고구려를 배신하고 마침내 당나라와 연합하여 고구려의 영토를 가로챌 것이 틀림없다 하겠소.”

성충의 말은 어느 한 대목도 틀린 것이 없었다. 그는 주변 정세를 정확히 꿰뚫고 있었다. 김춘추가 눈앞의 이익만을 앞세워 애면글면 군사 지원만 요청하는 데 반해 성충은 거시적인 안목으로 주변 각국의 역학관계와 지정학적 형세를 면밀히 진단하고 있었다. 참으로 그의 혜안과 지략은 헤아릴 길이 없었다. 연개소문이 말했다.

“하긴……. 내가 왜 그것을 모르겠소. 나는 지난 며칠 동안 연회를 베풀어 김춘추를 극진히 환영했소. 그것은 과거지사(過去之事)와 영토 반환 문제에 따른 그의 진심을 떠보기 위한 이 사람의 계책이었소. 하지만 그는 지난날의 무례에 대하여 전혀 사과하지 않았을 뿐만 아니라 영토 반환에 대해서도 확답을 하지 않았소. 나는 이제 그를 가두어 잡아 족치고 신라로 쳐들어가서 옛 강토를 되찾아야겠소.”

그 날, 연개소문은 김춘추를 객관에 가두고 죽령에서 고현에 이르는 열 개 군을 고구려에 반환하라고 윽박질렀다. 하지만 김춘추는 뒤로 꽁무니만 뺄 뿐 그 땅의 반환 문제에 대해서는 가타부타 말을 하지 않은 채 입을 굳게 다물었다. 그는 오로지 감금에서 벗어나기 위해 안간힘을 쓸 따름이었다.

연개소문은 그런 김춘추가 영토 반환을 약속할 때까지 방면(放免)하지 않으리라 작정하였다. 그뿐 아니라 그는 백제의 성충과 양국 공수 동맹에 합의하였다. 그러니까 백제의 성충이 고구려에 들어가 큰 성공을 거둔 반면 김춘추는 영토 반환 문제 등으로 고구려와 신라의 양국관계를 더욱 꼬이게 만들었다.

성충은 백제로 돌아와 국왕 의자에게 고구려에 갔던 일을 상세히 아뢰었다. 그러자 의자는 극찬을 아끼지 않으면서 이만저만 흡족해하는 것이 아니었다. 결과적으로 백제는 고구려와 손잡고 한층 더 힘을 얻게 된 반면, 김춘추를 고구려에 들여보낸 신라는 오히려 혼쭐만 나고 고립을 자초하게 되었다.

성충은 이번에도 사비 도성에서 많은 업무를 처리하였다. 그는 좌평 흥수와 총령 의직을 만나 이런저런 현안들을 의논하였다. 그밖에도 이것저것 자잘한 잔무(殘務)까지 말끔하게 마친 성충은 곧 도살성 귀임을 서둘렀다. 부장 경수에게 전권을 맡겨 놓긴 했지만 자리를 너무 오래 비운 터라 도살성 안위가 사뭇 걱정스럽기만 하였다. 성충은 하직 인사차 국왕 의자를 알현하였고, 의자는 성충이 머나먼 외지로 떠나는 것을 못내 아쉬워하였다. 국왕 의자가 성충에게 말했다.

"우리 백제가 대야성을 차지하였으나 아직 그 근본을 복멸치 못하였소. 신라는 필경 보복을 노리고 국경을 침범할 것이오. 만약 신라가 우리 땅을 노략질하려면 어디로 들어올 것 같소?"

"신라는 가장 먼저 가잠성으로 쳐들어올 것입니다."

"그렇다면 가잠성의 수비를 강화해야겠군."

"반드시 그렇지도 않사옵니다. 가잠성 성주 계백은 지용(智勇)을 겸비한 맹장인지라 신라가 전국의 정병을 동원하여 침공할지라도 잘 지켜낼 것이옵니다. 무릇 상대방이 예측하지 못할 때 출병하여 그 빈틈을 찌르는 것이 병가(兵家)의 상책일진대 만일 신라의 정병이 가잠성을 침공하게 된다면 대왕 전하께서는 가잠성의 계백을 구원한다 성언(聲言)하시고 군사를 일으켜 그쪽으로 진군하다가 느닷없이 병력을 동남방으로 돌려 압량주를 들이치셔야 하옵니다. 그러면 신라 전국이 진동할 것인즉 그 기회를 틈 타 전광석화처럼 서라벌까지 진공(進攻)

해야 할 것이옵니다."

"아, 과연 탁견이시오. 경의 지략은 고금에 짝이 드물다 하겠소."

백제 국왕 의자는 탄복을 아끼지 않았다. 당대 최고의 전략가로 하늘의 이치까지 훤히 꿰뚫고 있는, 가위 자타가 공인하는 만물박사(萬物博士)인 성충이 다시 조정으로 돌아와 국정에 깊이 참여하게 된다면 거칠 것이 없을 듯했다. 의자는 그런 성충을 측근에 두고 싶었다.

하지만 성충을 대궐로 불러들이기에는 도살성의 비중이 너무 컸다. 성충 자신도 도살성의 중요성을 잘 알고 있었다. 도살성은 여전히 백제, 고구려, 신라가 첨예하게 쟁패하는 요충인 탓이었다. 아직 전역이 마무리되지 않은 이때 성충이 도살성을 떠나 지휘통솔에 공백이 생기면 신라가 무슨 모험을 자행할지 모르기 때문이었다.

지난번 고구려에 사신으로 갈 때에도 그는 혹여 신라가 불장난을 저지르지 않을까 쉬쉬하면서 극비리에 잠행하지 않으면 안 되었다. 일찍이 송산, 배산, 작산에 버티고 있던 예족의 버르장머리를 단단히 고쳐 놓았기 망정이지 그렇지 않았더라면 그들이 무슨 짓을 저질렀을지 알 수 없는 노릇이었다.

국왕 의자는 크나큰 아쉬움 속에 그를 떠나보냈고, 성충은 도살성으로 귀임하자마자 즉각 장졸들을 점고하였다. 다행히 그동안 부장 경수가 군무를 잘 관리하여 도살성에는 아무런 이상이 없었다. 성충은 금현성의 의직, 가잠성의 계백에게 사졸을 보내 안부를 묻고 신라의 근본을 멸할 때까지 방비에 최선을 다하자고 다짐하였다.

한편, 그때까지도 객관에 감금돼 있던 김춘추는 고구려 국왕의 총신(寵臣)인 선도해(先道解)를 살살 꼬드겨 탈출 기회만을 노리고 있었다. 그는 결국 신라 땅을 떠나올 때 대매현 토호 두사지한테서 받은 청포 3백 필을 고스란히 뇌물로 바치고 극적으로 고구려를 탈출할 수 있었다.

아무튼 김춘추의 고구려 원병 요청이 실패로 돌아간 뒤 신라는 절체절명의 위기의식을 갖지 않을 수 없었다. 신라 국왕 덕만은 김유신을 압량주 군주로 삼아 국경의 방비를 한층 강화하였고, 고구려에서 퇴박맞은 김춘추는 죽으나 사나 당나라에 손길을 뻗치기 위해 백방으로 기회를 엿보고 있었다.

그 이듬해, 그러니까 의자가 즉위한 지 3년째 되던 계묘년(癸卯年, 643) 가을이었다. 그 날도 백제 국왕 의자는 대신들과 더불어 국사를 의논하고 있었다. 의자가 제신들에게 말했다.

"지난해에는 참으로 중대한 일이 많았소. 우리 백제가 신라의 서남방을 쳐서 옛 가야 땅을 회복한 것은 청사에 길이 빛날 쾌거라 할 것이오. 그뿐 아니라 우리는 대야성을 공략하여 백제의 강역으로 삼게 되었소. 더군다나 성충이 고구려에 들어가 맹약을 체결함으로써 우리 백제와 고구려는 혈맹으로 거듭나게 되었소. 일찍이 우리 백제를 배신했던 신라는 이제 고립무원(孤立無援)의 외톨박이가 된 셈이오. 이제 신라는 미상불 당나라의 원병을 얻기 위해 수단과 방법을 가리지 않을 것이오. 그렇다면 우리는 당항성(黨項城)을 쳐야 할 것이오."

본래 백제의 강역이었던 당항성은 바로 신라가 당나라에 조빙(朝聘)하는 길목이었다. 신라의 사신들은 전통적으로 당항성을 이용하여 당나라로 드나들곤 하였다. 이제 당항성을 쳐서 다시금 백제의 강역으로 되돌려 놓으면 신라는 고립을 면치 못할 것이었다. 미처 의자의 말이 떨어지기도 전에 내신좌평 임자가 재빨리 말했다.

"그야 너무 간단한 일이라 하겠사옵니다. 고구려의 힘을 빌려 즉각 당항성 공벌에 나서야 할 것이옵니다."

"과인도 그렇게 생각하오."

그때 분연히 이의를 제기하고 나서는 대신이 있었다. 좌평 홍수였다. 그는 평소 말을 아껴왔다. 하지만 간신배 임자가 아무런 통찰 없이 국왕의 비위를 맞추기 위해 알랑거리는 것을 눈 뜨고 볼 수가 없었다. 임자의 주장은 얄팍하기 짝이 없었다. 그는 하나만 알았지 둘을 모르고 있었다. 좌평 홍수가 말했다.

"대왕 전하……. 당항성 공벌은 재고하심이 옳을 줄 아옵니다."

"뭐라? 지금 당항성 공벌을 재고하라 했소이까?"

"그러하옵니다. 임자가 아뢰옵기를, 고구려의 힘을 빌려 즉각 당항성 공벌에 나서야 한다 하였으나 그것은 참으로 부당한 발상이라 할 것이옵니다. 우리 백제는 외세에 의존하지 아니하고 자국의 문제를 자주적으로 풀어 나가야 하옵니다. 지금 신라가 구차하게 남의 나라에 군사를 구걸하고 있사옵니다만 이는 나라의 체통이나 백성들의 자존심조차 망각한 처사라 할 것이옵니다. 만약 대왕 전하께서 당항성을 치더라도 고구려를 끌어들이지 않는 것이 옳다 하겠사옵니다. 우리 백제의 실력만으로도 능히 해낼 수 있는 일에 남의 힘을 끌어들인다는 것은 온당치 않은 줄로 아뢰옵나이다."

그 순간 임자의 표정이 달라졌다. 그는, 의자의 환심을 사기 위하여 당항성 공벌을 적극 지지하고 나섰던 것인데 홍수가 이의를 제기하고 나섬으로써 그만 기분이 잡쳐버린 터라 벌레 씹은 표정을 짓고 있었다. 그가 핏대를 올리면서 말했다.

"그렇지 않사옵니다. 우리 백제는 지난해 전역에서 병력과 군량을 너무 과도하게 투입했사옵니다. 그 결과 국고가 넉넉지 못한 것은 물론 전역에 나섰던 장졸들은 잠시 쉴 겨를조차 없었사옵니다. 군량 또한 거의 소진하여 군창(軍倉)이 텅텅 비어 가는 실정이옵니다. 이러할 때 고구려의 힘을 빌려 당항성을 친다면 우리 백제로서는 손대지 않

112

고 코 풀 수 있을진대 흥수는 어찌하여 자국의 힘만으로 전역을 감행하자 주장하는 것인지 도무지 이해할 수 없다 하겠사옵니다.”

두 사람의 의견이 서로 팽팽하게 엇갈리자 의자는 선뜻 결단을 내릴 수가 없었다. 그는 당항성 공벌에 모든 대신들이 적극 찬동할 줄 알았는데 흥수가 제동을 걸고 나섬으로써 일이 뒤틀리고 말았다. 흥수가 다시 임자의 견해를 반박하였다.

“임자는 한 가지만 알았지 둘을 모른다 하겠사옵니다. 모름지기 남의 힘을 빌리면 언젠가는 그 빚을 갚아야 하는 것이 인지상정(人之常情)이옵니다. 대왕 전하께서도 잘 아시는 것처럼 당나라는 지금 고구려 침공을 노리고 있사옵니다. 고구려 또한 당나라와 일전을 벼르고 있사옵니다. 우리 백제가 고구려에 병력을 요청할 경우 고구려는 망설이지 않을 수 없을 것이옵니다. 만약 고구려가 선뜻 파병해준다 해도 또 다른 문제가 불거질 것이옵니다. 즉, 당나라가 그것을 꼬투리 잡아 우리 백제를 먼저 공격하게 되면 신라가 당나라를 도와 협공을 가해올 것이옵니다. 지나의 당나라가 해로(海路)를 따라 바다로 건너오고 동쪽의 신라가 육로를 따라 가잠성, 금현성, 도살성 등 세 방향으로 산발적인 도발을 감행해 올 경우 우리의 군사력이 분산되어 필승을 장담하기 어렵다 하겠사옵니다. 아뢰옵기 황공하오나 임자의 눈에는 고작 작은 떡만 보이는지라 주변 형세를 제대로 파악하지 못하고 있사오니 참으로 딱하고 또 딱한 노릇이 아닐 수 없사옵니다.”

“지금 임자의 눈에 작은 떡만 보인다 했소?”

“그렇사옵니다.”

“어허……”

그때쯤 해서는 국왕 의자도 배알이 슬슬 뒤틀려 옴을 느끼고 있었다. 그 자신 당항성 공벌을 가장 먼저 발의했건만 흥수가 ‘고작 눈에 보이는 작은 떡' 운운한 탓이었다. 그러니까 듣기에 따라서는 임자가 아닌, 바로 당항성 공벌을 발의한 의자 자신이 반론의 표적으로 비칠 수도 있었다. 흥수가 말했다.

"그러하옵니다. 대왕 전하의 어전에서 지극히 불경스런 언사가 될 지 모르겠사오나 소리(小利)를 탐하면 반드시 대실(大失)을 초래하게 마련이옵니다."

"어허……. 말씀이 지나치시오."

국왕 의자가 일갈하였다. 본래 발언을 절제하는 데까지 절제하다가도 한 번 입을 열었다 하면 옳은 말만 내놓았던 흥수. 하지만 의자가 볼 때에는 그가 이번 당항성 정벌에 대해 그토록 강력한 반론을 제기할 줄이야 꿈에도 생각 못한 일이었다.

사실 흥수도 당항성을 공벌하자는 데 대하여 원칙적으로는 이의를 제기할 마음이 없었다. 당항성이야말로 본래 백제의 강역이었을 뿐만 아니라 고구려를 거쳐 신라로 넘어간 뒤 눈시울에 돋아난 다래끼나 목에 걸린 가시처럼 늘 께름칙하고 불편하였다.

더군다나 당항성은 백제의 북방에 있었다. 당나라에 파견되는 신라의 사신들이 당항성을 통해 자유로이 내왕하는 반면, 백제의 사신들은 당항성 때문에 고구려에 가더라도 일단 바다로 멀리 나아가 빙빙 돌아서 왕래할 수밖에 없었다. 그러니까 백제로서는 언젠가 반드시 당항성을 쳐야 할 형편이었다.

하지만 시의(時宜)가 문제의 핵심이라고 말할 수 있었다. 성충이 고구려에 들어가 김춘추를 따돌리고 가까스로 화친을 결의한 이 마당에, 또한 아직 신라의 동향을 제대로 파악하지도 못한 형편에서 고구려를 끌어들인다는 것이 영 못마땅하였다.

요컨대 지금은 기분 내키는 대로 선공에 들어갈 때가 아니라 주변의 세력 판도를 신중히 살펴야 할 시점이었다. 조금만 깊이 생각해 본다면, 고구려와 당나라가 결전하여 고구려 쪽에서 승리할 경우 당항성이 자연스럽게 백제의 수중으로 넘어올 수도 있었다. 흥수가 말했다.

"대왕 전하……. 병법에 이르기를 부전이굴인지병(不戰而屈人之兵)이면 선지선자(善之善者)라 했사옵니다. 우리에게는 싸우지 않고서도 이길 수 있는 방법이 얼마든지 있사옵니다. 계백은 가잠성을 공격할 때 먼저 적의 의지를 굴복시켜 놓고 싸웠사옵니다. 그는 어느 누구보다도 속전속결(速戰速決)의 명수였지만 모든 군비(軍費)가 훨씬 더 들어가는 줄 알면서도 완만하게 행군하여 변품까지 유인한 뒤 일망타진(一網打盡)하였사옵니다. 매사에는 천시가 있고, 그 기회를 잡았을 때 절묘한 계책을 써서 효과를 극대화해야 하옵니다. 만약 지금 우리 백제가 당항성으로 진격하면 도리어 신라로 하여금 당나라와 연합하도록 촉진하는 역효과를 초래할 것이옵니다. 이렇게 볼 때 지금 당항성 공벌을 논의하는 것은 적절치 못하다 하겠사옵니다."

"그렇지 않사옵니다. 흥수의 주장은 천부당만부당한 억지라 하겠사옵니다. 지금 신라가 의지할 곳이라곤 당나라밖에 없사옵니다. 고구려에서 퇴박맞은 김춘추가 당나라로 손을 뻗칠 것은 물을 보듯 뻔한 일이옵니다. 더군다나 신라 국왕은 김유신을 압량주 군주로 보내 반격의 기회를 노리고 있사옵니다. 그렇다면 우리가 먼저 당항성을 쳐서 신라로 하여금 당나라에 드나들지 못하도록 방비해야 할 것이옵니다."

임자는 입에 버캐를 물고 있었다. 그는 지난해 전역에서 아무런 전공도 세우지 못한 터라 이번 기회에 뭔가 공로를 세워 자신의 입지를 한층 강화하고자 당항성 공벌을 거듭 주장하였다. 그의 부당한 주장에 대하여 흥수가 물러설 리 만무했다. 흥수가 말했다.

"대왕 전하……. 임자의 주장이야말로 나무는 보되 숲을 보지 못하는 외눈박이의 궤변이라 하겠사옵니다. 성충이 나아가 고구려와 화친하게 된 그 이면에는 백제와 신라, 고구려와 당, 백제와 고구려, 고구려와 신라, 백제와 당, 당과 신라가 서로 물고 물리는 형세가 다각적으로 깊이 참작되어 있다 하겠사옵니다. 무릇 전쟁이란 어느 한쪽이 잘 싸워서 이기는 경우가 있는가 하면 상대방이 패배를 자초함으로써 승리를 거저 얻는 경우도 허다한 것이옵니다. 이렇게 볼 때 고구려가 당나라를 먼저 치느냐, 당나라가 고구려를 먼저 치느냐에 따라 우리 백제의 입장이 달라질 수 있다 하겠사옵니다. 요동의 전운이 하루하루 짙어 가는 이 마당에 우리 백제가 굳이 고구려를 끌어들여 당항성을 공벌한다면 신라와 당나라의 밀착을 도와주는 꼴이 아니고 무엇이겠사옵니까? 더 나아가 우리 백제의 출병으로 말미암아 고구려와 당나라의 전세에 영향을 미치게 된다면 자칫 양국으로부터 동시적으로 원망을 살 수도 있는 일이옵니다. 소신이 당항성 공벌을 재고토록 상주하옵는 까닭인즉 좀 더 시야를 넓혀 멀리 보자는 뜻이옵니다."

좌평 흥수는 조목조목 자신의 견해를 설명하였다. 그러면서 그는 임자의 자질을 의심하고 있었다. 그는 누가 뭐래도 내로라하는 왕족이었고, 다른 인물들보다 훨씬 일찍 좌평에 올라 혀끝으로 달착지근한 말만 줄줄이 내뱉어 남달리 의자의 신임을 받아온 것이 사실이었다.

하지만 주변 정세조차 제대로 파악하지 못하는 그의 안목과 식견에는 참으로 실망을 금할 길 없었다. 성충은 인접국의 동향을 면밀히 살펴 고구려와의 화친을 이끌어냈건만 임자는 그 열매가 익기도 전에 냉큼 따서 맛부터 보려 들었다. 두 사람의 격론을 지켜보던 의자가 말했다.

"경들의 의견은 잘 알겠소. 당항성 공벌 문제는 이쯤에서 논의를 그치도록 하겠소. 그렇다고 해서 당항성 공벌 문제를 전면 없었던 일로 돌리는 것은 아니오. 다만, 공벌의 시기만 잠시 뒤로 미룰 따름이오. 금일 이후 임자는 고구려에 들어가 연개소문과도 의논하여 당항성 공벌에 관한 구체적인 방략(方略)을 마련토록 하시오. 물샐틈없는 작전 계획이 마련되면 출병 문제는 그때 가서 재론토록 하겠소."

"성은이 망극하옵니다."

임자는 허리를 꺾으며 의자에게 머리를 조아렸다. 그는 그 이튿날 구드래에서 배를 타고 백마강을 빠져나가 서해로 들어선 다음 해로를 따라 고구려로 항해하였다. 그는 당항성 공벌을 끝까지 관철하려 하였고, 고구려 막리지 연개소문의 의중을 타진하고자 장도에 오른 것이었다.

한편, 가잠성의 계백은 압량주에 세작을 들여보내 끊임없이 김유신의 동태를 파악하면서 변경을 철통같이 방수하고 있었다. 그는 용간(用間), 즉 첩자를 쓰는 작전에도 통달해 있었으므로 압량주 군주 김유신의 움직임은 물론이려니와 서라벌에서 일어나는 사소한 일까지 손금 들여다보듯 세심하게 살필 수 있었다.

그러던 어느 날이었다. 계백이 부장 존일(存佚)을 대동하고 장대(將臺)에 올랐을 때 마치 학의 정수리처럼 생긴 학산(鶴山) 모퉁이를 돌아 깨알 같은 한 점 필마가 가물가물 달려오고 있었다. 부장 존일이 말했다.

"장군, 필마가 달려오고 있사옵니다."

"필마……?"

"그러하옵니다. 말을 세차게 몰지 않는 것으로 보아 급보는 아닌 듯하옵니다."

"무슨 일일까?"

점으로 보이던 필마가 점점 더 가까이 다가들고 있었다. 존일은 그 필마에서 눈길을 떼지 않고 있었다. 필마가 성곽 밑으로 부쩍부쩍 다가오는데 기수(騎手)의 어깨 너머로 도살성 성충 군의 깃발이 펄럭이고 있었다. 존일이 말했다.

"도살성에서 오는 전령인가 하옵니다."

"전령이라……. 성충 장군께서 보낸 모양이군. 어서 맞아들이게."

"예."

부장은 성문 쪽으로 달려가 그 사병을 맞아들였고, 사병은 부장의 안내를 받아 계백 앞으로 성큼성큼 다가와 깍듯한 예의를 갖추어 문안하였다. 계백으로서는 처음 보는 낯선 사병이었다. 사병이 말했다.

"소인은 성충 어른 휘하에서 복무하는 도살성 사병으로 이름은 공달(空達)이라 하옵니다."

"공달이라 했는가?"

"그러하옵니다."

"성충 어른 휘하에서 무슨 일을 맡고 있는가?"

"군마대(軍馬隊)에서 말을 돌보고 있사옵니다."

이심전심(以心傳心)이라고 할까, 계백은 성충의 깊은 뜻을 알아차리고 있었다. 전력을 생명처럼 여기는 성충은 일부러 정병이 아닌, 군마대에서 말 돌보는 비교적 한가한 축에 속하는 일원을 전령으로 보낸 것이었다. 계백이 말했다.

"어쩐지 처음 보는 얼굴이군. 어쨌든 먼 길 오느라 노고 많았네. 성충 좌평께서는 안녕하신가?"

"그러하옵니다. 장군께 이 서찰을 전해 올리라는 하명을 받고 달려왔사옵니다."

공달은 품안에서 서찰을 꺼내 올렸고, 계백은 대뜸 그것을 펴서 성충의 일필휘지(一筆揮之)를 읽어 내려갔다. 그 서찰에서는 다정다감한, 그러나 맺고 끊음이 분명한 성충의 목소리가 뭉클뭉클 묻어나는 듯했다. 명문(名文)의 서찰을 다 읽고 나서 계백이 존일에게 말했다.

"부장, 이 사병을 특별히 잘 접대하시오."

"예, 복명하겠사옵니다."

부장은 사병을 데리고 장대의 댓돌을 내려섰다. 해가 학산 봉우리에 두어 발쯤 둥둥 떠 있었다. 계백은 휘하의 중군장(中軍將) 감태(甘兌)와 모사들을 거느리고 성첩을 한 바퀴 돌면서 초병들을 격려해주었다.

그가 문루 근처 한 성첩에 이르렀을 때 초병 하나가 삼지창(三指槍)을 한쪽 구석에 세워 놓은 채 침까지 질질 흘리며 꾸벅꾸벅 졸고 있었다. 다른 초병들은 눈을 부릅뜬 채 신라 땅을 응시하고 있었지만 그 초병은 산천초목까지 벌벌 떨게 하는 용맹스런 성주가 나타난 줄도 모르고 하염없이 졸고 있었다.

중군장 감태와 모사들은 거의 사색이 되어 있었다. 사병들의 군기(軍紀)를 확립해야 할 그들 처지에서는 계백을 대할 면목이 없었다. 그들은 계백의 순시가 끝나면 그 사병을 별도로 불러 엄벌에 처하리라 벼르고 있었다.

계백이 다가가 그의 어깨를 탁 쳤다. 화들짝 놀란 초병은 이게 웬 날벼락인가 싶어 쩔쩔 매고 있었다. 계백은 본때를 보여주기 위해 그의 목을 베어 군문(軍門)에 효수(梟首; 죄인의 목을 베어 높이 매닮)할 수도 있었던 반면, 보초를 서다가 최고 사령관에게 외통으로 걸린 초병은 어떤 중벌에 처해진다 한들 항변할 명분이 없었다. 계백이 그에게 물었다.

"이름이 뭔가?"

“철기(喆器)라 하옵니다.”

“오, 그래……. 철기……. 간밤에 잠을 못 잔 모양이군?”

“예, 죽을죄를 지었사옵니다. 한 번만 용서해주십시오.”

“알았네. 이번만은 용서해주지. 혹시 어디 아픈가?”

“아, 아닙니다. 어젯밤에 잠을 못 잔 탓에 그만…….”

“무엇하느라 잠을 못 잤는가?”

“어머니가 너무 그리워 잠을 이룰 수가 없었사옵니다.”

“모친은 어디 계신가?”

“고향에 계십니다.”

“고향이 어딘데?”

“곰나루이옵니다.”

“곰나루라……. 고향을 떠날 때 집안에 무슨 일이 있었던 모양이군?”

“그러하옵니다. 지난번 전역에 나올 때 어머니가 몹시 편찮으신 것을 보고 떠나왔사옵니다. 그런데 어젯밤에는 어머니가 눈에 밟혀 한숨도 잠을 이룰 수 없었사옵니다.”

“그래? 그렇다면 곧 집에 다녀와야겠군.”

그 말을 듣는 순간 철기는 귀를 의심하지 않을 수 없었다. 꼼짝없이 엄벌을 받는 줄 알았는데 집에 보내주겠다니 대관절 이게 어떻게 된 일인지 알 수가 없었다. 중군장 감태가 그에게 물었다.

“모친이 많이 편찮으신가?”

“그렇사옵니다. 중풍으로 쓰러지신 뒤 벌써 10년 째 대소변을 받아내고 있었사옵니다. 저는 외아들이고, 제가 집을 나설 때 대소변을 받아낼 사람조차 없었사옵니다. 어머니는 제가 전쟁터에서 죽은 줄만 알고 있을 것이옵니다.”

철기는 목이 메어 울먹울먹하였다. 그런 초병을 대하면서 계백은 가슴이 아려 옴을 느끼고 있었다. 그렇게 곤경에 처한 사람을 전역에 끌고 나왔다는 것 자체가 못내 어깨를 짓눌렀다.

계백은 철기를 통해 일선 군현(郡縣)의 벼슬아치들 중에는 아직도 정신 못 차린 작자들이 있다는 것을 실감하였다. 사병을 징모할 때에는 집안 사정 등을 충분히 고려해야 하건만 곰나루의 일선 관리는 그런 고려조차 없이 제 입맛대로 장정을 징발한 모양이었다. 계백이 중군장 감태에게 명령하였다.

"철기로 하여금 집에 다녀올 수 있도록 휴가를 주게."

"네에?"

계백의 그 군령에 중군장 감태보다 철기가 더 놀라서 어쩔 줄 모르고 있었다. 그는 최소한 형옥에 감치(監置)되어 고생깨나 하리라 각오하고 있었는데 천만뜻밖에도 휴가라니 실로 그 감격을 감당할 길이 없었다. 계백이 철기에게 물었다.

"열흘이면 곰나루에 가서 모친을 찾아뵙고 돌아올 수 있겠지?"

"닷새만에도 충분히 다녀올 수 있사옵니다."

"좋아. 다녀오도록 하게."

"황공하옵니다."

철기는 주르륵 닭똥 같은 감루(感淚)를 흘렸다. 아직 전쟁이 끝난 것도 아니었고, 언제 또 다시 신라와 일전을 치러야 할지 모르는 긴박한 상황에서 선뜻 휴가를 내준 계백 장군. 철기는 그런 계백 장군이 할아버지나 아버지, 아니 하느님보다도 더 고마운 분이라 느껴졌으므로 눈물을 거둘 수가 없었다.

그 이튿날 아침, 부장 존일을 따라 도살성의 사병 공달이 장대로 올라왔다. 해가 떠서 대지를 비추고 있었다. 공달은 계백에게 정중한 문안 인사를 올렸다. 계백이 그에게 물었다.

"간밤에 잘 쉬었나?"

"예. 배려해주신 덕택에 아주 잘 쉬었사옵니다."

"잘 했군. 도살성에 돌아가거든 이 서찰을 성충 좌평께 전해 올리게."

계백은 간밤에 정성들여 쓴, 장문(長文)의 서찰을 공달에게 건네주었다. 공달은 그 서찰을 받아들면서 다시 한 번 계백의 인품에 놀라지 않을 수 없었다. 적에게는 호랑이보다도 더 무섭다는 용장. 하지만 공달이 본 계백은 한없이 부드럽고 온화하였다. 공달이 말했다.

"예. 꼭 전해 올리겠사옵니다."

벽장을 열고, 계백은 봉밀(蜂蜜) 세 통을 꺼내 탁자 위에 내놓았다. 그것은 다른 사람한테서 사들이거나 공짜로 얻은 꿀이 아니라 계백이 손수 벌을 쳐서 거둔 아주 귀한 꿀이었다.

계백은 가잠성에 들어온 뒤 관저 주변에서 봄부터 가을까지 피고 지는 꽃들이 너무 아까워 벌통 몇 개를 놓은 적이 있었다. 아니나 다를까, 벌들은 열심히 꽃가루를 물어 날랐고, 계백은 그 대자연 속에서 양질의 봉밀 몇 통을 얻을 수 있었다. 취미 삼아 벌통 몇 개를 놓아 특별한 가외소득을 올린 셈이었다. 공달이 말했다.

"저는 이만 떠나겠사옵니다. 다시 뵈올 때까지 안녕히 계십시오."

"아, 잠깐……. 조금만 기다려주게. 잠시 후 중군장이 우리 사병 한 사람을 데리고 올 걸세."

그 말이 미처 떨어지기도 전에 중군장 감태가 철기를 데리고 들어왔다. 말끔하게 새 옷을 갈아입은 철기는 빛바랜 군복을 입었을 때보다 훨씬 앳되어 보였다. 중군장 감태가 계백에게 말했다.

"이 사병에게 열흘간 휴가를 주고자 하옵니다."

"그래야지."

계백은 봉밀 두 통을 공달에게, 그리고 나머지 한 통을 철기에게 주었다. 그러자 그들은 받지 않으려고 쭈뼛거리고 있었다. 공달이 물었다.

"이게 뭡니까?"

"봉밀일세. 한 통은 성충 좌평께 전해 올리고 다른 한 통은 자네 몫으로 가져가게. 멀리 오느라 수고했지만 내가 줄 것이라곤 이것밖에 없다네."

한편, 엉겁결에 봉밀을 받아든 철기는 뭐가 뭔지 잘 몰라 어리벙벙한 표정을 짓고 있었다. 형옥에 들어가야 할 몸이 휴가를 얻은 것만 해도 황공하기 짝이 없을진대 계백이 봉밀까지 안겨주는지라 뭐가 어떻게 돌아가는지 도통 알 수가 없었다. 그가 말했다.

"저는……. 이 귀한 선물을 받을 자격이 없사옵니다."

"아닐세. 고향에 가거든 병석에 계신 모친께 꼭 전해 드리게. 그리고 공달에게 한 가지 부탁하겠네. 여보게, 공달……. 도살성 가는 길에 여기 이 사병을 말에 태워 곰나루까지만 동행해주게나. 말이 좀 지치겠지만 우리 성에서는 별도로 군마를 내어줄 수 없으니 어쩔 수 없군 그래. 어때? 두 사람이 앞뒤로 정답게 타고 가도 괜찮겠지?"

"예. 그렇게 하겠사옵니다."

"자, 그럼 어서 떠나게."

공달과 철기는 곧 계백의 면전에서 물러났고, 그들은 성문을 나선 뒤 앞뒤로 나란히 말에 올라 가잠성을 떠났다. 그들은 계백의 인품에 칭송을 아끼지 않았고, 학산 모퉁이를 돌아나가 가잠성이 시야에서 아련히 멀어질 때까지 주룩주룩 뜨거운 눈물을 흘리고 있었다. 특히 철기는 계백의 그 고마운 은혜를 한 평생 잊지 않으리라 다짐하면서 언제라도 나라를 위해 기꺼이 한 목숨 바치리라 작정하고 있었다.

한편, 계백은 그 날도 일부 초병을 제외한 모든 장졸들을 불러 모아 온종일 강도 높게 조련하였다. 그는 휘하의 장졸들을 각 군별(軍別)로 나누어 검술, 창술, 궁술, 마술, 포술(砲術) 등을 가르쳤다. 계백은 각 조련장을 일순하면서 장졸들의 눈빛에서 그들의 강고(强固)한 전투의지를 읽어낼 수 있었다.

언제 어디서라도 적과 싸워 반드시 이겨내고야 말겠다는 필승의 신념. 장졸들의 사기는 충천하였고, 잘 조련된 가잠성의 군대는 어디 내놓아도 손색없는 천하무적의 강군이 되어 있었다. 계백은 그런 장졸들을 조련할 때마다 그처럼 충성스런 부하들을 거느리고 있음으로 해서 이 세상에 부러울 것이 없다고 자부했다.

그 해 가을 당나라 황제 이세민은 사농승(司農丞) 상리현장(相里玄獎)에게 조칙(詔勅)을 주어 고구려와 백제로 보냈고, 마침 연개소문이 군사를 이끌고 신라를 공격하여 일격에 두 성을 점령해 놓고 있던 그때 상리현장이 평양성에 도착하였다.

고구려 국왕 장은 연개소문을 급히 도성으로 불러들였는데, 상리현장은 연개소문이 입회한 가운데 국왕 장에게 이세민의 조칙을 전했다. 그 조칙을 통해 이세민이 말했다.

"신라는 오랜 세월 우리나라를 잘 섬기고 끊임없이 조빙해 왔소. 고구려는 마땅히 백제와 함께 각기 병기(兵器)를 거두어야 할 것이오. 만약 고구려가 다시 신라를 침공한다면 짐이 명년에 군사를 대발(大發)하여 그대 나라를 공격할 것이오."

그 조칙의 내용을 알게 된 연개소문이 가만히 있을 리 만무했다. 신라를 일방적으로 두둔하면서 고구려에 대해서는 감히 명령조로 복종하기를 강요한 이세민. 연개소문이 그 무시무시한 두 눈을 부라리면서 상리현장에게 강력히 항의하였다.

"지난날 수나라 군대가 우리 고구려를 공격했을 때 신라는 그 틈을 타서 우리 땅 5백 리를 빼앗았소. 만약 신라가 그 땅을 우리에게 순순히 돌려주지 않는다면 우리 고구려의 싸움은 그치지 않을 것이오."

그러나 상리현장은 당나라의 국력을 앞세워 오만하게 굴었다. 그는 당나라를 강대국으로 과신하는 가운데 감히 고구려를 형편없는 약소국으로 폄훼(貶毀)하려 들었다.

그것은 어림도 없는 착각이었다. 요동과 요서를 비롯하여 대륙의 북방 전역을 석권한 고구려는 결코 당나라에 뒤질 것이 없는 강대국이었다. 아니, 고구려는 여차하면 당나라를 쳐서 천하를 통일할 만반의 태세를 갖추고 있었다. 그런데도 상리현장은 뭔가 크게 착각한 나머지 연개소문을 향해 사뭇 뻣뻣하게 응수하였다.

"지나간 일을 추론(追論)하는 것은 옳지 않소. 지금 요동의 모든 성은 본래 지나의 군현이었소. 그런데도 우리 지나는 오히려 그대로 두고 있건만 어찌하여 고구려는 옛 땅을 찾아야 한단 말이오?"

"쓸데없는 소리 그만하시오. 나는 그 따위 조칙을 받지 않겠소."

연개소문은 단호히 말했다. 상리현장은 그런 연개소문의 위압에 기가 질려 그냥 고구려를 떠났고, 두 번째 방문국인 백제로 들어가 국왕 의자에게 이세민의 조칙을 전달하였다. 그러고 나서 본국으로 돌아간 그는 고구려와 백제에서 있었던 일들을 이세민에게 소상히 보고하였다. 이세민이 상리현장에게 말했다.

"연개소문은 자기 임금을 시해하고 그 대신들까지 무더기로 잡아 죽였소. 그는 백성들을 억압하고 짐의 조칙까지 어기면서 이웃 나라를 침공하니 불가불 토벌하지 않을 수 없다 하겠소."

이세민은 급기야 고구려 정벌을 결정하는 한편, 다시 한 번 사신 장엄(蔣儼)을 파견하여 유지(諭旨)를 보내고 그 동정을 살피게 하였다. 그러나 연개소문은 군사를 동원하여 그를 위협하였고, 장엄이 끝내 굽히지 않자 그를 굴실(屈室)에 잡아 가두었다.

그 소식을 듣고 이세민은 화가 머리끝까지 치밀어 출병을 서둘렀다. 그렇잖아도 고구려를 치지 못해 들들 배를 앓고 있던 그는 이번에야말로 고구려를 공격하여 항복을 받아내고 연개소문을 호되게 징치(懲治)하리라 작정하였다.

그 무렵 백제 국왕 의자는 아들 융(隆)을 태자로 책봉하였고, 도살성에 나가 있던 성충을 급히 도성으로 불러들여 긴박하게 돌아가는 주변 정세에 대처하고 있었다. 당나라의 동태가 심상찮게 돌아가는지라 조정의 대사가 도살성의 방수보다 더 시급한 탓이었다.

한편, 신라의 김유신은 출병을 서두르는 이세민에게 화답이라도 하듯 돌연 군사를 일으켜 백제의 가혜성(加兮城), 성열성(省熱城), 동화성(同火城) 등 일곱 성을 공격하였다. 백제로 하여금 고구려를 구원하지 못하도록 발목을 잡고, 당나라의 비상한 환심을 유도함으로써 당나라에 들락거리는 김춘추에게 힘을 실어주기 위한 고도의 전략이었다.

사태는 긴박하게 돌아가고 있었다. 백제의 국왕 의자는 이게 웬일인가 싶어 대신들과 더불어 대응책을 숙의하였다. 당이 고구려 침공 준비를 서두르고 신라가 백제를 공격하는 이 현실이야말로 천하대란(天下大亂)의 시작이라고 말할 수 있었다. 이제 지나와 요동은 물론 해동(海東) 전역이 전장으로 변하게 된 셈이었다.

의자는 초조했다. 그는 고구려와 연합하여 곧 신라를 진멸(盡滅)코자 했지만, 당나라의 이세민이 고구려를 치려고 출병 준비를 서두르는 데다 신라가 백제의 일곱 성을 치고 들어온 터라 사태가 고약하게 꼬여가고 있었다. 조정 대신들은 장시간 갑론을박을 거듭했으나 어느 누구도 확실한 해법을 내놓지 못하고 있었다. 좌평 성충이 말했다.

"대왕 전하……. 노상 패배만 거듭하던 신라가 국경의 방비를 생각하지 아니하고 돌연 우리 백제 땅을 습격한 데에는 분명히 그 까닭이 있다 하겠사옵니다. 소신이 듣건대 김춘추는 대야성의 참패를 앙갚음하기 위하여 그동안 누차 당나라에 들어가 원병을 구걸하였다 하옵니다. 그러나 당나라의 이세민은 고구려 정벌에만 집착하여 확답을 미루었사옵니다. 그러던 차에 그가 고구려를 치려고 거병한지라 신라는 고구려의 후방을 교란하여 이세민의 환심을 사서 당나라의 힘을 등에 업고자 우리의 일곱 성을 침탈한 것이옵니다."

"그렇다고 우리 백제가 수수방관만 할 수는 없잖소?"

"그러하옵니다. 우리에게는 그야말로 천재일우(千載一遇)의 기회가 도래했다 하겠사옵니다. 병법에 이르기를, 피실격허(避實擊虛; 강한 곳을 피하고 약한 곳을 공격함)라 하였사옵니다. 이제 당나라는 요동에 전 병력을 집중하여 고구려와 사생결단(死生決斷)하게 될 것인즉, 지나의 강남(江南) 일대에 허점이 생기게 될 것이옵니다. 신라는 우리 백제를 두려워하여 결코 병력을 대발하지는 못할 것이오나, 그럼에도 불구하고 고구려 남방을 끊임없이 소란케 하여 고구려의 힘을 분산시키려 할 것이옵니다. 그럴 즈음 우리 백제는 도리어 고구려를 향해 질벅거리는 신라군의 후미를 쳐서 일곱 성을 회복해야 하옵니다. 아울러, 그와 동시에 우리 백제는 전함(戰艦)에 정병 수만을 싣고 바다를 건너 지나의 강남을 공략해야 하옵니다. 그렇게 되면 이세민은 사면초가(四面楚歌)에 빠져 자멸할 수밖에 없고, 결국 지나의 북방은 고구려가 차지하고 남방은 우리 백제가 차지하여 천하에 새로운 판세를 형성할 수 있을 것이옵니다. 그때에 이르면 우리 백제와 고구려가 지나를 양분(兩分)할 것인즉 동쪽 한 귀퉁이에 붙어 있는 신라는 저절로 항복하지 않을 수 없을 것이옵니다. 우리 백제가 당나라를 쳐서 고구려를 돕고, 더 나아가 신라로 하여금 피를 한 방울이라도 덜 흘리게 하는 것은 상책 중의 상책이라 하겠습니다.”

“오, 장자방(張子房)이나 범려가 따로 없소. 경은 역시 장자방이나 범려를 뺨치고도 남을 거인이시오.”

“황공하옵나이다.”

백제 국왕 의자가 성충의 계책을 듣고 한층 고무돼 있던 을사년(乙巳年, 645) 늦봄, 급기야 20만 대군을 일으킨 이세민은 낙양으로부터 정주(定州)에 이르러 황태자 이치(李治, 高宗)에게 내정을 맡긴 뒤 고구려를 향해 출병하였다.

울긋불긋한 깃발을 펄럭이며 나아가는 20만 대군의 행렬은 끝이 없었다. 그들은 고구려를 향해 동쪽으로 나아가며 국경의 작은 성들을 모조리 쳐부수었다. 이세적(李世勣)은 개모성(蓋牟城)을 함락하였고, 장량은 비사성(卑沙城)을 무너뜨렸으며, 이세민은 요수를 건너 요동성(遼東城)을 장악하였다.

당군의 군세는 하늘을 찌를 듯했다. 그들은 연전연승을 거듭하면서 고구려를 향해 계속 진군하고 있었다. 그러는 동안 신라는 고구려의 남쪽 국경을 침범하여 교란작전을 펴서 고구려를 곤경에 몰아넣었다.

그때 백제 국왕 의자는 전군에 출병 명령을 내렸다. 계백은 그 명령이 떨어지자마자 휘하의 장졸들을 이끌고 싸움에 나가 신라의 김유신에게 빼앗겼던 가혜성, 성열성, 동화성 등 일곱 성을 모두 탈환하였다. 신라는 고구려의 후방을 교란하느라 정신을 팔고 있다가 계백의 일격에 여지없이 무너지고 말았다.

윤충은 부사달(夫斯達) 등 10여 성을 손에 넣었다. 그는 곧 전함을 동원하여 대병을 이끌고 바다 건너 지나로 진출하여 일격에 월주를 점령하였다. 이세민은 어리석게도 괜히 고구려 정벌에 나섰다가 멀쩡한 자국의 영토를 잃었다.

백제는 신라와 당나라의 허를 찔렀다. 당나라가 고구려를 공격하고 신라가 고구려의 후방을 교란하는 사이 백제는 그들 두 나라를 싸잡아 공격하였다. 역시 이번에도 성충의 계책이 모두 신속 정확하게 성공을 거두었다. 이렇듯 성충의 계책은 참으로 무궁무진하면서도 완벽하였다.

고구려의 천하 명장 연개소문 역시 이세민에게 당하고만 있을 인물이 아니었다. 그는 이세민의 침공에 대비하여 만반의 대책을 세워놓고 있었다. 그는 변방 여러 작은 성의 군사와 군량은 물론 심지어 초료(草料; 말먹일 草食飼料)까지 모두 거두어 건안성(建安城), 안시성(安市城), 가시성(加尸城), 횡악성(橫岳城) 등으로 소개(疏開)한 뒤 오골성(烏骨城)을 방어선으로 삼아 용장과 군병을 배치하였다.

개전 초기 연개소문은 공성계(空城計; 적의 공격에 대비하여 성을 비워주는 계책)로 대처하였다. 그는 일부러 성을 비워주었다. 이세민과 그 모사들은 숙맥이었다. 그들은 공성계에 걸려든 줄도 모르는 채 파죽지세로 진격하였다. 하지만 그가 고구려의 성을 점령했을 때 성 안에는 아무것도 없었다. 이세민은 연개소문의 지략에 외통으로 걸려들어 스스로 묘혈을 파고 있었다.

연개소문은 후퇴하는 척 하면서 이세민을 최후의 방어선까지 유인하였다. 연개소문이 후퇴하면 후퇴할수록, 즉 이세민이 고구려 땅 깊숙이 들어서면 들어설수록 당군에게는 군량 운송 거리가 점점 더 멀어지고 있었다.

겨울이 되어 폭설이 내렸다. 그들은 본국에서 출진할 때 군량 조달의 한 방편으로 양떼를 몰고 나섰다. 날씨는 춥고, 군량은 바닥나고,

초원에는 눈이 쌓여 양떼가 먹어야 할 풀조차 찾을 길 없었다. 그들은 삐쩍 마른 양들을 잡아먹으며 근근이 버텼지만, 그러나 더 큰 문제는 말들이 굶는다는 사실이었다. 초료가 없어 애꿎은 말들까지 쫄쫄 굶어야 했다.

그런 당군을 보면서 연개소문은 회심의 미소를 머금고 있었다. 역시 연개소문은 뛰어났고, 이세민은 그런 연개소문보다 몇 수 아래에서 허우적거렸다. 그는 연개소문의 덫에 걸린 줄도 모르고 냅다 안시성을 공격하였다. 안시성의 고구려군이 가만있을 리 만무했다. 용맹스런 고구려군은 예리한 화살을 퍼부어 성으로 접근하는 당군을 사정없이 사살하였다.

고구려군은 모두가 활을 명수(名手)들이었으므로 화살 한 자루 빗나가는 법이 없었다. 아무튼 고구려군이 날린 화살은 백발백중하였고, 그리하여 겁먹은 당군은 섣불리 안시성에 접근하지 못하고 있었다.

고구려군의 화살이야말로 당군에게는 소름 끼치는 공포의 대상이었다. 이세민의 당군은 급기야 고구려군에게 밀려 퇴각하기 시작했다. 안시성 성주 양만춘(楊萬春)이 회심의 화살 한 발을 날렸고, 그 화살은 이세민의 왼쪽 눈에 정확히 명중하였다. 결국 기세 좋게 출병했던 이세민은 왼쪽 눈알을 잃은 채 간신히 목숨만 건졌다. 그는 애꾸가 되어 잔졸들을 이끌고 허둥지둥 본국으로 도주하였다.

130

고구려가 당나라의 침략을 보기 좋게 물리치고 대승을 거두자 신라는 코가 납작해질 수밖에 없었다. 그때쯤 해서는 국가의 존망을 예측할 수 없는 터라 모든 백성들이 몹시 불안해하였고, 조정 대신들도 국왕 덕만의 무능과 국정혼란을 성토하면서 불만을 품기 시작했다.

그 무렵 상대등 비담이 군사를 일으켜 역모에 나섰고, 엎친 데 덮친 격으로 그런 격동의 소용돌이 속에서 그 해 춘정월 국왕 덕만이 죽었다. 조정 대신들은 덕만에게 '선덕(善德)'이라는 시호를 올렸는데, 백성들은 덕만이 여성이었던 관계로 그 시호에 특별히 '여(女)'자를 삽입하여 선덕여왕(善德女王)이라 하였다.

신라 조정에서는 선덕여왕의 후계자로 그녀의 종매(從妹) 승만(勝曼, 眞德女王)을 새로운 왕으로 추대하였다. 이로써 신라에서는 선덕여왕에 이어 두 번째 여왕이 탄생하였다. 백제의 의자가 나라를 다스린 지 7년째 접어들던 정미년 춘정월 초여드렛날이었다.

한편, 계백은 가혜성, 성열성, 동화성 등 신라에서 탈환한 일곱 개 성을 부장 존일, 중군장 감태 등 자신의 휘하에서 종군하던 장수나 모사들에게 골고루 나누어 맡긴 뒤 그들로 하여금 철저히 방수토록 조처하였다.

계백은 곧 조정에 장계를 띄워 그들의 특진을 품신하였다. 조정에서도 계백의 품신을 아무런 이의 없이 원안대로 받아들여 한 관등씩

특진시키는 것은 물론 그들을 관등에 걸맞은 각 성의 성주로 제수하였다. 승리의 과실은 컸다. 계백 휘하의 장수와 모사들은 성의 규모야 크든 작든 일약 성주로 껑충 뛰어올랐다.

그 무렵, 조정으로 복귀한 도살성 성주 성충의 후임에는 좌장 은상이 부임하였다. 은상 휘하에는 정중 등 예간다 제간다 하는 맹장들이 떠억 버티고 있었다. 성충이 떠남으로 해서 도살성의 전력은 크게 약화된 것이 사실이었고, 도살성 백성들은 성충이 대궐로 복귀한 것을 거듭 감축(感祝)하면서도 다른 한편으로는 도살성이 신라에 먹히지나 않을까 내심 불안해하고 있었다.

그 반면, 계백이 입성한 가혜성, 성열성, 동화성 등 일곱 개 성의 백성들은 너무 좋아서 어쩔 줄 모르고 있었다. 길길이 뛰며 환호하는 남녀노소 백성들. 그들은 계백이 머물고 있는 한 다시는 고구려나 신라의 지배를 받지 않으리라 확신하고 있었다.

계백은 말에 올라 나팔수에게 힐끗 눈짓을 보냈다. 그러자 나팔수가 뿌우뿌우 뿌우뿌우…… 나팔을 불었다. 그 나팔소리에 주력이 계백 주위로 구름처럼 모여들고 있었다. 그들은 눈 깜빡할 사이 계백 앞에 질서정연하게 도열했다. 계백이 말했다.

"장졸들은 듣거라. 지난 며칠 동안 노고가 많았으니라. 오늘의 이 승리는 바로 피땀 흘린 너희들의 몫이다. 우리 모두 승리의 함성을 올리자꾸나."

"와아, 와아……."

장병들의 함성이 하늘을 찔렀다. 하지만 계백은 며칠 전부터 가잠성의 안위를 염려하고 있었다. 이번 원정에서 대승을 거두었지만, 대다수 병력을 빼낸 가잠성의 본진이 취약하기 때문이었다.

지금은 승리의 쾌감에 도취해 있을 때가 아니었다. 일곱 개 성을 잃은 신라가 복수의 칼날을 세워 가잠성으로 공격해올 경우 그쪽 국경선이 뚫릴 수도 있었다. 만약 가잠성이 신라의 손으로 넘어간다면 그때부터는 걷잡을 수 없는 사태가 벌어질 수도 있었다.

계백이 칼을 엇비껴 들었다. 장병들은 함성을 멈추고 그런 계백을 응시했다. 계백의 군대는 눈짓 하나 손짓 하나에도 일사불란하게 움직였다. 계백이 말했다.

"잘 들어라. 아직 싸움은 끝나지 않았느니라. 우리가 해야 할 일은 지금부터라 해도 과언이 아니다. 자, 나를 따르라."

계백은 일부러 향방을 밝히지 않았다. 만일 행로가 노출될 경우 적의 기습을 받을 수도 있기 때문이었다. 높이 엇비껴 들었던 칼을 칼집에 다시 꽂고, 계백은 말머리를 돌리면서 말 엉덩이에 박차를 가했다.

"이랴! 가자!"

계백은 부랴부랴 주력을 이끌고 질주하였다. 장졸들이 기세등등하게 그 뒤를 따랐다. 여기저기서 울긋불긋한 군기(軍旗)가 펄럭이고 있었다. 군마들도 신바람이 나서 휘익휘익 말갈기를 휘날리고 있었다.

계백은 급기야 가잠성에 당도했다. 다행히 가잠성에는 아무런 이상이 없었다. 신라가 고구려의 후방교란에만 주력하고 있었으므로 가잠성 공격은 감히 생각조차 못한 탓이었다.

그가 가잠성에 도착했을 때 성 안은 온통 잔칫집 분위기로 들떠 있었다. 계백이 대승을 거둔 데다 그 휘하에서 종군하던 일급 장수와 참모들이 모두 성주로 승진된 터라 그들은 너무 기쁜 나머지 한 번 크게 웃었던 입을 좀처럼 다물지 못하고 있었다.

경사는 그것만이 아니었다. 며칠 후 국왕 의자의 특명을 받아 병관 좌평이 가잠성으로 행차하였다. 의자는 조서를 통해 계백의 승전을 높이 치하하고, 계백 이하 모든 장졸들에게 푸짐한 상급을 내렸다. 직접 원정에 나서지는 않았지만, 후방에서 장병들을 위해 땀과 눈물을 아끼지 않은 여타 백성들도 후한 포상을 받았다.

계백은 그 직후 휘하의 장졸들 중에서 뛰어난, 그러면서도 흠결(欠缺) 없는 인물들을 부장, 좌군장(左軍將), 중군장, 우군장(右軍將) 등으로 선발하였다. 계백은 아무리 털어도 먼지 나지 않는 사람들을 중용하였고, 가잠성에는 또 한 차례 승진 사태가 일어나 성 안의 모든 백성들이 닭이며 돼지는 물론 소까지 잡아 한바탕 잔치를 벌였다.

누가 뭐래도 계백은 양병의 달인이었다. 아무리 문약한 병졸이라 해도 계백 휘하에 들기만 하면 갑병(甲兵)으로 변신하였다. 계백 진용에는 일기당천(一騎當千)의 기세가 넘쳐났다. 계백은 언제 어디를 가나 이렇듯 백전불굴의 용사들을 육성해 냈다. 오늘날 가잠성이 난공불락(難攻不落)의 철옹성으로 우뚝 치솟은 것도 그런 강군이 있기 때문이었다.

가잠성은 견고했다. 우선 성채의 석축이 튼튼했지만, 그 성을 지키는 장병들의 정신무장은 타의 추종을 불허했다. 어떤 적이든 박살내고야 말겠다는 강고한 전투의지. 계백은 그 어떤 무기보다도 정신무장이 훨씬 더 소중하다는 것을 잘 알고 있었다.

그 무렵 백제 땅 전역에서 계백 휘하에 들어가야만 승진할 수 있다는 소문이 공공연히 나돌기 시작했다. 아닌 게 아니라 계백은 늘 휘하의 장졸들을 형제처럼 챙겼고, 회전에 나아가 이길 때마다 그 공로를 모두 그들의 몫으로 돌리곤 하였다.

잘 먹이고, 잘 입히고, 잘 재우고……. 계백은 평소 어떻게 하면 부하들에게 좀 더 나은 대우를 해줄 수 있을 것인가 고민했다. 물론 백제는 부강했고, 각 군영에서 쓰는 물자 또한 별로 아쉬울 것이 없었다.

하지만 계백은 장졸들에게 더 많은 것을 베풀고자 노력했다. 일단 전투가 벌어졌다 하면 목숨을 내놓고 싸워야 할 무인들의 숙명. 그들은 바로 국가를 지키는 간성이었다. 무기가 따로 없었다. 그들이 바로 나라와 겨레를 지키는 최고의 무기이자 최후의 기둥이었다.

전투의 주역은 궁극적으로 인간이었다. 전투는 인간이 하는 것이지 무기가 하는 것이 아니었다. 승리의 요건은 첫째도 인간, 둘째도 인간, 셋째도 인간이었다. 아군의 장졸들이 적군의 장졸들보다 인간적으로 우위에 있지 않고서는 어떤 전투에서도 이길 수가 없었다.

무지렁이 같은 인간에게는 아무리 좋은 무기를 주어도 무용지물일 따름이었다. 그런 바보들에게 값비싼 최첨단 무기를 주어봤자 제대로 다루지도 못할 뿐만 아니라 그걸 적군에게 빼앗겨 도리어 적만 더 이롭게 할 뿐이었다. 그 반면, 강인한 정신력으로 무장한 우수한 병력은 신통찮은 무기만으로도 적을 거뜬히 물리치게 마련이었다.

지금까지 계백의 군대가 연승 행진을 벌일 수 있었던 그 밑변에는 계백 특유의 심오한 철학이 녹아 있었다. 인간 중심의 군대 운영. 계백은 처음부터 끝까지 인간을 가장 소중하게 여겼고, 한 가족처럼 혼연일체로 뭉친 휘하의 장졸들은 전역에 나갈 때마다 그토록 놀라운 백전백승의 신화를 창조했다.

계백 진영에는 항상 사랑이 넘쳐났다. 부하 사랑이 이웃 사랑으로, 이웃 사랑이 겨레 사랑으로 이어지면서 언제 어디서든 기꺼이 한 목숨 바칠 수 있는 각오와 패기가 하늘을 찔렀고, 계백이 가는 곳에는 늘 인(仁), 의(義), 예(禮), 지(智), 신(信)이 함께 했다. 어쩌면 삭막하고 살벌할 수도 있는 전장에 계백은 인간 본연의 고귀한 가치를 확산시켜 나왔던 것이다.

가잠성에는 민과 군이 따로 없었다. 민이 곧 군이고, 군이 곧 민이었다. 백성들이 어려울 때에는 군이 발 벗고 나서서 그들을 도왔고,

군이 어려울 때에는 백성들이 팔을 걷어붙이고 나서서 군을 도왔다.

일단 유사시에는 성 안의 백성들이 벌떼처럼 나서서 결사적으로 싸웠다. 아녀자들은 솥단지에 밥을 지어 군사들을 배불리 먹이거나 물을 펄펄 끓여 성벽으로 기어오르는 적에게 사정없이 끼얹었다. 심지어 어린아이들까지 단단한 돌멩이를 주워 나르는 것은 물론 적군을 향해 짐승 잡듯이 팔매질을 하였다.

이제 백제는 탄탄대로를 달리고 있었다. 신라가 제 아무리 당나라에 원병을 읍소(泣訴)한다지만 고구려에 참패한 당나라는 선뜻 신라를 도울 여력이 없었다. 이세민은 자신의 체통을 유지하기 위하여 장졸들을 내보내 간헐적으로 고구려를 침범했지만, 그러나 고구려는 그때마다 당나라 군사들에게 치명적인 타격을 안겨주었다.

한편, 계백이 가잠성을 굳게 지키는 동안 사비 도성 임자의 집에서는 경천동지(驚天動地)하고도 남을 무시무시한 음모가 꾸며지고 있었다. 조미압이 벼르고 벼르던 끝에 지난번 김유신한테서 받은 금괴를 허리춤에 숨긴 뒤 임자에게 본격적으로 접근하였다. 그는 김유신과의 약속도 있고 해서 이번 기회에 은연중 임자의 속내를 떠본 뒤 모든 것을 털어놓고 가부간 뭔가 결말을 짓기로 하였다. 그가 임자에게 말했다.

"좌평 나으리……. 소인은 그동안 죽을죄를 지었사옵니다."

"죽을죄라니……?"

"소인은 지난번 나으리의 각별하신 배려로 이 관저를 떠나 도성을 벗어난 일이 있었사옵니다. 그때 소인은 백제의 신민(臣民)이 되어 이 나라의 풍습을 알아야 하겠기에 전국 각지를 유람하고 돌아왔사옵니다."

조미압은 임자의 신임을 얻기 위하여 의도적으로 '백제의 신민' 이라는 대목에 힘을 주었다. 그러니까 그는 이제 한갓 신라 출신의 포로가 아니라 완전히 백제의 백성으로 복속했다는 뜻이었다. 임자가 말했다.

"허허허……. 그거야 아주 당연한 일 아닌가. 그 일을 가지고 웬 호들갑인가. 네놈은 일찍이 신라에서 현령까지 지낸 인물이 아니던가. 그렇다면 가끔 각지를 유람하면서 바람도 쐬고, 또 우리 백제의 풍물을 잘 알아두는 것이 좋겠지. 그뿐 아니라 백성들이 어떻게 살아가는지 잘 살펴서 내게 알려줘야 하지 않을까. 그래야만 민심의 소재를 대왕 전하께 아뢰어 국정에 반영할 수 있을 테니까."

임자는 조미압의 말을 곧이듣고 조금도 의심하지 않았다. 아니, 그는 도리어 조미압이 신라의 현령 출신인 점을 감안하여 신라의 풍습이나 전쟁준비 등에 관해 깊은 관심을 표명하였다. 그는 백제와 신라가 최후의 일전을 벌일 경우 그 결과에 대하여 불안한 속내를 드러내 보였다. 조미압이 그의 눈치를 살펴가며 조심스럽게 말했다.

"사, 사실은……. 소인이 전국 각지를 유람한 것이 아니라 고향을 그리워하던 나머지 슬쩍 신라 서라벌에 다녀왔사옵니다."

"오, 그래?"

"만일 나으리께서 소인의 죄를 물으신다면 저는 어떠한 처벌도 감수하겠사옵니다. 하지만 저로서는 신라가 백제를 치기 위해 혈안이 되어 있는 이때 나으리의 신변을 염려하지 않을 수 없었사옵니다."

조미압은 내친 김에 모든 것을 털어놓으리라 다짐하였다. 만약 임자가 노발대발한다면 냅다 도망칠 각오를 하면서, 아니 최악의 경우에는 목숨까지 바칠 각오를 하면서 그는 이번 기회에 반드시 임자를 포섭하고야 말리라 작정하였다.

그는 허리춤에 숨기고 있던 금괴를 슬쩍 내밀었다. 평소 뇌물이라면 사족을 못 썼던 임자. 그는 이게 웬 떡인가 싶어 눈을 크게 뜨면서 꿀꺽 마른침을 집어삼켰다. 임자가 물었다.

"이게 뭔가?"

"보시다시피 금괴이옵니다."

"웬 금괴인가?"

"나중에 알게 될 것이옵니다. 일단 받아주셨으면 하옵니다. 혹여 남의 눈에 뜨일까 두렵사옵니다. 어서 챙겨주시옵소서."

"으, 으음……."

임자는 마지못해 받는 척하면서 금괴를 슬그머니 챙겨 허겁지겁 문갑에 넣었다. 뇌물에 눈먼 그는 체통이고 나발이고 가릴 것 없이, 출처조차 파악하지 않은 채 염치불구하고 노비의 뇌물까지 챙겼다. 한때 그런대로 괜찮은 능력을 발휘했던, 그리고 왕실에 충성을 다 바쳤던 백제의 대신이 그까짓 금괴 하나에 양심과 지조를 팔고 배역자(背逆者)로 변절하는 순간이었다. 조미압이 말했다.

"나으리……. 우선 소인이 저지른 죄를 전부 이실직고(以實直告)한 뒤 처분만 기다리겠사옵니다. 소인은 애당초 백제군에게 사로잡혔을 때 이미 죽은 몸이었사옵니다. 그런데 나으리께서 소인을 살려주셨사옵니다. 하여, 소인은 언젠가 반드시 나으리에게 큰 보은을 하리라 별러왔사옵니다. 그러던 차에 소인은 서라벌에 들어가 상주행군대총관 김유신을 만났사옵니다."

"그래?"

임자는 내심 깜짝 놀랐다. 피는 못 속인다더니, 백제에 잡혀온 뒤 수년 동안 백제의 신민으로 살았건만 조미압의 몸에는 여전히 신라의 피가 흐르는 듯했다. 목소리를 한껏 낮추어 조미압이 말했다.

"그렇사옵니다. 나으리께서 소인을 죽이셔도 좋사옵니다. 소인 또한 나으리의 손에 죽는다 해도 여한이 없사옵니다. 하지만 이미 나으리의 노비가 된 소인의 처지에서는 나으리를 잘 모시지 않으면 안 될 형편이옵니다. 백제와 신라가 국가의 존망을 걸고 싸우는 이 마당에 소인은 나으리의 신변을 염려하지 않을 수 없었사옵니다. 그러므로 소인은 김유신을 만나 적절한 타협을 모색하게 되었던 것이옵니다."

"타협?"

"그렇사옵니다."

"그래 김유신이 뭐라고 하던가?"

"국가는 꽃과 같고 인생은 나비와 같다 했사옵니다. 이제 백제와 신라가 싸우면 두 나라 가운데 한 나라가 망하는 것은 물어볼 필요도 없다 하겠사옵니다. 그렇게 되면 나으리든 김유신이든 어느 한쪽은 반드시 상대국의 부로가 되거나 목숨을 잃을 수밖에 없사옵니다. 이러한 현실에 비추어 김유신은 서로가 서로를 살려주는 상생(相生)의 방안을 제시하였사옵니다. 신라가 이기면 김유신이 나으리를 도울 테니, 백제가 이기면 나으리께서 김유신을 도와 달라는 것이옵니다. 얼마나 좋은 제안이옵니까? 신라가 이기면 김유신이 나으리께 벼슬자리를 마련해주고, 또 그 반대로 백제가 이기면 나으리께서 김유신에게 벼슬자리를 마련해주고……. 말하자면 누이 좋고 매부 좋은 셈이라 하겠지요."

그렇잖아도 임자는 백제가 패망할 경우 신라군에게 붙잡혀 죽게 될까봐 전전긍긍하고 있었다. 더군다나 그는 성충, 흥수 같은 충신과 의직, 계백 같은 용장들의 틈바구니에서 신뢰를 잃어 찬밥신세로 전락해 가는 실정이었다. 임자가 말했다.

"그것 참 훌륭한 발상이군."

"나으리……. 참으로 나으리다운 판단이시옵니다. 꽃이 시든다고 해서 나비까지 죽을 수는 없잖습니까? 나으리 같은 어른은 백제가 망한다 해도 반드시 살아나셔야 하옵니다. 그러자면 김유신과 미리 손을 잡아두는 것이 좋다 하겠사옵니다. 김유신은 절대로 신의를 저버릴 소인배가 아니옵니다. 그는 나으리를 위해 벌써 절묘한 계책까지 마련해 두었사옵니다."

"무슨 계책인가?"

"신라에서 가장 농염한 절세가인을 보내겠다고 하였사옵니다."

"농염한 절세가인?"

"그렇사옵니다. 소인이 귀띔만 하면 김유신은 언제라도 그 여인을 우리 백제 땅으로 보내줄 것이옵니다."

조미압은 '백제의 신민'이라고 말할 때처럼 '우리 백제'라는 대목에 힘을 넣었다. 그는 백제에 충성을 다하는 백성으로 위장함으로써 임자의 확신을 얻어내려고 어휘 선택이나 억양에도 각별한 신경을 기울이고 있었다.

그의 말을 듣고 임자는 귀가 솔깃해짐을 느꼈다. 농염한 여인이라……? 동물적 직감이랄까, 국왕 의자를 의식하면서 임자는 내심 무릎을 탁 쳤다. 국왕 의자가 부쩍 주색에 탐닉하고 있기 때문이었다.

의자 곁에는 숱한 여인들이 있었다. 정비(正妃)인 군대부인(君大夫人)이야 두말할 나위도 없거니와 궁궐에는 은고(恩古) 등 숱한 후궁들이 들끓고 있었다. 그뿐 아니라 여인들 사이에서는 반목과 질시, 그리고 권력을 향한 암투가 날로 증폭되고 있었다.

명문거족 출신인 군대부인은 본래 속 넓은 여걸(女傑)이었다. 그러나 이 근래 의자가 워낙 많은 여인들을 궁궐로 불러들이자 그녀는 어느덧 요녀(妖女)로 돌변해 있었다. 그것은 어쩌면 그녀 자신이 다른 여인들에게 밀려나지 않기 위한 방책일 수도 있었다.

군대부인의 입김은 국정 깊숙한 곳까지 스며들고 있었다. 그녀는 어떻게 해서든 의자를 구워삶아 자기 눈에 쏙 드는 사람들을 요직에 앉혔고, 조금이라도 자기 비위에 거슬리는 사람들을 배척하여 멀리 귀양 보내거나 주살하는 등 폭거를 서슴지 않고 있었다.

은고는 더 말할 나위가 없었다. 여우처럼 약아빠진 그녀는 군대부인과 힘겨루기에 들어가 끊임없이 월권을 자행하였다. 군대부인과 은고의 대결은 그야말로 한 치 앞을 내다볼 수가 없었다. 어떤 때에는 군대부인이 우위에 서기도 했고, 그런가 하면 은고가 군대부인의 머리꼭지 위에 올라앉아 조정을 좌지우지하기도 하였다.

고래 싸움에 새우등 터지는 형국이라고나 할까, 그 여인들의 싸움에 죽어나간 사람은 한둘이 아니었다. 군대부인과 은고는 무도하게 국병(國柄)을 빼앗아 경쟁이라도 하듯 제멋대로 현량(賢良)을 죽음으로 내몰곤 하였다. 그렇건만 의자는 그 여인들의 농간을 통제하지 못하고 있었다.

최근에는 군대부인이 은고에게 밀리는 형국이었다. 국왕 의자는 즉위 4년째 되던 해 이미 군대부인의 몸에서 태어난 융을 태자로 책립한 바 있었다. 그러나 최근 의자는 은고의 등쌀에 못 이겨 그녀가 낳은 효(孝)로 태자를 교체하지 않으면 안 되었다.

하지만 호락호락 물러설 군대부인이 아니었다. 그녀는 여전히 융을 태자로 섬겼고, 은고를 배척하기 위하여 은고와 밀착된 대신들을 숙청하는 등 수단과 방법을 가리지 않았다. 그러면 그럴수록 은고도 더욱 암고양이처럼 표독해져서 군대부인에게 복수의 칼날을 겨누곤 하였다.

의자는 그들 두 여인의 틈바구니에서 피가 마르도록 시달릴 수밖에 없었다. 정말 여자의 마음은 알 수가 없었다. 눈만 떴다 하면 서로 싸우는 군대부인과 은고. 그들 두 여인이 서로 물고 뜯으며 싸우는 꼴을 보면서 의자는 신물을 내고 있었다.

조정 대신들도 어느 장단에 춤을 추어야 할지 갈피를 잡지 못하고 있었다. 군대부인과 융을 태자로 섬기면 은고와 효가 눈에 쌍심지를 박았고, 은고와 효를 떠받들면 군대부인이나 융이 죽이려고 덤벼들었다.

군대부인과 은고의 위상으로 말하자면 어느 누가 진짜 정비이고 어느 누가 후궁인지도 분간하기 어려웠다. 태자도 예외가 아니었다. 융이 태자인지 효가 태자인지 사뭇 헷갈렸다. 의자가 계백의 관등이 좌평인지 달솔인지조차 분간하지 못한 것처럼 조정 대신들과 백성들은 왕실의 서열과 직분에 종종 혼선을 빚지 않으면 안 되었다.

아무튼 군대부인과 은고가 기를 쓰고 싸우자 실망할 대로 실망한, 아니 그들 틈바구니에서 진절머리를 느껴온 의자는 어느 사이엔가 외도(外道)를 걷기 시작했다. 그는 대궐 밖의 여인들에게 눈을 돌렸고, 국사는 뒷전으로 미뤄놓은 채 음주와 가무를 비롯하여 사치와 황음에 이르기까지 타락의 길로 치닫고 있었다.

사실 백제에는 선왕인 무왕 때부터 흥청망청 놀고 마시기 좋아하는 부류들이 있었다. 그들은 걸핏하면 국왕을 모시고 나아가 백마강이나 궁궐 남쪽 연못에 배를 띄워놓고 연회를 즐기곤 하였다. 그런가 하면 그는 산과 들, 강변이나 망해루(望海樓)에 나아가 질펀하게 놀기도 하였다.

물론 국왕이 연회를 베풀 때에는 약방의 감초처럼 궁녀들도 함께 어울렸다. 국왕의 친인척을 비롯한 측근들이 주로 그런 연회를 마련하곤 하였다. 그것도 한두 번이지 무왕 말년에는 국왕이 자주 그처럼 요란뻑적지근한 연회를 베풀어 조정 대신들과 백성들 사이에 씁쓰레

한 뒷말을 낳곤 하였다.

더군다나 무왕 치세에는 금마저에 미륵사를 창건하느라 엄청난 국력을 쏟아 붓지 않으면 안 되었다. 무왕이 재위하는 동안 백제의 영화가 활짝 꽃을 피우고 있었다 해도 백성들 형편에서는 이래저래 힘든 것이 사실이었다. 그런데도 왕실의 부패세력은 종종 거창한 연회를 베풀어 백성들의 손가락질을 받곤 하였다.

이제 그 못된 연회의 망령이 되살아나고 있었다. 의자는 선왕의 저 웅대했던 위업과 그가 남긴 유훈을 까마득히 잊은 채 도리어 먹고 마시면서 세월아 네월아 노는 일에만 정신을 팔고 있었다. 나라 안팎에는 민생과 국방 등 처결해야 할 난제들이 산적해 있건만 그는 자기도 모르는 사이 발을 잘못 내디뎌 엉뚱한 길을 걸어 나가고 있었다.

국왕 의자는 자꾸 새 여인들을 궁중으로 맞아들였다. 군대부인과 은고의 아귀다툼에 신물을 느끼면 느낄수록 의자는 새로운 궁녀들을 맞아들여 신변의 골칫거리들을 잊으려 하였다. 그것은 잠시 괴로움을 잊는 임시방편에 지나지 않을 뿐 원천적인 해결책이 될 수가 없었다.

그런데도 의자는 점점 더 향락에만 빠져들고 있었다. 군대부인이나 은고한테서 받은 염증을 새 여인들로부터 보상받으려 그러는 것일까, 아무튼 의자는 전국의 성주들이나 방령(方領)들이 천거한 쌉쌀하고 반반한 여인들을 잇따라 궁궐 안으로 받아들였다.

그렇다고 특유의 심미안(審美眼)을 가진 의자가 개나 걸이나 수백, 수천 명씩 무제한으로 궁녀들을 맞아들인 것은 아니었다. 불행 중 다행이라고나 할까, 그는 그 나름대로 미인을 고르는 독특한 안목이 있어 궁궐에서 꼭 필요하다고 판단되는 여인들만 선별적으로 받아들였다. 하지만 그는 역대 어느 선왕보다도 많은 궁녀들을 거느림으로 해서 충신들과 백성들의 빈축을 사고 있었다.

하지만 의자는 새로 맞이한 그 궁녀들에게서 싫증이나 애증 같은 것을 느껴본 적이 없었다. 아니, 군대부인과 은고의 피 말리는 세력다툼이 커지면 커질수록 의자는 새 여인들에게서 작은 위안을 얻곤 하였다.

이제 궁궐에는 도성 안팎에서 들어온 수십 명의 궁녀들이 득실거렸고, 전내부와 후궁부(後宮部) 관리들은 그 뒷바라지를 하느라 눈코 뜰 새 없이 바빴다. 그런데도 의자는 뒷일을 생각하지 않은 채 더 아름다운, 마음에 쏙 드는 여인들이 나타나면 언제라도 맞아들이려 하였다. 임자가 조미압에게 물었다.

"과연 절세가인을 데려올 수 있을까?"

"조금도 염려하지 마시옵소서."

조미압은 꽝꽝 큰소리를 치고 있었다. 당초 신라에 갔던 사실을 털어놓을 때에는 죽을 각오였는데 임자가 그렇게 적극적으로 나오는지라 이제는 아무것도 걱정할 필요가 없었다. 임자가 말했다.

"좋아. 그렇다면 내일이라도 당장 그 절세가인을 데려오도록 하게."

"예, 알겠사옵니다."

조미압은 그 이튿날 서라벌로 떠났고, 김유신을 만난 뒤 미인계 문제를 논의하였다. 김유신은 기다렸다는 듯 금화를 관저로 불러들여 조미압에게 넘겨주었다. 첫눈에 볼 때에도 금화는 뭇 사내들을 사로잡고도 남을 만한 특출한 미모를 갖추고 있었다.

가무잡잡한 얼굴에 살살 흘리는 눈웃음하며 만지면 터질 듯 희고 고운 살결에 이르기까지 어쨌든 그녀는 미녀 중의 미녀라고 말할 수 있었다. 조미압이 임자 앞에서 장담했던 것처럼 금화는 어디 내놓아도 손색없는 절세가인이었다. 어디 그뿐인가. 그녀는 주술(呪術)에도 능통하여 개인의 사주팔자는 물론 국가의 길흉화복(吉凶禍福)을 내다

144

본다는 이른바 신통력(神通力)까지 갖추고 있었다.

아무튼 조미압은 그녀를 데리고 사비로 돌아와 임자에게 소개하였다. 임자도 그녀를 보는 순간 입이 헤벌어져서 어쩔 줄 몰랐다. 그 자신 어느덧 늙마에 이르러 있었지만 금화처럼 빼어난 여인을 처음 보기 때문이었다. 임자가 금화에게 말했다.

"먼 길 오느라 노고가 많았소이다."

"뭘요……. 이 모두가 지존하신 옥황상제(玉皇上帝)께서 미리 점지하신 일이랍니다. 저 금화는 신라 땅에서 태어났지만 백제를 위해 일하라고 옥황상제께서 그렇게 말씀하셨사옵니다. 그래서 언젠가는 백제 땅으로 들어와야 할 형편이었사옵니다. 좌평 어른께서 이렇듯 환대해 주시니 뭐라 드릴 말씀이 없사옵니다."

금화는 자신의 정체를 숨기기 위해 말끝마다 옥황상제를 팔았다. 자칫 잘못하면 하찮은 여자 정도로 취급될 수도 있었으므로 그녀는 입만 열었다 하면 옥황상제를 팔아대면서 신통력을 과시하였다. 임자가 물었다.

"옥황상제께서 백제를 위해 일해야 한다고 하셨소이까?"

"그러믄요. 그건 제 뜻이 아니고 어디까지나 옥황상제의 뜻이옵니다. 그렇지 않고서야 신라의 백성으로 태어난 제가 어찌 이 머나먼 백제 땅에 올 수가 있었겠사옵니까? 저 금화는 이제부터 백제를 이 한 몸 바치고자 하옵니다. 그러면 저도 살고 백제도 크게 일어나옵니다."

"어허……. 부처님 말씀에 옷소매만 스쳐도 인연이라 했거늘, 그대가 천 리 길을 멀다 않고 이곳 사비까지 온 것을 보면 범상한 일이 아닌 것만은 분명하다 하겠소. 아무튼 우리 백제를 위해 놀라운 신통력을 발휘해주기 바라오."

"그야 여부가 있겠사옵니까?"

금화는 머리를 조아렸다. 그녀는 내심 임자를 비웃고 있었다. 국가 최고 관직인 좌평에 오른 인물이 감쪽같은 감언이설에 놀아나다니 어떻게 보면 참으로 어처구니가 없었다. 천하일색인 금화는 얼간이 같은 임자를 마음껏 얕잡아 보면서 백제의 운명도 이제는 자신의 손아귀에 달려 있다고 확신하였다.

임자는 그런 금화를 국왕 의자에게 천거하였다. 아니나 다를까, 의자는 그녀를 대하는 순간 홀딱 반해서 이만저만 흡족해하는 것이 아니었다. 그날 이후 의자는 다른 여인들을 멀리하고 오직 금화만을 편애하였다. 일국의 국왕이 급기야 적국의 여간첩에게 빠져들었다.

의자는 금화를 맞아들인 이후 더욱 연회에 정신을 팔았다. 그는 경치 좋은 곳이라면 어디에서라도 연회를 벌이곤 하였다. 비나 눈이 내리면 궁궐을 벗어나기가 힘들었지만, 날씨가 맑은 날에는 사흘이 멀다 하고 산과 강을 찾아 한바탕 신바람 나는 놀이판을 벌이곤 하였다.

그 중에서도 부소산과 백마강 일대는 그의 놀이터라고 말할 수 있었다. 궁궐의 후원(後苑)인 부소산에는 봄부터 가을까지 기화이초(奇花異草)가 만발하였고, 온갖 새들이 우짖었으며, 한 겨울에는 송림(松林)에 소담스런 눈꽃이 피어나 장관을 이루곤 하였다. 그런 부소산이야말로 저절로 흥취를 북돋아주었다.

한편, 그 무렵 신라의 김춘추는 원병을 요청하기 위해 셋째아들 김문왕(金文王, 金文汪으로도 씀)과 함께 온군해(溫君解) 등 수행원들을 데리고 당나라에 들어갔다. 탑전에 엎드려 먼저 이세민에게 문안부터 올린 김춘추는 자신이 입조하게 된 저간의 사정을 소상히 아뢰었다. 그가 말했다.

"폐국(弊國) 신라가 궁벽한 바다 곁에 있으면서 천조(天朝; 天子의 왕조)를 섬겨온 지가 오래 되었으나 백제가 강하고 교활하여 그들의 침략을 막을 길이 없었사옵니다. 지난해에는 대군을 이끌고 폐국의 강역 깊숙이 들어와 수십 성을 탈취하였사옵니다. 더욱이 그들은 당항성을 점령하여 우리의 뱃길까지 막으려 획책하고 있사옵니다. 그렇게 되면 저희들은 천조에 조빙하고 폐하를 알현할 길조차 잃게 되옵니다. 사정이 이러하온즉 폐하께서 대군을 일으키시어 그 무고한 역도들을 쳐서 응징해주셨으면 하옵니다.”

김춘추는 당나라로 이어진 지나의 왕조를 ‘천조’로 추켜올렸다. 목마른 사람이 샘 파는 형국이라고나 할까, 아무튼 김춘추는 곡진한 외교적 췌사(贅辭)로써 이세민의 환심을 사기 위해 심혈을 기울이고 있었다.

김춘추의 언변은 놀라웠다. 일찍이 고구려에 원병을 요청하러 갔다가 극적으로 살아 돌아온 김춘추. 그는 멋모르고 연개소문을 만나 호랑이 굴을 쑤신 꼴이었다. 하마터면 죽을 뻔했던 그 위기일발의 순간에 김춘추는 천지신명이 보우하사 구사일생으로 고구려를 탈출할 수 있었다.

그 일을 생각할라치면 두고두고 모골이 송연하였다. 그는 그때의 실패를 되풀이하지 않기 위해 안간힘을 쓰고 있었다. 대야성의 그 치욕과 수모와 원한을 씻고 나라를 구하려면 무슨 짓인들 못하랴. 풍전등화(風前燈火) 같은 신라의 처지를 돌아볼 때 당나라 이외에는 더 이상 기댈 곳이 없었다.

당나라마저 구원을 외면한다면 조국 신라의 운명은 정녕 어떻게 될 것인가. 김춘추에게는 구국의 일념이 있을 뿐이었다. 괴로웠다. 자존심이 상했다. 하지만 사느냐, 죽느냐…… 국가 존망의 기로에서 수치니 비굴이니 뭐니 그런 것은 따질 계제가 아니었다.

김춘추는 최후의 원군을 얻어내기 위해 모든 수단을 총동원하여 애걸복걸하였다. 바다 건너 조국의 왕실은 물론 김유신을 비롯한 여러 고관대작들과의 맹약을 상기한다면 반드시 이번 일을 성사시켜야 했다.

그는 고군분투했다. 드디어 이세민의 마음이 움직이기 시작했다. 이세민은 김춘추의 간절한 염원에 적잖이 감동하고 있었다. 이세민이 말했다.

"짐이 듣건대 신라에 김유신이란 인물이 있다는데 그 사람의 됨됨이가 어떠하오?"

"김유신이 비록 재지(才智)가 있으나 폐하께서 도와주시지 않으신다면 어찌 폐국의 환란을 없앨 수 있겠사옵니까?"

"환란이라 했소?"

"그렇사옵니다. 폐국 신라의 운명은 전적으로 폐하의 결단 여하에 달려 있사옵니다. 대국의 폐하께서 소국 신라를 굽어 살피시어 원병을 허락하신다면 소신은 김유신과 더불어 백제를 칠 것이옵니다. 그런 연후 고구려를 친다면 대국에도 후환이 없을 것이옵니다. 고구려는 대국을 극진한 예의로써 섬기기는커녕 도리어 시도 때도 없이 대국에 덤벼들었사옵니다. 고구려로 말미암아 대국은 편할 날이 없었사옵니다. 이 점 통촉하시어 차제에 고구려의 뿌리까지 뽑아버린다면 대국의 후환이 근원적으로 사라질 것이옵니다."

김춘추는 백제에 이어 고구려를 싸잡아 겨냥하고 있었다. 그 밑바탕에는 고도의 계산이 깔려 있었다. 고구려에 대한 이세민의 적개심을 자극하고, 신라와 당나라의 이해관계를 연결시키려는 전략이었다. 이세민이 말했다.

"알겠소. 짐이 그동안 고구려를 쳐 없애려 한 것도 사실은 신라를 보호하기 위한 것이었소. 짐은 신라가 두 강국 사이에서 얼마나 시달림을 받아왔는지 잘 알고 있었소. 이제 짐은 두 나라를 평정하겠소."

이세민은 곧 장군 소정방(蘇定方)에게 조칙을 내리고 백제 정벌을 위하여 군사를 일으키도록 명령하였다. 그리하여 마침내 신라와 당나라의 군사적 결속이 이루어지게 되었다. 그 순간 김춘추는 기뻐서 어쩔줄 몰랐다. 그가 이세민에게 말했다.

"성은이 망극하여 백골난망이옵니다. 저희 신라는 일찍이 대국을 섬긴 소국으로서 앞으로는 장복(章服)을 고쳐 화제(華制)에 따를까 하옵니다. 윤허하여주시옵소서."

김춘추는 당나라를 대국으로 떠받들고 신라를 소국으로 낮추었다. 그뿐 아니라 그는 장복, 즉 신라에서 관리들이 입는 예복까지 중국의 제도에 따르기로 자청하였다. 그는 당나라의 원병을 얻어 백제를 치기 위한 절박한 심정에서 이렇게 몸을 굽혔다. 이세민이 말했다.

"신라가 원한다면 그렇게 하시오."

이세민은 진귀한 의복을 내어주었고, 특별한 조명(詔命)으로 김춘추에게 특진(特進) 작위(爵位)를 내렸으며, 그 아들 김문왕에게는 좌무위장군(左無衛將軍)을 제수하였다. 김춘추가 당나라를 떠날 때 이세민은 3품 이상의 벼슬아치들을 모아 그들로 하여금 환송토록 배려하였다. 김춘추가 이세민에게 아뢰었다.

"소신이 아들 일곱을 두었사옵니다. 차제에 소신의 셋째자식 김문왕을 여기 대당(大唐, 대국 당나라)에 머물러 숙위(宿衛)에 대비하기를 앙망하옵니다."

김춘추는 당나라를 '대당' 으로 섬겼다. 비굴하다면 비굴할 수도 있지만, 신라를 누란의 위기에서 구해야 할 김춘추로서는 불가피한 선택일 수도 있었다. 그것이 바로 약자의 설움이었다.

김춘추는 아들을 당나라에 숙위케 함으로써 신라와 당나라의 결속을 다지려 하였다. 본래 숙위란 본래 질자(質子), 즉 볼모에 그 뿌리를 두고 있었다. 그러다가 나중에는 중국에 인접해 있는 왕자들이 당나라 궁정에 머무르면서 황제를 호위하는 의장대 성격으로 변화하였다.

그 이후로 숙위는 인질이라기보다 종래의 전통적인 조공에다 헌진(獻進)을 결합한, 당나라에 인재를 맡겨 화친의 성격을 보다 강화한다는 의미를 지니고 있었다. 또, 당나라 쪽에서는 숙위에게 국자감(國子監) 입학과 같은 기회를 부여함으로써 문화적 교류를 강화하는 한 수단으로 이용하기도 했다.

이세민은 김문왕의 숙위 문제도 흔쾌히 받아들였다. 일찍이 원병을 얻으려고 고구려에 들어갔다가 객관에 감금되어 죽을 고비를 넘기는 등 혼쭐이 났던 김춘추. 그는 당나라 이세민으로부터 굳은 군사지원 약속을 받아냄으로써 일찍이 경험해 보지 못한 기대 이상의 엄청난 외교적 성공을 거두었다.

그 이듬해 춘정월부터 신라는 당나라의 제도를 좇아 모든 관리들로 하여금 중국 관복을 입도록 하였다. 말하자면 신라가 당나라의 속국임을 자처한 셈이었다. 신라는 원병을 끌어들이기 위해 이렇듯 복식까지 당나라 제도를 그대로 답습하였다.

한편, 안시성 성주 양만춘의 화살을 맞아 한쪽 눈을 잃고 그 여독으로 고통 받아온 이세민은 고구려에 원한이 맺혀 있었다. 오죽하면 고구려의 '고' 자만 들어도 살(煞)이 내려 전신이 부들부들 떨릴 지경이었다. 지나 전역을 통일하고 한 시대의 영웅으로 떠올랐던 당나라 황제 이세민이었지만, 그러나 그런 이세민도 고구려의 맹장들 앞에서는 눈까지 잃은 채 오금을 펴지 못했다.

그렇다고 이세민이 오기와 집념마저 꺾은 것은 아니었다. 그는 죽기 직전까지 30만 대군을 일으켜 고구려 재침을 준비하다가 기유년(己酉年, 649) 여름 숨을 거둘 때에 이르러서야 돌연 고구려 정벌을 포기하라는 조칙을 내렸다. 그는, 당나라의 군대가 고구려 군대와 싸워 봤자 도저히 승산이 없다는 것을 절감한 나머지 그런 유조(遺詔)를 남겼다.

지난 23년간 제위(帝位)에 있으면서 지나 대륙에 태평성대를 가져왔던 이세민. 그는 마음먹은 일을 다 할 수 있었지만 고구려 정벌만은 뜻을 이루지 못했다. 아무리 땅이 넓고 백성들이 많다 해도 당나라가 동방의 위대한 대국 고구려를 정벌한다는 것은 불가항력이 아닐 수 없었다.

그런 이세민이 죽자 당나라 조정은 그에게 '태종(太宗)'이라는 시호를 올렸다. 그리고 그 뒤를 이어 이세민의 황태자 이치가 스물두 살의 나이에 황제로 즉위하였다. 이제 당나라에 새로운 시대가 왔다.

이세민의 죽음은 신라 쪽에서 볼 때 큰 충격이 아닐 수 없었다. 그동안 이세민의 결심을 받아내기 위해 그토록 공을 들였건만 그가 죽음으로써 상황이 뒤바뀌었으니 신라는 대당외교(對唐外交)를 원점에서부터 다시 시작해야 할 형편이었다. 그나마 불행 중 다행이라면 정변에 의한 정권 교체가 아니라 황태자 이치가 이세민 정권의 연장선상에서 그 제위를 이어받았다는 사실이었다.

이치의 배후에는 무조(武照)라는 후궁이 있었다. 뛰어난 미모와 총명으로 열네 살 때 이세민의 후궁이 되었던 그녀는 이세민이 죽자 황실을 떠나 비구니가 되었다가 이치의 부름을 받고 다시 후궁으로 입궐한 인물이었다. 태종 이세민의 후궁으로 아주 어린 나이에 권력의 맛을 보았던 그녀는 이치의 후궁으로 재차 입궐하자마자 막강한 권세를 휘둘렀다.

어쨌든 신라는 이치가 즉위한 뒤에도 계속 당나라에 사신을 보내 원병을 요청하였다. 이치가 황제로 등극한 그 이듬해, 그러니까 여왕 승만이 왕위에 오른 지 4년째 되던 경술년(庚戌年, 650)에는 김춘추가 장남 김법민(金法敏, 文武王)을 데리고 당에 들어갔다. 그때 승만은 스스로 시를 지어 비단에 수놓은 「태평송(太平頌)」을 그들 편에 보냈다.

당나라에 들어간 김춘추는 이치를 알현하고 그 「태평송」을 헌상하였다. 그러자 이치는 너무 기쁘고 감개무량하여 입을 다물지 못했다. 그동안 당나라 황제를 예찬한 시가 없었던 것은 아니지만 신라 여왕이 직접 지어 보낸 그 시야말로 이치에게는 마음에 쏙 드는 절창(絶唱)이 아닐 수 없었다.

이치는 그날 김춘추의 장남 김법민에게 태부경(太府卿)이라는 파격적인 작위를 제수하였다. 김춘추 부자는 그때에도 큰 외교적 성공을 거두고 귀국했는데, 신라는 바로 그 해부터 자국의 연호를 폐지하고 당나라 연호를 사용하였다.

그 이듬해 김춘추는 다시 둘째아들 김인문(金仁問)을 당나라에 보내 숙위케 하였다. 김인문은 어려서부터 책을 많이 읽어 견식이 넓었고, 글씨를 잘 쓸 뿐만 아니라 활쏘기에도 뛰어나 벼슬이 파진찬(波珍飡)에 이르러 있었다.

김인문은 당나라에 도착하자마자 객관에 여장을 풀고 곧 이치를 알현하였다. 그는 중국 땅에 처음으로 발을 들여놓았지만 부친 김춘추로부터 당나라에 관해 너무 많은 이야기를 들었던 터라 당나라 풍물에 전혀 어색함을 느끼지 않았다. 그가 황제 이치에게 부복하여 문안드린 다음 용무를 아뢰었다.

"소신은 폐국 왕명을 받들어 지존하신 폐하를 뵙고자 입조하였사옵니다. 아뢰옵건대 대국의 변함없는 지원과 편달을 주청 드리옵니다."

"그야 여부가 있겠소. 우리 대당은 일찍이 신라를 적극 돕기로 약조한 바 있잖소. 대국이 어찌 소국을 향하여 약조를 저버리겠소. 심려하지 마시오. 멀리 바다를 건너 내조한 그 충성이 참으로 가상하오."

"청하옵건대 소신은 차제에 대국에 머물러 숙위코자 하옵니다. 이는 폐국 국왕 전하의 분부이자 가친(家親)의 훈계이기도 하옵니다. 윤허하여주시옵소서."

"역시 경은 충신 중의 충신이요, 신라는 예의지국(禮儀之國) 중의 예의지국이라 하겠소."

이치는 김인문에게 극도의 칭송을 쏟아 부었다. 그는 당연히 무조의 조종을 받아 그런 극찬을 아끼지 않았다. 그는 김인문에게 좌령군위장군(左領軍衛將軍)을 제수하고 그대로 당나라에 머물러 숙위할 수 있도록 허락하였다. 김인문은 너무 감격한 나머지 눈물이 글썽한 채로 이치에게 머리를 조아려 아뢰었다.

"망극하옵신 성은에 백골난망이옵니다."

바로 그 해 백제도 당나라에 사신을 보냈지만 이치는 냉랭한 반응을 나타냈다. 그는 이미 신라에 대하여 모든 지원을 아끼지 않기로 약조한 터라 백제에 대하여는 도리어 지탄의 목소리를 높였다. 그는 백제의 사신을 환영하기는 고사하고 도리어 국왕 의자에게 보내는 경고의 새서(璽書, 옥새가 찍힌 문서)를 안겨주었다.

큰마음 먹고 모처럼 당나라에 들어갔다가 이치한테 모욕적이고 모멸 가득 찬 냉대를 받은 백제 사신은 그 새서를 가지고 돌아와 의자에게 바쳤다. 이를테면 백제는 고구려와 화친한 뒤 당나라의 미움을 산 셈이었다. 그 새서를 통해 이치가 말했다.

"신라 사신 김법민이 상주하기를 백제, 고구려가 다투어 침략하매 신라는 대성(大城)과 중진을 모두 빼앗겨 국토가 매우 줄어들었다 하오. 이제 백제는 마땅히 그 땅을 신라에게 돌려주기 바라오. 그 대신 신라는 사로잡은 백제의 포로를 본국으로 돌려보내야 할 것이오. 그 래야만 우환과 분쟁이 없어지고 전쟁이 잦아들어 백성이 평안하게 지 낼 것이오. 만약 백제 왕이 짐의 권고를 따르지 않는다면 결전을 불사 하되 고구려로 하여금 구원하지 못하도록 하고, 또 만일 고구려가 짐 의 명령을 받들지 아니하면 거란[契丹]의 여러 번방(藩邦)으로 하여금 요하를 건너 깊이 쳐들어가서 초략(抄掠)코자 하니 백제 왕은 짐의 말 을 깊이 통찰하여 후회가 없도록 하시오."

그 새서를 받아본 의자는 여러 대신들이 지켜보는 앞에서 부르르 떨었다. 당나라가 아무리 넓은 국토와 수많은 백성들을 거느리고 있 다지만 7백년 사직의 백제를 깔보고 사신을 냉대한 것도 분통터질 노 릇인데 그런 고약한 새서를 보내 내정까지 간섭하는 데 대해서는 그 분노를 참을 길 없었다. 의자가 새서를 북북 찢으면서 대신들에게 말 했다.

"당나라가 이렇게 우리 백제를 능멸하는 것은 순전히 김춘추의 농 간이라 할 것이오. 내 그 놈을 가만두지 않겠소."

백제 국왕 의자는 곧 왜에 사신을 보내 종주국과 속국의 유대를 한 층 강화하였다. 그는 여러 대신들을 다그쳐 신라 격멸의 방책을 마련 토록 하였다. 당나라의 이치가 백제를 능멸한 이상 그는 신라를 쳐서 백제의 위상을 실증적으로 보여주려 했던 것이다.

좌평 성충은 국왕 의자의 최근 행태에 큰 불만을 느끼고 있었다. 성충이 사비 도성을 떠나 도살성 성주로 나가 있는 동안 의자의 위엄과 체통이 밑바닥까지 실추돼 있었다. 그 반면, 왕족과 친인척의 발호가 극심하였다. 조정의 모든 국사는 부패할 대로 부패하여 썩는 냄새가 물씬물씬 풍겨 나오는 임자의 손에 좌우되고 있었다.

사실 좌평 성충이 조정을 비우고 도살성에 나가 있는 동안 임자는 제 세상을 만난 듯 이만저만 간계를 부린 것이 아니었다. 거기에 충상과 상영까지 부화뇌동하여 의자의 타락을 부채질하였다. 물론 흥수가 그들의 전횡과 경거망동에 제동을 걸긴 했지만 임자 일당은 의자뿐만 아니라 군대부인과 은고에게도 밀착하여 달착지근한 교언영색으로 국정을 그르치고 있었다.

성충이 볼 때 의자는 왕족과 친인척, 특히 임자 일당의 농간에 휘둘리는 꼭두각시가 되어 있었다. 아니, 의자의 측근들은 '인(人)의 장막 (帳幕)'을 치고 충신들이 의자에게 접근하는 것조차 막고 있었다. 사정이 그렇다 보니 의자는 눈이 있어도 올바로 보지 못하고 귀가 있어도 옳은 말을 듣지 못하는 눈 뜬 장님에 귀 가진 귀머거리가 되어 있었다.

좌평 사백천복과 국변성 등이 가뭄에 콩 나듯 이따금 옳은 말을 했지만 임자 일당의 농간에 사로잡힌 의자는 귀담아 들으려 하지도 않았다. 더군다나 조정에는 부정과 부패, 그리고 안일(安逸)이 팽배해 있었다. 그런데도 의자는 국력을 과신한 나머지 주변 정세도 살피지 않은 채 신라와 전면전을 벌이려 하고 있었다.

그러던 어느 날이었다. 그 날도 의자는 큰소리를 꽝꽝 치면서 신라쯤이야 마음만 먹으면 언제라도 하루아침에 쑥대밭을 만들 수 있다고 호언장담하였다.

그때 하늘같은 국왕의 말에 감연히 이의를 제기하고 나서는 인물이 있었다. 바로 좌평 성충이었다. 어느 누구보다도 의자의 신망을 받아 온 성충. 그는 오래 전부터 벼르고 벼르다가 참다못해 입을 열었다. 그가 말했다.

"대왕 전하……. 지금은 냉정을 되찾으셔야 할 시점이옵니다."

"뭐라? 과인에게 냉정을 되찾으라 했소?"

"그러하옵니다. 무릇 전쟁이란 한 치 앞을 예견하기 어려운 것이옵니다. 비록 우리의 국력이 신라를 앞지르고 있는 것은 사실이오나, 전쟁을 감행하기에 앞서 민심도 헤아리시는 것이 급선무라 하겠사옵니다."

"민심이라니? 그렇다면 지금 민심이 흔들리고 있단 말이오?"

"아뢰옵기 황공하오나 세간의 민심은 그전 같지 않사옵니다. 전하께서 즉위하신 직후에는 민심이 대왕 전하를 우러렀으나 작금의 현실을 돌아볼 때 불만의 소리가 터져 나오는 실정이옵니다."

"불만의 소리? 어허, 그렇다면 무엇이 그리도 불만이란 말이오?"

"조정의 정책에 일관성이 없고, 나라의 기강까지 흔들리는 탓이라 하겠사옵니다. 지난번 당항성 정벌 방침만 해도 하책(下策)이었사옵니다. 시작과 결말을 면밀히 짚어보지도 않은 채 당항성 정벌 방침부터 발설한지라 도리어 신라로 하여금 당나라와 밀착케 하는 결과를 자초하였사옵니다. 모름지기 그런 중대사를 결정코자 하면 신중한 검토가 선행(先行)되었어야 할 것이옵니다. 물론 흥수가 반론을 제기하여 당항성 공격을 뒤로 미루긴 하였습니다만 불쑥 말부터 꺼낸 것은 불찰이었사옵니다. 그러므로 조정이 불신을 자초하게 되는 것이옵니다. 또한 조정 내부를 들여다볼 때 더 큰 병폐가 쌓여가고 있다 하겠사옵니다.”

“더 큰 병폐라니……. 그건 또 무슨 말씀이오?”

“아뢰옵기 황공하오나 조정에는 청산해야 할 구악(舊惡)들이 산적해 있사옵니다. 아직도 왕실을 괴롭히는 구태의연한 무리들이 그대로 남아 있어 우리가 나아가야 할 길을 가로막고 있는 것도 잘 아시리라 믿사옵니다. 구악은 곧 망국병(亡國病)의 근원이라 할 것이온즉 그것을 모조리 발본색원(拔本塞源)하여 과감히 척결해야 할 것이옵니다.”

좌평 성충은 죽음을 무릅쓰고 거침없는 직언을 쏟아냈다. 왕실을 괴롭히는 무리들이란 바로 무왕 때부터 조정에 빌붙어 재미를 보아온, 말하자면 국사를 빙자하여 사리사욕(私利私慾)이나 챙기는 부패세력을 의미했다. 이름 없는 민초들이 국가를 떠받치는 기둥이라 한다면 그들이야말로 그 기둥을 좀먹는 독충이나 다름없었다.

성충은 그런 독충들을 집중적으로 성토하였다. 참으로 아슬아슬한, 그야말로 소름까지 쫙쫙 끼치는 직언이 아닐 수 없었다. 국왕의 친인척과 측근 비리는 어느 누구라도 언급하기 어려운, 자칫 잘못했다가는 도리어 그들에게 되잡혀 죽음을 자초할 수 있는 사안이기도 했다.

문제의 본질 자체가 워낙 중대하고 민감한 데다 위험부담이 컸던 터라 성충도 그동안에는 조심조심 몸을 사려온 것이 사실이었다. 하지만 이 근래 의자가 정도에서 크게 벗어나 있었으므로 성충은 참다 못해 목구멍까지 차올랐던 직언을 기탄없이 뱉어냈다.

천성이 대쪽같은, 오늘날의 백제 조정을 실질적으로 이끌어온 성충의 직언 한마디에 대번 의자의 안색이 달라졌다. 그는 자신의 과오를 인정하는 듯 거친 숨만 몰아쉴 뿐 아무런 변명이나 반론을 제기하지 못하고 있었다. 이번에는 좌평 흥수가 나섰다.

"대왕 전하……. 만시지탄(晩時之歎)이 없지 않사오나 이제라도 구악을 청산하고 심기일전(心機一轉)하여 우리 백제의 웅비를 기약해야 할 것이옵니다. 성충의 진언은 어디까지나 충심에서 우러나온 것이라 믿어 의심치 않사옵니다. 마침 당나라에서 말 같지도 않은 새서를 보내왔습니다만 대왕 전하께서 부정과 부패를 뿌리 뽑고 흐트러진 국가 기강을 바로잡아 앞으로 나아간다면 어느 누구라도 우리를 능멸치 못할 것이옵니다. 자고로 외부에서 침노하는 적보다 내부의 적이 더 무섭다 했사옵니다. 대왕 전하께서는 하루 속히 우리 내부의 환부(患部)부터 도려내셔야 할 줄 아옵니다. 우리가 내부를 튼튼히 정비하여 국가 기강을 바로 세운다면 어떤 적도 우리를 두려워할 것이옵니다. 통촉하시옵소서."

좌평 흥수의 그 말이 떨어지자마자 성충은 내친 김에 차마 입에 올리기 어려운 궁녀들 문제까지 거론하였다. 궁녀들 문제가 해결되지 않는 한 의자가 점점 더 타락의 길로 치달을 것이기 때문이었다. 그가 말했다.

"전하……. 이 근래 대궐에 궁녀가 부쩍 많아졌사옵니다. 그뿐 아니라 대왕 전하의 연회가 잦아졌사옵니다. 대왕 전하의 일은 곧 나라의 일이옵니다. 전하께서 절제하지 않으신다면 백성들의 원성이 멈추지 않을 것이옵니다."

그러자 의자는 더 이상 못 참겠다는 듯 용상에서 벌떡 일어났다. 용포(龍袍) 자락이 휘익 바람을 일으키며 펄럭였고, 오라관(烏羅冠)의 금꽃 장식이 파르르 떨리고 있었다. 의자가 그렇게 화를 낸 것은 보기 드문 일이었으므로 성충과 흥수를 제외한 다른 대신들은 숨을 죽이고 있었다. 의자가 언성을 높였다.

"닥치시오! 과인이 아무리 부덕하다 한들 그런 무례와 불충이 어디 있단 말이오? 경들이 자꾸 그런 식으로 발목을 잡는다면 차라리 과인 더러 옥좌에서 물러나라는 것과 무엇이 다르겠소?"

의자의 입에서 침이 튀고 있었다. 그가 불호령을 토한 뒤 내실로 들어가자 탑전의 분위기가 급변하였다. 임자를 비롯한 다른 대신들은 성충과 흥수를 향해 눈을 흘기는 등 곱지 않은 시선을 보내고 있었다. 임자가 성충에게 말했다.

"좌평……. 어찌하여 어전에서 그런 막말을 하시오?"

"어허, 막말이라니요?"

성충은 임자를 똑바로 노려보았다. 사실 성충은 오래 전부터 임자를 마땅찮게 생각해온 터였다. 흥수라고 해서 그런 임자를 좋아할 리 만무했다. 지난번 당항성 공벌 문제가 제기되었을 때만 하더라도 임자는 앞뒤 분별조차 하지 않은 채 입에 발린 소리만 나불나불 늘어놓음으로써 의자로 하여금 판단을 흐리게 하였다. 임자가 성충에게 대들었다.

"그게 막말이 아니고 무엇이오?"

"여보시오. 임자 좌평……. 경은 어찌하여 옳은 말씀을 하신 성충을 공박하시오. 성충이야말로 가장 옳은 말씀을 하셨소이다. 경이야말로 내신좌평으로서 대왕 전하를 가장 잘 모셔야 할 자리에 있잖소. 그런데도 경은 대왕 전하가 백성들로부터 원성을 사는 줄도 모르고 입에 발린 소리만 늘어놓아 사태를 더욱 악화시켰다 하겠소."

그들은 건곤일척(乾坤一擲)의 뜨거운 설전(舌戰)을 벌이다가 헤어졌다. 본래 집안이든 국가든 망조(亡兆)가 들면 불화가 잦아져서 종당에는 자중지란(自中之亂)이 일어나게 마련이었다. 지금 백제 조정의 대신들은 반목과 대립을 넘어 자중지란의 경지로 접어들고 있었다.

하지만 그날 이후 의자는 조금도 달라진 것이 없었다. 아니, 의자는 날이 갈수록 더욱 독선에 빠져 백성들의 피맺힌 절규까지도 한 귀로 듣고 다른 한 귀로 흘려버리는 것이었다. 연회의 빈도도 더욱 잦아졌다. 이제 부소산이나 백마강은 더 말할 나위도 없거니와 경치 좋은 곳이면 어디를 막론하고 의자의 놀이터가 돼가고 있었다.

부소산성 북쪽에는 깎아지른 암벽이 병풍처럼 둘러쳐 있었고, 그 밑으로 맑고 고운 백마강이 그림처럼 휘돌아 유유히 흐르고 있었다. 그 좌우 암벽에 잇닿은 모래톱에 자그마한 나루터가 있었다. 역대 국왕들이 그곳을 자주 드나들었으므로 국인들은 언제부턴가 그 나루터를 대왕포(大王浦)라 불렀다.

암벽이 굽어보는 강물에는 섬처럼 툭 불거져 올라온 기이한 암초가 있었다. 강 건너로 울성산성이 있었고, 그 아래에 왕흥사가 자리 잡고 있었다. 의자는 배를 띄워 자주 왕흥사를 내왕하였고, 돌아오는 길에는 백마강을 따라 상류로 거슬러 올라가 정사암(政事巖, 天政臺라고도 함)이나 곰나루까지 다녀오기도 하였다.

그런가 하면 어떤 때에는 하류로 내려가 엿바위를 거쳐 딴펄이나 봉두정은 물론 가림성을 거쳐 저 멀리 갱갱이나 기벌포까지 내왕한 적도 있었다. 참으로 강안의 풍광은 꿈에서나 볼 수 있는 절경이 아닐 수 없었다.

선경이 따로 없었다. 물때가 되어 조수(潮水)가 밀려들 때 돛폭에 순풍이라도 불어오면 강상(江上)의 배는 유연하게 미끄러졌고, 궁녀들의 노래와 춤, 거기에 강안의 그 절경까지 어우러져 그야말로 신선의 경지를 연출하고 있었다. 신선놀음에 도끼자루 썩는 줄 모른다고나 할까, 아무튼 의자는 국가가 기울어지는 줄도 모르고 그런 절경에 도취하여 연회를 즐기곤 하였다.

의자의 잦은 연회 탓에 전내부는 물론 후궁부와 곡육부(穀肉部)까지 부쩍 바쁘게 돌아가고 있었다. 전내부는 군왕의 연회 계획을 만들어 후궁부며 곡육부며 심지어 나루터 뱃사공 동원에 이르기까지 관련 부서에 연락하느라 눈코 뜰 새가 없었다.

후궁부는 본래 궁내(宮內)에서 왕가(王家)의 일을 보는 곳이었지만 하나 둘 궁녀들이 늘어나면서 그 업무 또한 한층 더 불어나 있었다. 그런 후궁부에서는 그때그때 의자의 눈치를 살펴 연회에 동참할 후궁들을 따로 골라 연회장에 척척 대령하지 않으면 안 되었다.

의자는 연회에 여인을 합석시키는 데에도 독특한 취향을 가지고 있었다. 대신들과 더불어 야외로 연회에 나갈 때에는 당연히 노래 잘 하고 술 잘 마시는 여인들을 선호했고, 옥내에서 귀빈들을 접대하면서 좀 조촐한 주연을 베풀 때에는 얌전하고 말 잘하면서도 예쁘게 빠진 궁녀들을 배석토록 하였다.

의자는 둘째가라면 서러워할 정도로 술과 음식에도 조예가 깊었다. 말하자면 그는 식도락(食道樂)의 달인이었다. 곡육부에서는 아예 국왕의 연회에 쓸 음식 재료를 장만하는 별도의 전담 부서와 담당 관리들까지 배치해 놓고 있었다.

연회가 열리는 곳에 술과 음식은 필수적이었다. 전내부에서 연회 통지가 날아들면 곡육부의 연회 전담 관리들은 연회 장소로 달려가 상다리가 휘어지도록 주안상을 마련하곤 하였다. 산이 됐든, 강변이 됐든, 선상(船上)이 됐든 연회가 열리는 곳에 산해진미(山海珍味)가 넘쳐났다.

달[月]도 차면 기운다고 했던가, 한 시대를 주름잡았던 의자한테서는 이제 지난날의 위용을 찾아볼 수가 없었다. 그는 아첨으로 시작하여 아첨으로 끝나는 임자, 충상, 상영 같은 간신들에 둘러싸여 있었고, 더구나 원로 사택지적이 은퇴한 이 근래에는 좌평 각가(覺伽)까지 그 간신들과 한 통속이 되어 한 몫 거들고 있었다.

아무튼 의자는 그런 간신들의 농간에 휘말려 세상이 어떻게 돌아가는지도 모르고 있었다. 당연한 말이지만, 백제의 안위와 향배는 자국만의 문제가 아니라 고구려 신라는 물론이려니와 당나라의 동향과 밀접한 연관을 맺고 있었다.

의자가 왕위에 오른 지 13년 되던 갑인년(甲寅年, 654)에는 신라에 중대한 변고가 있었다. 신라의 두 번째 여왕 승만이 세상을 떠나자 국인들은 사량부(沙梁部)에 장사지내고 그녀에게 '진덕(眞德)'이라는 시호를 올렸다. 일찍이 선덕여왕 때 그랬던 것처럼 백성들은 승만이 여성이었던 점을 참작하여 진덕여왕(眞德女王)이라 불렀다.

그 후계 문제가 논의되었을 때 여러 대신들은 국가 원로인 이찬 알천(關川)을 국왕으로 추대코자 하였다. 신라의 중신들은 너나 할 것 없이 그만한 인물이 없다고 판단하였다. 그러나 알천은 나이가 많고 덕망이 부족하다는 이유로 정중히 사양하면서 그 대신 진지왕의 손자 김춘추를 천거하였다.

김춘추는 세 번씩이나 사양하였다. 그러다가 알천을 비롯한 여러 대신들의 강권을 받아들여 그가 마침내 왕위에 올랐다. 신라 사람들은 시조 박혁거세(朴赫居世)부터 진덕여왕까지 스물여덟 왕을 성골이라 하였고, 김춘추 이후부터는 왕족의 직계와 방계를 구분하여 진골(眞骨)이라 부르기 시작하였다.

김춘추는 왕위에 오르자마자 아버지 김용춘을 문흥왕(文興王)이라 추존하고 어머니 김씨에게도 문정태후(文貞太后)라는 존호(尊號)를 올렸다. 그는 제도 개혁에 박차를 가해 전국의 각 군주를 총관(總管)이라 개칭하는 한편, 김강(金剛)을 상대등으로 제수하고 문충(文忠)을 중시(中侍)로 삼아 체제를 대폭 정비하였다.

그때 당나라 이치는 부왕 태종의 유조에 따라 요동 출병을 자제하고 있었지만 그렇다고 해서 고구려에 대한 미련까지 완전히 거둔 것은 아니었다. 신라는 더 말할 나위가 없었다. 그동안 당나라의 황제가 바뀌었고, 신라의 국왕들 역시 잇따라 바뀌었지만 신라는 여전히 백제와 고구려 정벌을 국가적 과제로 삼고 있었다.

더군다나 김춘추가 왕위에 오른 마당에 주변 정세가 급변하리라는 것은 불을 보듯 뻔한 일이었다. 그는 죽음을 무릅쓰고 고구려와 당나라를 드나들며 그곳 통치자들에게 원병을 읍소한 주역이었다. 그는 뼈에 사무치는 개인적 통한을 풀기 위해서라도 백제를 치지 않을 수 없는 입장이었다.

당나라 황제 이치가 제위에 오른 지 햇수로 6년 째 되던 을묘년(乙卯年, 655)이었다. 그 해 당나라 황실에는 큰 사변이 있었다. 후궁으로 들어와 막강한 권력을 농단하던 무조가 급기야 황후 왕씨(王氏)를 모함하여 쫓아내고 스스로 황후 자리를 차지하였다.

그때부터 그녀는 이치보다 더 막강한 권세를 휘두르면서 국정을 좌지우지하였다. 당나라는 황제 이치의 시대라기보다 사실상 황후 무조의 시대를 맞이하였다. 무조가 조정 대신들을 떡 주무르듯 하던 어느 날이었다. 창 밖에서 이따금 회오리바람이 일어나 꽤 심란했던 그 날, 무조가 이치에게 고구려 정벌 문제를 정식으로 거론하였다. 그녀가 말했다.

"황제 폐하……. 폐하께서는 고구려 정벌을 언제까지 미루실 작정이옵니까?"

"글쎄요……. 아직은 뭐라 확답하기 어렵소."

"확답하기 어렵다니요? 우리 대당이 고구려를 방치한다면 마치 머리 위에 화약을 이고 사는 것과 무엇이 다르겠사옵니까? 화약은 언제 폭발할지 모르는 위험물질인지라 대당은 두고두고 환란을 겪어야 할 것이옵니다. 더군다나 고구려는 태종 황제를 훙서케 한 원흉이 아니옵니까? 폐하께서는 반드시 그들을 쳐서 선제의 원수를 갚아야 하옵니다. 더 나아가, 동이(東夷)를 모조리 멸살함으로써 대국의 강역을 더욱 넓히는 것은 물론 후환을 없애야 할 것이옵니다."

"하지만 지금 고구려 정벌을 논의하는 것은 옳지 않다고 생각하오."

"옳지 않다니요? 그건 또 무슨 해괴한 말씀이신지요?"

"첫째 태종 황제의 유조에 아직 먹물도 마르지 않았고, 둘째 고구려가 워낙 강성하여 함부로 공격할 수 없는 데다, 셋째 대군을 일으켜서 전쟁을 벌이게 되면 국력 낭비가 심해 백성들의 삶이 곤궁해지기 때문이오. 일찍이 태종 황제께서 고구려 정벌에 나섰을 때 민생이 도탄에 빠졌던 점을 참작한다면 섣불리 전역을 서두를 일이 아니오. 또한 고구려와 일전을 벌이다가 역공을 당할 경우 대당이 위태롭게 되지요. 사정이 이렇거늘 굳이 승산 없는 전쟁을 벌일 필요가 없잖소?"

이치의 그 말은 당나라가 고구려와 싸워봤자 승산보다 패색이 짙다는 패배의식의 발로라고 말할 수 있었다. 사실 이치뿐만 아니라 당나라 대신들은 태종의 참패 이후 한결같이 고구려를 가장 껄끄럽고 두려운 상대로 인식하고 있었다. 무조가 이치를 비웃듯이 말했다.

"황제 폐하……. 참으로 답답하시옵니다. 호호호……. 폐하께서는 어찌 하나만 알고 둘을 모르시옵니까? 조금만 깊이 통촉해 보시옵소서. 고기를 굽더라도 내가 피운 불에만 구우려고 고집할 것이 아니라, 남이 피워놓은 불에 구우면 내 불을 아끼면서 고기는 고기대로 구울

수 있사옵니다.”

그녀는 막강한 권세를 누리고 있었으므로 황제 앞에서 다른 사람은 감히 입에 담을 수 없는 불경스런 언사도 서슴지 않았다. 일찍이 세 치 혀끝으로 무소불위의 권력을 휘두르며 황후까지 내쫓고 그 자리를 차지한 무조. 그녀의 안중에는 황제 이치가 그저 철없는 아이처럼 보였다. 이치가 물었다.

“남의 불에 고기를 굽는다 했소?”

“그러하옵니다. 이이제이(以夷制夷)란 말이 있사옵니다. 오랑캐로써 오랑캐를 제압하면 우리는 별로 힘들이지 않고 고구려를 차지할 수 있사옵니다.”

“짐은 그 말이 무슨 뜻인지 잘 모르겠소.”

“우리 대당은 진작 백제와 화친했어야 하옵니다. 하지만 백제의 대신 성충 때문에 일이 꼬이게 되었사옵니다.”

“성충이 무슨 일을 어떻게 했단 말이오?”

“성충은 종족이 다른 우리 대당을 배척하고 먼저 동족인 고구려와 화친했사옵니다. 백제와 고구려가 힘을 합치면 우리 대당도 언제 무슨 환란을 당할지 모르는 형편이옵니다. 만약 우리가 진작 백제와 화친했으면 모든 일이 훨씬 수월하게 풀렸을 것이옵니다. 우리 대당과 백제는 거리상으로 가까울 뿐만 아니라 바다를 통해 피차 연통(聯通)하기가 쉽기 때문이지요. 가령 백제에 군량을 쌓아놓은 뒤 일군이 남쪽에서 고구려를 향해 북상하고, 또 다른 일군이 요동으로 나아가 협공한다면 고구려가 포위망 안에 들어 곤란을 겪게 될 것 아니옵니까? 하지만 이미 백제가 고구려와 화친하여 동맹을 체결한 이상 우리는 신라와 화친할 수밖에 없사옵니다. 지난번 신라 사신이 왔을 때 그의 소청을 다 들어주시라 한 것도 그 때문이었사옵니다. 신라가 백제를 칠 때 우리는 그들을 적극 도와야 하옵니다. 그것은 일찍이 태종 황제께서 약조한 일이기도 하지요. 그러나 그때 꼭 잊지 말아야 할 것이 있사옵니다."

"뭘 잊지 말아야 한단 말이오?"

"주도권이옵니다."

"주도권이라……?"

"그러하옵니다. 우리 대당은 언제나 신라보다 우위에 있어야 하옵니다."

"그야 당연한 일 아니오? 신라는 우리 대국을 섬기는 소국이잖소?"

"바로 그 대목을 조심해야 하옵니다. 신라는 지금 우리 당군의 힘만 빌리려 하고 있사옵니다. 하지만 우리가 밑지는 장사를 할 수는 없지요. 소첩의 말씀을 잘 들어보시옵소서. 대당이 신라를 도와 백제를 친다면 자연히 대당과 신라의 양국 연합군이 백제 땅을 차지하게 될 것이옵니다. 그 다음에는 당군이 백제 땅에서 신라군보다 처음부터 끝까지 우위를 유지하면서 주도권을 잡아야 하옵니다. 당군은 본국에서 멀리 떠난 원정군(遠征軍)인지라 자칫 잘못하면 본토(本土)의 신라군에게 주도권을 빼앗길 수도 있사옵니다. 때문에 우리 당군은 늘 신라군을 누르고 있어야 하옵니다. 그러면 저절로 백제 땅이 우리 손으로 들어오게 되지 않겠사옵니까? 이것이 바로 이이제이라는 것이옵니다. 신라로써 백제를 치게 하고 우리가 그들을 도운 뒤 주도권을 행사하여 백제 땅을 전부 차지하는 것이지요."

"하하하……. 그것 참 절묘한 계책이구료."

"하지만 일은 거기에서 끝나지 않사옵니다. 우리는 백제 땅에 발판을 마련한 뒤 다시 신라를 앞세워 고구려를 치도록 부추겨야 하옵니다. 그러면 신라는 최후까지 살아남은 옛 백제의 용사들까지 전역에 동원하겠지요. 말하자면 기존의 신라군 이외에 백제군 출신까지 합하여 병력이 배가(倍加)되는 셈이옵니다. 그들이 고구려 공격에 나서면 우리도 동시에 대병을 일으켜 요동으로 진격해야 하옵니다. 신라가 남쪽에서 북진하고 우리 당군이 요수를 건너 평양성으로 진격하면 고구려는 옴짝달싹 못할 것이옵니다. 그때에도 우리 당군이 시종일관(始終一貫) 주도권을 장악하고 있다가 기회를 보아 신라군을 몰아내야 하옵니다. 그렇게 되면 요동이 전부 우리 손으로 넘어오게 되옵니다. 그러니까 신라를 앞세워 백제를 치는 것도 이이제이라 할 것이요, 그런 연후에 다시 신라로 하여금 고구려를 치게 하는 것도 이이제이라 할 것이옵니다."

"역시……. 황후는 여걸 중의 여걸이시오. 아마 복룡(伏龍; 제갈량)이나 봉추(鳳雛; 방통)가 되살아난다 해도 황후의 계책을 헤아리지는 못할 것이오."

"우리가 진작 백제와 화친했더라면 군비를 훨씬 덜 들이고 고구려를 칠 수 있었을 것이옵니다. 하지만 태종 황제께서는 대당의 국력을 과신한 나머지 이이제이 전법을 외면한 채 독자적으로 친정에 나섰다가 패전을 거듭하신 것은 물론 결국 천수를 누리지 못한 채 승하하셨지 뭡니까? 만약 태종 황제께서 백제와 연합하여 고구려를 치셨다면 동쪽 변방에 손톱처럼 붙어 있는 신라쯤이야 상대할 필요도 없었을 것이옵니다. 우리와 백제가 힘을 합쳐 고구려를 격멸했다면 그들은 후, 하고 불기만 해도 훌쩍 날아갔을 것이옵니다. 아니, 그들은 제 발로 찾아와 항복했을 것이옵니다. 하기야 태종 황제께서도 백제와 화친하기는 어려우셨겠지만……."

무조는 말끝을 흐리면서 알 듯 모를 듯 혼잣말처럼 뭐라 중얼거렸다. 창 밖에서는 다시금 세찬 회오리바람이 불고 있었다. 무조는 옷매

무새를 고치면서 창밖으로 눈길을 던졌고, 창 밖에서는 회오리바람에 휘말린 나뭇가지들이 부르르 떨고 있었다. 이치가 그녀에게 물었다.

"태종 황제께서 백제와 화친하기가 어려우셨다니 그건 또 무슨 말씀이시오?"

"백제와 고구려는 누가 뭐래도 호락호락한 나라가 아니옵니다. 더군다나 백제에는 성충이라는 영걸이 있사옵니다. 태종 황제께서 요동 정벌에 나섰을 때 백제의 윤충이 월주를 침공한 이후 오늘날까지 계속 남방을 유린하는 것도 그의 지략에서 나왔사옵니다. 그런 지략과 군사력을 가진 나라가 무엇이 아쉬워 타국과 화친하려 했겠사옵니까? 그들이 비록 수시로 사신을 보내 입조했다 하나 그것은 대국을 섬기는 그들 나름의 외교 관행이랄까 고도의 정책에 불과할 따름이고 그들에게는 그들 특유의 역사와 전통이 있사옵니다."

"그렇다면 백제는 어찌하여 고구려와 화친했소이까?"

"그야 당연하지요. 만약 신라가 고구려와 화친한다면 백제가 고립될 것은 명약관화(明若觀火)한 일이니까요. 백제는 신라가 고구려와 화친하는 것을 차단하고 더 나아가 궁극적으로는 신라를 치기 위하여 화친을 선점한 것이옵니다. 만약 백제가 고구려와 신라의 틈바구니에 끼인다면 성세(盛世)를 보장할 수 없을 것이옵니다. 그러나 백제는 고구려와 동맹함으로써 막강한 세력을 갖게 되었을 뿐만 아니라 오랜 숙적인 신라를 궁지에 몰아넣게 되었다 하겠사옵니다."

"알겠소."

"폐하……. 사실은 신라도 만만한 나라가 아니옵니다. 그들은 사면 초가에 몰려 우리 대당에 걸병(乞兵)하고 있지만 언젠가는 반드시 우리를 능멸하게 될 것이옵니다. 그동안 신라의 여러 사신들이 입조하여 몸을 낮추고 온갖 좋은 말로 당나라를 예찬하는 것은 원병을 얻기 위한 방책일 따름이옵니다. 그들이 자진하여 우리의 속국이 되고자 하는 것이 아니옵니다. 폐하께서는 반드시 그 점을 유의하셔야 하옵니다. 백제와 고구려처럼 신라에도 유구한 역사와 전통이 있사옵니다. 그들은 절대로 우리와 동화될 족속이 아니옵니다. 그렇기 때문에 우리 대당이 신라와 화친하여 백제와 고구려를 친다 하더라도 끝까지 주도권을 잃을 수가 없는 것이옵니다."

"잘 알겠소. 황후가 아니라면 짐이 어찌 제위를 보전할 수 있겠소?"

이치는 무조의 계책에 탄복을 아끼지 않았다. 그동안 무조가 무도한 짓을 많이 하여 애꿎은 사람들이 적지 아니 피를 흘린 것도 사실이지만, 그녀는 웬만한 남자쯤이야 뺨치고도 남을 만큼 통이 큰 데다 계략까지 뛰어나서 이치도 혀를 내두르지 않을 수 없었다.

당나라의 권부에서 그런 계책을 마련하고 있던 그때 백제는 고구려에다 말갈(靺鞨)까지 연합하여 신라의 서른세 군데 성을 함락하였다. 이제 신라의 운명은 바람 앞의 등불처럼 위태롭기만 하였다. 화들짝 놀란 김춘추는 당나라에 급히 사신을 보내 위급을 고하고 구원을 요청하였다.

그러나 당나라는 이 핑계 저 핑계로 원병을 일으키지 않았고, 그 대신 영주도독(營州都督) 정명진(程名振)과 중랑장(中郞將) 소정방을 내세워 고구려를 침공하였다. 정명진과 소정방은 요하(遼河)를 건너 귀단수(貴湍水)에서 고구려군과 싸우다가 그 외곽 촌락에 불을 지르고 돌아갔다.

그들이 돌연 고구려를 침공한 것은 아직도 고구려에 대한 원한이 상존하고 있음을 시사하는, 즉 여건만 조성되면 언제라도 고구려를 치겠다는 속내를 드러낸 결정적 증거라고 말할 수 있었다. 그 무렵 신라 국왕 김춘추는 장남 김법민을 태자로 책립하고 여러 아들들에게 작위를 주었다.

고구려에다 말갈까지 손잡고 서른세 군데 성을 함락한, 그리하여 승리감에 도취한 백제 국왕 의자는 더욱 우쭐해져서 한층 더 자만과 방심의 늪으로 함몰돼 가고 있었다. 그는, 막대한 국고를 들여 태자궁(太子宮)을 호화판으로 중수(重修)하고 궁궐 남쪽에 으리으리한 망해정(望海亭)을 지었다.

이미 무왕 시절에 지은 망해루가 있었건만 그는 또 다시 호화판 망해정을 지어 백성들의 원망을 불러들이고 있었다. 빈번한 전쟁에다 그런 태자궁 중수다 망해정 건립이다 뭐다 해서 국고는 비어가고 백성들의 살림은 점점 더 쪼들리지 않을 수 없었다.

이제 그는 분명 지난날의 의자가 아니었다. 나이 탓일까, 아니면 자만과 방심 탓일까, 아무튼 왕년에 그토록 웅용(雄勇)하고 담대했던 그는 너도 좋고 나도 좋고, 누이 좋고 매부 좋다는 식으로, 이를테면 술에 물 탄 듯 물에 술 탄 듯 중심을 잃은 채 뜨뜻미지근한 군왕으로 변질돼 나왔다.

특히 금화를 궁녀로 맞이한 이후 의자는 사족을 쓰지 못하고 있었다. 의자가 볼 때, 금화는 눈에 넣어도 아프지 않을 여인이었다. 내신 좌평 임자가 천거한 천하일색 금화. 의자는 그런 금화에게 홀딱 빠져 국사니 뭐니 그런 것은 숫제 안중에도 두지 않으려 하였다.

그러던 어느 날이었다. 그 날도 의자는 금화와 함께 침전에 들었고, 잠자리에 들기 전 주안상을 마주 놓고 금화가 따라주는 합환주(合歡酒)를 홀짝홀짝 받아 마셨다.

밖에서는 아직도 추적추적 비가 내리고 있었다. 지난 며칠 동안 날씨가 좋다 했더니만 때아닌 장마가 시작된 모양이었다. 후둑후둑 나뭇잎에 떨어지는 빗방울 소리, 추녀 끝에서 똠방똠방 떨어지는 낙숫

물 소리가 귓전에 묻어나는가 하면 이따금 휘익휘익 바람소리가 나뭇가지들을 흔들며 지나가곤 하였다. 의자가 말했다.

"금화…… . 낮에 비만 내리지 않았다면 후원으로 나가 백마강에 배 띄워 놓고 오르락내리락하면서 금화의 꾀꼬리 같은 노래도 듣고 학인 듯 나비인 듯 너울너울 소매 자락 흔드는 멋진 춤 솜씨도 보았을 텐데…… . 낮에는 비가 내려서 어쩔 수가 없었소."

"대왕 전하…… . 비가 걷히면 얼마든지 뱃놀이를 즐길 수 있겠사옵지요. 1년은 3백 65일 쇠털같이 많은 날…… . 맑은 날이 있으면 궂은 날도 있게 마련이지요. 소첩은 전하의 승은(承恩)을 입은 몸으로 이렇게 전하만 모시고 있어도 마냥 기뻐서 어쩔 줄 모르겠사옵니다."

금화는 의자 곁에 찰싹 달라붙어 달콤하기 짝이 없는 언사로 의자의 귀를 즐겁게 해주고 있었다. 그녀는 이 근래 중전은 물론이고 다른 후궁들까지 물리치고 의자의 총애를 독차지하고 있었다. 의자가 말했다.

"고맙소. 노래에, 춤에, 신통력에, 그리고 그 미모에…… . 과인은 금화만 보면 인간사 백팔번뇌(百八煩惱)를 다 잊는다오."

"대왕 전하…… . 극락이 따로 없사옵니다. 신라에서 살다가 백제에 오니까 참으로 극락에 온 것 같사옵니다."

"선녀가 극락에 들었으니 잘된 일이오. 하하하…… ."

취기가 도도하게 오른 의자는 호탕하게 웃었다. 그는 금화와 함께 있기만 해도 그저 황홀했다. 세상에는 이렇게 사근사근한, 참으로 사람의 마음까지 녹여주는 여인이 있었건만 군대부인과 은고는 왜 그렇게도 사람을 들들 들볶아대는지 그저 이가 갈릴 따름이었다. 금화가 말했다.

"호호호…… . 대왕 전하의 덕망이 하늘처럼 높으시니까 옥황상제

께서 백제를 극락으로 만들어주신 거지요. 대왕 전하의 존함이 '의'
자 '자' 자 아니옵니까. 백제는 대왕 전하의 존함 그대로 자손만대(子
孫萬代)에 의롭고 자비로운 나라로 영원무궁할 것이옵니다. 하지만 대
왕 전하의 나라인 백제가 천년만년(千年萬年) 뻗어나가려면 반드시 넘
어야 할 산이 많사옵니다."

"그야 나라를 경영하는 과인에게는 늘 따라다니는 숙제가 아니고
무엇이겠소?"

"호호호……. 제가 말씀드리고자 하는 것은 그런 뜻이 아니옵니
다."

"그런 뜻이 아니라면……?"

"소첩은 오늘도 백제를 위해 지존하신 옥황상제께 간절한 기도를
올렸사옵니다."

"그래, 옥황상제께서 뭐라 하시던가?"

"조정에 부정이 타서 곧 동티가 날 것이라 했사옵니다."

"조정에 부정이 탔다고?"

"그러하옵니다. 부정이 타도 너무 심하게 탔다 했사옵니다. 그런 만
큼 부정한 귀신을 내쫓지 않으면 동티가 나도 아주 크게 날 것이옵니
다."

"부정한 귀신을 내쫓는다? 그러자면 어떻게 해야 되겠소?"

"옥황상제께서 말씀하시기를, 충신을 멀리하지 않으면 망국의 화
가 미칠 것이라 했사옵니다. 그 대신 충신을 잡아 죽이면 전하와 백제
가 만복을 누리리라 말씀하셨사옵니다."

"어허, 충신을 멀리하라니 그게 웬 말씀이신가? 나라의 만복을 기
약하려면 충신을 가까이 하고 간신을 멀리해야 할 것 아닌가?"

"호호호……. 옥황상제께서 말씀하신 충신이란 대왕 전하께서 생

각하시는, 나라에 충성하는 그런 충신이 아니옵고 이름에 '충(忠)' 자가 들어간 신하를 지칭하는 것이옵니다. 옥황상제의 말씀인즉, 이름에 '충' 자가 신하일수록 이름만 번드르르했지 나라에 큰 해독을 끼칠 것이라 했사옵니다."

"이름에 '충' 자가 들어간 신하라……? 과인을 가장 잘 보필하는 충상은 아닐 테고……. 그렇다면 성충과 윤충 형제로군."

"소첩은 신하들의 이름을 잘 모르옵니다. 다만, 소첩은 옥황상제께서 일러주신 말씀을 그대로 전해드릴 뿐이옵니다. 이름에 '충' 자가 들어 있는 신하들은 진정한 충신이 아니요 난신적자일 따름이옵니다. 미구에 닥쳐올 큰 환란을 막기 위해서는 하루속히 그들을 몰아내 조정에 만연된 온갖 부정한 귀신들을 물리쳐야 하옵니다. 그래야만 나라에 동티가 나지 않을 것이옵니다."

"알겠소. 그렇잖아도 오래 전부터 과인에게는 짚이는 데가 있었소. 하지만 과인이 나이 들고 늙어서 결단을 내리지 못하고 있었소."

"전하께서는 스스로 늙으셨다고 생각하시와요?"

"오, 금화……. 과인이 좀 더 일찍 금화를 만났더라면 이렇게 늙지는 않았을 것이오. 과인의 나이 어느덧 갑년(甲年)을 넘기고도 고희(古稀)를 바라보게 되었소. 과인도 한때는 장졸들을 거느리고 야전을 누볐소. 과인이 한 번 창검을 뽑았다 하면 그때는 산천도 벌벌 떨었었지. 술을 마셔도 두주(斗酒)를 불사했었고……. 그렇건만 이제는 한 잔 술에도 몸을 감당하기가 어려운 형편이라오."

취기가 오르면 오를수록 의자는 금화의 미모와 요염에 점점 더 도취해가고 있었다. 수정처럼 빛나는 눈동자에다 삼단 같은 검은머리하며 시원하게 흘러내린 목덜미라든가 아무튼 그녀만 보고 있을라치면 저절로 뜨거운 애욕이 분출하였다. 금화가 나긋나긋한 목소리로 아양을 떨었다.

"대왕 전하……. 전하께서는 얼마든지 회춘하실 수 있사옵니다."

"그렇소……. 금화만 있으면 얼마든지 회춘할 수 있지. 과인은 금화를 만난 뒤 복잡한 세상만사 다 잊고 편안하게 되었다오. 자, 어서 과인의 품에 드시오."

의자는 두 팔을 벌렸다. 그러자 금화는 기다렸다는 듯이 몸을 던져 의자의 품안으로 파고들었다. 의자는 그런 금화를 끌어안고 비단결 같은 머리카락을 어루만지면서 몸이 불덩이처럼 화끈화끈 달아오름을 느꼈다. 금화가 코맹맹이 소리로 말했다.

"전하……. 소첩은 전하를 위해 태어난 몸이옵니다."

"그렇소. 과인도 금화를 위해 태어난 것 같소. 일찍이 금화 같은 여인을 본 적이 없었소."

국왕 의자는 임금으로서의 체통까지 벗어던지고 있었다. 불을 끄고, 의자와 금화는 나란히 잠자리에 들었다. 의자는 금화의 알몸을 더듬었다. 오동포동한 금화의 육체에서는 꿀이 콸콸 솟아나는 듯했다.

황홀했다. 금화는 색골이었다. 의자는 지난 세월 숱한 여인들을 상대했지만, 일찍이 금화처럼 타고난 색골을 겪어보지 못했다. 아무튼 금화는 밤새도록 의자를 녹여주었고, 의자는 뼈마디까지 노글노글 죽어나는 듯한 환락의 밤을 보냈다.

그날 이후 의자는 금화의 말도 있고 해서 좌평 성충과 그의 아우 윤충의 삐딱한 태도에 의심을 품기 시작했다. 그동안 성충이 입바른 말을 많이 했지만 사실은 부사달을 치고 당나라 강남으로 나가 월주에 머무르고 있는 윤충도 언제 흑심을 품을지 알 수 없는 노릇이었다.

성충은 백제 제일의 충신으로 명망이 높았고, 윤충은 대야성을 함락한 이후 백성들 사이에 만인의 우상으로 숭앙 받고 있었다. 만약 그가 귀국하여 성충과 손잡고 역모에 돌입한다면 숱한 백성들이 그들을 추종하여 나라를 송두리째 뒤집어엎을 수도 있었다.

의자는 불안했다. 신통력을 가진 금화의 말을 듣고 보니 참으로 그럴 듯하게 느껴졌고, 만약 그들을 그냥 방치해 두었다가는 언제 무슨 환란을 당할지 모른다는 생각에 젖었다. 의자가 혼잣말 비슷이 중얼거렸다.

"하긴 그래. 성충은 언제나 내 발목을 잡고 늘어졌어. 그 자의 아우 윤충 역시 힘이 너무 커져서 언제 역모를 일으킬지 모른단 말야. 그렇다면 그들이 불순한 수작을 벌이기 전에 내가 먼저 그들을 없애버려야지. 과인은 차제에 흥수까지 없애버릴 거야."

그는 거추장스런 성충 형제와 흥수를 제거 대상으로 삼았다. 그러니까 사사건건 발목이나 잡아 언제 무슨 일을 저지를지 모르는 눈엣가시 같은 존재들을 미리 없앰으로써 반역의 불씨를 뽑아버리자는 계산이었다.

그러던 어느 날, 의자는 일찍이 금화를 천거해준 임자를 불러들였다. 성충이나 흥수가 거추장스럽기 짝이 없는 껄끄러운 존재라고 한다면 임자는 언제라도 흉금을 터놓을 수 있는 격의 없는 근신이었다. 임자가 입궐하자 의자는 다짜고짜 전내부의 은솔 무수에게 어명을 내렸다.

"후원에 배를 대게."

"예."

"주안상도 마련하게. 노 젓는 시종(侍從)은 벙어리 사공으로 하고……."

눈치 빠른 무수는 대뜸 의자의 속내를 알아차렸다. 의자는 임자와 단둘이 밀담을 나누기 위하여, 그러니까 대화의 비밀이 밖으로 새어나가지 않도록 대비하기 위하여 특별히 벙어리 사공을 대령토록 하였다. 무수는 재빨리 후원 비탈길을 달려가 곡육부 관리에게 주안상을 준비해 놓고 벙어리 사공을 불러 대왕포에 배를 대어놓았다.

잠시 후 의자는 임자를 대동하고 배에 올랐다. 벙어리 사공이 삿대를 저어 배를 모래톱에서 떼어낸 뒤 찌그덕삐그덕 노를 저었다. 배는 물살을 가르며 정사암 쪽으로 올라가는 동안 임자는 의자에게 연신 술잔을 올리면서 알랑거리고 있었다. 그가 말했다.

"대왕 전하……. 어서 드시옵소서. 백성들은 전하의 하해와 같은 은혜에 힘입어 태평성대를 노래하고 있사옵니다."

"그렇소. 과인은 백성들을 위해 불철주야 심혈을 기울이고 있소. 그렇건만 성충과 흥수 등은 노상 과인을 물고 늘어지니 여간 골치 아픈 것이 아니라오."

"그러시겠지요. 성충과 흥수, 그리고 윤충은 본래 흑심을 품은 사람들이니까요. 성충이 바늘이라면 흥수와 윤충은 바늘귀에 꿰어지는 실 같은 자들이옵니다. 그들 일당은 한 통속으로 언제 역모를 꾀할지 모른다 하겠사옵니다."

그 말을 듣는 순간 의자의 뇌리에 전광석화처럼 스치는 것이 있었다. 그리고 그는 가슴이 짜릿해짐을 느꼈다. 금화의 예언은 물론이려니와 그 자신의 판단과 임자의 예측이 너무 기막히게 일치한 탓이었다. 의자가 임자에게 물었다.

"성충이 흑심을 품고 있는지 어떻게 알았소?"

"성충의 지략은 헤아리기 어렵사옵니다. 그가 전쟁의 승패를 예측하면 백번에 한 번도 틀린 일이 없었을 뿐만 아니라 남의 뜻을 귀신같이 헤아려 인접국에 사신으로 나아가면 말 한마디 실수하는 법이 없었사옵니다. 그는 천하에 둘도 없는 귀재(鬼才)라 할 것이옵니다. 하지만 그 재주가 뛰어난 만큼 전하께서 그를 다루는 데도 어려움이 따를 수밖에 없다 하겠사옵니다. 소신이 들은 바에 의하면, 성충은 지난번 고구려에 사신으로 갔을 때에도 연개소문과 불충한 밀담을 나누었다고 하옵니다. 성충이 연개소문에게 말하기를 '고구려에는 연개소문이 있고, 백제에는 성충이 있으니 우리 두 사람이 힘을 합치면 천하에 무엇이 두렵겠느냐' 고 하였사옵니다. 그러자 연개소문이 성충에게 '나는 전권을 장악했는데 백제에서는 아직까지도 성충이 대권을 잡지 못했으니 못내 의아스럽다' 고 안타까워하면서 성충을 매우 후대했다고 하옵니다. 그 말을 듣고 성충은 무릎을 탁 치며 한탄했다 하옵니다. 성충은 그처럼 불온한 마음을 품고 있사옵니다. 그뿐 아니오라 윤충과 흥수까지 그에게 부화뇌동하는지라 우리 백제는 장차 대왕 전하의 백제가 아니라 성충의 백제로 둔갑할 가능성이 농후하다 하겠사옵니다. 사세가 이러한즉 전하께서는 하루속히 성충 형제와 그 추종세력들을 발본색원하여 응징함으로써 어느 누구도 감히 전하의 권위에 도전하지 못하도록 쐐기를 박아야 할 것이옵니다.”

의자 치세에서 이날 입때껏 백제를 실질적으로 이끌어온 충신들이 별안간 역적으로 몰리는 순간이었다. 김유신과 손잡은 임자가 천하의 역적이라면 성충 형제와 흥수는 누가 뭐래도 백제 조정을 떠받치고 있는 기둥이자 대들보라고 말할 수 있었다. 그러나 의자는 눈에 북어 껍질이라도 씌었는지 간신 임자의 손을 들어주고 있었다. 그가 말했다.

“잘 알겠소. 역시 경은 나의 오른팔이오.”

“차제에 가잠성 성주 계백도 도성으로 불러들여야 하옵니다.”

“계백을……? 그 사람이야 역모에 가담할 인물이 아니잖소?”

“옛말에 이르기를, 열 길 물속은 알아도 한 길 사람 속은 모른다 했사옵니다. 계백은 지금 가잠성에서 백성들로부터 큰 신망을 얻고 있사옵니다. 만약 계백이 신라와 내응한다면 국경이 그대로 무너지게 되옵니다. 그런 다음 계백이 신라군을 이끌고 사비 도성으로 쳐들어 올 경우 우리 백제는 속수무책으로 당할 수밖에 없사옵니다. 계백의 세력이 더 커지기 전에 도성으로 불러들여 의직 휘하에 두고 휘어대 군영에서 장졸들을 조련시키도록 하는 것이 좋을 듯하옵니다.”

임자의 그 말에는 묘한 간계가 숨어 있었다. 오래 전부터 신라의 김유신과 내통하고 있는 임자. 그는, 계백이 가잠성의 성주로 있는 한 신라군이 쉽사리 백제 국경을 뚫을 수 없다는 것을 누구보다도 잘 알고 있었다.

사실 김유신은 가잠성의 계백을 가장 두려워하였고, 임자는 계백을 후방으로 빼돌림으로써 김유신의 진격로를 열어주기 위해 그런 간계를 쓰고 있었다. 그것도 모르면서 의자가 말했다.

“그 말에도 일리가 있소이다 그려.”

그 이튿날, 의자는 대신들을 조정으로 불러들여 조회(朝會)를 열었는데, 좌평 성충은 내심 무슨 사태가 벌어지고야 말리라는 것을 간파하고 있었다. 일찍이 도살성 성주로 나가 있을 때 예족의 속내까지 알아냈던 성충은, 진작부터 의자의 마음이 돌아올 수 없는 강을 건너 저 멀리 떠나갔다는 것을 속속들이 파악하고 있었다.

백제는 존망의 기로에 서 있었다. 이 긴박한 마당에 좌평 성충은 결코 물러설 수가 없었다. 죽을 때는 죽더라도 국가를 위해 할 말은 하고 죽으리라 다짐한 성충. 그는 국왕 의자에게 극간을 퍼부었다. 그가 피를 토하듯 간곡히 아뢰었다.

"대왕 전하……. 전하께서는 난신적자들과 요녀들을 멀리 하여 국기를 바로잡으셔야 하옵니다. 고금의 역사를 살피건대 어느 나라든 내부가 썩으면 반드시 외세의 침략을 불러오게 마련이옵니다. 더욱이 암탉이 울면 집안이 망한다고 했사옵니다. 지금 궁궐에는 요망한 궁녀들이 너무 많사옵니다. 전하께서 그들을 척결하지 않으신다면 머지않아 큰 불행을 불러오게 될 것이옵니다."

"듣기 싫소! 성충은 그걸 말씀이라고 하시오?"

국왕 의자가 버럭버럭 언성을 높였다. 내전에 쩌렁쩌렁 울리는 국왕의 고성. 그는 성충의 직언을 충간(忠諫)이라기보다 독설이랄까 모함으로 받아들였다. 임자가 쌍지팡이를 짚고 나섰다. 그는 이 기회를 놓칠세라 입에 거품을 물고 성충에게 오금을 박았다. 그가 침을 튀며 말했다.

"성충은 말씀을 삼가시오. 여기는 어전이오. 이 성스러운 어전에서 어찌 대왕 전하를 탄핵하려 든단 말이오? 대왕 전하께서는 나라와 백성들을 위해 지난 세월 단 하루도 밤잠을 제대로 못 이루셨소. 그렇건만 성충의 언사는 무엄하기 짝이 없소이다. 모름지기 대왕 전하를 잘 보필하는 것이 신하된 자의 도리이자 사명일진대 성충과 그 일당은 사사건건 대왕 전하의 어명에 꼬투리를 잡아왔소. 그 불경죄만 하더라도 성충과 그 추종세력은 문죄 받아 마땅하다 할 것이오.”

“여보시오. 임자 좌평……. 성충 일당이라니 좌평이야말로 무뢰한 언동을 삼가시오. 자고로 바른 말은 입에 쓰고 좋은 말은 귀에 거슬린다 했소이다. 대왕 전하를 보필하는 신하로서 경은 어찌하여 옳은 길을 놔두고 그른 길로 가려 하시오? 옳은 길은 대왕 전하께서 백성과 더불어 사는 길이지만 그른 길은 전하뿐만 아니라 이 나라 7백 년 사직이 송두리째 사멸(死滅)하는 길이오. 경은 지금이라도 대오각성(大悟覺醒)하고 전하를 올바로 보필하여 기울어 가는 나라를 바로잡아야 할 것이외다.”

성충은 목청을 높여 임자를 꾸짖었다. 수백 년에 한 사람 나올까 말까 한 당대 최고의 만물박사 성충. 그는 임자를 마구 공박하였고, 임자는 제 분노를 삭이지 못해 부들부들 떨고 있었다.

국왕 의자가 대갈일성(大喝一聲), 성충을 무자비하게 질타하였다. 그 서슬에 좌평 충상과 달솔 상영 등은 흘금흘금 의자의 눈치를 살피고 있었다. 의자가 눈에 핏발을 세우며 성충에게 소리쳤다.

“닥치지 못할까. 과인은 금일 성충, 흥수, 윤충의 관직을 삭탈하겠소. 국법을 총괄하는 조정좌평은 즉각 성충과 흥수를 하옥(下獄)하고, 월주에 나가 있는 윤충을 당장 불러들여 반역 음모의 수괴 성충에게 부화뇌동한 죄를 엄중히 다스리도록 하시오.”

그때 흥수가 앞으로 나섰다. 가장 믿음직스럽던 동료 성충과 윤충을 비롯하여 자기 자신까지 별안간 역적으로 몰리는 그 가공할 중상모략의 현장에서 흥수는 비지땀을 흘리며 극간하였다. 그가 말했다.

"대왕 전하……. 성충과 윤충은 대왕 전하와 나라를 위해 신명을 바쳐온 충신 중의 충신이옵니다. 그런 충신들을 반역으로 몰아 처단한다는 것은 천부당만부당한 처사가 아닐 수 없사옵니다. 소신 또한 대왕 전하를 지성으로 보필하고 더 나아가 백제의 국체를 보전하기 위하여 성충, 윤충 등과 견마지로를 같이해온 것은 사실이오나 반역의 '반' 자나 역모의 '역' 자조차 생각한 일이 없사옵니다. 소신 등이 만의 하나라도 역모할 마음을 두었다면 엄벌을 받아 마땅한 일이지만 사실이 그렇지 아니할진대 임자 일당의 교활한 음모와 중상모략을 가납하시어 터무니없는 누명을 씌운다는 것은 씻을 수 없는 불행이라 하겠사옵니다. 이는 국기를 흔드는 중대한 사안인 만큼 하루아침에 졸속으로 처결하실 문제가 아닌 줄 아옵니다. 이제 소신 등을 처벌하기에 앞서 완전무결하게 흑백을 가려야 할 줄 아옵니다. 대왕 전하……. 다시 한 번 통촉하시옵소서."

"안 되오. 흥수 역시 성충의 도당이 아니던가. 과인이 이미 역당(逆黨)들의 모든 죄상을 낱낱이 탐지했거늘 어찌 그리도 말이 많은가. 아, 조정좌평은 무엇하고 있는가. 어서 반역의 무리들을 밖으로 끌어내 엄중히 문죄해야 할 것 아닌가."

국왕 의자는 버럭버럭 고함을 질러댔다. 조정좌평 희갑(喜甲)은 은솔 무수 등을 동원하여 성충과 흥수를 궁궐 밖으로 끌어냈다. 그는 성충을 감옥에 가두었고, 흥수를 저 멀리 고마미지현(古馬彌知縣)으로 귀양 보냈다.

국왕 의자의 분노는 거기에서 그치지 않았다. 의자는 그날 내두좌평(內頭佐平) 각가와 달솔 근부(斤夫) 이하 사구부(司寇部)의 형리(刑吏)들을 월주로 급파하였다. 그는 근부와 사구부 형리들로 하여금 윤충을 결박하여 즉각 사비 도성으로 압송토록 하고, 각가에게는 당분간 월주에 남아 윤충 휘하의 원정군을 거두어 철병토록 하교하였다.

한편, 계백은 그 날도 가잠성에서 장졸들을 조련하다가 난데없는 칙명(勅命)을 받고 왕경(王京)으로 향했다. 그가 도성으로 떠나게 되자 그동안 듬뿍 정들었던 가잠성 백성들이 작별을 서러워하며 이만저만 우는 것이 아니었다. 하지만 그는 서둘러 사비에 당도하였고, 어명에 따라 도성 근교에 주둔한 휘어대의 대장으로 부임하였다.

왕년의 무왕은 휘어대를 자주 순시하였다. 무왕의 뒤를 이은 의자도 종종 휘어대를 사열하였다. 즉위 초기 그는 친정에 나설 때 부소산성의 어영군과 휘어대 병력을 주력으로 삼았다. 그만큼 휘어대는 백제군의 최정예 핵심 군영이라고 말할 수 있었다.

규모는 소부리벌 군영이 단연 으뜸이었다. 조정에서는 병관좌평이 국방 전반을 총괄하고 있지만, 전후방 각지의 병영에 대한 실질적인 군령은 소부리벌 군영에서 하달하고 있었다. 그 중심에 좌평 의직이 있었다. 그는 백제 상비군 총령으로서 소부리벌 군영에 상주하며 전군을 지휘하고 있었다.

백제 조정은 예나 지금이나 소부리벌 군영에 좌평을 내보냈다. 그 반면, 휘어대 대장으로는 그보다 한 품계 낮은 달솔을 앉혔다. 사실 군영의 규모만으로 따지자면 휘어대 대장의 경우 그보다 더 하위직으로 기용할 수도 있었다.

그러나 휘어대는 성왕 이래로 특별한 군영이었다. 병력이야 얼마 안 되지만, 예로부터 부소산성의 어영군과 함께 국왕이 친솔(親率)하는 궁궐 직속 군영인지라 다른 군영과는 그 위상이 달랐다. 휘어대는 전통적으로 국왕이 친림하여 사열하는 곳일 뿐만 아니라 휘어대 대장 또한 언제든지 국왕 알현을 상주할 수 있었다.

그런 연고로 조정은 왕족 중에서도 가장 신임이 두터운 달솔을 휘어대 대장으로 기용하였다. 얼마 전까지 휘어대를 지휘했던 달솔 자간(自簡) 역시 왕족이었다. 그는 일국의 장수라기보다 건달에 가까웠다. 자간은 개뿔이나 아는 것도 없으면서 휘어대 대장이라는 자리를 이용하여 궁궐을 고자 처갓집 드나들듯 하면서 아부와 아첨과 뇌물로 일신의 영달을 추구했다.

결국 자간은 좌평으로 승진하여 영전했다. 하기야 휘어대 대장은 막강한 권한을 가진 실세 중의 실세였다. 대장은 도성을 지키는 최후 책임자였고, 혹여 흑심을 품는다면 언제든지 부소산성의 어영군을 격파하고 궁궐을 급습할 수도 있었다. 그런 점을 감안하여 조정은 그전부터 왕족 중에서도 가장 믿을 수 있는 달솔을 휘어대 대장으로 앉혔던 것이다.

전례로 본다면 계백은 결코 휘어대 대장이 될 수 없었다. 그 자신 왕족이 아닐뿐더러 인맥으로 보더라도 성충이며 흥수와 가까웠다. 국왕 의자는 언제부턴가 성충과 흥수 계열을 핍박하고 있었다. 더욱이 의자의 최측근인 임자가 사사건건 계백의 앞길을 가로막고 있었다.

그런데도 계백은 휘어대 대장으로 전격 기용되었다. 아무래도 기상천외한 발령이었다. 그 뒤안길에 상비군 총령 의직의 역할이 있었다. 자간이 좌평 승진과 함께 대궐로 들어가게 되자 의직이 그 후임으로 계백을 천거하였다. 의직은 나라가 어지러운 이때 계백이야말로 휘어대를 관장할 최적임자로 판단했던 것이다.

여기에 신라와 내통한 임자의 입김도 크게 작용했다. 거기에는 무시무시한 흉계와 술책이 복합적으로 도사리고 있었다. 임자의 무리는 오래 전부터 계백을 제거하려 획책하였다. 신라의 김유신을 의식한다면 계백을 가잠성에서 빼돌리는 것이 상책이었지만 상승장군 계백을 축출할 명분이 없었다.

언젠가 임자와 충상과 상영은 계백 타도 방안을 모의한 적이 있었다. 하지만 마땅한 방책이 없었다. 만약 계백이 재물을 밝힌다면 독직이나 부정축재로 단죄할 수 있겠지만, 계백은 천성적으로 재물 따위를 거들떠보지도 않았다. 임자가 충상에게 말했다.

"계백을 함부로 칠 수는 없소이다. 만약 아무런 명분도 없이 계백을 친다면 민심의 역풍이 클 것이외다. 그렇다면 일단 그를 도성으로 불러들여 도처에 덫을 놓고 잘 감시하는 것이 좋겠소이다."

"거 참 묘책이외다."

충상은 맞장구를 쳤다. 이 무슨 얄궂은 운명인가. 계백은 충신 의직과 역적 임자의 공동 천거로 휘어대 대장이 되었다. 다만 의직과 임자에게는 각기 다른 속셈이 있을 뿐이었다. 아무튼 충신의 충정과 역적의 음모가 절묘하게 맞아떨어졌다는 사실만으로도 하늘이 점지한 운명이라고 밖에는 달리 해석할 길이 없었다.

계백의 휘어대 부임으로 소부리벌 군영의 총령 의직에게는 큰 위안이 되었다. 그동안에는 속내를 털어놓을 상대조차 없었는데 계백이 지근거리에 부임함으로써 여간 든든한 것이 아니었다. 그로서는 천군만마를 얻은 기분이었다.

임자 일당의 간계도 주효했다. 계백이 멀리 떨어져 있을 때에는 그를 압박할 수단이 마땅치 않았다. 하지만 이제 계백을 지근거리로 불러와 발목을 잡아둠으로써 여차하면 간단히 처치할 수 있게 되었다. 가잠성 성문도 신라에게 활짝 열어준 셈이었다. 이제 신라는 마음만 먹으면 언제든지 백제의 국경을 넘을 수 있었다.

무슨 영문인지도 모르면서 휘어대 대장으로 부임한 계백. 그는 왕경에 도착하자마자 조정에서 발생한 가공할 사태를 보고 충격과 경악을 금할 길 없었다. 충신 중의 충신들이 대거 쫓겨나고, 역신 중의 역신들이 득세하여 발호하는 것을 볼 때 나라가 과연 어디로 가고 있는지 억장이 저절로 무너졌다.

이미 이성을 잃어버린 국왕. 그런 의자에게는 그 어떤 충언도 통하지 않았다. 충신을 한 사람이라도 더 처단하지 못해 서슬 시퍼런 마당에 자칫 입을 잘못 열었다가는 환란을 더 키울 수도 있었다.

아무튼 계백은 도성에 올라온 이후 하루도 마음 편히 지내본 적이 없었다. 하루하루가 마치 살얼음판이나 예리한 작두날 위를 걷는 심정이었다. 역신들 중에는 그를 죽이려는 사람들도 한둘이 아니었다. 임자와 충상과 각가는 좌평이라는 관등을 내세워 끊임없이 계백을 괴롭혀 왔다. 상영은 그들을 말리는 척하면서 계백을 성충과 흥수의 잔당으로 몰아붙이는 가운데 시도 때도 없이 국왕 의자에게 모함하곤 하였다.

기가 막혔다. 소싯적 이래 애오라지 국가에 충성하기 위해 생사를 넘나들었건만 모함이나 일삼는 무리들. 인두겁을 쓰고 어쩌면 그럴 수가 있을까. 어찌하여 국왕 의자는 그런 역신들을 내치지 않는 것일까.

계백에 대한 모함은 점점 더 거세어지고 있었다. 하지만 계백은 들어도 못 들은 척, 보고서도 못 본 척, 알면서도 모르는 척 의연하게 대처하면서 휘어대 군영의 장졸 조련에만 전념하였다.

휘어대 병력은 장수와 사졸을 합쳐 겨우 5천 명이었다. 그동안 야전에 나아가 수만 대군을 지휘하며 연전연승을 거두었던 계백으로서는 휘어대 대장이라는 직분이 성에 차지 않았다. 장졸을 합쳐야 모두 5천 명이라니, 남달리 통 큰 계백에게는 헛바람 나는 일이 아닐 수 없었다.

더군다나 휘어대 장졸들의 기강은 말이 아니었다. 그들은 부패로

찌든 조정 대신들처럼 모두가 제멋대로 놀아나고 있었다. 그 중에는 소위 귀족들의 끄나풀이 많아 병영의 군율을 흐려놓고 있었다. 계백이 처음 휘어대 군영에 부임하여 장졸들을 점고한 결과 그들은 군인이라기보다 저잣거리의 장사꾼들보다 별로 나을 것이 없었다.

본래 자간의 무리는 대부분 조정의 눈치만 살피며 아부와 아첨을 일삼던 정치군인들이었다. 계백은 총령 의직과 논의하여 그들을 모조리 외성으로 내몰고 그 대신 조천성 성주를 지낸 길원(吉元), 일찍이 성충 휘하에서 잔뼈가 굵은 경수, 가잠성 전역 때부터 좋은 인연을 맺었던 존일과 감태 등 일급 장수들을 데려다 사령부를 일신하였다. 그들은 서로 눈빛만으로도 상대방의 의중을 읽어낼 수 있는 충직한 무장들이었다.

그런데 각지의 무장들이 휘어대 대장 계백 휘하로 부임해올 때 수족(手足)처럼 아끼는 호위병 등 몇몇 사병들을 데려왔다. 존일이 데려온 사병 중에는 곰나루 출신의 사병 철기와 도살성 군마대 출신의 공달도 끼여 있었다. 그들은 그동안 열심히 복무하여 극우로 특채되었고, 어느 사이엔가 예간다 제간다 하는 장수들의 측근 수하가 되어 있었다.

가잠성에서 삼지창을 성첩 한쪽 구석에 세워 놓은 채 침까지 질질 흘리며 꾸벅꾸벅 졸다가 계백에게 발각되었던 철기. 그는 존일이 가혜성 성주로 있을 때 그곳에 가서 복무하다가 장수를 따라 여기까지 왔다.

그런 사정은 공달도 비슷했다. 그는 도살성이 김유신에 의해 함락될 때 극적으로 살아남았고, 부장이었던 경수를 따라 외성을 전전하다가 휘어대에 왔다. 공달은 참으로 오랜만에 철기와 재회하였고, 그들 두 사람은 같은 군영에서 한솥밥을 먹으며 복무하게 되었다.

186

아무튼 그날 이후 계백은 휘어대의 지휘 체계를 대대적으로 개편한 뒤 특유의 병법과 용병술로 휘어대 장졸들을 강도 높게 조련하였다. 그리하여 휘어대는 국왕의 친위대답게 백제 최강의 정예가 되었고, 계백 휘하의 5천 장졸들은 마침내 일당백(一當百)의 최정예 결사대(決死隊)로 거듭나기에 이르렀다.

한편, 조정 충신들이 전대미문(前代未聞)의 된서리를 맞았을 때 윤충은 본국에서 무슨 일이 일어난 줄도 모르고 양자강 남방의 저 광활한 대륙을 석권한 뒤 서역(西域)을 향해 백제의 깃발을 펄럭이며 용감무쌍하게 진군하고 있었다. 그가 이르기만 하면 당나라 군사들은 달아나기에 바빴으므로 윤충의 백제군은 본국보다 몇 십 배나 넓은 새 강역을 넓혀나가고 있었다.

사실 당나라는 국토가 넓고 백성들만 많았을 뿐 윤충에게는 별로 두려운 상대가 아니었다. 고구려에 연전연패한 당나라는 이빨 빠진 호랑이처럼 맥을 못 추었고, 특히 이세민이 안시성에서 양만춘 장군의 화살을 맞고 왼쪽 눈이 빠진 데다 전독에서 번진 여독으로 끙끙 앓다가 죽은 뒤 당나라 군대의 사기는 땅에 떨어질 대로 떨어져 있었다.

윤충의 백제군은 기세가 등등했고, 이제 당나라는 백제와 고구려에 의해 양분될 처지에 놓여 있었다. 고구려가 동북방의 요동을 전부 차지한 데다 백제가 양자강 남방의 강남 지역을 모조리 정벌함으로써 당나라는 수도(首都)인 장안, 동도(東都)인 낙양, 북도(北都)인 태원(太原)으로 대표되는 국토의 중원만 남겨 놓고 그 밖의 변방은 사실상 전부 고구려와 백제에 함락되었다 해도 과언이 아니었다.

이제 백제와 고구려는 마음만 먹으면 얼마든지 당나라를 평정할 수 있었다. 백제가 북진하고, 고구려가 남진하면서 본격적인 협공에 들어갈 경우 중원의 당나라를 손에 넣는 것도 시간문제라고 말할 수 있었다. 그러니까 백제와 고구려가 지나 천하를 장악하게 된다면 역사상 최초의 천지개벽이 이루어지는 셈이었다.

그런데 웬걸 윤충은 서역의 한 전선에서 참으로 뜻하지 않은, 달솔 근부가 가져온 의자의 칙령을 받지 않으면 안 되었다. 그 칙지에는 윤충의 관직을 삭탈하는 한편 국법에 따라 형옥에 하옥한다는 가위 살인적인 어명이 적혀 있었다. 윤충이 물었다.

"달솔……. 도대체 이게 어찌된 일이오?"

"그걸 왜 묻는가? 대역죄인은 대왕 전하의 칙명만 받으면 그뿐 아닌가?"

근부는 언제 보았느냐는 듯 안면을 몰수한 채 들입다 반말로 하대하면서 윤충을 대역죄인으로 몰아붙였다. 지난 세월 숱한 전선을 누비며 셀 수도 없이 사선을 넘나들었던 역전의 노장 윤충. 그는 동물적 육감으로 본국 조정에서 중대한 변고가 발생했음을 직감하고는 왕명에 복종하기 위하여 허리춤에 찼던 칼을 땅바닥에 풀썩 떨어뜨렸다.

그러자 근부의 졸개들은 우르르 달려들어 윤충을 오랏줄로 포박하였다. 윤충은 분하고 억울해서 견딜 수가 없었다. 죄가 있다면 오직 조국을 위해 목숨 바쳐 충성한 죄밖에 없건만 이게 무슨 날벼락인지 알 수가 없었다.

사비 도성으로 송환된 그는 참으로 하늘이 무너지는 듯한 충격적인 사건 앞에서 달솔 근부에게 국왕 알현 기회를 달라고 요구하였다. 하지만 근부는 그의 정당한 요구를 외면한 채 도리어 저승사자다운 꼴값을 하느라 윤충을 사구부로 끌어들여 더욱 기세등등하게 닦달질을 해댔다.

윤충이 형옥에 투옥되기 직전이었다. 형리가 윤충을 옥에 가두기 위해 몸에 감긴 오랏줄을 푸는 찰나, 윤충은 형리를 한 주먹에 잠재운 뒤 근부에게로 비호처럼 몸을 날려 그의 면상을 들이받았다.

근부는 뒤로 벌렁 나자빠지며 버르적거렸다. 잠시 후 그는 몸을 뒤채며 일어났는데, 그와 동시에 별안간 윤충이 달려들어 그의 칼을 빼앗았다. 윤충이 칼집에서 후닥닥 칼을 뽑아 바람을 베나 했더니 눈 깜빡할 사이에 근부의 목이 뎅겅 떨어져나갔다. 그러니까 물색없이 날뛰던 근부는 결과적으로 자기 칼에 죽은 셈이었다.

눈 깜빡할 사이에 근부를 해치운 윤충은 사구부 관리들을 제치고 후닥닥 옥사(獄舍) 쪽으로 달려갔다. 거기, 성충이 갇혀 있었다. 성충은 형옥에 갇히던 날부터 식음을 전폐한 터라 무척 초췌해 있었다. 머리를 풀어헤친 데다 수염까지 더부룩한 성충의 몰골은 차마 눈뜨고 볼 수가 없었다.

해골처럼 야윈 성충. 그런 형님과 눈길이 마주치는 순간 윤충은 너무 기가 막혀 금방이라도 헤까닥 돌아버릴 것만 같았다. 성충이 의연히 말했다.

“아우……. 오랜만이군.”

“형님! 이게 무슨 날벼락이옵니까?”

“허허……. 너무 놀라지 마시게. 이 모두가 하늘의 뜻이라네. 형을 잘못 둔 탓에 아우까지 다치게 되었으니 면목이 없군. 틀렸어. 모든 것이 다 틀렸다구.”

성충은 도리질을 하였고, 윤충은 감옥의 육중한 통나무 창살을 부여잡고 머리를 마구 짓찧었다. 그때 뒤에서 그의 목덜미를 잡아채는 우악스런 손길이 있었다. 근부의 졸개 병석(丙石)이었다. 윤충은 재빨리 공중으로 부웅 뛰어올라 몸을 한 바퀴 휘익 잡아 돌려 그의 면상을 정확하게 타격하였다.

병석은 저만큼 나가 떨어졌고, 윤충은 그의 목을 수도(手刀)로 내리

찍었다. 병석이 개구리처럼 쭉 뻗어버렸을 때 누군가가 긴 창을 윤충의 목에 겨누고 달려들었다.

그는 충상의 조카로서 사구부에서 근부에게 충성해온 무독 중설(中雪)이었다. 근부와 병석이 잇따라 죽어 나자빠지는 것을 지켜보고 있던 그는 마침내 형옥의 우두머리인 은솔 인수(仁守)의 눈짓을 신호로 윤충의 목에 창을 콱 찔렀다. 그러나 윤충은 피를 내뿜으면서도 번개처럼 몸을 날려 중설의 창을 재빨리 빼앗아 다시 그의 멱통을 외통으로 찔러 죽였다.

하지만 윤충은 창으로 찔릴 때 워낙 큰 중상을 입은 터라 엄청난 피를 쏟으며 그 자리에 쓰러져 신음하다가 숨을 거두었다. 감옥에 갇힌 성충은 아우가 중설을 처단한 뒤 비참하게 죽어 가는 것을 보면서도 눈썹 하나 까딱하지 않은 채 늠연히 버티고 앉아 있었다.

그러나 국가 안위는 여간 심각한 것이 아니었다. 그동안 고구려, 신라, 당나라 등 주변 정세와 더불어 나라 안 사정을 종합적으로 살펴볼 때 백제는 지금 내우외환(內憂外患)에 처해 있는 형국이었다. 그 이튿날, 기력이 탈진할 대로 탈진한 성충은 국왕 의자에게 최후의 글월을 올리기로 하였다.

그의 머리맡에 옥리(獄吏)가 넣어준 지필묵(紙筆墨)이 있었다. 그는 먹을 갈고 붓을 들어 백지에 자신의 소회를 적어 내려갔다. 워낙 여러 날 동안 곡기를 끊었으므로 기력이 쇠잔한 데다 손목까지 부들부들 떨리는 형편이라서 글자를 제대로 쓸 수가 없었다.

그는 국가의 존망을 염려하며 한 자 한 자 적어나가다가 마지막 한 글자까지 마무리를 지어놓고 풀썩 쓰러져 숨을 거두었다. 그가 식음을 전폐한 지 스무여드레만의 일이었다.

성충의 가족들은 계백의 도움으로 형옥으로부터 시신을 넘겨받아 장사 지낸 뒤 뿔뿔이 흩어졌다. 부인은 절에 들어가 삭발하고 비구니가 되었으며, 성충의 장남이자 가문의 종손인 재창(在昌) 일가만 부친이 살던 옛집에 남고 그의 형제자매들을 비롯한 나머지 유족은 어디론가 은둔하여 소식을 끊었다.

한편, 성충의 봉장은 인수를 통해 곧 대궐의 의자에게 전해졌다. 의자는 임자, 충상, 각가, 상영 등이 모인 자리에서 성충의 상서(上書)를 받아보았다. 그 글에서 성충이 말했다.

"충신은 죽는 마당에도 임금을 잊지 않는다 하였사옵니다. 소신은 한 말씀 아뢰고 죽겠사옵니다. 소신이 시변(時變)을 관찰하옵건대 반드시 나라에 큰 전란이 있을 것이옵니다. 무릇 용병할 때에는 꼭 그 지형을 택정(擇定)해야 하는 것이오니 강의 상류에 처하여 적을 대항해야 지리를 보전할 것이옵니다. 만약 타국의 군사가 들어오거든 육로로는 침현(沈峴, 沉峴으로도 씀. 炭峴이라고도 함)을 넘어서지 못하게 하옵고 수군은 기벌포 언덕을 들어서지 못하게 하며 그 요새에 의지하여 적을 막아야 할 것이옵니다."

그러나 의자는 그 말을 일소에 붙였고, 탑전에서 알랑거리던 대신들도 픽픽 콧방귀만 뀌었다. 그들은 신라와 당나라의 연합 등 주변 정세에는 아랑곳없이 일신의 영달 추구에만 눈이 멀어 있었다. 충상이 말했다.

"성충은 죽기 직전 미쳤던 모양이옵니다. 그는 우리 백제에 난리가 일어나기를 바랐던가본데 이 태평성대에 무슨 난리란 말인지 알 수가 없사옵니다."

임자, 충상, 각가, 희갑도 그 말에 전적으로 동조하였다. 그들에게는 나라야 망하든 말든 그런 것은 안중에도 없는 듯했다. 그 이듬해 정월, 의자는 서자(庶子) 마흔한 명을 무더기로 등용하여 좌평에 제수하고 그들에게 골고루 식읍을 떼어주었다.

그런데도 조정 대신들 중에는 어느 누구도 간언하는 자가 없었다. 그들은 의자가 그런 어처구니없는 왕권을 행사하는 데도 수수방관만 할 따름이었다. 아니, 충상은 아예 한 술 더 떠서 의자의 그런 처사에 찬사를 아끼지 않고 있었다. 그는 무신년(戊申年, 648) 겨울, 다른 대신들의 반대를 무릅쓰고 형옥 바닥에 묻어 두었던 김품석 부부의 수급을 파낸 뒤 궤짝에 담아 신라의 김유신에게 반환해준 장본인이었다.

의자가 나라를 다스린 지 어언 19년. 기미년(己未年, 659)에 들어서자 잇따라 사비 도성 안팎에서 해괴한 이변(異變)이 잇따라 일어났고, 각종 근거 없는 뜬소문과 유언비어(流言蜚語)가 난무하였다. 설상가상으로 신라 쪽에서는 백제의 민심을 뒤흔들기 위하여 그런 뜬소문과 유언비어를 조작하여 고의적으로 유포시켰다.

첫 이변은 오회사(烏會寺, 烏合寺라고도 함)에서 일어났는데, 큰 붉은 말[赤馬]이 주야(晝夜)로 여섯 차례나 절 주위를 어슬렁어슬렁 맴돌다가 죽었다. 그로부터 며칠 뒤에는 여우 여러 마리가 왕궁에 들어와 우짖었고, 그 가운데 한 마리는 좌평의 서안(書案)에 올라앉았다. 부소산 기슭 태자궁에서는 암탉이 참새와 교미하였다. 사비 도성 서남방 백마강에서 큰 물고기가 죽어 나왔는데 그 길이가 무려 세 길이나 되었다.

무슨 까닭일까, 그런 괴이(怪異)한 변고가 잇따라 일어나는 혼란 속에서도 국왕 의자는 휘어대 대장 계백에게 병력 1만 5천 명을 주어 독산성(獨山城)과 동잠성(棟岑城)을 치도록 하명하였다.

본래 국왕이 친정에 나설 때를 제외하면 휘어대 군영은 여간해서 원정에 나서지 않았다. 휘어대는 근본적으로 도성을 방비하는 병영이기 때문이었다. 그런데도 임자 일당의 농간에 휘둘린 국왕 의자가 휘어대 대장 계백에게 전례 없는 특명을 내렸다.

계백은 휘어대 병력 5천 명에다 소부리벌 군영에서 1만 명을 차출하였다. 과거 휘어대 대장들과는 달리 계백은 도성으로 부임한 뒤에도 이렇듯 원정에 나서지 않으면 안 되었다. 계백은 과연 전역을 위해 태어난 인물이었다. 그는 즉각 장졸을 이끌고 출사하여 단 보름 만에 두 성을 점령하였다.

임자 일당은 혀를 내둘렀다. 이번에도 계백이 큰 전공을 세움으로써 배가 아팠다. 계백을 제거하고 싶어도 그럴 명분이 없었다. 요녀 금화도 부글부글 속을 끓였다.

역시 계백은 상승장군이었고, 신라 쪽에서는 김춘추든 김유신이든 계백과 맞붙어 당해낼 장수가 없었다. 신라의 국인들은 그런 계백을 가장 두려워하고 있었다. 오죽하면 신라에서는 계백이라는 이름만 들어도 울던 아이까지 울음을 뚝 그치곤 하였다.

계백은 새로 점령한 독산성과 동잠성을 오가며 현지 주민들을 선무하였다. 그런데 웬걸 의자는 계백을 즉각 휘어대로 불러들였다. 임자와 금화의 농간이었다. 그들은 계백이 전방에 나아가 신라와 대치하는 것을 원치 않았을 뿐만 아니라, 그가 전방에 포진하고 있는 한 신라군의 백제 공격이 힘들어진다는 것을 잘 알고 있었으므로 의자를 구워삶아 전방 국경이 아닌 후방의 도성 외곽으로 불러들였다.

그 무렵, 신라에서는 백제 내부 사정을 속속들이 꿰뚫어 보고 있었다. 김춘추와 김유신은 백제 궁궐의 내실에 깊숙이 들어와 박힌, 그리하여 의자의 총애를 독차지하고 있는 금화를 통해 의자의 사치와 방탕과 탐락과 황음을 손금 들여다보듯 훤히 알고 있었다. 아니, 그들은 의자의 노망이 깊어져 정신까지 오락가락한다는 사실까지도 잘 꿰뚫고 있었다.

성충이며 윤충 같은 충신들을 죽음으로 내몰고 흥수 같은 충신을 감옥에 가둔 백제 조정에는 모사다운 모사, 책사(策士)다운 책사가 존재하지 않았다. 그 대신 임자, 충상, 각가, 희갑, 상영의 무리가 하늘 무서운 줄 모르고 설쳐대는 백제 조정이야말로 썩을 대로 썩어서 바람만 불어도 날아갈 형편이었다.

그러나 백제에는 계백이 있었다. 조정을 비롯하여 지방의 모든 고을에 이르기까지 모든 관료사회가 전부 썩어문드러졌을망정 만인이 우러르는 천하무적의 상승장군 계백이 존재하는 한 신라는 함부로 백제를 건드릴 수가 없었다. 신라는 계백으로 대표되는 백제의 군대와 백제를 떠받치고 있는 이름 없는 민초들을 가장 두려워하였다.

아무튼 독산성과 동잠성이 함락되자 신라 국왕 김춘추는 단 하루도 마음 편히 잠을 이룰 수가 없었다. 요때나 조때나 백제를 토평(討平)코자 별러왔던 그는 간이 콩알 만해져서 당나라에 사신을 보내 애걸복걸 원병을 요청하였다.

그러자 당나라 황제 이치는 미구(未久)에 대병을 일으켜 신라를 돕기로 약조하였다. 그는 무조의 말을 좇아 신라로 하여금 백제를 치고, 그 여세를 몰아 고구려까지 친 다음, 끝내는 신라를 격파함으로써 요동은 물론 해동 전역을 차지하기 위하여 대병을 일으키기로 작정하였다.

신라의 김춘추가 당나라의 그런 속내를 모를 리 만무했다. 그는 당나라보다 한 수 우위에서 역(逆)계책을 마련해 놓고 있었다. 백제와 고구려가 번갈아 가며 신라를 침공해 오는지라 김춘추는 일단 당나라 대병을 끌어들여 백제와 고구려를 친 다음 최종적으로 당나라 세력을 몰아낼 작정이었다.

동상이몽(同床異夢)이라고 할까, 신라와 당나라의 연합은 각기 숨겨

194

둔 속셈이 따로 있으면서도 두 나라 쌍방의 이해관계가 교묘하게 맞
아떨어진 결과라고 말할 수 있었다. 속내야 어찌 됐든 그들 두 나라는
참으로 오랜 교섭 끝에 실질적인 군사동맹을 체결하게 되었고, 이제
는 백제와 고구려를 침공하기 위한 행동 개시만 남겨 놓고 있었다.

이세민의 타계(他界) 이후 신라는 한때 공든 탑이 무너지는 듯하여
찔끔하였고, 그 이후로 그 아들 이치를 설득하느라 여간 정성을 들인
것이 아니었다. 그런데 마침 영악스럽기 짝이 없는 무조가 당나라의
실속을 차리기 위하여 신라에게는 지렛대 역할을 해주었다. 그 결과
신라는 비로소 지금까지 벌여온 대당외교의 열매를 거두게 되었다.

한편, 신라는 독산성과 동잠성 패전 이후 전력을 한층 강화하기 위
하여 화랑 출신의 노장 진주(眞珠)를 병부령(兵部令)으로 삼았다. 이렇
듯 신라가 전열을 정비하고 있는 동안에도 백제에서는 기괴(奇怪)한
일들이 끊이지 않고 일어났다.

무더위가 한창 기승을 부리던 그 해 8월에는 웬 여자의 시체가 생
초진(生草津)에 떠서 세상이 떠들썩하였다. 그 여자의 시체는 길이가
무려 열여덟 자[尺]나 되었다. 9월에는 궁중의 느티나무가 마치 사람
이 통곡하듯 엉엉 울었고, 밤에는 궁궐 남쪽 길에서 귀신이 곡을 하는
등 아무튼 괴이한 일이 꼬리를 물고 일어나 민심이 여간 흉흉하지
않았다.

의자가 즉위 20년째를 맞이하던 경신년(庚申年, 660) 정월에는 신라
조정의 원로 김강이 죽었다. 김춘추는 이찬 김유신을 승진시켜 상대
등으로 제수하였다. 이로써 신라의 최고 권력구조는 표면적으로나 내
면적으로나 명실 공히 김춘추과 김유신 양인(兩人)의 쌍두마차(雙頭馬
車) 체제를 형성하였다.

그런데 새해에 들어와서도 백제에서는 그런 괴변(怪變)이 끊이지 않

고 일어났다. 무슨 까닭에선지 한 겨울인데도 왕도의 우물물과 백마강이 온통 핏빛으로 물들어 그 물을 마음 놓고 마시거나 빨래조차 제대로 할 수가 없었다.

그러던 어느 날이었다. 계백은 그 날도 휘어대 군영에서 장졸들을 조련시키고 느지막이 귀가한 뒤 가족들과 더불어 석반을 들었다. 입춘(立春)이 지났다고 하지만 아직은 문틈으로 파고드는 바람 끝이 칼날처럼 매서웠다.

이따금 바람이 불어올 때마다 문풍지가 부르르부르르 떨고 있었다. 해명, 정은, 원동 3남매는 옆방에서 공부하였고, 계백은 부인 목씨와 함께 앞으로 살아갈 일을 걱정하였다. 목씨가 말했다.

"어떻게 살아가야 할지 참 걱정이에요. 도성 안 백성들은 곧 난리가 날 거라고 야단들인데 조정에서는 뭣들 하는지 정말 답답하기 짝이 없어요."

"쉿! 불경스런 말씀을 삼가시오."

계백은 빗장을 채우듯 윗입술과 아랫입술을 가로질러 검지를 곧추세웠다. 이 어지러운 시절, 누군가가 말을 엿듣고 중상모략의 재료로 삼을 수도 있는지라 계백은 자신뿐만 아니라 가족들에게도 입조심을 당부한 터였다. 부인 목씨도 얼른 지아비의 속내를 알아채면서 몸을 움찔하였다. 다소 어색한 분위기를 누그러뜨리기 위해 목씨가 말했다.

"서해에서는 물고기들이 떼죽음을 했다는군요. 그곳 백성들이 다 먹고서도 지천으로 남았대요."

"부인, 나도 그 애긴 들었소."

"오늘 낮에는 개구리 수만 마리가 대궐 앞 나무 위로 모여들었다는군요."

196

"아마도 헛소문이겠지요."

계백은 항간에 떠도는 소문들을 누군가가 지어낸 낭설 정도로 일축하려 하였다. 그 소문들 중에는 유익한, 아니 사실로 받아들일 만한 것이 별로 없기 때문이었다. 하지만 일찍이 보지도 듣지도 못했던 갖가지 괴상한 소문과 억측들이 꼬리를 물고 이어져 여간 심란한 것이 아니었다.

계백과 목씨는 줄곧 선문답(禪問答) 같은 대화를 주고받았다. 목씨는 도성에서 떠도는 소문들을 사실로 받아들이려 하였고, 계백은 그것을 말하기 좋아하는 사람들이 꾸며낸 허황된 이야기 정도로 받아넘기려 하였다. 목씨가 말했다.

"그럴 리가 없어요. 덕보도 보았다지 뭐예요."

"그렇다면 덕보가 어찌하여 대궐 앞까지 갔다오?"

"쓰러진 사람들을 살리러 갔었어요. 어제 쓰러진 백성들 중에는 아직 숨이 붙어 있는 사람도 있답니다. 그래서……."

"우리 덕보가 집안 일만 잘 보살피는 줄 알았더니 사람도 살릴 줄 아는 모양이구려."

"말씀 마세요. 덕보가 살린 사람이 열 사람도 더 된다는군요."

그랬다. 도성의 저자에서 사람들이 아무런 까닭도 없이 놀라 달아나는데 마치 누군가에게 쫓기는 듯하였다. 그 혼란 속에서 백여 명이 넘어져 죽었고, 잃어버린 재물 따위는 이루 헤아릴 수가 없었다.

덕보는 그런 재변(災變)이 발생하자 대궐 쪽으로 뛰어나가 길거리에 쓰러진 채 아직 살아남아 신음하는 사람들을 찾아내 의원 집으로 업어 날랐다. 그리하여 침을 맞거나 약을 먹고 살아난 사람도 10여 명에 이르렀다. 계백이 말했다.

"덕보가 좋은 일을 했군."

"정말 나라가 왜 이렇게 뒤숭숭한지 모르겠어요. 저는 요즘 잠을 자다가도 악몽만 꾸지 뭐예요."

"부인, 마음을 편안히 가지시오."

계백은 목씨를 따뜻이 위로하였다. 사실 계백의 속은 새카맣게 타고 남은 재까지 녹아 없어질 지경이었다. 조정 돌아가는 꼬락서니를 보건대 미상불 백제의 국운이 다한 듯했다. 세간의 인심 또한 이만저만 살벌한 것이 아니었다.

그 해 5월, 폭우가 쏟아져 천왕사(天王寺)와 도양사(道讓寺)의 탑에 벼락이 떨어졌고, 백석사(白石寺)의 강당에도 불벼락이 떨어졌으며, 동서방의 검은 구름이 용과 같은 형상으로 공중에서 뒤엉켜 싸웠다. 목씨가 말했다.

"용이 싸우다니 무슨 괴변인지 모르겠어요."

"그야 돌풍이 일어나 그렇게 보인 것 아니겠소? 아마 사람들이 하늘로 치솟아 올라가는 회오리바람을 본 모양이오."

그것이 사실이든 아니든 좌우간 그런 기괴한 소문이 떠돈다는 것 자체가 흉조(凶兆)라고 말할 수 있었다. 안정된 세상이라면 설령 그런 해괴한 일이 발생했다 하더라도 그냥 지나칠 수 있건만, 세상이 워낙 뒤숭숭한지라 백성들은 남녀노소 가릴 것 없이 그런 괴기한 현상에 촉각을 곤두세우면서 불길한 조짐으로 받아들였다.

계백은 그동안 의직을 만나 여러 차례 대책을 논의한 적이 있었다. 때로는 하소연도 하였고, 또 어떤 때는 울분을 토로하기도 하였다. 하지만 극간을 하다가 지친 의직 역시 이렇다 할 해법을 제시하지 못한 채 탄식만 자아낼 뿐이었다.

백제의 백성들뿐만 아니라 고구려, 신라는 물론 당나라에서도 다 아는 사실이지만 계백은 그동안 전역에 나가 단 한 번도 패전한 적이 없었다. 그는 성충과 더불어 전승을 기록한 보기 드문 인물이었다. 성충이야 본래 왕족 출신으로 일찍부터 높은 관등에 있었고, 전형적인 문신(文臣)으로 오랜 세월 내직에서 일한 터라 계백에 비해 실전에 나간 횟수는 그리 많지 않았다.

그 반면, 계백은 지난 세월 변방의 야전에서 청춘을 다 바쳤다. 그런데 계백이 전역에서 보기 좋게 완승을 거두고 나면 그것으로 끝나는 것이 아니었다. 그때부터 반드시 논공행상(論功行賞)이 이어졌고, 그 과정에서 누군가는 반드시 계백의 전공을 가로채다 못해 그 공로를 깔아뭉개려고 없는 말까지 지어내며 모함하는 작자가 나타나곤 하였다.

그들은 찧고 빻고 별 간계를 다 부렸다. 성충이 죽자 계백은 내리 사흘 동안 식음을 전폐했는데 그때에도 조정 대신들이 괜히 계백을 중상모략 하였다. 임자, 충상, 각가의 무리는 계백을 성충, 흥수, 윤충의 잔당이라 몰아붙이면서 엄벌에 처해야 한다고 목소리를 높였다. 거기에 덩달아 상영까지 계백을 죽이지 못해 안달하였다.

계백은 그런 구설에 오를 때마다 공은 닦은 데로 가고 죄는 지은 데로 간다는 천리를 믿으면서 무인의 본분이 무엇인가를 깊이 성찰하곤 하였다. 결론은 간단했다. 무인은, 남이야 뭐라고 하든 말든 지조와 절개를 굳게 지키면서 오로지 국가를 위해 언제 어디서라도 목숨 바쳐 살신성인(殺身成仁)하는 존재일 따름이었다.

계백은 충성스런 무장이었다. 만약 계백이 혁명가였다면 고구려의 연개소문처럼 조정을 송두리째 뒤집어엎을 수도 있었다. 하지만 그것은 정말 아니었다. 군인이 조정을 뒤엎고 왕권을 찬탈한다면 그것은 역모일 수밖에 없었다. 계백은 군인으로 살다가 군인으로 죽는 것을 최고의 영예라 확신했다.

그 해 3월, 신라 김인문이 당나라에 입조하였다. 그는 장안에 도착하자마자 황제 이치를 알현하고 원병을 간절히 요청하였다. 그가 말했다.

"지존하옵신 황제 폐하……. 이제 백제 국왕 의자는 분별력을 잃었사옵니다. 지금이야말로 백제를 토멸할 절호의 기회라 하겠사옵니다. 그가 죽고 태자가 왕위에 올라 혹여 선정을 베풀어 국정 질서를 바로잡게 되면 백제 토멸을 실기(失機)할 뿐만 아니라 도리어 폐국 신라가 먼저 공격당해 국체를 잃을 수도 있사옵니다. 하온즉, 폐하께서는 하루 속히 결단하시어 폐국 신라에 원병을 주시옵소서."

"알겠소. 그럼 한 가지만 묻겠소."

"폐하……. 질문만 주옵시면 하신이 아는 범위 안에서 무엇이든 답변을 아뢰겠사옵니다."

"백제로 들어가는 길이 어떠한지 알고 싶소."

이치는 백제로 통하는 해로와 육로의 험이(險夷)를 물었다. 김인문은 이 기회를 놓칠세라 마치 그림을 펼쳐 보이듯 그때까지 숙지해온 백제의 길목을 소상히 아뢰었고, 이치는 김인문의 그런 달변과 무궁무진한 정보에 감복한 나머지 이만저만 기뻐하는 것이 아니었다.

당나라 황제 이치는 곧 좌무위장군 소정방을 신구도행군대총관(神丘道行軍大摠管)으로 삼고, 유백영(劉伯英), 동보량(董寶亮), 김인문을 부대총관(副大摠管)으로 삼아 방효태(龐孝泰), 풍사귀(馮士貴), 양행의(梁行儀), 축아사(祝阿師), 우원사(于元嗣), 조계숙(曹繼叔), 두상(杜爽), 유인원(劉仁願), 김양도(金良圖), 마연경(馬延卿), 하수량(賀遂亮) 등 제장에게 수군과 육군 13만 대군을 주어 출병토록 하고 신라 국왕 김춘추에게 별도의 칙지를 내렸다. 무조와 긴밀히 의논한 이치는 그 칙지를 통해 김춘추를 우이도행군총관(嵎夷道行軍摠管)으로 삼아 군사를 거느리고 당군을 성원토록 하였다.

당나라의 일개 장수 소정방은 대총관이었다. 그 반면, 신라의 국왕 김춘추는 그냥 총관이었다. 소정방에게는 '대(大)' 자를 붙여주었지만 김춘추에게는 일국의 국왕인 점을 감안하여 마지못해 총관으로 지목한 형국이었다. 대총관 소정방은 총사령관이었고, 총관 김춘추는 신라의 국왕이면서도 나당연합군(羅唐聯合軍)의 서열상 소정방보다 하위라고 말할 수 있었다.

당나라 황제 이치는 이렇듯 당나라 군대를 절대 우위에 두고 이번 전역의 전권을 당장(唐將) 소정방에게 부여하였다. 이치는 부대총관 역시 당군 유백영과 동보량 두 사람을 발탁한 다음 신라 출신으로는 왕자 김인문을 기용하였다. 그 휘하의 장수 역시 당군 일색으로 편성하고, 신라 출신으로는 김양도 한 사람을 구색처럼 끼워 넣었다.

김인문은 분명 이치에게 원병을 요청하였다. 당초 김인문의 요청대로라면 신라군이 주역을 맡고, 당군은 신라군을 돕는 조역이어야 했다. 하지만 이치는 도리어 당군을 주역으로 편성한 다음 신라군으로 하여금 당군을 돕는 조역이 되도록 뒤집어 놓았다.

나당연합군의 주도권은 당나라가 쥐었고, 신라는 거기에 종속되었다. 엄격히 말하자면 당군이 주력인 반면 신라군은 지원군이었다. 나당연합군은 내용 면에서 볼 때 '당라연합군(唐羅聯合軍)' 이었다. 약소국의 비애라고나 할까, 사정이 절박한 신라로서는 체통이고 뭐고 따질 계제가 아니었다.

당나라의 이치가 신라사람 김인문과 김양도를 연합군 장수로 기용한 데에는 신라와 연합한다는 의미 이외에도 그럴 만한 배경이 있었다. 당군에게는 백제의 지형지세를 잘 아는 장수가 꼭 필요했다. 이치는 그 점을 감안하여 신라 출신의 김인문과 김양도를 대총관 소정방

휘하의 장수로 기용했다.

그로부터 며칠 뒤 소정방이 이끄는 13만 대군은 무려 1천 9백 척의 병선(兵船)을 동원하여 내주 성산(城山)에서 출항하였다. 그들 당나라 함대는 내주 성산을 뒤로 밀어낸 뒤 앞서거니 뒤서거니 장장 천 리에 뻗쳐 각종 깃발을 펄럭이면서 서해의 물살을 가르고 있었다.

그들은 백제 서북방의 섬 덕물도(德勿島, 德物島로도 씀)로 항진했다. 그 해 5월 스무엿새날 신라 국왕 김춘추는 대장군 김유신, 장군 진주 천존(天存) 등과 더불어 왕경 서라벌을 떠나 유월 열여드레날 남천정 (南川停)에서 집결하였다.

그들 신라군이 백제로 통하는 지름길을 버리고 멀리 우회하여 북상한 그 이면에는 백제 정벌 과정에서 혹여 발생할지도 모르는 고구려의 남진에 제동을 걸고, 서라벌에서 남천정에 이르는 각지의 신라군을 하나로 아우르며 경각심과 결속을 다지는 한편, 백제로 하여금 방어선 구축의 판단을 흐려놓기 위한 고도의 전략이 숨어 있었다.

신라군이 남천정에 집결한 지 사흘만인 그 달 스무하룻날 소정방은 당초 예정대로 덕물도에 도착하였다. 김춘추는 태자 김법민, 대장군 김유신, 장군 진주, 천존 등으로 하여금 병선 백 척을 거느리고 덕물도에 나아가 소정방을 영접토록 하였고, 태자 김법민과 대장군 김유신 일행은 저 탈도 많고 말썽 많았던 당항성에서 백 척의 병선을 띄워 소정방의 함대가 계류 중인 덕물도로 달려갔다.

그들은 덕물도에 가까워질수록 당나라 군대의 군세에 놀라 입을 다물지 못했다. 포구에 접안(接岸)한 선박은 물론 닻을 내린 채 해상에 둥둥 더 있는 함정과 바지선에 이르기까지 병선의 수를 헤아릴 수가 없었다.

그들은 소정방을 만나 정중히 영접하면서 큰 뜻을 품고 머나먼 뱃길을 달려온 그들에게 치하와 칭송을 아끼지 않았다. 소정방은 기뻐서 입을 다물지 못하였다. 소정방이 김법민에게 말했다.

"본관은 7월 초열흘날 사비 남쪽 갱갱이에 당도하여 귀국 군사와 회동한 뒤 의자의 도성을 무찔러 부수려 하오."

회동이란 합군(合軍)을 의미했다. 당나라 군사와 신라 육군이 합동으로 백제의 궁궐을 공격하자는 뜻이었다. 소정방의 그런 제의를 받고 김법민은 기뻐서 어쩔 줄 몰랐다. 그가 말했다.

"탁월한 계책이옵니다. 그것은 폐국 대왕께서 고대하시는 바이옵니다. 만약 대총관께서 오셨다는 말씀을 들으시면 폐국 대왕께서는 반드시 잠자리에서라도 당장 뛰어나오실 것이옵니다."

"하하하……. 좋소이다. 7월 초열흘날 사비 도성 남쪽에서 꼭 만납시다. 약조할 수 있겠소?"

"그야 물론이옵니다. 폐국 신라는 대총관의 군령을 엄수(嚴守)할 것이옵니다."

"알겠소. 우리는 장마가 시작되기 전에 사비 도성을 점령해야 하오. 그럼 남천정에 돌아가는 대로 신라의 병마를 징발해주기 바라오."

소정방은 김법민 일행을 따뜻이 환송해주었고, 김법민은 남천정 행재소(行在所)로 돌아오자마자 부친이자 국왕인 김춘추에게 덕물도에 갔던 일을 소상히 아뢰었다. 그가 말했다.

"당나라 대총관의 군세가 여간 웅장하지 않았사옵니다. 아주 장관이었사옵니다."

"오, 그래? 아주 잘 되었군. 이제 백제는 끝장이야. 차제에 원수를 갚아야지."

김춘추는 기쁨을 감추지 못하면서 태자 김법민으로 하여금 대장군 김유신, 장군 품일(品日), 흠춘(欽春, 欽純이라고도 함) 등 제장과 더불어 정병 5만 명을 거느리고 나아가 당병과 접응(接應)토록 하였다. 그런 다음 그 자신은 금돌성(今突城, 金突城으로도 씀)으로 남하하여 그곳에 유차(留次)하였다. 그는, 백제로 진공하는 선봉을 적극 지원하기 위해 배후기지(背後基地)라 할 수 있는 금돌성에 머무르기로 하였다.

　신구도행군대총관 소정방의 당군은 주공(主攻)이었고, 우이도행군 총관 김춘추의 신라군은 조공(助攻)이었다. 백제는 지금 그들로부터 협공을 받고 있었다. 그들 주공과 조공이 당초 예정대로 갱갱이에서 성공적으로 합군할 경우 그 세력은 훨씬 더 커지게 마련이었다.

　기벌포로 상륙하는 당군. 육로로 진격해 오는 신라군. 백제는 수륙 양면으로 침공해 오는 그들 두 세력을 동시에 물리쳐야 했다. 그런데도 국왕 의자는 마땅한 계책을 마련하지 못하고 있었다. 조정에 대신들이 있지만 그들은 국왕을 제대로 보필할 능력이 없을 뿐만 아니라 벌써부터 각자 딴 생각을 품고 있었다.

　백제가 이처럼 질서를 잃고 있을 때 나라 안에는 기변(奇變)이 잇따라 발생하였다. 유월에 이르자 정체불명의 선박이 백마강에서 왕흥사로 들어서는 것이 보였고, 사슴 같은 개가 백마강 언덕에 올라 왕궁을 향하여 컹컹 짖어대는가 하면 도성 안의 개라는 개는 모두 길에 모여 울거나 짖어대면서 지랄발광을 해대곤 하였다. 한마디로 말해 도성 안은 온통 개판이었다. 어느 날 밤에는 귀신이 왕궁에 나타나 '백제는 망한다' 고 외치다가 땅속으로 들어가기도 하였다.

　그날 국왕 의자는 궁인(宮人)을 시켜 땅을 파도록 했는데, 약 석 자 정도 파들어 가자 거기에서 거북 한 마리가 나왔다. 거북의 등에는 '百濟同月輪 新羅如月新(백제동월륜 신라여월신; 백제는 둥근 달 같고 신라는 초승달과 같다)'는 열 글자가 새겨져 있었다.

해괴한 일이었다. 거북의 등에 글자가 새겨져 있다는 것도 희한했지만 백제와 신라라는 국명(國名)까지 선명한지라 국왕 의자는 마치 귀신에 홀린 듯한 기분이었다. 그는 도성의 유명한 무당을 불러 그 뜻을 물어보았다. 무당이 말했다.

"둥근 달 같다는 것은 가득하다는 뜻이니 가득하면 기운다는 말이요, 초승달 같다는 것은 가득하지 않다는 뜻이니 차츰 차게 된다는 말이옵니다."

"닥쳐라! 어허, 무엄한지고. 뭐라? 우리 백제에 이런 고약한 무당이 있었나? 너는 분명 백제의 신민이 아니던가? 그렇건만 어찌 그 따위 아가리를 놀리는가?"

국왕 의자는 조정좌평에게 어명을 내려 그 무당을 처형하였다. 그날 밤, 그는 침소에 들어 금화에게 '百濟同月輪 新羅如月新'의 뜻을 물었다. 금화가 나긋나긋하게 말했다.

"대왕 전하……. 조금도 염려하지 마시옵소서. 그것은 아주 좋은 길조 중의 길조라 하겠사옵니다. 둥근 달 같다는 것은 풍성하다는 뜻이요 초승달 같다는 것은 미약하다는 뜻이옵니다. 그러니까 백제는 점점 더 번성하고 신라는 날이 갈수록 허약해질 징조라 하겠사옵니다."

"하하하……. 그러면 그렇지……. 낮에는 어떤 돌팔이 무당이 미친 소리를 했소. 과인이 그 무당을 잡아 죽였기 망정이지 그 더러운 주둥아리로 쓸데없는 낭설을 퍼뜨리고 다니면 민심이 더욱 뒤숭숭해질 뻔했소 그려. 하하하……."

의자는 호방하게 웃었다. 하지만 그의 사고력은 벌써 망가질 갈 데까지 망가져 있었으므로 무당의 낭설이니 뭐니 그런 말을 내뱉을 형편이 못 되었다. 이미 항간에는 온갖 유언비어가 창궐하였고, 오래 전에 등 돌린 민심도 날로 깊어 가는 그의 노망처럼 회복 불능 상태로 접어든 탓이었다.

한편, 나당연합군의 발 빠른 행보 속에 적진이나 전방에 나아가 있던 백제의 척후와 세작들이 잇따라 급보를 올렸다. 그러자 의자는 고마미지현에 사람을 보내 흥수의 계책을 묻도록 하고 7월 초여드렛날에 이르러서야 부랴부랴 조정 대신들을 불러 모아 전수(戰守) 계책을 논의하였다. 그가 군신(軍臣)들에게 말했다.

"지금 나당연합군이 대군을 일으켜 쳐들어오고 있소. 싸우느냐, 아니면 지키느냐……. 그것이 문제라 하겠소. 이 난국에 접하여 어쩌면 좋겠소?"

좌평 의직이 앞으로 나섰다. 어느 누구보다도 의자에게 애증(愛憎)을 증폭시켜 왔던 의직. 그는 풍전등화(風前燈火) 같은 절체절명의 위기 앞에서 백제가 대적(大敵)을 맞아 살아날 길은 한 가지밖에 없다고 판단하였다. 그가 말했다.

"당병은 배타기에 익숙하지 못한 데다 멀리 큰 바다를 건너왔사옵니다. 본래 배타기에 익숙하지 못한 자들은 뱃멀미를 하게 되옵니다. 그들이 뭍에 내려 전열을 정비하기 전에 급히 들이치면 우리가 뜻을 이룰 수 있을 것이옵니다. 또한 신라군은 대국의 원조를 믿고 우리를 능멸하는 성향이 있사옵니다. 만약 당군이 패하는 것을 본다면 그들은 저절로 기가 꺾여 감히 용기 있게 나오지 못할 것이옵니다. 그러므로 먼저 당군과 결전(決戰)하는 것이 옳을 줄 아뢰옵니다."

의직은 해안선에서 당군에게 결정적 타격을 가한 뒤 지리멸렬한 잔졸들을 소탕하여 승부를 결정짓고자 계획하였다. 그러니까 항해에 지친 당군들의 피로가 가시기 전에, 즉 상륙하자마자 주력의 기선을 제압하자는 뜻이었다. 달솔 상영이 이의를 제기하고 나섰다.

"그렇지 않사옵니다. 당병은 멀리 왔으매 속히 싸우고자 할 것이옵니다. 그런 군대와 맞붙으면 그 서슬을 당해내지 못할 것이옵니다. 그 반면, 신라는 전일(前日)에 우리 군사에게 자주 패배했던지라 우리 군사의 형세를 보면 기가 질리게 될 것이옵니다. 따라서 우리는 군사를 나누어 1군으로 당군의 길을 막아 그들로 하여금 지치게 하고, 다른 1군으로 먼저 신라군을 쳐서 그 예기(銳氣)를 꺾어 놓은 다음 형편을 보아 합세하여 싸우면 군사와 나라를 무난히 보전할 수 있을 것이옵니다."

국왕 의자는 냉큼 결단을 내리지 못하고 있었다. 국가의 운명이 바람 앞의 등불처럼 위태로운 이 급박한 마당에 의자는 왕년의 위엄과 결단력을 잃고 있었다. 그는 아무런 결정도 내리지 못한 채 어찌할 바를 몰라 쩔쩔 매고 있었다.

그런 의자는 분명 폭삭 늙고 병들어 있었다. 주지육림(酒池肉林)에 빠져 세월 가는 줄 모르면서 심신을 해쳤던 의자. 그가 결단을 내리지 못한 채 갈팡질팡하고 있을 때, 마침 고마미지현에 달려갔던 사자가 흥수의 봉장을 가져왔다. 그 글월에서 흥수가 말했다.

"당병은 수효도 많을 뿐만 아니라 군율이 엄명(嚴明)하옵니다. 더군다나 당군은 신라군과 기각지세(掎角之勢; 사슴의 뒷다리와 뿔을 잡는다는 뜻으로 서로 세력을 다투는 형세를 말함)를 이루고 있사오니 만약 들판(平原廣野)에서 대진한다면 승패를 알 수 없사옵니다. 백강(白江, 伎伐浦 또는 只伐浦라고도 함)과 탄현은 우리나라의 요새이옵니다. 그곳에 한 사람이 창 한 자루만 들고 있으면 만인도 당할 수가 없사옵니다. 대왕 전하께서는 마땅히 용사를 뽑아 그곳을 수비케 하여 당병은 백강으로 들어서지 못하게 하시옵고, 신라군은 탄현을 넘어오지 못하게 하시옵소서. 아울러, 대왕 전하께서는 성문을 닫고 굳게 지키시면서 적의 군량이 떨어지고 사졸들이 피로할 때까지 기다렸다가 분발하여 들이치시면 반드시 적을 깨뜨릴 수 있을 것이옵니다."

그의 헌책(獻策)은 일찍이 옥사(獄死) 직전 성충이 형옥에서 올린 계책과 동궤(同軌)라고 말할 수 있었다. 의자는 그 말을 듣고 그럴 듯한 계책이라 받아들였다. 그러나 상좌평 사택천복과 국변성은 꿀 먹은 벙어리가 되어 입을 굳게 다물었고, 임자, 충상, 각가, 상영 등은 흥수의 충언을 강력히 반박하였다. 임자가 입에 거품을 물면서 말했다.

"대왕 전하……. 그 주장은 일고의 가치도 없다 하겠사옵니다. 더욱이 흥수는 죄수가 되어 오랜 동안 갇혀 있던 작자인지라 대왕 전하와 나라를 원망할 것은 불을 보듯 뻔한 일이옵니다. 그러므로 그는 오히려 대왕 전하와 나라가 어떻게 되든 조금도 걱정하지 않을 것이옵니다. 소신이 살피건대 당병으로 하여금 기벌포로 들어오게 하면 강을 따라 배를 나란히 펼칠 수 없다 하겠사옵니다. 또한 신라군으로 하여금 탄현으로 올라서게 하면 말머리를 나란히 펼칠 수 없을 것이옵니다. 그때 우리가 군사를 풀어 들이치면 마치 닭장 안에 갇힌 닭이나 그물에 걸린 물고기를 잡는 것과 다를 바 없사옵니다. 통촉하시옵소서, 대왕 전하……."

그의 말이 떨어지자 충상, 각가, 상영 등은 약속이라도 한 듯 일제히 맞장구를 치고 나섰다. 그들이 입을 모아 아뢰었다.

"그러하옵니다. 임자의 계책이야말로 가장 합당한 계책이라 하겠사옵니다."

의직이 다시 반론을 제기했지만 임자, 충상, 각가, 상영이 목에 핏대를 세우는지라 의자는 상좌평 수령(首領) 사택천복과 국변성 등에게 방책을 물었다. 하지만 그들은 아무런 대안도 내놓지 못했다. 그들은 도리어 국왕 의자의 눈치를 살피느라 전전긍긍하고 있었다.

금싸라기 같은, 참으로 안타까운 시간이 흐르고 있었다. 당군과 신라군은 시시각각 사비 도성의 숨통을 조여오고 있건만 백제 조정은 이렇다 할 대책을 마련하지 못한 채 갑론을박 격론만 벌이고 있었다. 그러는 사이 의자의 판단은 서서히 임자의 주장 쪽으로 기울어지고 있었다.

조금 전까지만 해도 흥수의 충언을 받아들이려 했던 의자. 그러나 이미 노망이 깊어 정신이 오락가락했던 의자는 간신 임자의 말에 귀가 솔깃해져서 급기야 결정적 오판을 내리고 말았다. 의자가 말했다.

"그렇소. 당군으로 하여금 기벌포로 들어서게 하고 신라군으로 하여금 탄현을 지나게 한 뒤 결전하면 그들을 능히 격파할 수 있을 것이오."

바로 그 시간에 13만 당군은 이미 기벌포의 진흙 뻘로 진입하고 있었다. 소정방은 말과 수레가 푹푹 빠져 나아갈 수 없게 되자 장졸들로 하여금 버드나무 가지를 베어다 무릎까지 푹푹 빠지는 질퍽한 개흙 뻘 위에 겹겹이 깔아 길을 내고 강안을 따라 나아가게 하였다.

나머지 병선은 바다에서 밀어붙이는 조수를 타고 백마강을 향해 물길을 거슬러 오르고 있었다. 당나라 병선은 기벌포 해안뿐만 아니라 비단강을 가득 메우고 있었다. 비단강에는 중간 중간 배를 댈 수 있는 나루터가 있었고, 당군은 그런 곳에 이를 때마다 배에서 내려 개미떼처럼 뭍으로 기어올랐다.

소정방의 말발굽이 백제 땅을 짓밟고 있었다. 그는 도처에 상륙하는 당병 장졸들을 휘하로 불러 모으면서 비단강 상류 쪽으로 이동하였다. 수군은 강으로, 육군은 뭍으로……. 그들은 서로 응원하면서 신라군과 접응하기로 약조한 사비 도성 남쪽 갱갱이를 향해 밀물처럼 진군하고 있었다.

김유신의 5만 신라군이 천험(天險)의 요충 탄현을 넘었고, 그들은 갱갱이로 가는 길목인 황산벌을 향해 꾸역꾸역 치닫고 있었다. 김유신은 7월 초열흘날 사비 도성 남쪽에서 회동하기로 결의한 소정방과의 군약(軍約)을 지키기 위하여 더욱 발길을 재촉하고 있었다.

한편, 휘어대 대장 계백은 의자의 계책을 도저히 이해할 수 없어 훌훌 한숨을 내쉬면서 도리질을 하고 있었다. 의자가 병법의 '병' 자라도 안다면 마땅히 성충이나 흥수의 헌책대로 기벌포와 탄현에 나아가 적을 요격(邀擊)하는 것이 상책일진대 당나라 주력이 기벌포로 들어오고 신라 육군이 탄현을 넘을 때까지 출동을 명령하지 않았다.

명령에 살고 명령에 죽는 무인의 세계. 계백은 국왕 의자의 어명이 떨어지기만 하면 어디로든지 달려가 당군이든 신라군이든 어떤 적과도 맞붙어 최후의 한판 승부를 펼치리라 비장한 결의를 다지고 있었다. 그런데도 의자는 무엇을 하느라 꾸물대는지 출진명령을 발령하지 않고 있었다.

그러다가 그날 신시(申時)에 이르러서야 의자는 태자 효를 비롯하여 태(泰), 융, 연(演) 등 왕자들과 사택천복, 국변성, 임자, 각가, 희갑 등 극소수 대신들로 하여금 대궐에 남도록 하였고, 의직, 충상, 상영, 자간, 무수, 복신, 귀지, 흑치상지, 사타상여, 사타충의, 손등, 여자신, 사택소명, 귀실집사, 곡나진수, 목소귀자, 억례복류 등 모든 대소신료들에게 백제의 모든 상비군을 적절히 나누어 전선으로 나아가도록 결정하였다.

휘어대 대장 계백은 개탄을 금치 못했다. 원님 행차 뒤에 나팔 부는 형국이라고나 할까, 의자는 화살이 시위를 떠나고 물이 엎질러진 뒤에야 뒷북을 치고 있었다. 이미 때는 늦어 있었고, 의자의 용병은 패착(敗着)이라고 말할 수밖에 없었다. 국왕이 직접 나아가 모든 것을 다 바쳐 진두지휘를 해도 시원찮을 마당에 태자를 비롯한 왕자들을 전원 대궐에 남겨둔 채 무고한 신하들만 사지(死地)로 내모는 처사를 계백은 도저히 이해할 수가 없었다.

시간이 얼마나 지났을까, 휘어대 대장 계백에게 국왕 의자의 어명이 내려왔다. 상비군 총령 의직의 군령을 받아 황산벌로 출동하라는 내용이었다. 너무 늦게 내려진 어명이어서 어이가 없었다. 더욱 놀라운 사실은, 의자가 얼토당토않게 충상을 계백의 휘어대 군영으로 내보냈다는 점이었다.

어디 그뿐인가. 의자는 무슨 까닭에선지 돌연 달솔 상영을 좌평으로 승진시켜 유시(酉時)까지 휘어대 군영으로 합류하라고 하명하였다. 어쩌면 상영이 당병보다는 신라군과 먼저 결전할 것을 주장한 인물이라서 그렇게 인선(人選)했는지도 몰랐다.

하지만 그것은 뭐가 잘못 돼도 한참 잘못된 용병이 아닐 수 없었다. 충상은 김품석 부부의 수급을 돌려줄 때부터 신라 쪽과 모종의 흑막이 있었고, 그런 충상과 한 통속인 상영 또한 신뢰하기 어려운 인물이었다. 은솔 인수가 달려와서 의자의 그런 칙명을 전했을 때 격분한 부장 길원이 계백에게 말했다.

"대왕 전하께서 어찌 그런 자충수(自充手)만 두시는지 모르겠사옵니다."

"허허허……. 산 너머 산이라는 말도 있잖소. 그것이 어명이라면 따를 수밖에 없지."

이번에는 좌군장 존일이 나섰다.

"옥상옥(屋上屋)이 따로 없사옵니다. 그분들은 우리 휘어대 장병들에게 짐만 될 뿐이옵니다."

"아무리 무거운 짐이라도 지고 가야지 어쩌겠소?"

212

계백은 느긋했다.

"입은 삐뚤어져도 말은 바로 해야 하옵니다. 그분들은 작전이 뭔지 알지도 못하면서 좌평이라는 관등을 내세워 괜히 감 놔라 배 놔라 참견만 할 것이옵니다."

부장 길원이 다시 나섰다. 그가 얼마나 격분했던지 입술 위의 자가사리 수염이 씰룩거리고 있었다. 계백이 말했다.

"알고 있소. 하지만 모든 지휘권(指揮權)은 원수(元帥)인 내게 있잖소?"

"그렇다고 달솔 어른보다 상위 관등인 좌평들이 군령을 내리면 따르지 않을 수도 없는 노릇이옵니다."

"그 문제라면 너무 걱정하지 마시오. 어차피 그분들은 싸우지 않을 사람들이니까. 그분들은 싸우는 척하다가 꽁무니를 뺄 것이오."

계백은 진작부터 충상과 상영의 속내를 읽고 있었다. 그들 두 사람은 절대로 조국을 위해 신명을 바칠 사람들이 아니었다. 계백의 설득에도 아랑곳없이 이번에는 우군장 감태가 나섰다. 그가 열을 올리며 말했다.

"지금 군영의 사기가 밑바닥까지 추락했사옵니다. 죽으면 죽었지, 그분들의 명령에는 따를 수 없다는 것이옵니다."

"본관이 원수로 있는 한 제장은 내 명령에만 따르면 될 것 아니오?"

계백은 단호히 말했다. 그 자신 충상과 상영을 신뢰하지 않았고, 만일 그들이 관등을 내세워 작전을 간섭하려 들더라도 계백은 직분을 걸고 가차 없이 배척할 작정이었다. 아까부터 핏대를 올리던 길원이 말했다.

"그러하옵니다. 소장은 끝까지 그 허깨비 같은 두 좌평을 배제하고 죽으나 사나 원수의 명령에만 따르겠사옵니다."

좌군장 존일과 중군장 경수와 우군장 감태도 맞장구를 치고 나섰다.

"소장도 그렇게 하겠사옵니다."

그 말을 듣는 순간, 계백은 복잡 미묘한 감정을 느끼지 않을 수 없었다. 명색 조정 대신들이 야전에 나아가는 장수에 의해 허깨비 정도로 취급되는 어처구니없는 현실. 그럼에도 불구하고 계백은 그들 두 사람이 군장(軍裝)을 갖추고 한 시 바삐 휘어대 군영으로 합류해주기를 애타게 기다리고 있었다. 계백이 말했다.

"제장은 들으시오. 지금은 그런 말을 할 때가 아니오. 본관은 어명을 받들어 소부리벌 군영의 의직 총령을 찾아뵈어야 하오. 본관이 신기정 본영을 다녀오는 동안 제장은 출동 준비를 서두르고 전열을 정비하시오. 우리에게는 시간이 없소. 자, 그럼 본관은 즉각 신기정에 다녀오겠소."

휘어대 대장 계백은 전령과 호위병만 대동하고 곧장 소부리벌 군영으로 달려가 총령 의직을 만났다. 백전노장 의직. 그의 얼굴에는 수심이 가득했다. 계백이 신기정 본영으로 들어섰을 때 의직은 휘하의 제장들과 더불어 출동 준비를 서두르고 있었다. 그가 계백을 반겨주었다.

"장군, 어서 오시오."

의직은 계백의 손목을 꼭 잡아주었다. 계백이 말했다.

"총령의 지휘를 받아 황산벌로 출동하라는 어명을 받았습니다."

"알고 있소."

"총령께서는 어디로 출동하시는지요?"

"웅진구(熊津口)로 나가겠소."

"그렇다면 몸소 소정방의 당군과 결전하시는군요."

"그렇소. 당군은 주공이오. 총령인 본관이 적의 주공과 결전하는 것은 너무 당연하다 할 것이오. 적의 조공인 신라군은 장군께서 막아주시오. 적의 주공과 조공은 내일 모레 초열흘날 갱갱이에서 합군하기로 되어 있소. 주공과 조공이 합군하면 적의 군세가 훨씬 커질 것이오. 본관이 웅진구에서 당군과 결전하는 동안 장군께서는 신라군이 초열흘날까지 당군과 합군하지 못하도록 놈들의 길목을 가로막고 지연작전을 펼쳐주기 바라오."

의직은 상비군 총령으로서 군령을 하달하는 사령관이었다. 의직은 좌평이면서 총령이었고, 계백은 달솔이면서 휘어대 대장이었다. 계백은 의직의 군령을 지엄하게 받아들였다. 계백이 말했다.

"잘 알겠습니다. 꼭 그렇게 하겠습니다."

계백은 어금니를 굳게 다물었다. 의직과 계백은 그동안 인간적으로 서로가 서로를 존중하며 지내왔다. 하지만 인간적인 일은 어디까지나 인간적인 일이고, 공적인 일은 엄연히 공적인 일이었다. 계백은 어떠한 일이 있더라도 의직의 작전명령을 성공적으로 복명하리라 맹세하였다. 의직이 말했다.

"본관이 조금만 일찍 기벌포로 나아갔더라면 능히 당군을 깨부술 수 있었을 텐데……. 계백 장군도 조금만 일찍 탄현으로 나아갔더라면 신라군을 격멸할 수 있었을 것이오. 하지만 전하의 하명이 늦어지는 바람에 사태가 이렇게 되었소. 장군, 우리는 이미 천시와 지리를 잃었소. 사세가 이러한지라 승패를 예단하기 어렵게 되었소이다. 불리한 천시와 지리까지 역전시키려면 쉽지 않을 것 같소. 장군, 황산벌에 나아가 힘껏 선전해주기 바라오. 무운을 빌겠소."

의직은 다시금 계백의 손목을 꼭 잡았다. 그 순간, 계백은 거의 반사적으로 가슴이 울컥해짐을 느꼈다. 승패를 가늠할 수 없는 사상 최악의 전투. 이번 전역이야말로 적의 군세가 워낙 대단한지라 함부로 승리를 장담할 수 없는 일전이었다. 계백이 의직에게 말했다.

"총령 어른께서도 무운이 장구하시기를 기원합니다."

"하하하……. 고맙소. 본관은 어디를 가더라도 장군을 잊지 않을 것이오. 장군, 그동안 고마웠소. 본관은 계백 장군을 만난 것만으로도 참 행복했소. 하하하……."

의직은 호방하게 웃었다. 하지만 그 웃음의 끄트머리에는 필설로 형언하기 어려운 비감이 뭉텅뭉텅 묻어나고 있었다. 계백이 말했다.

"저도 결코 총령 어른을 잊지 않겠습니다."

"고맙소. 자 그럼……. 어서 출동을 서둘러야겠소."

의직은 갑옷의 띠를 졸라맨 다음 머리에 투구를 썼다. 투구가 번쩍번쩍 광채를 내쏘고 있었다. 계백은 의직에게 작별 인사를 고한 뒤 얼른 밖으로 나왔다. 그가 말에 오르자 전령과 호위병도 계백의 뒤를 따랐다.

출동태세를 완비한 천하제일의 상승장군 계백. 그러나 이번만은 승리를 담보할 만한 아무런 보장이 없었다. 계백은 그들을 기다리면서 다른 한편으로는 집에 남아 있는 가족들을 생각하였다. 부인 목씨, 맏아들 해명, 딸 정은, 막내 원동의 모습이 자꾸만 눈앞에 어른거렸다.

계백 자신은 청렴결백을 신앙처럼 여기며 한 점 부끄러움도 없이 살아왔지만 그동안 가족들 고생시킨 일을 돌아볼라치면 가슴이 미어지는 듯했다. 승리한다는 보장이 없는 회전. 설령 천우신조(天佑神助)로 극적인 승리를 거둔다 해도 한 가닥 희망마저 보이지 않는 조국 백제의 미래에 대한 절망감. 주지육림에 노망난 국왕, 썩어빠진 난신적자들의 발호 아래 충신은 설 자리가 없었다.

조정을 하늘처럼 떠받들던, 선량하기 짝이 없는 백성들도 왕명보다

216

는 항간에 떠도는 유언비어를 더 신뢰하는 상황이었다. 국왕의 실정으로 나라의 기강이 무너졌고, 민심 또한 오래 전부터 조정에 등을 돌리고 있었다.

살을 저미고 뼈를 깎는 아픔으로 심사숙고(深思熟考)를 거듭해온 계백. 이제 그 결단의 시점이 다가오고 있었다. 계백은 별궁 마래방죽 근처에 이르러 돌연 고삐를 당기며 말을 세웠다.

"워, 워!"

말이 우뚝 섰다. 뒤를 따르던 전령과 호위병도 말을 멈추었다.

"워, 워!"

계백이 전령에게 말했다.

"전령은 내 말을 잘 들어라."

"예, 장군."

"너는 어서 휘어대로 가서 부장에게 내 군령을 전하라. 휘어대 장졸들은 내가 도착할 때까지 군문을 나서지 말라고 일러라. 알겠는가?"

"네, 잘 알겠사옵니다."

"호위병도 잘 들어라. 본관은 잠깐 집에 들러 휘어대로 갈 것이니라. 사태가 급박하다. 너는 즉각 전령과 함께 휘어대로 가서 두 좌평을 정중히 영접하라."

두 좌평이란 바로 충상과 상영을 의미했다. 휘어대 장졸들은 그들 두 좌평이 돌연 휘어대에 합류하는 것을 마뜩찮게 생각하고 있었다. 계백 또한 심기가 이만저만 불편한 것이 아니었다. 하지만 국록을 먹는 일국의 신하로서 왕명을 거부할 수는 없었다. 호위병이 미적거리며 툴툴거렸다.

"저는 끝까지 장군을 모셔야 하옵니다."

"사태가 급박하다고 하지 않았는가. 뭣들 하는가. 어서 휘어대로 가라니까. 시간이 없다. 전령과 호위병은 휘어대로 전력 질주하라. 나도 곧 휘어대로 달려갈 것이니라. 알겠는가."

"예, 알겠습니다."

계백은 전령과 호위병을 그렇게 따돌린 뒤 집으로 질주했다. 마침 소복으로 단장한 목씨가 사당(祠堂)에 들어 아까부터 지아비의 무운장구(武運長久)를 축원하고 있었다. 사당 제단에는 새벽에 올린 정화수가 아직도 그대로 놓여 있었다. 마당에서는 목씨의 몸종 언년이가 계백의 외동딸 정은과 막내아들 원동을 데리고 농주(弄珠; 구슬을 가지고 노는 놀이)를 가르쳐주고 있었다.

계백이 집안으로 들어섰을 때 천진난만한 아이들은 반가워서 어쩔 줄 몰랐다. 눈에 넣어도 아프지 않을 귀여운 아이들. 계백은 그런 아이들을 만나는 순간 뼈가 마디마디 녹아나는 듯한 아픔을 느끼면서 안장에서 펄쩍 뛰어 내렸다.

아들을 좀 더 일찍 두었더라면 그들까지 전역에 데리고 나갈 수 있었겠지만, 그러나 두 아들을 전선으로 데려가기에는 그들이 너무 어렸다. 막내 원동이 계백에게 달려들며 재롱을 부렸다.

"아버지."

"오, 그래. 우리 원동이구나."

계백은 그 아이를 불끈 안아주었다. 초롱초롱한 원동의 눈망울을 보았을 때 계백은 가슴을 도려내는 아픔에 거의 미치고 환장할 지경이었다. 사당 안에서 축원을 올리던 목씨는 이게 웬일인가 싶어 허둥지둥 밖으로 뛰어 나왔다. 목씨가 계백에게 물었다.

"지금쯤 황산벌로 출사하신 줄 알았는데 어쩐 일이세요?"

"부인과 아이들이 걱정되어 잠깐 시간을 냈소. 해명은 어디 갔소?"

"안골에 심부름 좀 보냈어요."

안골이라면 일산 밑에 있는 계백의 처가, 즉 아이들의 외가를 의미했다. 해명은 모친의 뜻을 받들어 외가에 심부름 간 모양이었다. 아주 뒤늦게 둔, 그리하여 이제 겨우 열두 살 난 맏아들이었지만 이제 심부름이라도 다닐 만큼 자랐다는 생각에 계백은 그저 목구멍이 울컥해질 따름이었다. 계백이 혼잣말처럼 중얼거렸다.

"그렇다면 어쩔 수 없군……."

"지금이라도 하인을 보내 해명을 불러올까요?"

"아, 아니오. 그럴 겨를이 없소. 부인……. 이 난세에 지아비까지 잘못 만나 그동안 고생 많았소. 아이들에게도 면목이 없구려. 부인도 잘 알다시피 지금 나라의 운명이 백척간두에 있는지라 긴 말을 할 수가 없게 되었소. 나 계백은 일국의 장수로서 두 나라 대병을 감당하게 되었으니 나라의 존망조차 헤아릴 수 없게 되었소. 만일 나라가 멸망하게 되면 부인과 아이들이 적의 노비가 되어 욕을 보게 될 것이오. 살아서 욕을 보느니 차라리 내 칼을 받고 깨끗이 죽는 것이 어떻겠소?"

계백은 비장하게 말했고, 목씨는 이게 웬 날벼락인가 싶어 닭똥 같은 눈물을 뚝뚝 흘렸다. 사태의 심각성을 눈치 챈 언년이는 초상집 개 떨 듯 부들부들 떨었고, 정은과 원동 남매는 거의 사색(死色)이 되어 발을 동동 구르고 있었다. 목씨가 말했다.

"선현께서 가르쳐주시기를 여필종부(女必從夫)라 했지요. 장군께서 그렇게 말씀하신다면 무엇인들 못하겠습니까? 하지만 아이들이 너무 불쌍합니다."

"그렇다고 아이들로 하여금 적의 노비가 되어 욕을 보게 할 수는 없소."

"그렇다면……. 소첩과 아이들 목을 치시고 나라를 위해 어서 출사하셔야지요."

"그렇소. 부인⋯⋯. 참으로 죄송하오. 아이들을 데리고 먼저 저승에 가서 영원한 복락을 누리시오. 나도 언젠가는 뒤따라가겠소. 자, 내 칼을 받으시오."

그러자 목씨는 목을 늘였고, 계백은 지금 시간에 쫓기고 있었으므로 머뭇거릴 겨를이 없었다. 어린 남매가 울고 불며 살려 달라 애원하였고, 언년이는 어찌할 바를 몰라 미친 짐승처럼 울부짖고 있었다.

"나으리, 마님⋯⋯. 나으리, 마님⋯⋯."

몸종은 '나으리'와 '마님'을 번갈아 외쳐대며 몸부림쳤다. 하지만 계백으로서는 지금 그런 언년이의 절규를 되돌아볼 계제가 아니었다. 계백은 목씨와 아이들의 고통을 조금이라도 덜어주기 위해 일도양단(一刀兩斷) 검법으로 그들을 번개처럼 참수하였다.

눈 깜빡할 사이에 바람을 베며 미끈하게 스치는 계백의 칼날. 목씨와 아이들은 비명 한 번 질러볼 겨를도 없이 그 자리에서 죽어갔다. 계백의 검술이 얼마나 빠르고 절묘했던지 칼날에는 선혈 한 점 묻어나지 않았고, 몸뚱이에서 분리된 가족들의 수급은 살아 숨 쉬는 사람과 다를 바 없었다. 계백이 언년이에게 말했다.

"언년아. 그동안 고생 많았느니라. 너는 어떻게 해서든 살아남아야 한다. 어디를 가든 네 앞날이 잘 풀리기를 기원하마."

계백이 칼을 칼집에 되 꽂을 바로 그때, 마침 말먹일 꼴을 한 짐 가득 베어 가지고 들어오던 마당쇠 덕보가 기겁하여 지게를 짊어진 채 뒤로 벌렁 나자빠졌다. 계백은 몸을 날려 훌쩍 말에 올랐다. 가까스로 정신을 차리고 일어난 덕보가 목이 터져라 울부짖었다.

"나으리, 나으리⋯⋯."

"덕보야. 언젠가는 다시 만날 날이 있을 것이니라. 자, 그럼⋯⋯. 잘 있거라."

그 말을 남긴 계백은 뒤도 돌아보지 않은 채 애마에 올라 휘어대 나아가는 지름길로 들어섰다. 등 뒤에서는 덕보와 언년이의 피맺힌 절규가 고막을 찢고 있었지만 계백은 들은 척도 하지 않았다. 아니, 그는 오히려 맏아들 해명까지 참수하지 못하고 살려둘 수밖에 없었던 사정을 못내 아쉬워할 따름이었다.

어제는 칠석(七夕)이었다. 견우와 직녀가 오작교에서 만난다는 칠석. 하지만 백제의 휘어대 대장 계백은 스스로 부인의 목을 쳐서 영원히 갈라섰다. 통한의 생이별이었다. 계백은 애꿎은 자녀들과도 이승에서의 모든 인연을 끊었다.

그의 내면에서는 시뻘건 선혈이 솟구치고 있었다. 하지만 일국의 장수로서 부하들에게 나약한 모습을 보일 수는 없었다. 그는 늠연하게 휘어대 언덕길에 오르면서 소부리벌 군영을 바라보았다.

육군과 수군으로 편성된 상비군 주력이 웅진구를 향해 보무 당당히 진군하고 있었다. 대형(隊形)은 문자 그대로 장사진(長蛇陣)이었다. 계백은 마음속으로 의직과 백제 상비군의 무운을 빌고 또 빌었다.

계백이 휘어대에 당도했을 때, 군영에서는 부장 길월, 좌군장 존일, 중군장 경수, 우군장 감태 등 제장과 모사들이 완벽한 출동 태세를 갖춰 놓고 있었다. 군장을 갖춘 장졸들의 눈빛은 형형하게 빛났고, 청(靑), 백(白), 홍(紅), 흑(黑), 황(黃) 등 오방기치(五方旗幟)도 정연하게 도열해 있었다. 호위병이 계백에게 보고하였다.

"두 좌평 어른은 아직 당도하지 않았사옵니다."

사실이었다. 출동시간을 유시라고 못 박아 놓긴 했지만 지금은 한시가 화급한 마당이었다. 그러나 아무리 기다려도 충상과 상영은 나타나지 않고 있었다. 유시 이전에 군영으로 들어와 출동 채비를 완비해야 할 조정 중신들. 계백은 눈이 빠지도록 그들을 기다렸지만, 그러

나 그들은 어디에서 무엇을 하는지 좀처럼 모습을 드러내지 않고 있
었다.

시간이 초조하게 흐르고 있었다. 신라의 사령관은 당연히 김유신이
었고, 대적해야 할 신라 병력은 물경 5만 명이었다. 황산벌 인근에 황
산성과 황령산성(黃嶺山城)이 있다고 하지만 본래 최전방이 아닌 그곳
에는 평소 성주 휘하에 현지 토착민으로 구성된 여남은 명의 소수 병
력이 주둔할 따름이었다.

아무튼 그들한테서는 사실상 아무 것도 기대할 것이 없었다. 죽으
나 사나 신라군과 맞설 세력은 휘어대 병력밖에 없었다. 계백은 5천
결사대만으로도 신라군 5만을 너끈히 꺾을 자신이 있었지만, 그러나
왕명에 따라 난데없이 충상과 상영이 합류하게 됨으로써 결과를 예측
하기 어려웠다. 그들의 합류가 도리어 조정에 대한 불신 촉발의 불씨
로 작용한 탓이었다.

달솔 계백은 충상과 상영에 대해 너무 잘 알고 있었다. 계백이 볼
때 그들이야말로 전투에 방해가 되는 장애(障碍)일 뿐이었고, 더 나아
가 이적행위(利敵行爲)로써 적군을 이롭게 하고 아군에게 결정적 해악
(害惡)을 끼치고도 남을 백해무익(百害無益)한 말종(末種)들이었다.

아무튼 김유신의 신라 육군과 비교할 때 계백의 휘어대 군영은 이
래저래 어느 것 하나 유리한 것이 없었다. 민심이 조정을 불신하였고,
적이 오래 전부터 전역을 준비하여 먼저 공격해온 반면 아무런 방책
도 없이 주지육림에 빠져 있던 의자가 조정 대신들과 뭣뭣을 의논하
는 동안 백제군은 총령 의직의 말처럼 천시를 놓친 데다 화살 한 자루
쏘아보지 못한 채 탄현을 내어줌으로써 지리까지 잃어버린 실정이
었다.

장병 또한 예외가 아니었다. 휘어대에서 조련된 장졸들이야 천하무

적의 최정예 강군이었지만 괜히 충상과 상영 따위가 사령부에 합류함
으로써 오히려 군심(軍心)이 흔들리고 사기까지 저하되었다. 군대가
무릇 사기를 먹고사는 집단인 점을 고려한다면 참으로 큰일이 아닐
수 없었다.

법도 또한 물어볼 필요조차 없었다. 충상과 상영은 역신 중의 역신
인지라 처음부터 장졸들을 지휘할 자격이 없었다. 그들의 군령이 제
대로 먹힐 리 만무했고, 그런 역신들이 군대를 통솔한다는 것은 지나
가던 개들까지 픽픽 콧방귀를 뀔 노릇이었다.

계백이 최종적으로 출진 대형을 점고하고 있을 때 충상과 상영이
어슬렁어슬렁 하인들을 데리고 나타났다. 그들은 전역에 나가는 사람
들이 아니라 마치 어디론가 나들이 가는 건달들처럼 거들먹거리고 있
었다. 휘어대 장졸들의 눈빛이 전의에 불타는 반면 충상과 상영의 눈
동자는 썩은 동태 눈알처럼 갤갤 풀려 있었다.

그런데도 그들은 좌평이라는 관등을 내세워 가당찮게 계백 위에 군
림하려 덤볐다. 충상은 군영의 지휘권을 장악하려 들었고, 상영은 중
뿔나게 작전권을 맡겠다며 억지를 부리고 있었다.

그런 주장은 있을 수 없는, 있어서도 안 될 궤변이었다. 계백은 휘
어대 군영의 특성을 설명하면서 논리정연하게 그들의 부당성을 지적
하였다. 본래 휘어대 군영은 사비 도성 외곽을 방수하는 국왕의 친위
대인지라 원칙적으로 따지자면 전선에 나아갈 수가 없었다. 휘어대
군영이야말로 그런 특수한 임무를 띠고 있는지라 좌평이든 뭐든 어느
특정인에게 배속될 그런 부대가 아니었다.

만약 전선이 무너진다 해도 끝까지 도성 외곽을 방수해야 할 마지
막 보루. 그런 점에서 휘어대 군영은 다른 야전군과 근본적으로 다를
수밖에 없었다. 하지만 이번 전쟁은 나당연합군의 군세가 워낙 방대

한 데다 국지전(局地戰)이 아닌, 국가의 존망이 걸린 전면전으로 병력이 태부족이라서 어쩔 수 없이 전선으로 나아가게 되었다. 역설적으로 말해서 도성 외곽을 철저히 방수해야 할 휘어대 군영까지 동원되는 마당이라면 이번 전쟁이 얼마나 긴박한가는 새삼 언급할 필요조차 없었다.

죽느냐, 사느냐……. 어느 개인 또는 일개 군영의 사활을 훨씬 뛰어넘어 국가의 존망이 걸린 전쟁. 이번 전역에서 승리하면 국가를 건질 수 있지만, 만약 패배할 경우에는 백제라는 나라 자체가 역사의 저편으로 사라질 수밖에 없는 절체절명의 기로. 사정이 이렇건만 충상과 상영은 아직까지도 하잘것없는 소아(小我)의 미망(迷妄)에서 헤어나지 못하고 있었다.

당연한 말이지만 휘어대는 이제 과거의 썩어문드러진 휘어대가 아니었다. 자간이 대장으로 있을 때 놀고 마시기 좋아하는 무리들만 들끓었던 병영. 그러나 휘어대가 본연의 위상을 되찾아 명실상부한 도성 방수 군영으로 거듭난 지금 국왕 이외에는 어느 누구도 대장인 계백에게 따따부따 할 수가 없었다.

그렇건만 구르는 돌이 박힌 돌 뽑는다고나 할까, 충상과 상영은 개뿔도 모르면서 계백을 제치고 휘어대 군영의 전군을 휘어잡으려 들었다. 물론 그들이 군사에 대해 '군' 자라도 아는 자들이라면 국왕의 특별한 칙명이며 관등에 대한 예우도 있고 해서 각기 1군을 떼어줄 수도 있었다.

그러나 그들은 군사의 '군' 자, 전투의 '전' 자도 모르는 자들이어서 도저히 장졸들을 맡길 수가 없었다. 한마디로 말하자면 그들에게는 아무리 잘 조련된 양군(良軍)을 준다 한들 작전다운 작전을 수행할 능력이 없었다.

　계백은 그들 두 사람의 요구를 완강히 거절하는 대신 그들의 관등을 존중하고 체면을 참작하여 그들로 하여금 어느 위치에 나설 것인가 스스로 결정하도록 선택권을 주었다. 그러자 충상은 좌군으로, 상영은 우군으로 나서겠다고 자청하였다. 그 순간, 계백은 그들의 얕은 속내를 알아차리고는 실망과 분노를 금치 못했다. 그들은 적극 싸우겠다는 의지보다도 자기들 편의를 위하여 각기 좌군과 우군을 선택하였다.

　죽어도 후회 없는 일생일대의 한판 승부를 벌이기 위해 가족들부터 먼저 참수한 계백. 그의 저 깊은 내면에는 피못이나 피멍 정도가 아니라 저승에 가서라도 영원히 씻어낼 수 없는 화인(火印)이 박혀 있었다.

　하지만 충상과 상영의 간계는 그들 스스로 두 번 다시 상종할 수 없는 말종임을 극명하게 입증해주고 있었다. 그들은 껄끄러운 계백을 피해 좌군과 우군에 끼어 관등이 훨씬 낮은 좌군장 존일과 우군장 감태 위에 소위 군감(軍監)으로 군림하면서 그쪽의 장졸들을 좌지우지하려는 속셈을 드러내 보였다.

　계백은 촌각(寸刻)이라도 머뭇거릴 여유가 없었다. 그는 곧 전군에 출동명령을 내렸다. 그러자 선봉에 선 부장 길원을 시작으로 존일의 좌군, 경수의 중군, 감태의 우군이 일사불란하게 휘어대를 벗어나기 시작하였다. 계백은 경수와 함께 중군을 이끌고 수시로 군령을 하달하면서 점점 행군 속도를 높였다.

　나성을 벗어난 그들은 위덕사 앞을 거쳐 능묘 고개를 넘어 숯골 쪽으로 진군하였다. 그 길은 계백이 가잠성을 정벌할 때부터 자주 드나들던 길이었으므로 주변 산천이 한 군데도 낯설지 않았다. 태조봉과 군장동(軍藏洞) 사이의 협곡을 지났다. 그 일대는 그가 종종 휘어대 군영의 장졸들을 이끌고 나와서 실전 못지않게 강도 높은 조련을 펼치던 땀과 눈물의 현장이기도 하였다.

　그곳을 지나자 진악산현 현감이 다스리는 시거리, 서낭사리, 사기장골, 광대골, 시루메, 마르디가 나왔다. 5천 결사대 중에는 더러 그마을 출신도 섞여 있었다. 길가 논밭에는 농작물이 무성하게 자라나 있었다. 계백의 눈에는 모든 것이 정겹게 느껴졌다.

　계백이 최후의 전장으로 택정한 황산벌 또한 그와는 인연이 깊었다. 그는 일찍이 가잠성 공벌 때도 그랬지만, 그 이후에도 신라의 변성을 치기 위해 동남방으로 진군하게 되면 거의 예외 없이 사비 도성에서 70리 길인 황산벌에서 일단 행군을 멈춰 하룻밤을 숙영(宿營)하곤 하였다.

　황산벌은 터전이 넓고 시야가 탁 트인 데다 물과 풀이 흔했으므로 군마까지 배불리 먹이며 편안하게 숙영할 수 있었다. 그 드넓은 평원에서 하룻밤 숙영을 마친 뒤에는 군막을 거두어 수레에 싣고 다시 행군에 들어가곤 하였다. 아무튼 계백은 이래저래 황산벌과 각별한 인연을 간직하고 있었다.

　하지만 이번에는 사정이 달랐다. 이번 출진은 원정이 아닌, 이미 쳐들어온 적을 격퇴하기 위하여 나아가는 길이었다. 원정 때 같으면 아침 일찍 출발하여 지금쯤 황산벌 어귀에 이르렀겠지만, 그러나 이번에는 국왕 의자가 결단을 늦게 내린 데다 좌평 충상과 상영까지 꾸물거리는 바람에 필경 깊은 밤이 되어서야 황산벌에 간신히 도착할 수 있을 것이었다.

　계백은 야간행군에 대비하여 시루메 출신의 길선(吉先)을 향도(嚮導)로 내세웠는데, 그는 유난히도 길눈이 밝은 데다 소싯적 이후 전국 각지를 두루 돌아다닌 터라 모르는 곳이 없었다. 스스로 역마살이 끼었다고 믿어온 그는, 전국 각지의 명산대천(名山大川)이며 각 고을의 들

길 산길은 물론 강과 바다의 뱃길까지 훤히 꿰뚫고 있었다. 그를 향도
로 내세운 이상 낮길이든 밤길이든 그들의 행군은 거칠 것이 없었다.

어느덧 서산에 뉘엿뉘엿 해가 지고 있었다. 계백은 향도 길선의 탯
줄이 묻힌 시루메 옆을 지나 구렛들 쪽으로 나아갔다. 거기, 보각골에
서부터 흘러나온 냇물이 꾸억산 앞쪽으로 흘러온 또 다른 냇물과 합
류하고 있었다. 하상(河床)의 모래알까지 훤히 드러나 보이는 냇물 속
에서는 송사리, 붕어, 피라미 같은 민물고기들이 떼 지어 노닐고 있
었다.

그 물목에 이르러 계백은 잠시 행군을 멈추고 장졸들로 하여금 석
식(夕食)에 들어가도록 조치하였다. 각 군은 모래밭에 집결하였고, 취
사병들이 부랴부랴 군데군데 가마솥을 걸어 놓고 밥을 지었다. 계백
은 사병들을 조금이라도 잘 먹이기 위하여 부장 길원을 통해 사병들
의 급식에 한 점 소홀함이 없도록 하라고 거듭 당부하였다.

사병들이 밥을 먹고 말들이 풀을 뜯는 동안 계백은 각 군의 장수들
을 사령부로 불러들였다. 물론 충상과 상영도 그 자리에 끼어들었다.
언제 배반할지 모르는 그들이 엿듣고 있는 한 구체적인 작전계획을
시달하기가 이만저만 곤란한 것이 아니었다. 계백이 장수들에게
말했다.

"제장은 잘 들으시오. 석식 이후 야간행군이 불가피하게 되었소. 제
장은 사병들을 잘 단속하여 불빛이 새어나가지 않도록 조심하고 소음
이 퍼져나가지 않도록 각별히 유의하기 바라오. 본관이 입수한 정보
에 의하면 소정방과 김유신은 초열흘날, 즉 내일 모레 사비 도성 남쪽
갱갱이에서 회동하기로 약조했소. 소정방은 지금 기벌포로 들어왔고,
의직 총령의 주력은 웅진구에서 결전할 것이오. 우리의 1차 상대는
김유신의 신라 육군이오. 적은 탄현을 넘어와 오늘밤 그 기슭에서 숙

영한 뒤 날이 밝자마자 소정방과 접응하기 위해 갱갱이로 행군할 것
이오. 김유신이 소정방과 만날 날짜를 지키려면 곰티재[熊峙]를 넘어
지름길을 택해 행군을 서두르지 않을 수 없을 것이오. 그렇다면 그들
은 반드시 황산벌 언덕길을 거치게 되어 있소. 아군은 황산벌에 한 발
먼저 들어가 그들을 기다려 결전해야 할 것이오. 만약 적이 먼저 황산
벌을 통과하게 되면 우리는 신라군을 뒤에서 추격하지 않을 수 없소.
그럴 경우 아군은 적의 행군을 부추겨 결과적으로 당군과의 접응을
돕는 꼴이 될 것이오. 더욱이 그들을 추격하면 추격할수록 당군과 가
까워져서 양국 연합군의 협공을 받게 될 것이오. 따라서 아군은 반드
시 황산벌 길목에서 신라 육군을 섬멸해야 하오. 제장은 우리 장병들
이 석식을 마친 뒤 곧 대오를 정렬하여 행군을 속개하고, 날이 밝기
전에 황산벌을 선점하여 진을 칠 수 있도록 최선을 다해주기 바라오.
본관은 현지의 지형지물은 물론 우리가 결전해야 할 위치까지 전부
파악해 놓았소. 황산벌에 당도하면 척후를 비롯하여 인근 성주들과
촌로들을 비롯한 현지 토박이들이 우리를 맞이할 것이오. 그뿐 아니
라 그들은 우리가 설영(設營)할 곳까지 친절히 안내해줄 것이오. 본관
은 현지에 도착하는 즉시 병력을 분군(分軍)한 다음 전군을 사열하고
작전의 세부계획을 시달하겠소.”

계백은 그 정도에서 말을 마치기로 하였다. 그는 황산벌 도착 이후
의 계책까지 마련해 놓고 있었지만 미리 뭣뭣을 발설했다가는 기밀이
누설될까봐 말을 아끼지 않을 수 없었다. 더군다나 충상과 상영이 끼
여 있었으므로 여간 조심스러운 것이 아니었다.

그들이 따라붙고 있는 한 작전계획 노출은 일종의 자살행위나 다를
바 없었다. 그들은 언제라도 적에게 기밀을 넘겨줄 수 있는 작자들이
었다. 계백은 그들을 경계하면서 작전계획의 대강만 설명한 뒤 제장

과 더불어 임시로 마련된 식탁에 둘러앉아 석식을 들기로 하였다.

계백이 마악 수저를 들려는 순간, 졸지에 시루메 앞 잿무덤부리를 돌아 나온 필마가 산자락 끝으로 해서 바람처럼 달려오고 있었다. 말발굽이 길바닥을 박찰 때마다 흙먼지가 풀썩풀썩 일어나고 있었다. 필마가 점점 가까이 다가오는데 전력으로 질주하는 것으로 보아 미상불 무슨 급보가 있는 모양이었다.

　말을 몰고 나타난 청년은 천만뜻밖에도 성충의 아들 재창이었다. 그는 성충의 옥사 이후 옛집에 칩거하며 좀처럼 밖으로 나도는 일이 없었는데 돌연 말을 타고 여기까지 달려왔다. 계백 앞으로 뛰어든 그가 말에서 훌쩍 뛰어내리며 소리쳤다.

　"달, 달솔 어른……."

　"자네가 어쩐 일인가?"

　"달솔 어른……. 어찌하여 그토록 참혹한 일을 하셨사옵니까?"

　"참혹한 일이라니?"

　"마당쇠 덕보가 소생에게 달려와서 충격적인 비보(悲報)를 전해주었사옵니다. 어쩌면 그렇게 부인과 자제들을……."

　재창은 흐느꼈고, 부장 길원을 비롯한 여러 장수들은 비로소 휘어대를 떠나기 직전 계백이 집에 들어가 무슨 일을 벌였는지 알게 되었다. 평소 그렇게도 온후했던 그가 어찌하여 그런 끔찍스런 일을 결행했는지 정말 귀신조차 모를 노릇이었다. 재창이 계속 뜨거운 눈물을 흘리자 유구무언(有口無言)인 제장과 모사들의 눈에서는 전의를 뛰어넘어 살기 가득한 불꽃이 팍팍 튀고 있었다. 계백이 재창에게 물었다.

　"자네도 나하고 함께 전역에 나아가겠는가?"

　"아, 아니옵니다. 소생은 이 길로 다시 돌아가 부인과 어린 남매의 시신을 거두어 천등산 선영(先塋)에 장사지내도록 하겠사옵니다. 소생의 종형제(從兄弟)는 물론 흥수 어른의 가족들까지 도와주기로 했사옵니다.”

'소생의 종형제' 란 바로 윤충의 자제들을 의미했다. 윤충이 죽자 그 집안도 풍비박산되어 유족들이 어디론가 뿔뿔이 흩어졌는데 당내간(堂內間)에는 연락이 닿는 모양이었다. 계백이 물었다.

“전역에 나아가지 않겠다면 무엇 때문에 예까지 달려왔단 말인가?”

“마지막으로 달솔 어른을 뵙고 싶었사옵니다.”

“마지막?”

“죄송하옵니다. 소생의 선친께서는 옥사하시기 직전 달솔 어른을 우리 백제의 마지막 충신이라 하셨사옵니다. 소생은 달솔 어른의 마음을 다 알고 있사옵니다. 부디 청사에 길이 빛날 전공을 세워주시옵소서. 살아남은 해명은 소생이 힘닿는 데까지 돌보겠사옵니다. 물론 덕보와 부인의 몸종도 의탁할 곳을 찾아주겠사옵니다. 집안일은 조금도 걱정하지 마시고 힘껏 선전하셔서 애국애족(愛國愛族)의 전범(典範)이 되어주시옵소서. 설령 나라가 망한다 해도 달솔 어른은 만인의 귀감으로 세세에 길이길이 빛날 것이옵니다.”

눈물로 얼룩진 그 말을 듣고 감복한 나머지 제장의 눈은 어느 사이엔가 벌겋게 충혈돼 있었다. 계백 또한 인간으로서 못할 짓을 한 것만 같아 뒷골에서 쥐가 날 지경이었다. 하지만 지조와 절개를 생명처럼 여겨온 사나이 대장부로서, 그리고 조국의 운명을 두 어깨에 짊어진 난세의 군인으로서 그것은 어쩔 수 없는 선택이었다.

사실 계백은 피눈물을 삼키고 있었다. 하지만 그는 휘하의 장졸들에게 숯덩이처럼 새카맣게 타버린 내면을 드러내 보일 수가 없었다. 그는 시종일관 늠연한 자세를 잃지 않으려고 애썼지만, 계백의 그 비장한 결단과 가족들의 참사 소식은 입에서 입으로 건너고 건너 삽시

간에 진중(陣中)으로 번져 나갔다. 그가 북받쳐 오르는 눈물을 씹어 삼
키며 재창에게 말했다.

"부인도, 정은도, 원동도……. 그들에게 영혼이 있다면 이 사람의
비정을 용납해주리라 믿겠네."

"달솔 어른……. 지나간 일은 잊으시옵소서."

"그래야지. 아무튼 고맙군. 자, 이제 나는 더 이상 머뭇거릴 수가 없
네 그려."

계백은 재창의 등장으로 끼니조차 거른 채 각 군의 장수들에게 다
시금 출발명령을 내렸다. 각 군은 질서정연하게 대오를 형성하였고,
향도 길선을 따라 부장 길원이 이끄는 선봉부터 시작하여 각 진영이
줄줄이 진군하였다. 계백이 그곳을 떠날 때 재창이 말했다.

"아무쪼록 무운을 비옵니다."

"그래. 우리는 저승에서라도 다시 만날 날이 있을 걸세."

"달, 달솔 어른……. 으흐흐흑……."

재창은 흐느껴 울었다. 그러나 계백은 두 번 다시 뒤를 돌아보지 않
은 채 그곳을 떠나갔다. 선봉이 점점 더 행군 속도를 높였고, 향도 길
선은 말무덤, 섬말, 갈뫼, 선들 쪽으로 해서 가장 안전하고 빠른 길을
안내하였다. 계백의 진군 행렬이 멀어져서 보이지 않을 때까지 재창
은 엉엉 목 놓아 울다가 해거름 녘에야 도성으로 돌아갔고, 윤충의 유
가족을 비롯하여 흥수의 가족들과 힘을 합쳐 장사지낼 준비를 서둘
렀다.

장마가 지려고 그러는지 하늘에는 검은 구름만 가득했으며, 찜통처
럼 푹푹 삶아대는 날씨가 이만저만 고약하지 않았다. 두터운 갑옷도
갑옷이지만 묵직한 병장기로 무장한 장졸들은 비지땀을 흘리면서도
신라군보다 한 발 먼저 황산벌에 도착하기 위하여 뛰다시피 발길을

재촉하고 있었다.

선들을 지나자 놀멧들 샛강이 나왔고, 강물이 꾸물꾸물 흘러가는 서쪽으로 갱갱이가 보일 듯 말 듯하였다. 계백은 그런 샛강에 이르러 장졸들과 함께 잠시 땀을 식히면서 말들에게도 물을 마시게 하였다. 휘어대에서 40리를 왔고, 아직도 가야 할 길은 일사(一舍; 30리) 이상 남아 있었다.

가잠성 공벌 때에는 일부러 느긋하게 장졸들을 이끌었던 계백. 그러나 이번만은 사태가 워낙 황급한지라 그럴 여유가 없었다. 그는 다시 장졸들을 휘몰아쳐 샛강을 건넌 다음 강행군을 계속하였다. 기병이나 보병들은 행군에 이골이 나서 별 어려움이 없었지만 후군의 병참(兵站)은 수레와 달구지를 끄느라 발길이 더딜 수밖에 없었다.

그런데도 그들은 앞서가는 보기와 보조(步調)를 맞추려고 안간힘을 쓰고 있었다. 상영이 후군에 있었지만 그는 우군장 감태를 비롯한 장졸들을 따뜻이 격려하고 응원하기는커녕 도리어 뭐가 그리도 불만인지 그들에게 시시콜콜 까탈을 부리며 씨부렁씨부렁 지청구만 퍼붓고 있었다.

해가 지면서 더위가 좀 식을 줄 알았지만 대지에서 뿜어져 나오는 지열(地熱)은 좀처럼 식을 줄 몰랐다. 일관(日官)의 말에 따르면 칠월 초열흘날을 전후해 큰물이 진다고 했는데 온종일 푹푹 삶아대는 것으로 미루어 짐작한다면 아마도 곧 장마가 시작될 모양이었다.

구름 가득한 하늘에는 별 하나 보이지 않았고, 누군가가 곁에서 귀빰을 휘갈기고 달아난다 해도 어느 놈의 소행인지 분간하지도 못할 지경이었다. 길가의 풀밭에서는 찌륵 찌륵 찌르르륵…… 풀벌레들이 심란하게 울고 있었다.

다행히 길은 평탄했다. 놀멧들 샛강에서 황산벌에 이르는 길은 악산(惡山)이나 험로(險路)가 없는 데다 향도가 아주 노련하여 행군에 큰 어려움이 없었다. 그들은 비산비야(非山非野)의 비교적 순탄한 길을 따라 그날 밤 황산벌로 들어섰다. 시간은 어느덧 자시(子時)를 훌쩍 지나 초아흐렛날 꼭두새벽이 되어 있었다.

캄캄한 밤, 계백이 깃대봉 줄기 아래에 이르렀을 때 그곳에는 척후를 비롯하여 황산성, 황령산성 등 인근의 성주들은 물론이려니와 현지 토박이들이 한 자리에 모여 뜬눈으로 밤잠을 설치고 있었다. 신라군이 쳐들어올까봐 가득 긴장하고 있던 그들은 계백의 결사대가 먼저 도착하자 저마다 안도의 한숨을 내쉬었다.

다행히 아직까지는 신라군의 특별한 도발 징후가 발견되지 않고 있었다. 남천정에서 남하한 이후 계속 행군한 그들은 곰티재 너머 숙영지에서 깊은 잠에 곯아떨어진 모양이었다. 계백은 즉각 각 장수와 모사들을 불렀고, 장졸들을 분군하여 좌군, 중군, 우군에 병력을 골고루 배속시켜주었다.

존일의 좌군에 2천 명, 감태의 우군에 2천 명, 중군의 경수에게는 1천 명을 주었다. 계백 자신은 부장 길원과 함께 중군에서 전군을 지휘하였다. 분군이 끝나자 그는 곧 황산벌 일대의 지도를 펼쳐 놓고 가장 험준한, 그러면서도 샘물이 솟아나는 곳을 골라 좌군, 중군, 우군 등으로 3영(營)의 위치를 선정한 다음 그들이 포진할 지점까지 일일이 찍어주었다.

"좌군은 여기, 중군은 여기, 우군은 여기……. 적군이 근접할 때까지 그들의 눈에 띄지 않도록 각별히 유의하시오."

계백은 적이 함부로 범접할 수 없는 험지에 매복하여 신라군의 길목을 지키다가 아군의 손실을 극소화하는 가운데 다가오는 적을 모조리 격파할 작정이었다. 이렇듯 각 장수들에게 주도면밀한 병력 배분과 물샐틈없는 계책까지 하달한 계백은 곧 전군에 집결명령을 내렸다. 그러자 좌군, 중군, 우군이 군기를 앞세우고 질서정연하게 도열하였다.

장졸들은 늠름하였다. 나라를 위해 한 점 미련이나 후회도 없이 기꺼이 목숨 바치리라 맹세한 백제의 용사들. 그들 앞에 두려움 같은 것이 있을 리 만무했다. 계백은 그런 장졸들이 있는 한 얼마든지 신라군을 격파할 수 있다고 확신하였다.

하지만 겨우 5천 병력으로 그 열 배인 5만 대군을 대적한다는 것은 결코 쉬운 일이 아니었다. 산술적으로 따져 보더라도 그들은 한 명이 열 명을 감당해야 할 형편이었다. 휘어대 장졸들이야 최정예 갑군(甲軍)이었지만, 그럼에도 불구하고 신라군 병력이 열 배인 점을 감안한다면 힘든 전투임에 틀림없었다.

그렇다고 이곳에서는 한 발자국도 물러설 수가 없었다. 아니, 한 치도 양보할 수 없는 최후의 방어선. 만약 이곳을 지켜내지 못한다면 그 순간에 백제의 운명이 끝장날 수밖에 없었다. 서너 길 이상 높은 언덕 위에 올라 계백이 장졸들에게 외쳤다.

"장졸들은 들어라. 이제 우리는 불공대천의 숙적 신라의 주력과 피차 양보할 수 없는 일전을 겨루게 되었도다. 제병(諸兵)이 알다시피 조국 백제의 운명이 여러 용사들의 두 어깨에 달려 있느니라. 일찍이 월왕 구천은 5천 군사로 오왕 부차의 70만 대군을 무찔렀노라. 평소 우리가 갈고 닦은 기량을 유감없이 발휘하면 얼마든지 적을 격멸할 수 있으리라 믿어 의심치 않는 바이다. 우리 모두 분려결승(奮勵決勝)하여 국은에 보답하자. 알겠는가?"

"예!"

장졸들이 일제히 대답하였다. 지축을 흔드는 그 우렁찬 대답의 끄트머리에는 그러나 목멘 울먹임이 묻어나고 있었다. 가족들까지 참수하여 조국 백제의 제단에 바치고 이곳 황산벌에 나선 계백. 그런 계백의 사자후(獅子吼)가 어둠을 가르며 쩌렁쩌렁 울릴 때 훌쩍훌쩍 울먹이지 않는 병사가 없었다.

그의 간단명료한 유시(諭示)가 끝나자 각 군은 장수들의 지휘를 받으며 차례차례 분열(分列)하여 계백이 정해준 위치로 신속하게 이동하였다. 현지 주민들, 특히 촌로들은 결사대의 길라잡이가 되어주었다. 촌로들은 어렸을 때부터 깃대봉 연봉을 아침저녁으로 오르내렸던 터라 산의 생김생김은 물론 샘물이 솟아나는 곳에서부터 작은 오솔길에 이르기까지 모르는 곳이 없었다.

계백은 중군을 진두지휘하면서 경수 이하 장졸들에게 격려를 아끼지 않았다. 밤잠도 설친 채 땅을 파고 시야 확보를 위해 수목을 쳐내면서 군막을 세우는 장졸들. 그런 믿음직스런 장졸들을 볼 때 다른 한편으로는 여간 안쓰러운 것이 아니었다. 이 날 입때껏 언제 어디를 가더라도 휘하의 장졸들을 잘 입히고, 잘 먹이고, 잘 재우려고 심혈을 기울여온 계백이었지만 그러나 이번만은 어쩔 도리가 없었다.

국왕이 조금만 일찍 결단을 내렸더라도 이런 번거로움과 수고를 덜 수 있었을 텐데, 그리고 장졸들로 하여금 충분히 잠을 잘 수 있도록 배려했을 텐데 사정이 사정인지라 이번에는 뭐 달리 어떻게 해볼 재간이 없었다. 그런데도 장졸들은 아무런 군말 없이 영채를 세웠고, 가장 높은 곳에 번듯한 장대는 물론이려니와 장수들만 따로 쓰는 뒷간까지 마련해주었다.

백제의 장졸들이 그 힘든 사역(使役)을 마쳤을 때에는 어느덧 희부윰하게 먼동이 트면서 황산벌을 둥그렇게 둘러싼 주변의 연산연봉(連山連峰)들이 하늘과 맞닿은 허공에 울멍줄멍한 공제선(空際線)을 그려

내고 있었다. 취사병들은 다시금 새벽밥을 지었는데, 연기를 은폐하기 위하여 땔감으로는 오래 전부터 잘 준비해두었다가 수레에 싣고 나온 바싹 마른 청미래덩굴을 썼다.

계백은 저쪽 다른 능선으로 전개한 좌군과 우군의 병영을 바라보았다. 지금쯤 그곳에서도 밥을 짓고 있을진대 전혀 연기가 보이지 않았다. 그들 좌군과 우군 역시 완벽하게 매복하여 연기 한 올 드러내 보이지 않았는데, 계백은 그런 장졸들을 자기 수족처럼 아끼고 신뢰하였다. 다만, 중뿔나게 끼어든 충상과 상영이 장졸들을 괴롭히지나 않을까 그것이 걱정스러울 따름이었다.

계백은 어제 석식 때 시루메 지나 구렛들에서 그랬던 것처럼 부장 길원을 불러 사병들을 잘 먹이도록 당부하였다. 어쩌면 살아생전 마지막이 될지도 모르는 한 끼의 밥. 그리고 그는 부장 길원, 중군장 경수와 더불어 병식(兵食)으로 조식(朝食)을 들었다.

계백 군영에서는 원수나 고위 장교(將校)라고 해서 사병들보다 색다른 반찬 한 가지 더 먹는 법이 없었다. 그것은 계백의 일관된 지휘방침에 기초한 것으로 그 군영의 오랜 전통이기도 하였다. 대개 다른 장수들이 기름기 잘잘 흐르는 쌀밥 먹고 휘하의 사병들에게 쉬어터진 보리밥 먹이는 현실을 감안한다면 계백이야말로 군대의 평등과 일치를 솔선수범하며 부하들을 몸 전체로 사랑한 보기 드문 덕장이라고 말할 수 있었다.

조식을 마치자마자 계백은 사병들로 하여금 군막에서 휴식을 취하도록 명령한 뒤 부장 길원과 중군장 경수를 대동하고 장대로 올라섰다. 행군을 마치자마자 잠시나마 쉴 겨를도 없이 진지를 구축하느라 밤잠을 설친 장졸들. 계백은 휘하의 장병들이 요령껏 잠깐만이라도 눈을 붙이라는 깊은 뜻에서 일부러 휴식명령을 내렸다.

한편, 태자 김법민과 대장군 김유신이 이끄는 신라군의 군세는 여간 웅장한 것이 아니었다. 그 휘하에는 장군 품일, 좌장군 흠춘을 비롯하여 독군(督軍) 김문영(金文穎, 金文永이라고도 씀) 같은 노련한 장수들 이외에도 혈기왕성한 홍안(紅顔)의 미소년(美少年)인 관창(官昌, 官狀이라고도 함)과 반굴(盤屈) 등이 종군하고 있었다. 관창은 품일의 아들이었고, 반굴은 바로 흠춘의 아들이었다.

아무런 저항을 받지 않은 채 단숨에 탄현을 넘어온 그들은 황산벌로 이어지는 삼거리 평원에서 하룻밤 숙영한 뒤 정수(丁守)를 향도로 내세워 곰티재 방면으로 행군하고 있었다. 향도 정수는 본래 관산성 출신의 세작인데, 오랜 세월 백제 땅을 안방처럼 드나들었으므로 이 고장 지리에 밝았다.

그런데 여기까지 오는 동안 김법민과 김유신은 백제군의 저항이 없는 것을 이상하게 여겼다. 그들은 탄현을 넘을 때 완강한 저항을 받을 줄 알았는데 그곳에는 개미새끼 한 마리 얼씬거리지 않았으므로 도리어 불안감이 들었다.

그들은 이제 곧 곰티재를 넘은 뒤 황산벌을 거쳐 갱갱이로 직진할 작정이었다. 곰티재를 넘어 황산벌만 무사히 통과하면 곧 평지로 이어지는 터라 내일, 즉 소정방과 약조한 초열흘날까지는 무난히 그곳에 도착할 수 있었다. 그러니까 그들에게는 이제 꼭 하룻길이 남아 있는 셈이었다. 김법민이 김유신에게 말했다.

"대장군……. 아무래도 이상하지 않소이까?"

"태자 전하……. 백제군은 필경 당군을 막고자 기벌포 쪽으로 몰려나간 있는 듯하옵니다."

국왕 김춘추의 원자인 김법민은 바로 김유신의 생질이었다. 나이로 따져도 김유신은 환갑, 진갑 다 지난 예순여섯의 노인이었고, 5년 전

태자로 책봉된 김법민은 아직 새파란 30대의 청년에 지나지 않았다. 그러나 김유신은 장차 왕위를 계승하게 될 김법민에게 극진한 예의를 갖추고 있었다. 김법민이 말했다.

"하하하……. 백제가 당군과 결전한다는 것은 자멸행위와 무엇이 다르겠소이까?"

"그러하옵니다. 나당연합군에 비하면 백제군이야말로 조족지혈(鳥足之血)이라 할 것이옵니다. 우리가 당군과 합군하기만 하면 백제군쯤이야 어린 아이 팔 비틀 듯 단숨에 제압할 수 있을 것이옵니다. 이제 우리에게는 사비 도성을 함락하고 국왕 의자의 항복을 받아내 백제를 통째로 접수하는 일만 남았다 하겠사옵니다."

그들이 그런 대화를 나누며 나란히 말을 몰아나가고 있을 때 계백은 곰티재 쪽을 응시하고 있었다. 아직까지는 아무런 특이동향이 포착되지 않고 있었다. 막대한 군량을 이끌고 갱갱이까지 가려면 백제군의 저항에 대비하여 새벽부터 서둘렀어야 할 텐데 여태껏 신라군이 나타나지 않는 것을 도저히 이해할 수가 없었다.

곰티재에서 갱갱이까지의 나머지 행군 노정(路程)에는 황산성, 황령산성, 득안성(得安城, 德安城이라고도 함) 등 여러 성들이 있었다. 신라군이 그것을 모를 리 없었다. 그들이 황산성이나 황령산성을 우회하여 그 샛길인 황산벌로 질러간다 한들 협공을 면하기 어려울 뿐만 아니라, 상식적으로 생각할 때 설령 그곳을 무사히 통과하더라도 백제의 5방(方) 중 동방(東方)으로서 방령이 주재하는 득안성만은 그냥 지나칠 수가 없었다.

김법민이나 김유신은 병법에 밝은 인물들이었다. 그렇다면 만일의 사태에 대비하여 꼭두새벽에 행군을 속개했을 텐데 아직까지도 그들이 곰티재에 나타나지 않는 것을 보면 그들에게는 분명 뭔가 말 못할 사연이 있는 듯했다. 그들이 방심했거나, 아니면 끝까지 백제군의 저항이 없을 것으로 오판한 듯했다.

여러 군사정보를 종합해 볼 때 그들의 행군일정은 애당초 출진할 때부터 첫 단추가 잘못 끼워져 있었다. 자기네 땅에서 군사조련을 하는 것도 아니고, 백제의 강토를 침범하여 7월 초열흘날 사비 도성 남쪽 갱갱이에서 당군과 회동하려면 그 중도에 백제군과 몇 차례 교전하게 될 날짜까지를 행군일정에 산입했어야 하는데 그들은 준비가 늦어져 출발에 차질을 빚었다.

아무튼 김유신은 양국의 지경을 넘을 때부터 탄현에 이르러 필연적으로 백제군과 한판 격돌을 벌이게 되리라 전망했다. 하지만 그들은 아무런 저항도 받지 않은 채 탄현을 통과했고, 이를테면 그만큼 시간을 벌게 되었다. 그리고 그들은 무방비 상태의 백제 땅을 짓밟으며 여기까지 진군해 왔다.

그런데 웬걸 신라군의 선봉이 마악 곰티재를 넘으려 할 때 전방에 나가 적정을 탐지한 세작이 득달같이 달려와 중군 한복판의 김유신에게 급보를 올렸다. 가쁜 숨을 몰아쉬면서 세작이 말했다.

"대장군……. 백제의 달솔 계백이 깃대봉 일맥을 따라 3영을 설치하고 우리가 나타나기를 기다리고 있사옵니다."

"오호, 그랬었군. 어쩐지 기분이 이상하더라 했더니만……."

행군을 멈추고, 김유신은 즉각 전군을 1도, 2도, 3도 등 모두 3도로 분군하였다. 지금까지는 일렬로 장사진을 이루어 일사천리로 진군해 왔지만 계백의 3영이 앞을 가로막고 있는지라 이제 양상이 달라졌다.

김유신은 계백의 집중공격을 피해 삼군(三軍)이 1도씩 3영의 샛길로 빠져나가면서 적절히 대응한다는 계책을 세워놓고 있었다. 그는, 당장 소정방과의 군약도 있고 해서 가급적 백제군과의 접전을 피하는 데까지 피해볼 요량이었다. 하지만 백제군의 공격으로 일단 교전이 벌어질 경우 1도가 1영을 맡아 대결한다는 방침 아래 3도로 분군한 것이었다.

해가 떠서 새 날이 밝아오고 있었다. 계백은 다시 한 번 좌군과 우군 쪽을 바라보았는데 장대를 향해 엇비슷이 돌아앉은 두 진영은 참으로 절묘하게 배치돼 있었다. 이곳 장대와는 자유로운 교신이 가능하지만, 동쪽에서 들어오게 될 적군에게는 그 산자락을 완전히 감돌지 않고서는 군형(軍形)을 파악할 길이 없도록 되어 있었다.

좌군과 중군 사이, 중군과 우군 사이에 넓고 긴 능선과 벌판이 펼쳐져 있었다. 신라군은 십중팔구 그 길을 선택하지 않을 수 없었다. 아직도 가야 할 길이 남아 있고, 병력이 5만 대군인 점을 감안한다면 신라군 쪽에서는 그 길 이외에 달리 마땅한 진로를 설정할 수가 없었다. 계백은 바로 그들의 길목을 노려, 능선과 벌판에서 한판 승부를 결정짓기 위해 험준한 봉우리에 3영을 설치해 놓고 적이 다가오기를 기다리고 있었던 것이다.

아무리 봐도 잘 짜인 군영이었다. 계백은 휘어대를 떠나기 전에 이미 어떤 곳에 병력을 배치할 것인가 철두철미한 계획을 세워놓고 있었지만, 그 자신이 장졸들을 격려하며 밤새도록 설치한 3영은 황산벌에 들어오는 어떤 적이라도 일격에 제압할 수 있는 요해(要害)로서 한 점도 부족함이 없었다.

앞을 바라보면 황산벌의 전모가 한눈에 들어왔다. 연산연봉에 둘러싸인 황산벌은 거대한 분지를 형성해 놓고 있었다. 올망졸망 야트막한, 그러나 숲이 무성한 야산들은 마치 장대를 향해 조배(朝拜)하는 듯했다. 그런 야산 밑으로 드넓은 들이 펼쳐져 있었고, 분지 안의 평원에는 벼들이 거무룩하게 자라나 있었다.

그런 들녘에는 군데군데 소택지(沼澤地)가 있었으며, 그 언저리에는 한 길 이상 웃자란 온갖 잡초가 무성했다. 그런가 하면 들판보다 약간 높은 밋밋한 언덕에는 황토가 벌겋게 드러나 있었다. 그렇다면 신라군은 푹푹 빠지는 논과 소택지를 피해 언덕이나 벌판을 따라 행군할 수밖에 없었다. 부장 길원이 개미허리처럼 잘록잘록한 능선을 가리키며 계백에게 말했다.

"놈들이 저쪽으로 넘어오겠지요?"

"그렇겠지. 적은 조금이라도 빨리 목적지에 도달하기 위해 저쪽 능선을 넘어와 행군하기 편리한 언덕과 벌판을 택할 것이오. 김유신은 지금쯤 병력을 3도로 분군했을 것이오. 우리 3영의 샛길로 1도씩 빠져나가되, 여차하면 1도가 1영을 맡아 싸우겠다는 뜻이오. 먼저 1도가 접근해 오겠지."

계백의 말이 미처 끝나기도 전에 잘록한, 좌군과 중군 사이의 능선으로 깃대의 끄트머리 꼭지가 보이기 시작했다. 그들은 3도 중 1도의 선봉이었다. 이윽고 깃대의 꼭지가 점점 치솟아 오르면서 청색 깃발이 드러나고 있었다. 길원이 계백에게 말했다.

"드디어 나타났군요."

"준비하시오."

계백이 명령했고, 길원은 장대의 기수에게 손짓했다. 기수는 기다렸다는 듯 깃대에 홍색 깃발을 올렸다. 저쪽 좌군과 우군에서도 홍색기가 올라가고 있었다. 경수가 각 군막으로 이어진 노끈을 툭툭 잡아당겼고, 아침밥을 먹은 뒤 살풋 졸면서 잠깐 눈을 붙였던 장졸들이 일제히 일어나 전투 채비를 갖추었다.

사거리(射距離)를 한 뼘이라도 좁히기 위해 산자락 끝 맨 앞쪽에 매복해 있던 궁노수들은 숲에 몸을 숨긴 채 숨을 죽였다. 그들은 1선(線)

뒤에 2선, 2선 뒤에 3선으로 세 겹의 전투대형을 갖추고 있었다.

구렁과 구렁 사이에서는 날쌘 기병들이 말에 올라 돌격명령이 떨어지기만을 기다리고 있었다. 어디 그뿐인가. 보병은 보병대로 창검을 곧추 세운 채 여차하면 비호처럼 뛰어나갈 만반의 돌격태세를 갖추고 있었다.

대오를 갖춘 신라군은 점점 더 가까이 다가오고 있었다. 그들은 능선의 언덕길로 올라서서 벌판을 따라 끄덕끄덕 기세 좋게 행군하고 있었다. 말 탄 첨병이 언덕 너머 뒤쪽을 향해 휘휘 깃발을 흔들자 신라군은 행군속도를 조금 전보다 한층 높이고 있었다.

계백은 전고 앞에 서서 오른손으로 북채를 꼬나 잡고 적들이 조금 더 접근해 오기를 기다렸다. 깃발을 앞세운 선봉이 황산벌로 들어서나 했더니 그 뒤를 따라 전군이 꾸역꾸역 몰려와 능선 위로 올라섰다. 중군과 후군은 능선 너머 어디에 있는지 끝을 알 수가 없었다. 마른침을 꼴깍 집어삼키면서 경수가 물었다.

"언제 공격명령을 내리시겠사옵니까?"

"조금만 더 기다리시오. 한 놈이라도 더 무찔러야겠소."

시간이 흐를수록 능선을 넘어 분지 안의 황토 언덕으로 들어서는 적군의 수효가 점점 늘어나고 있었다. 1백, 2백, 3백, 4백, 5백……. 어느 사이엔가 5천여 명의 적군이 사정권에 들어왔고, 그 꼬리를 물고 이어지는 신라군의 행군대열이 긴 띠[帶]를 이루고 있었다.

이윽고 계백이 왼손을 들었다. 그러자 경수가 기수에게 다시 손짓을 보냈고, 기수는 깃대에 홍색 깃발 한 폭을 더 올렸다. 그것을 신호로 좌군과 우군의 깃대에도 홍색 깃발이 한 폭씩 더 올라가고 있었다.

이제 분지 안에 들어선 적군은 1만 명 정도 되었다. 그런데도 아직까지 중군이 나타나지 않는 것을 본다면 적군의 군세가 어느 정도인지 짐작하기 어려웠다. 계백은 이제 올 것이 왔다고 판단하면서 왼손을 내렸고, 그와 동시에 좌군, 중군, 우군의 깃대에 올라갔던 홍색 깃발이 일제히 내려갔다.

깃발이 내려진 것을 확인한 계백은 오른손에 잡고 있던 북채로 힘껏 전고를 두들겼다. 둥, 둥, 둥, 둥……. 그가 전고를 한 번씩 끊어서 울리자 존일의 좌군이 신라군을 향해 독전 등 온갖 화살을 일제히 쏘았다. 1선이 쏘고 슬쩍 물러나면 2선이 앞으로 나와 쏘고, 2선이 쏘고 슬쩍 물러나면 3선이 쏘고……. 잘 조련된 계백의 궁노수들은 앞에서 쏘고 뒤에서 화살을 메기며 적을 향해 집중적인 화살세례를 퍼부었다.

1선, 2선, 3선은 앞뒤로 들락날락하면서 출렁출렁 멋진 파도를 이루고 있었다. 그 무서운 파도를 타고 화살이 물보라처럼 신라군들에게 날아들고 있었다. 파상공격의 백미가 아닐 수 없었다. 계백의 휘어대 장병들만이 구사할 수 있는 장쾌한 장면이었다.

아닌 밤중에 홍두깨도 분수가 있지, 계백의 결사대를 피해 그 곁으로 빠져나가려던 신라군은 마른하늘에 날벼락 같은 화살세례를 받고 픽픽 나가떨어졌다. 향도 정수는 물론 말 탄 첨병이 그 자리에서 즉사하였고, 가까스로 살아남은 사졸들도 솔개에 놀란 햇병아리나 꿩 새끼처럼 확 풍기면서 나무나 돌에 몸을 숨기고는 존일의 좌군을 향해 응사하였다.

하지만 조준되지 못한, 얼떨결에 쏜 그들의 화살은 허공으로 날아오르다가 픽픽 떨어질 뿐이었다. 그 반면, 적이 나타나기를 기다렸다가 정확히 조준하여 날리는 좌군의 화살은 단 한 발도 빗나가지 않았다. 아무튼 좌군의 화살은 백발백중이었고, 신라군은 빗발치는 화살 속에서 비명을 지르며 태풍에 썩은 나무 쓰러지듯 픽픽 고꾸라지고

244

있었다.

신라군 지휘부에서 분전을 재촉하는 동라가 계속 울리고 있었다. 징징, 징징, 징징징, 징징, 징징, 징징징……. 분지 안에 들어섰던 선봉이 이미 궤멸되었는데도 신라군은 계속 밀물처럼 몰려들고 있었다. 그들은 존일의 좌군을 향해 화살을 퍼부었고, 일부 기병들이 돌격을 시도했지만 좌군 궁노수들은 족집게처럼 정확한 궁술로 마상의 병졸들을 쏘아 맞혔다.

말에서 굴러떨어져 말발굽 아래로 나뒹구는 신라 기병들. 신라군의 주검이 겹겹이 쌓여가고 있었지만, 그러나 그들은 우세한 병력을 앞세워 좌군을 향해 집중공격을 퍼부었다. 더욱이 보병들까지 새카맣게 뛰어나왔고, 그들은 좌군이 포진한 산기슭으로 기어오르며 백병전을 시도하고 있었다.

미련한 놈들. 계백은 적이 좌군을 향해 전력을 집중하고 있을 때 회심의 미소를 머금으면서 다시 전고를 두들겼다. 둥둥둥, 둥둥둥, 둥둥둥……. 북소리가 세 번씩 울리자 이번에는 경수의 중군에서 화살이 소나기처럼 날아갔다. 신라군은 좌군에만 신경을 곤두세우고 있다가 뒤통수를 된통 얻어맞은 꼴이었다.

그때 구렁에 잠복해 있던 좌우 기병들이 질풍노도(疾風怒濤)처럼 달려 나가며 뒤엉킨 신라군을 앞뒤에서 협공하였다. 그리하여 능선을 넘어 분지에 들어선 신라군은 마치 독 안에 든 쥐 꼴이 되었고, 백제군은 그 쥐를 가지고 노는 고양이처럼 종횡무진(縱橫無盡)으로 마음껏 베고 찌르면서 무자비하게 짓밟아 이겼다.

김유신은 병력을 아무리 투입해봤자 손실만 커질 뿐 이렇다 할 승산이 없다고 판단하였다. 백제군이 얼마나 용맹했던지 그곳에 계속 병력을 투입한다는 것은 밑 빠진 독에 물 붓기나 다름없었다.

김유신은 즉각 공격중지 명령을 내렸고, 그를 수행하던 사졸이 기다렸다는 듯 나팔을 불었다. 뿌우, 뿌우, 뿌우우……. 그러자 백제군과 맞붙어 싸우던 선봉이 부상자들을 일부나마 구출하여 슬금슬금 뒷걸음질을 치다가 능선 너머 곰티재 방면으로 똥줄이 빠지게 달아났다. 그들이 달아난 벌판에는 줄잡아 약 3천여 명으로 추산되는 신라군의 시체가 산더미처럼 쌓여 있었다.

1합은 백제군의 완승이었다. 계백은 굳이 추격명령을 내리지 않았다. 적의 군세에 비해 아군의 병력이 턱없이 부족한 탓이었다. 계백의 명령으로 기수가 다시 장대의 깃대에 홍색 깃발을 올렸고, 거기에 화답이라도 하듯 좌군과 우군의 깃대에도 홍색 깃발이 올라가고 있었다.

한바탕 뜨거운 열전에 참여했던 백제의 장졸들은 각자 자기 위치로 돌아가 다음 교전에 대비하였다. 일부 부상자들이 있었지만, 신라군이 입은 타격에 비하면 백제군의 피해는 사실상 아무것도 아니었다. 의병들과 현지 토박이들은 부상자들을 수레에 태워 저 아래 민가로 데려가 정성스럽게 치료해주었다.

잠시 후 또 다른 신라군이 중군과 우군 사이의 능선으로 접근하고 있었다. 그들은 3도 중 2도의 선봉이었다. 그들은 중군을 경계하면서 조심조심 그쪽 능선을 통과하려 했지만 1도가 그랬던 것처럼 그들 역시 계백의 덫에 외통으로 걸려든 셈이었다.

백제군의 3영에는 홍색 깃발이 한 폭씩 더 올라가고 있었다. 각 진영의 장졸들은 상하(上下)로 매달린 홍색 깃발을 예의주시하면서 공격명령이 떨어지기만을 고대하고 있었다. 아침 한때 잠깐 해가 얼굴을 비친 적이 있었지만 어느 사이엔가 황산벌 하늘에는 짙은 먹구름이 가득하였다.

조금 전 첫 교전 때 혼쭐이 났던 탓일까, 신라군은 선봉을 한층 강화하여 행군을 이끌고 있었다. 급찬 만응(萬應)이 향도와 함께 선봉에 나선 것을 본다면 김유신도 생각을 고쳐먹은 것이 틀림없었다. 1합 때 이름도 없는 졸병을 첨병으로 내세웠던 것과는 달리 관등을 가진 장수 만응을 선봉으로 내세운 것은 이번에야말로 호락호락 물러서지 않겠다는 뜻으로 해석할 수 있었다.

계백은 그런 김유신의 속내를 읽으면서 피씩 코웃음을 쳤다. 품일 또는 흠춘이나 김문영이 선봉으로 나섰다면 몰라도 다른 사졸들보다 별로 나을 것이 없는 하급 장수 만응 따위가 선두에 나섰다는 사실이 너무 가소로웠다. 김유신을 비롯한 신라군 지휘부는 아직도 백제군을 얕잡아 보는 모양이었지만 그것은 어림도 없는 착각이었다.

하룻강아지 범 무서운 줄 모른다더니, 아까부터 칼을 뽑아든 만응은 계백의 사령부가 있는 중군 쪽을 향해 뭐라 버럭버럭 소리치고 있었다. 그러면서도 그는 중군과의 일정한 거리를 벌려 병력을 이끌고 있었는데, 그러면 그럴수록 우군의 사정권으로 점점 더 가까이 다가가는 형국이었다. 만응이 칼로 삿대질을 하며 만용을 부리자 부장 길원이 계백에게 말했다.

"저런 고얀 놈……. 저 놈부터 당장 죽여 없앨까요?"

"그럴 필요 없소. 저 놈이 소리를 지르는 것은 내심 겁을 먹었기 때문이오."

"김유신은 어째 저렇게 경망스런 놈을 선봉으로 내세웠는지 모르겠사옵니다."

"쉽게 물러나지 않겠다는 뜻이오. 본래 무식한 놈은 공명심(功名心)도 강한 법이니까. 저 놈은 아마 선봉에 나서겠다고 자청했을 것이오."

"그렇군요. 공격이 시작되면 제가 가장 먼저 저 놈의 목에 독전을 꽂아주겠사옵니다."

부장 길원은 계속 만응을 주시하였고, 신라군은 줄줄이 꼬리를 물고 능선을 넘어서서 벌판으로 들어서고 있었다. 1천, 2천, 3천, 4천, 5천……. 이윽고 적이 어림잡아 1만 명쯤 분지 안으로 들어섰을 때 계백은 북채를 거머쥐고 전고를 두들겼다.

그와 동시에 부장 길원이 만응을 향해 독전을 날렸고, 물색없이 촐랑촐랑 까불대던 만응은 힘써볼 겨를도 없이 말에서 떨어져 곤두박질쳤다. 둥둥, 둥둥, 둥둥……. 북소리가 두 번씩 울리자 감태의 우군에서 궁노수들이 독전에다 화전까지 장대비 같은 화살을 퍼부었다.

계백은 다시 둥둥둥, 둥둥둥, 둥둥둥……. 세 번씩 북을 울려 경수의 중군에도 공격명령을 내렸다. 그와 동시에 즉각 행동개시에 들어간 중군은 일제히 화살을 날려 우군의 공격을 지원하였고, 신라군은 양군의 틈바구니에서 협공을 받아 우왕좌왕 정신을 못 차리고 있었다.

신라군의 허리가 뚝 끊기자 선봉은 벌판에 갇혔고, 그 뒤를 따르던 병력은 한 걸음도 나아가지 못한 채 달아날 틈새만 찾느라 허둥대고 있었다. 이제 능선을 넘어온, 그러니까 벌판에 갇힌 신라군은 개미귀신에 걸린 개미들처럼 갈팡질팡 저희들끼리 뒤엉켜 제풀에 쓰러지기도 하였다.

그때를 놓칠세라 계백의 우군과 중군에서 기병들이 득달같이 달려나가 그들의 목을 마구 베었다. 백제군의 기병이 칼을 내리 그을 때마다 신라군의 목이 뚝뚝 떨어져 나가면서 속절없이 나뒹굴었다. 그들 가운데 일부는 창이나 칼로 대항했지만 창검의 마술사(魔術師)를 방불케 하는 결사대의 적수가 되기에는 기량이 모자랐다.

머리 따로, 몸뚱이 따로 두 동강으로 갈라진 신라군의 시체들. 김유신은 자신이 이끌고 나온 신라 육군이야말로 천하제일의 최정예 강병이라 자부하고 있었지만 계백의 결사대 앞에서는 오금을 펴지 못하고 있었다. 그들은 계백이 이끄는 결사대의 용맹 앞에 사실상 어육이 돼가고 있었다.

그럴 즈음 신라군 본영에서 나팔소리가 들려왔고, 구사일생으로 살아남은 신라군은 동료의 시체 일부와 부상자들을 들쳐 업고 능선 너머로 헐레벌떡 도망쳤다. 계백의 장대에서 나팔이 울렸고, 휘하의 장졸들은 재빨리 본래의 위치로 돌아가 다음 명령을 기다렸다.

한바탕 혈전이 벌어졌던 중군과 우군 사이의 벌판에는 신라군 시체가 즐비하였다. 족히 3천도 더 되어 보이는 전사자들. 그들 언저리에는 신라군의 창검을 비롯하여 화살 등 각종 병장기가 어지럽게 널려 있었다. 그런가 하면 주인 잃은 말들이 초원에서 풀을 뜯거나 소택지로 달려가 한가로이 물을 마시고 있었다.

2합도 백제군의 완승이었다. 계백은 병력이 모자라는 것을 몹시 안타까워하였다. 동원 가능한 장졸만 더 있었더라면 곰티재 너머 신라군의 본대를 역습하여 김법민과 김유신을 생금할 수도 있을 텐데 그럴 수 없는 것이 못내 안타깝기만 하였다. 중군장 경수가 계백에게 말했다.

"놈들이 또 덤비겠지요?"

"그야 물론이오. 이번에는 선봉을 한층 더 강화할 것이오. 김유신은 장졸들에게 점심을 먹이고 미시(未時)를 전후하여 3차 공격을 가해올 것이오."

계백은 부장을 통해 전군으로 하여금 중식에 들어가도록 하였다. 3영의 장졸들은 시간을 줄이기 위해 주먹밥으로 끼니를 때웠다. 이쪽이 선공하는 입장이라면 몰라도 소수병력으로 적의 일방적인 공격을 방어하는 형편이었으므로 후닥닥 먹어 치우고 다음 작전에 대비하지 않으면 안 되기 때문이었다.

계백도 사령부의 제장과 함께 두 손으로 둘둘 뭉친 주먹밥을 먹었다. 전투 중인 군인으로서 찬 밥 더운 밥 가릴 계제가 아니었지만 목숨 걸고 싸우는 수족 같은 부하들에게 겨우 주먹밥을 먹여야 하다니 너무 기가 막혔다. 밥을 다 먹고 나서 길원이 말했다.

"김유신은 왜 안 나타나는지 모르겠사옵니다."

"그거야 당연한 일이오. 그 사람은 본래 정면대결보다 모략과 고육지계(苦肉之計; 적을 속이기 위해서, 또는 어려운 사태에서 벗어나기 위한 수단으로 제 몸을 괴롭히면서까지 짜내는 계책)에 능통한 인물이거든. 그는 일찍이 우리 조정과 왕실에 첩자를 심어 놓았소. 그뿐이 아니오. 그는 전역에 나설 때마다 반드시 누군가를 희생 제물로 삼아 장졸들로 하여금 독기를 내뿜게 한 뒤 본격적인 공격을 감행하였소. 정미년 시월 의직 장군이 무산(茂山), 감물(甘物), 동잠(桐岑) 세 성을 칠 때 김유신은 비녕자(丕寧子)를 충동질하여 자살공격을 감행하고 그 아들 거진(擧眞)과 노비 합절(合節)까지 뒤따라 죽게 하였소. 그러자 나머지 사졸들이 크게 독기를 내뿜어 우리 백제군을 곤경으로 몰아넣었소. 그 뒤로도 그는 그 전법에 재미를 붙였지. 아마 이번에도 그는 반드시 그 수법을 쓸 것이오."

"그렇다면 끝내 그를 사로잡을 수 없단 말이옵니까?"

"그거야 하늘만이 아는 일이오. 탄현에서 승패를 겨뤘거나 병력이 조금만 더 있었더라도 적을 일격에 격파할 수 있었소. 그렇건만 우리는 천시와 지리를 잃었소. 본관이 믿는 것은 오로지 우리 용사들뿐이오. 우리가 죽기를 각오하고 싸운다면 무슨 일인들 못하겠소? 아무쪼

254

록 끝까지 분전해주기 바라오. 다만 장병들을 제대로 재우지 못해 걱정스럽기 짝이 없소. 간밤에는 가깝지 않은 거리를 행군한 데다 밤새도록 진지를 구축하느라 잠 한숨 제대로 못 재웠으니……. 적은 간밤에 잠도 충분히 자고 밥도 배불리 먹었을 텐데……. 본관은 제병을 잘 돌보아야 할 책무를 가진 원수로서 입이 열 개라도 할 말이 없소.”

그 말을 듣고, 길원과 경수는 콧날이 시큰해짐을 느꼈다. 이 절체절명의 급박한 극한상황 속에서도 계백은 장졸들의 수면부족을 염려하고 있었다. 길원이 말했다.

“장군……. 그 문제라면 너무 심려치 마시옵소서. 소장 등은 아직 젊고 장군께서 계시는 한 며칠 밤을 지새운다 해도 끄떡없사옵니다. 국가의 존망이 걸린 이때 잠 좀 설쳤기로서니 무엇이 대수이겠사옵니까?”

계백은 진심으로 가슴이 울컥해짐을 느꼈다. 언제 어떻게 결판날지 모르는 싸움이었지만, 그러나 휘하에 그런 장졸들이 건재하다는 사실만으로도 여간 가슴 뻐근한 것이 아니었다. 비록 조정이 썩어문드러졌다 해도 바로 이 전역에 나온 장졸들 같은, 즉 이름 없는 민초들이 존재함으로 해서 이제껏 백제의 기틀이 허물어지지 않았다. 계백이 말했다.

“알겠소. 우리 결사대의 거룩한 충정은 천신(天神)이 알고 지신(地神)이 아실 것이오.”

그는 다시 곰티재 방향으로 눈길을 던졌다. 아직은 이렇다 할 재침 징후가 나타나지 않고 있었다. 신라군은 어쩌면 아직도 중식을 마치지 못했거나, 아니면 중식을 마친 뒤 공격의 강도를 높이기 위해 전열을 정비하는 듯했다. 이번에는 중군장 경수가 계백에게 물었다.

“이번에는 어떻게 쳐들어올 것 같사옵니까?”

"기병들을 내세우겠지. 김유신은 마음이 조급해져서 반드시 기병을 내세워 우리의 방어선을 뚫으려 할 것이오. 그는 기병들을 3도로 분군하여 우리의 3영을 한 곳씩 맡아 집중적으로 공격하면서 우리가 후퇴하는 기미를 보이면 그 샛길로 빠져나가려 획책할 것이오."

그 말이 미처 떨어지기도 전에 곰티재 쪽에서 흙먼지가 풀썩풀썩 일어나고 있었다. 날씨가 잔뜩 흐려 있는데도 흙먼지가 시야에 들어오는 것을 본다면 필시 기병이 출동한 모양이었다. 아니나 다를까, 이번에는 기병들이 무리를 이루어 달려오고 있었다.

그들은 곰티재를 넘자마자 세 갈래로 쫘악 갈라져 접근해 오고 있었다. 1도는 좌군을, 2도는 중군을, 3도는 우군을 향하여 전력으로 달려들고 있었다. 그들은 3영을 향해 화살을 퍼부으며 파상공격을 감행하였다.

대장 계백은 곧 전군에 반격명령을 내렸고, 3영의 궁노수들은 질서 정연하게 독전과 화전을 날렸다. 쌍방의 화살이 난무하는 가운데 어떤 화살은 적진으로 날아가기도 전에 허공에서 서로 마주쳐 뒤엉키면서 그대로 떨어지기도 하였다.

대장 계백과 부장 길원도 활에 독전을 메겨 시위를 당겼다. 신궁의 아들인 계백. 그의 궁술은 부친 청강의 수준을 훨씬 능가하고 있었다. 계백의 화살은 적의 산멱이든 가슴이든 갑옷을 헤집고 그가 겨냥한 부위에 정확히 명중하였다.

한 발 한 발 화살이 날아갈 때마다 적의 기병들이 한 사람씩 굴러 떨어지며 말발굽 아래로 나뒹굴었다. 그 중에는 가슴에 박힌 화살을 부여잡고 몸부림치다가 곤두박질치는 기병도 있었다. 그런가 하면 화전을 맞고 온몸에 불이 붙은 채 소택지나 논배미로 뛰어드는 기병들도 한둘이 아니었다.

길원의 화살 역시 제대로 꽂히고 있었다. 그가 날린 화살도 빗나가는 법이 없었고, 쏘는 족족 적의 기병들의 산몌에 날아가 팍팍 꽂혔다. 아무튼 계백 휘하의 장졸들은 명궁 아닌 사람이 없었다. 좌군, 중군, 우군 등 3영의 장졸들은 마치 활을 쏘기 위해 태어난 사람들 같았다.

밤잠을 설친, 아니 휴식다운 휴식조차 취해 보지도 못한 그들이 사력을 다해 화살을 날려대는 동안 신라 기병들의 수가 점점 줄어들고 있었다. 주인 잃은 군마들이 산지사방으로 달아났고, 어떤 말은 독전을 맞고 쓰러진 채 발굽으로 땅을 후벼 파며 발버둥치기도 하였다.

3합도 완승이었다. 살아남은 신라군 기병들은 벌 쐰 강아지 달아나듯 곰티재 쪽으로 퇴각하여 꼭꼭 숨었다. 그들이 도주한 쪽으로 흙먼지가 뿌옇게 일어나다가 가라앉았다. 부장 길원이 계백에게 물었다.

"잠시 후 또 쳐들어오겠지요?"

"아니오. 이번에는 좀 뜸을 들이다가 공격해올 것이오. 선봉이 잇따라 무너지고 기병들까지 적지 않은 타격을 입은 마당에 곧장 공격을 속개하지는 못할 테니까. 김유신은 지금쯤 다른 계책을 준비하고 있을 것이오. 그렇다고 경계를 늦출 수는 없소. 김유신은 이제 보기를 뒤섞어 훨씬 강도 높은 공격을 감행할 것이오. 우리는 이제 시작에 불과하오. 오늘 신시를 전후해 최대 고비가 될 것이오. 제장은 병력을 철저히 점고하여 적의 예봉을 쳐부숴야 할 것이오. 병법에 이르기를, 생즉필사(生卽必死)요 사즉필생(死卽必生)이라 했소. 살고자 하면 죽음을 면치 못할 것이지만 죽기를 각오하고 싸우면 반드시 이겨서 살게 될 것이오."

계백의 눈이 번뜩번뜩 광채를 내쏘고 있었다. 길원을 비롯한 사령부의 제장과 모사들은 그런 계백의 강인한 의지에 실로 가슴 벅찬 외경심을 갖지 않을 수 없었다. 평소 비단결처럼 부드럽고 따뜻한 계백이었지만, 그러나 적을 만나면 어디에서 그런 용맹이 용솟음치는지 그의 면전에서는 어느 누구라도 저절로 고개를 숙이지 않을 수 없었다.

신라 김법민과 김유신은 큰 곤경에 처해 있었다. 그들의 계책이 여지없이 빗나간 탓이었다. 김유신은 당초 선봉만으로도 좌군 정도야 가볍게 제압하고 행군의 진로를 열어줄 수 있으리라 기대하였다.

하지만 그 기대가 빗나가면서 당초 계획이 꼬이게 되었고, 계백의 방어선을 뚫지 못함으로써 이대로 나가다간 소정방과의 군약조차 지킬 수 없었다. 그는 당초 계획을 전면 수정하여 3영을 동시에 들이치기로 하였다. 김법민이 김유신에게 말했다.

"대장군……. 계백은 과연 대단한 장수로군요. 겨우 5천 병력으로 우리 5만 대군에 큰 타격을 안겨주다니……. 벌써 7천여 명이 죽고, 수천 명이 삭신을 못 쓸 정도로 다쳤소이다."

"태자 전하……. 참으로 면목 없사옵니다. 아무리 적장이라지만 계백을 칭송하지 않을 수 없사옵니다. 의자가 황음과 탐락에 젖어 나라를 망치는 동안에도 계백 같은 명장과 목숨을 아끼지 않는 저런 결사대가 있었기에 백제가 오늘날까지 존립해 왔사옵니다. 우리 신라가 백제를 치지 못한 것도 사실은 계백 같은 맹장과 충성스런 백성들이 있었기 때문이었사옵니다. 일찍이 당나라 태종께서는 요동 전역 때 고구려 장수 양만춘에게 패퇴하면서도 그 용맹에 감복하여 비단 백 필을 하사한 적이 있었사옵니다. 비록 우리가 고전하고 있지만 계백의 용맹은 아무리 칭송해도 지나침이 없다 하겠사옵니다."

그 자신 소싯적 이후 숱한 전역을 치렀지만 계백처럼 지용을 겸전한 장수와 대적하기는 이번이 처음이었다. 김법민이 김유신에게 물었다.

"내일까지 당나라 대총관을 만나야 할 텐데 어쩌면 좋겠소이까?"

김법민은 지난번 덕물도에서 소정방을 만났을 때 7월 초열흘날로 날짜를 못 박아 사비 도성 남쪽에서 회동하기로 약조한 장본인이었다. 그는 김유신 이하 다른 장수들보다도 훨씬 더 몸이 달아 조바심을 내고 있었다.

독군 김문영 역시 안절부절못하고 있었다. 그는 장졸들의 행군과 전투를 독려해야 할 주무 책임자로서 몸 둘 바를 모르고 쩔쩔 맸다. 사실 김유신도 그 약조를 지키려고 가급적 계백의 3영을 피해 행군진로만 열어 나가려 했던 것인데 백제군이 워낙 완강히 용전(勇戰)함으로써 그 계획에 결정적 차질을 빚게 된 셈이었다. 김유신이 김법민에게 말했다.

"태자 전하……. 너무 심려치 마시옵소서. 소장은 오늘 안으로 결판을 내겠사옵니다. 그러면 내일까지는 무난히 갱갱이에 도착할 수 있으리라 믿어 의심치 않사옵니다."

"이 몸은 아무쪼록 그렇게 되기를 바라겠소."

김법민이 말했고, 김유신은 즉각 보기를 내몰아 4합에 돌입하였다. 이번에는 정말 양보할 수 없는 한판이었다. 보병과 기병으로 편성된 신라군은 뇌성벽력 같은 함성을 지르며 계백의 좌군, 중군, 우군을 일제히 들이쳤다. 그들은 험준한 산비탈과 낭떠러지를 기어오르느라 벌떼처럼 엉겨 붙고 있었다.

그러나 계백의 3영은 천험의 지형지물을 최대한 이용하여 화살을 소나기처럼 내리 꽂으면서 통나무와 바윗덩어리를 떼굴떼굴 굴렸다.

심지어 가까이 접근하는 적에게는 펄펄 끓는 물을 끼얹기도 하였고, 숲 사이에 쳐놓았던 올가미를 잡아채 노루나 고라니 잡듯 군마를 꼼짝달싹 못하게 옭아 놓기도 하였다.

곰티재의 신라군 지휘부에서 전고와 동라가 악을 써대고 있었다. 그러면 그럴수록 신라군 보기는 더욱 악착같이 덤벼들었다. 하지만 계백의 3영은 어느 한 군데도 끄떡없이 벌떼처럼 달려드는 적을 요모조모로 되받아 치고 있었다. 계백의 백제군은 얼마나 용맹스러웠던지 마치 싸우기 위해 태어난 사람들 같았다.

비명과 절규가 속출하는 아비규환(阿鼻叫喚) 속에서 어떤 병사는 진지 앞으로 기어오른 신라군을 불끈 들어 올려 낭떠러지 밑으로 집어던지기도 하였다. 하지만 곰티재 쪽에서는 계속 전고와 동라가 울부짖었고, 신라군의 공격은 칠흑 같은 땅거미가 내려 앞을 분간할 수 없을 때까지 태풍처럼 휘몰아치고 있었다.

얼마나 싸웠을까, 계백의 좌군, 중군, 우군이 포진한 산비탈에는 신라군의 비명과 함께 시체가 수북수북 쌓여가고 있었다. 비로소 신라군 진영에서 긴 여운을 끌며 나팔소리가 울렸다. 그것을 신호로 신라군은 일제히 퇴각하였고, 계백의 3영은 달아나는 적을 향해 끝까지 화전과 독전을 날렸다.

4합도 계백의 완승이었다. 계백은 김유신과 맞서 하루 동안 내리 사합사승(四合四勝)의 전승을 기록하였다. 양쪽의 병력이 대등했다면 사실상 끝난 싸움이었다. 하지만 계백은 사합을 통해 1천여 명의 병력을 잃은 반면, 김유신에게는 1만 5천여 명의 사상자를 빼고도 아직 3만 4천여 명 가량의 병력이 남아 있었다.

김유신은 김법민 앞에서 낯을 들 수가 없었다. 그날 안으로 결판을 내겠다고 장담했지만 계백의 방어선을 뚫지 못하고 군사를 물림으로써 그는 결국 하늘같은 태자 앞에 위약한 꼴이 되고 말았다.

시간이 흐를수록 김유신은 자기도 모르게 간담이 서늘해짐을 느꼈다. 병력이 월등하게 우세했기 망정이지 하마터면 당군과 회동도 못한 채 이곳 황산벌에서 전멸할 뻔했기 때문이었다. 하루 동안 1만 5천여 명의 희생자를 냈다는 것만으로도 여간 끔찍한 것이 아니었다.

한편, 계백이 황산벌에서 사상 유례 없는 대승을 거두던 그 7월 초아흐렛날, 비단강의 웅진구에서는 백제의 좌평이자 총령인 의직이 당군을 맞아 용전분투(勇戰奮鬪)하고 있었다. 그의 군영에는 조정의 대신들이 대거 배속돼 있었지만, 그러나 그들은 계백의 휘어대 군영을 따라 나간 충상이나 상영처럼 나불나불 입으로만 한 몫 볼 뿐 실전 경험이 전무한 건달들이었다.

의직은 잘 조련된 휘하의 군사들을 내세워 소정방의 주력과 팽팽한 맞대결을 벌이고 있었다. 그는 육군으로 하여금 강변 요소요소에 매복토록 하고, 수군으로 하여금 전함을 띄워놓고 강을 거슬러 오르는 당군을 향해 계속 반격을 가했다. 육전뿐만 아니라 수전에도 능했던 의직은 화전을 날려 당군 전함에 불을 지름으로써 당나라 수군의 기선을 제압해 놓고 불퇴전(不退轉)의 용맹으로 선전하였다.

아무튼 의직의 수군이 물목을 지키고 있는 한 당군 전함은 한 치도 앞으로 나아갈 수가 없었다. 소정방과 김인문은 주력을 이끌고 좌안(左岸)으로 올라붙어 높은 곳에 진을 치고 대오를 정렬한 뒤 육전으로 전환하였다. 그들은 13만 명이나 되는 우세한 병력을 앞세워 인해전술(人海戰術)로 의직의 백제군을 제압하려 들었다.

뭍으로 올라선 의직은 그들과 맞서 젖 먹던 힘까지 쏟아 부으며 싸우고 또 싸웠다. 하지만 그는 병력을 열세를 극복할 수가 없었다. 의직 진영에서 아무리 시석(矢石; 화살과 돌)을 날려도 그들은 전고, 동라,

258

나팔, 각적(角笛; 뿔로 만든 피리) 등 온갖 군악기를 울리면서 새까맣게 밀려들고 있었다.

결국 의직은 웅진구를 내어준 채 후퇴하지 않을 수 없었고, 소정방과 김인문은 그 승세를 몰아 신라 육군과 회동하기로 약조한 갱갱이에 무난히 진입하였다. 무려 13만 대군. 일찍이 백제 땅에는 그런 군세가 존재한 적이 없었으므로 비단강 유역의 농어촌 백성들은 그 병력 규모에 기가 질려 너나 할 것 없이 혀를 내둘렀다.

의직 진영을 무찌르고 갱갱이를 차지한 그들은 도처에 군막을 세워놓고 숙영 채비를 서둘렀다. 그들은 단독으로라도 사비 도성을 공격할 수 있었지만 신라 육군과 사비 도성 남쪽에서 초열흘날 회동하기로 약조한 터라 하룻밤 숙영하는 가운데 그들을 기다리기로 하였다.

그 반면, 계백을 만나 연전연패(連戰連敗)를 거듭한 김법민과 김유신은 코가 열댓 자나 빠져 있었다. 5만 대군으로 5천 병력과 대결하여 네 번씩이나 패퇴했다는 것은 참으로 치욕이 아닐 수 없었다. 더욱이 잇따른 패배로 말미암아 장졸들의 사기가 끝을 모르고 추락하여 김유신으로서는 진퇴양난에 빠져 있었다.

그날 밤, 김유신은 한숨도 눈을 붙이지 못한 채 어떻게 하면 계백의 방어선을 돌파할 것인가 궁리하고 있었다. 그러나 아무리 머리를 쥐어 짜 봐도 해법은 한 가지밖에 없었다. 고육지계. 장졸들의 사기를 북돋고 계백의 방어선을 뚫기 위해서는 누군가를 희생시켜 사졸들로 하여금 독기를 내뿜게 하는 그 계책 이외에 달리 대안이 없었다.

김유신이 그런 고육지계를 세우고 있는 동안 계백은 무릎 꿇고 천지신명께 조국의 안녕을 발원한 뒤 사령부의 제장과 모사들을 불러 향후 대책을 논의하였다. 어제 저녁부터 한숨도 잠을 이루지 못한 채 기를 쓰고 싸웠던 여러 장수들의 눈에는 벌겋게 핏발이 서 있었다. 계백이 중군장 경수에게 물었다.

"우군에 전령을 보냈소?"

"예. 아마 곧 돌아올 것이옵니다. 그 대신, 좌군에서는 이쪽으로 곧 전령을 보내겠다 했사옵니다."

"알겠소. 제장은 잘 들으시오. 오늘밤에는 적의 공격이 없을 것이오. 우리가 험준한 요해를 선점한 반면 김유신은 이 고장 지리에 어둡기 때문이오. 김유신이 별 하나 보이지 않는 이 암흑 속에 사졸들을 내보낼 리가 없다 하겠소. 그 대신, 그는 내일 아침 날이 밝자마자 총공격을 감행할 것이오. 그뿐 아니라 그는 필경 고육지계로써 전세를 역전시키려 할 것이오. 김유신은 지금 시간에 쫓기고 있소. 그는 전군을 동원하여 우리 3영을 유린하려 덤빌 것이고, 그렇게 되면 내일 낮에는 백병전이 불가피하다 하겠소. 제장은 끝까지 사병들을 잘 보살펴 한 사람도 낙오되는 일이 없도록 각별히 유념하기 바라오."

대장 계백이 그 말을 마치려 할 때 공교롭게도 등허리에 좌군 신표를 붙인 전령 철기가 헐레벌떡 들어왔다. 가잠성 성첩에서 침을 흘리며 졸다가 계백에게 들켰던, 그러나 꿈인 듯 생시인 듯 계백의 과분한 선처로 특별휴가를 받아 고향에 다녀왔던 철기. 온종일 거듭된 난전 속에서도 그가 살아 있었다는 것을 확인하는 순간 계백은 눈시울이 화끈해짐을 느꼈다. 철기가 대장 계백에게 말했다.

"좌군장 존일 장군의 급보이옵니다."

"급보라……?"

"그러하옵니다. 좌평 충상 어른께옵서 실종되었사옵니다."

"실종이라니……?"

"낮까지만 해도 진지에 계셨사옵니다만 초저녁 난전 중에 어떻게 되었는지 행방을 알 길이 없사옵니다."

철기는 사색이 다 되어 아주 심각하게 말했지만, 계백은 그러나 별로 대수롭지 않게 여겼다. 그것은 진작부터 충분히 예측한 일이었다. 그들은 애당초 적과 맞붙어 싸울 뜻이 없었고, 기회만 있으면 일신을 위해 수단과 방법을 가리지 않는 작자들이었다. 그들은 어쩌면 구차한 목숨을 건지기 위해 자의적으로 증발했는지도 몰랐다. 계백이 말했다.

"알았네. 그렇다고 이 밤중에 그분을 찾아 나설 수도 없지 않은가. 좌장에게 전하게. 굳이 좌평을 찾지 말라고……. 괜히 한 사람 찾으려고 병력을 잘못 움직였다가 작전을 송두리째 그르칠 수도 있으니까 말일세. 알겠는가?"

"예."

대장 계백은 그를 따듯이 위로해주었다. 중군장 경수의 밀명을 받고 우군에 갔던 공달이 들어왔다. 그는 좌군의 전령 철기를 발견하는 순간 너무 반가워 몸을 움찔하였다. 그것은 피차 아직까지 죽지 않고 살아남았다는 생존의 확인이기도 하였다. 공달이 중군장 경수에게 말했다.

"다녀왔사옵니다. 시석이 다하면 모든 군사가 진지에서 뛰어나와 육박전으로 돌입하라 전했사옵니다. 아울러, 적장을 생금하게 되면 함부로 수급을 베지 말고 장대로 송치하라 전하였사옵니다."

"아주 잘했군. 수고했네."

경수는 그의 등을 다독여주었다. 일찍이 도살성의 군마대에서 말을 돌보았던 공달. 계백이 가잠성 성주로 있을 때 그는 도살성 성주 성충의 심부름으로 가잠성을 찾은 적이 있었다. 그는 고향으로 휴가 떠나는 가잠성 사병 철기를 곰나루까지 군마에 태워준 인물이었다. 계백이 공달에게 물었다.

"우군장은 무사한가?"

"예. 하오나 초저녁 접전 때 좌평 상영 어른께서 돌연 행방불명되었다 하옵니다."

사실 충상과 상영은 관등만 높았을 뿐 본래 그렇고 그런 작자들이어서 어디론가 실종되었다 한들 아무것도 아쉬울 것이 없었다. 아니, 그들은 대장부 한 목숨을 초개(草芥)처럼 내던지며 격전하는 좌우의 장졸들에게 콩이네 팥이네 잔소리만 늘어놓음으로써 이제까지 부담만 안겨준 것이 사실이었다. 계백이 말했다.

"어쩔 수 없지."

계백은 도리어 시원하게 받아들였지만, 그러나 다른 한편으로는 그들의 행적을 파악할 길이 없어 여간 찜찜한 것이 아니었다. 그들이 칠흑 같은 어둠 속에서 적에게 생금되었을지도 모르기 때문이었다.

계백은 철기와 공달을 친아우처럼 따뜻이 위로해주었다. 명색 고관 대작이라는 작자들이 적을 만나 싸움다운 싸움도 못해보고 어디론가 사라진 반면, 철기와 공달은 이름 없는 민초들이면서도 그 혈전의 와중에서 용케 살아남아 성실히 임무를 수행하고 있었다. 철기가 계백에게 말했다.

"그럼 소인은 이만 물러가겠사옵니다."

"그래. 어디를 가든 항상 몸조심하게."

"조금도 심려치 마시옵소서. 장군께서 계시는 한 소생은 백골이 진토되도록 싸우겠사옵니다."

철기와 공달이 나간 뒤 계백은 제장과 더불어 다시 한 번 필승의 결의를 다졌다. 그들은 죽으면 죽었지 최후의 방어선인 황산벌을 적에게 내어줄 수가 없었다. 그들은 신라군이 인해전술로 밀고 들어옴으로써 아군이 세궁역진(勢窮力盡)할 경우 기꺼이 옥쇄(玉碎)한다는 각오

262

로 일치단결하였다.

그 이튿날, 그러니까 운명의 초열흘날 아침이 밝아왔다. 그 날도 황산벌 일대의 하늘에는 먹구름이 가득 끼어 있었다. 김법민과 김유신은 더 이상 지체할 수가 없었다. 김유신은 휘하의 제장과 모사들을 불러들여 비상 대책회의를 열었다. 그가 말했다.

"제장은 들으시오. 우리는 어제 하루 동안 계백에게 연패했소. 그 바람에 사졸들의 사기가 땅에 떨어졌고, 대총관과 약조한 시일까지 준수하기 못함으로써 우리의 신망까지 잃게 되었소. 만약 대총관과 군약을 지키지 못한다면 그쪽에서 격노할 것은 물론이요 우리의 합동 작전에 중대한 차질을 빚게 될 것이오. 일관의 말에 따르면 금명간 장마가 시작된다 하오. 갱갱이는 지대가 낮은 곳이어서 물이 범람할 수도 있소. 그렇게 되면 당군의 안전까지 위협받게 될 것이오. 이 일을 어떻게 했으면 좋겠소? 이럴 때 왕년의 비녕자 같은 인물이 있었다면 이 난국을 타개할 수 있었을 텐데 정말 안타깝기 짝이 없소."

그러나 여러 장수들은 입을 굳게 다문 채 말이 없었다. 계백의 3영을 얕잡아 보았다가 큰코다친 그들은 분명 자신감을 잃고 있었다. 무거운 침묵이 흘러가고 있었다. 김유신의 의중을 가장 먼저 알아차린 흠춘이 말했다.

"대장군······. 소장이 솔선수범하여 가돈(家豚, 남에게 자기 아들을 낮추어 이르는 말) 반굴을 내보내 힘껏 싸우게 함으로써 장졸들의 사기를 드높이겠사옵니다."

흠춘은 바로 김유신의 아우였다. 그러니까 반굴은 김유신의 조카였다. 김유신은 아우 흠춘의 결단에 칭사(稱辭)를 아끼지 않았다. 그가 말했다.

"과연 좌장군다운 말씀이오. 정녕 그렇게 할 수 있겠소?"

"조금도 심려치 마시옵소서."

흠춘의 비장한 결의 앞에서 김유신은 물론 장수들의 표정이 돌연 숙연해지고 있었다. 사실 자기 아들을 희생의 제물로 삼겠다는 것은 쉬운 결단이 아니었다. 김법민이 그에게 말했다.

"경의 그 비장한 결단은 만고청사에 길이 빛날 것이오."

"태자 전하……. 소장 등은 어제 계백의 목을 베지 못하였사옵니다. 하오나 오늘에는 반드시 계백을 쳐부숴야 하옵니다. 사세가 이러한즉 소장의 가돈 하나 적진에 내보낸다 한들 무엇이 원통하다 하겠사옵니까?"

그는 즉각 반굴을 불러들였다. 서로 약속이라도 한 듯 제장의 눈길이 반굴에게 쏠리고 있었다. 반굴은 제 부친을 닮아 몸집이 크고 용모가 훤칠하였다. 본영 안으로 들어선 그가 흠춘에게 물었다.

"부르셨사옵니까?"

"그래. 무릇 신하가 되어서는 나라에 충성해야 되고, 아들이 되어서는 부모에게 효도해야 하느니라. 나라와 부모의 위험을 보고 기꺼이 목숨을 바치는 것은 충성과 효도를 함께 보전하는 것이야. 알겠느냐?"

반굴은 불현듯 집에 남겨 둔 처자를 생각했다. 그는 기혼자로서, 서라벌 그의 집에는 꽃다운 아내와 젖먹이 아들 영윤(永胤)이 있었다. 하지만 태자 김법민에다 김유신이며 품일이라든가 아무튼 고위 거물들이 모두 임석한 그 엄숙한 자리에서 부친의 엄명을 거역한다는 것은 언감생심 꿈도 꿀 수 없는 노릇이었다. 그가 말했다.

"지당하신 말씀이옵니다. 소자도 아버님의 그 가르침을 받들어 적진에 나아가려고 각오하였사옵니다."

"오, 그래. 너는 역시 내 아들이로구나." '

흠춘은 그런 아들에게 격려와 칭찬을 아끼지 않으면서도 다른 한편으로는 애간장이 녹아나는 듯한 아픔을 짓씹고 있었다. 이윽고 반굴은 창을 꼬나 잡고 말에 올라 납작 엎드린 뒤 계백의 장대가 있는 중군을 향해 쏜살같이 치달았다. 그런 반굴을 지켜보면서 신라군 장졸들은 손에 땀을 쥐고 있었다.

한편, 계백은 제장 및 모사들과 더불어 장대에 올라 신라군 본영이 있는 곰티재 방면을 예의주시하고 있었다. 아니나 다를까, 필마가 전력으로 달려오고 있었다. 부장 길원이 계백에게 말했다.

"필마가 달려오고 있사옵니다."

"그렇소. 드디어 김유신이 고육지계를 쓰고 있소. 장졸들의 사기가 떨어지자 병영에 독기를 불어넣으려는 술책이오. 얼마나 막막하고 다급했으면 저런 고육지계를 쓸까……."

계백은 혼잣말처럼 중얼거렸다. 어제는 하루 종일 신라군을 잘 막아냈지만, 김유신이 고육지계를 써서 신라군이 저마다 독기를 내뿜게 되면 전황이 뒤집힐 수도 있었다. 길원이 물었다.

"저 놈을 사로잡을까요?"

"아니오. 우리는 형세대로 싸워야 하오. 격살할 수 있으면 격살하고 생금할 수 있으면 생금해야 하오. 괜히 사로잡으려다 아군의 인명피해가 커질 수도 있으니까……. 부장도 잘 알다시피 지나친 욕심은 금물이라 하겠소."

그 말이 떨어지는 순간, 중군의 전방에 있던 궁노수가 화살 한 발을 날렸다. 하지만 반굴이 말안장에 워낙 납작하게 엎드린 터라 화살이 투구 끝을 스치며 날아갔고, 반굴은 절묘한 마술을 펼쳐 보이면서 중군을 향해 질풍처럼 들이닥치고 있었다.

중군의 첨병이 달려 나가 반굴의 진로를 끊었다. 그러나 첨병은 불행하게도 힘다운 힘도 써보지 못한 채 반굴의 창에 찔려 나뒹굴었다. 다른 사병 세 명이 동시에 달려들어 그와 맞붙었지만 반굴의 창에 모두 전사하였다. 길원이 말했다.

"안 되겠사옵니다. 저 놈을 당장 두 동강으로 갈라놓아야 하겠사옵니다."

그 말이 떨어지는 순간, 중군장 경수가 말을 몰고 달려 나갔다. 그는 반굴과 마주치자마자 단칼에 그의 목을 베었다. 길원이 말했듯 반굴의 몸뚱이는 두 동강이 나서 말발굽 아래로 처참하게 굴러 떨어졌다. 그 광경을 지켜보던 백제의 장졸들은 두 주먹을 불끈 움켜쥐며 새로운 힘을 얻고 있었다.

그 반면, 신라군은 경수의 검술에 기가 질렸고, 다른 한편으로는 반굴의 용맹과 죽음에 서서히 격분하고 있었다. 말하자면 장졸들의 전의가 되살아날 기미를 보인 셈이었다. 그것은 국면이 전환될 징조이기도 하였다. 김유신은 그 불씨에 기름을 부으려고 다른 희생자를 물색하고 있었다. 장군 품일이 김유신에게 말했다.

"대장군……. 이번에는 소장의 가돈 관창을 내보내겠사옵니다."

"관창이라……. 장군의 결심이 확고하다면 그렇게 하시오."

일찍이 화랑에 입문한 관창은 어렸을 때부터 의표(儀表)가 단정하고 남과 더불어 교제하기를 좋아하였다. 그는 유난히도 말 잘 타고 활을 잘 쏘아 벌써부터 훌륭한 장재로 촉망받고 있었다. 어느 대감이 그런 관창을 김법민에게 소개하였고, 태자 김법민은 무예가 범상치 않은 그를 아무런 망설임 없이 이번 전역에 일약 부장으로 중용하였다.

물론 관창이 귀족 출신이기도 했지만, 그를 이 중대한 전역에서 부장으로 발탁한 것은 누가 뭐래도 파격적인 인선이 아닐 수 없었다. 그런데 관창은 어제 4합의 접전을 통해 김법민의 여망에 부응하고도 남을 만큼 여간 잘 싸운 것이 아니었다. 그런 관창을 불러 품일이 말했다.

"반굴이 어떻게 싸우는지 똑똑히 보았겠지?"

"그러하옵니다."

"그래. 무릇 대장부라면 조국을 위해 신명을 바칠 수 있어야 하느니라. 더욱이 너는 화랑이 아니더냐. 네가 비록 나이는 어리지만, 이 아비는 네 지기(志氣)를 믿는다. 나라의 운명을 걸고 일전을 벌이는 이때 너야말로 반굴처럼 큰일을 해야 할 것이야. 오늘은 바로 네가 공명을 세워 부귀를 얻는 날이니라. 네 생각은 어떠냐?"

"소자는 아버님 말씀을 어겨본 적이 없사옵니다."

"그렇다. 너는 삼군의 표양(表樣)이 되어야 하느니라. 용맹을 발휘할 수 있겠는가?"

"예. 소자는 언제라도 나라를 위해 한 목숨 바칠 각오가 되어 있사옵니다."

관창은 당당하게 말했다. 그러자 그 자리에 있던 태자 김법민 이하 제장은 그의 결연한 의지에 탄복을 아끼지 않았다. 김유신은 그때 관창이 적진에 나아가 목숨을 바치기만 하면 이번에야말로 침체될 대로 침체된 장졸들의 사기에 불을 붙이고도 남으리라 확신했다. 김법민이 관창에게 말했다.

"부장……. 부전자전(父傳子傳)이란 말이 있소. 호랑이 같은 부친한테서 고양이 같은 자제가 태어날 수는 없지. 부장은 역시 품일 장군의 자랑스러운 아들이오. 어디 그뿐인가. 부장이야말로 화랑 중의 화랑이요 충신 중의 충신이라 하겠소."

그는 부친 품일과 그 아들 관창을 함께 아우르면서 공명심을 부추겼고, 대장군 김유신도 품일 부자의 결단과 충성심에 극찬을 아끼지 않았다. 아직은 새파란, 그러나 적진에 뛰어들어 곧 전사하게 될 아들 관창을 보면서 품일은 가슴이 메어지는 듯했다.

관창은 곧 창을 비껴들고 말 위에 올랐다. 신라군 장졸들의 등골에는 비지땀이 흐르고 있었다. 관창은 곧 말에 채찍을 가했고, 말은 네 발굽으로 황산벌의 황토를 박차고 나가면서 뿌연 흙먼지를 일으켰다. 곰티재 쪽을 응시하던 계백은 단기단창(單騎單槍)으로 달려오는 정체불명의 적장을 바라보면서 피씩 웃었다. 그가 길원에게 말했다.

"김유신이 다시 고육지계를 쓰고 있소. 한 사람을 희생시킨 것만으로는 효험이 없었던 모양이오."

"김유신은 어찌하여 애꿎은 장졸들에게 개죽음을 강요하는지 모르겠사옵니다."

"그게 바로 김유신 전법이오. 자고로 지피지기(知彼知己)면 백전불태(百戰不殆)라 했소. 본관은 지난 수십 년 동안 김유신의 일거수일투족을 지켜보았소. 김유신은 치사(致死)를 전법의 원칙으로 삼아왔소. 무사 한 사람이 죽으면 백인을 물리치고, 백 사람이 죽으면 천인을 물리치고, 천 사람이 죽으면 만인을 물리쳐 천하를 횡행할 수 있다고 믿는 것이오. 자, 저 작자를 누가 처치하겠소?"

"제가 나아가겠사옵니다."

부장 길원이 말에 오르려 할 때, 그보다 한 발 앞서 적장의 진로를 차단하는 일단의 사병들이 있었다. 그들은 바로 좌군의 용사들이었다. 대장 계백은 징을 울리면서 그들의 용기를 북돋아주었고, 저 멀리 신라군 진영에서도 관창을 응원하는 북소리가 울려오고 있었다. 적장의 창에 좌군 사병들이 속절없이 나가떨어지고 있었다. 대장 계백이 부장 길원에게 말했다.

"저 장수는 제법 창을 쓸 줄 아는군……."

"제가 나아가서 저 놈을 가루로 만들어 놓겠사옵니다."

부장 길원이 주먹을 움켜쥐는 그 순간, 적장이 돌연 낙마하여 풀밭으로 나뒹굴었다. 우르르 달려들어 창을 빼앗은 좌군의 사병들이 그를 오랏줄로 포박하고 있었다. 계백은 그 장면을 의연하게 지켜보았다. 시간을 끌면 끌수록 부하들의 희생이 컸을 텐데 그 정도에서 적장을 생금함으로써 그만큼 인명 손실을 줄일 수 있었다.

잠시 후 좌군의 장졸들이 사로잡은 적장과 그의 군마를 계백에게로 인치(引致)하였다. 그는 오랏줄에 묶였으면서도 고래고래 고함을 지르며 마구 소란을 피우고 있었다. 부장 길원이 달려들어 오랏줄을 푼 뒤 그의 투구와 갑옷을 벗겼다. 적장은 천만뜻밖에도 너무 어린 애송이 소년이었다. 계백이 물었다.

"이름이 뭔가?"

"관창이다!"

"관창?"

"그렇다! 신라의 화랑이다!"

관창은 당돌하게도 초로에 접어든 백제의 원수 계백에게 반말로 직직 내갈겼다. 그는 진땀으로 몍을 감고 있었는데 그의 두 눈에는 살기가 번득이고 있었다. 부장 길원이 주먹으로 그의 귀뺨을 무자비하게 올려붙였다. 그 순간, 관창은 부싯돌에서 불꽃 튀듯 두 눈에 섬광이 번쩍거림을 느꼈다. 길원이 호통쳤다.

"예끼, 이 발칙한 놈. 어느 안전(案前)에서 반말인가?"

"적을 존대하는 사람이 어디 있는가? 나는 너희들 목을 베려고 나왔다가 뜻을 이루지 못하고 사로잡힌 몸이다. 어서 나를 죽여라!"

"이런 고얀 놈. 네놈에게는 아비도 없는가?"

"쓸데없는 소리 그만하고 어서 날 죽이라니까!"

관창이 소리를 질렀고, 길원이 채찍을 들어 후려칠 기세로 그를 겁박하였다. 그런데도 관창은 조금도 위축되지 않은 채 바락바락 악을 쓰며 삿대질을 하고 있었다. 계백이 관창에게 물었다.

"이름이 관창이라 했는가?"

"그렇다! 나는 태자 전하의 부장이다! 일국의 장수로서 전역에 나왔다가 부로가 되었으니 비굴하게 살고 싶지 않다! 어서 나를 죽여라!"

그는 시종 반말로 앙졸댔다. 그런 관창을 보면서 계백은 집을 나설 때 미처 죽이지 못한 해명을 생각했다. 계백이 그에게 물었다.

"몇 살인가?"

"열여섯 살이다!"

계백은 아, 하고 짤막한 탄성을 자아냈다. 해명이 조금 일찍 태어나 관창만큼만 자랐더라도 꼭 전장에 데리고 나왔을 텐데 지금쯤 그 아이가 제 어미와 동기간의 주검 앞에서 얼마나 비통해 할까 생각하면 참으로 미치고 환장할 지경이었다. 부인 목씨와 딸 정은, 막내 원동은 깨끗이 숨통을 끊어주었지만 시간이 없어 해명을 살려두고 나온 것은 이래저래 돌이킬 수 없는 아쉬움으로 남아 있었다. 길원이 다시 관창의 입을 주먹으로 쥐어박았다.

"닥치지 못할까! 천하의 불상놈 같으니……. 구상유취(口尚乳臭; 입에서 젖내가 난다는 뜻으로 말이나 행동이 유치함을 일컫는 말)로다. 아무리 오랑캐 족속이라 하지만 네놈들에게는 장유유서(長幼有序)의 예절도 없단 말인가? 대가리에 피도 마르지 않는 녀석……. 네놈이 진정 장수라면 어찌 백제의 노장이자 원수이신 어른에게 예의를 갖추지 못하는가?"

관창의 입술이 터져 피가 흐르고 있었다. 본래 성정(性情)이 급한, 그리고 조천성 성주로 있을 때부터 맹장으로 명성을 떨치면서 신라군을 벌벌 떨게 했던 부장 길원은 숫제 관창을 잡아 죽이려 들었다. 계백이 그에게 말했다.

"부장……. 손찌검을 거두시오."

"네에? 이런 싸가지 없는 애송이를 어찌 그냥 둔단 말입니까? 이놈을 당장 목 베어 군문에 효수하겠사옵니다!"

"안 되오."

"네에?"

"그 소년을 말에 태워 적진으로 돌려보내시오."

그 말을 듣고 부장 길원은 농담인지 진담인지 귀를 의심하지 않을 수 없었다. 길원뿐만 아니라 경수를 비롯한 제장과 모사들도 계백의 군령에 어리둥절하였다. 이 날 입때껏 빈말이나 실언을 한 적이 없었던 계백. 그런데 사병들이 목숨 바쳐 사로잡은 버르장머리 없는 적장을 그냥 살려 보내라니 참으로 어처구니가 없었다. 중군장 경수가 되물었다.

"적장을 돌려보내라 하셨사옵니까?"

"그렇소. 저런 어린 아이를 참수하려고 칼에 피를 묻힐 수는 없잖소? 우리가 저 아이를 죽이면 부모의 가슴이 얼마나 아프겠소?"

"장군……."

제장과 모사들은 계백의 도량이 어느 정도인지를 헤아리지 못하고 있었다. 사비 도성에서 자신의 부인은 물론 아직 철모르는 늦둥이들까지 참수하고 떠나온 계백. 그런 인물이 남의 자식을 어여삐 여기고 부모의 심정까지 염려하다니 계백은 아마도 생불(生佛)인 듯했다. 계백이 말했다.

"어서 돌려보내시오."

계백이 채근하였고, 휘하의 제장은 관창에게 투구와 갑옷까지 돌려주었다. 다만, 그들은 관창이 난동을 부릴까봐 창만 압수하였다. 제장은 곧 관창을 군마에 태워 그의 몸을 고정시켰다. 그러자 계백이 말의 궁둥이에 채찍을 가했고, 다시 주인을 만난 관창의 군마는 곰티재를 향하여 내달리느라 말갈기를 풀썩풀썩 휘날리고 있었다.

백제군 병영의 여러 장수들과 모사들은 계백의 처사를 도저히 이해할 수가 없어 고개를 가로 저었다. 달아나는 적을 끝까지 쫓아가서 잡아 죽이지는 못할망정 장졸들에게 잡혀온 적을 그냥 돌려보내다니……. 중군장 경수가 물었다.

"어찌하여 그 놈을 살려서 돌려보내셨사옵니까?"

"그 의기가 가상하니까……."

"연작(燕雀)이 어찌 홍곡(鴻鵠)의 뜻을 헤아리겠사옵니까만……. 소장은 장군의 깊은 뜻은 헤아릴 길이 없사옵니다."

"저 어린 적장을 죽이기에는 너무 아까웠소."

"아깝다니요? 그 고약한 애송이를 살려 두었다간 우리가 무슨 횡액을 만날지 모르옵니다. 품안에 호랑이 새끼를 키우는 것과 무엇이 다르겠사옵니까?"

"이 땅에 쥐새끼나 여우나 고양이보다 호랑이가 많다는 것은 좋은 일이오. 쥐새끼와 여우와 고양이 같은 인간들이 들끓으면 국가가 망하게 되어 있소. 하지만 호랑이 같은 인재가 많아지면 그 나라는 흥하게 마련이오. 신라에 그런 소년이 있었다는 것은 놀라운 일이오. 두고 보시오. 그 녀석은 무장을 갖춘 뒤 다시 올 것이오."

계백은 넌지시 '이 땅' 이라는 말에 힘을 주었다. 그것은, 비록 백제가 멸망하더라도 그처럼 당찬 소년이라면 장차 겨레를 위해 큰 몫을 할 수 있다는 뜻이었다. 사실 계백이 볼 때, 관창이야말로 죽이기에는 너무 아까운 재목임에 틀림없었다. 그러나 제장과 모사들은 그 말이 무엇을 의미하는지 전혀 눈치 채지 못하고 있었다. 부장 길원이 물었다.

"그 놈이 다시 오면 그때는 어떻게 하시겠사옵니까?"

"그 소년의 행위를 보고 제장과 모사들의 의견을 물어 처단을 결정하겠소. 하지만 하늘은 필경 신라를 돕는 것 같소."

"장군……. 어찌하여 그런 비감어린 말씀을 하시옵니까?"

"관창을 보고 느낀 바가 많소. 아무튼 김유신은 천운을 타고난 인물이라 하겠소. 국왕은 엄명하고, 태자 또한 영민(英敏)하여 사뭇 진취적이오. 더군다나 소정방과 함께 당군을 지휘하는 김인문을 비롯하여 태자의 형제들까지 일심동체(一心同體)를 이루었으니 무엇인들 두렵겠소? 국왕 김춘추는 그의 매부요, 태자는 그의 생질이며, 김유신 자신은 상대등으로서 국왕에 버금가는 최고의 권좌에 있소. 그는 마음만 먹으면 공중에 뜬 새도 떨어뜨릴 수 있소. 더군다나 휘하에 기특한 인물들을 숱하게 거느렸소. 신라는 역시 대적하기 어려운 나라라 하겠소. 일개 소년의 용맹이 저러하거늘 하물며 장년의 충정이야 불문가지(不問可知)라 할 것이오. 아무튼 우리도 싸우는 데까지 싸워서 한 점이라도 후회를 남기지 말아야 할 것이오."

계백의 내면에서는 참으로 만감이 교차하였다. 김유신이 천시와 천운을 잘 타고 태어나 천하를 호령하는 반면, 기울어 가는 나라에 잘못 태어난 죄로 처자까지 살해하지 않으면 안 되었던 계백이야말로 비단 옷 입고 밤길 걷는 비운의 장수에 지나지 않았다.

김유신은 가야국 왕족의 후예로서 신라의 신흥 귀족에 편입된, 그리하여 요직이라는 요직을 두루 거친 실세 중의 실세라고 말할 수 있었다. 하지만 계백은 일개 민초의 유복자로 태어나 어렵게, 아주 어렵게 자수성가(自手成家)한 인물이었다.

그래봤자 그의 관등은 달솔에 지나지 않았다. 김유신이 국왕의 처남이자 상대등인 점에 비추어, 조정 대신들로부터 중상모략만 받아온 계백이 달솔이라는 관등을 가졌다 한들 그것은 사실상 별 의미가 없었다.

김유신은 5만 대군을 거느리고 원정에 나섰지만 계백은 겨우 그 10분의 1인 5천 결사대를 이끌고 나와 그야말로 목숨 던져 결사항전을 벌이고 있었다. 김유신은 위로 김춘추 부자를 받들고, 아래로는 품일, 흠춘, 김문영 같은 명장은 물론이려니와 반굴, 관창 같은 소년 장수까지 거느리고 있었다. 그런 김유신에게 힘이 실리는 것은 당연한 귀결이었다.

그러나 계백의 처지는 너무 초라하고 각박했다. 내리 이틀 밤을 뜬눈으로 지새운 장졸들은 지칠 대로 지쳐 있었고, 어제 온종일 4합을 치르는 동안 창검도 적지 아니 무뎌졌을 뿐만 아니라, 이제는 시석까지 바닥을 드러냄으로써 숙명적으로 백병전을 치를 수밖에 없었다.

휘하의 장졸들이 가련하게 느껴졌다. 이미 오래 전 민심이 조정과 권부에 등을 돌렸건만 그들은 오직 계백을 믿고 따르면서 눈물겨운 충성심 하나로 신명을 아끼지 않고 있었다. 계백은 그런 부하들을 대할 때마다 너무 딱하게 느껴졌고, 집에 남아 있는 그들의 가난한 부모형제를 생각할라치면 가슴이 미어지는 듯했다.

그 자신은 진작 생사를 초월해 있었지만 면면히 이어져 내려온, 그러나 미증유(未曾有)의 위기를 맞고 있는 조국의 운명을 생각할 때 처연한 실의와 자괴가 골수에 사무쳤다. 더군다나 오늘날까지 백제를 지탱해온 가장 용맹하고 충성스러운 부하들이 적군의 창검 아래 무참히 쓰러지는 것을 지켜볼 때 이만저만 고통스러운 것이 아니었다. 부장 길원이 그에게 말했다.

"장군……. 관창이란 놈이 다시 오면 아주 결딴을 내고야 말겠사옵니다."

"부장의 뜻이 그러하다면 어쩔 수 없소. 하지만 그를 해치는 순간 우리는 김유신의 고육지계에 그대로 휘말리는 셈이오."

사실 김유신의 고육지계는 총공격을 예고하는 일종의 전조(前兆)라고 말할 수 있었다. 관창이 전사할 경우 그는 사졸들의 독기와 살의에 불을 붙여 총력전을 펼치겠다는 뜻이었다. 계백은 그런 김유신의 전략을 읽어내면서 밀리고 밀려 죽게 되더라도 가장 멋지고 깨끗하게 죽으리라 다짐하고 있었다.

한편, 관창은 본영으로 돌아가 부친 품일 앞에 무릎을 꿇고 머리를 조아렸다. 그는 적진에 들어갔다가 적장의 목을 베지 못하고 사로잡혔다가 돌아온 것을 씻을 수 없는 치욕으로 여기면서 부친에게 눈물로 용서를 빌었다. 그가 말했다.

"아버지. 소자를 용서해주시옵소서."

그러나 품일은 그런 관창을 야멸치게 꾸짖었다.

"듣기 싫다! 너는 화랑 출신으로 태자 전하의 부장이 아니더냐. 명색 장수라는 작자가 어찌하여 적장을 베지 못하고 구차하게 살아 돌아온단 말이냐?"

"그러하옵니다. 소자는 적장을 베지 못하였고, 적의 대장기(大將旗; 대장이 지휘할 때 쓰는 기)도 빼앗지 못하였사옵니다. 이는 소자의 치욕이라 아니할 수 없사옵니다."

관창은 눈물을 삼키며 분통을 터뜨렸다. 죽기를 맹세하고 적진에 뛰어들었던 관창. 그는 태자 김법민, 대장군 김유신 앞에서 낯을 들 면목이 없었다. 특히 젊은 아들 반굴을 제물로 바친 흠춘 앞에서는 뭐라 변명할 말도 없었다. 품일이 노발대발하였다.

"나는 너의 지기와 용맹을 믿었느니라. 그러나 너는 이 아비를 매우 실망시켰어. 그 따위 정신으로 장차 어찌 큰일을 하겠는가!"

그 말을 하면서도 품일은 억장이 무너지는 비통함에 젖어 있었다. 아직 앞길 창창한, 어느 누구보다도 전도가 유망한 어린 아들을 죽음으로 내몰아야 하는 그의 심정은 실로 뭐라 말할 수가 없었다. 하지만 진중의 고위 지휘관인 그는 태자 김법민과 대장군 김유신에게 부자의 충성을 입증해 보이는 것은 물론, 다른 졸병들의 분전을 다그치기에 앞서 솔선수범으로써 그들의 전의를 북돋우지 않으면 안 되었다. 관창이 부친 품일에게 말했다.

"아버지. 한 번만 더 기회를 주시옵소서. 이번에 다시 나가면 절대로 실수하지 않을 것이옵니다. 저는 반드시 성공할 것이옵니다."

"좋다. 그렇다면 한 번만 더 기회를 주겠노라."

"황공하옵니다."

관창은 다시 출진할 채비를 서둘렀다. 품일은 그런 아들을 대견스럽게 여겼다. 그러면서도 다른 한편으로는, 이번에야말로 부자가 살아서는 다시 만날 수 없다는 예감이 들었다. 그리하여 그는 가슴이 찢어지는 듯한 쓰라림을 느끼고 있었다. 그것은 장졸들을 통솔하는 장수이기 이전에 자식을 낳아 길러온 아비로서의 아픔이었다.

관창은 병영 앞으로 나아가 손으로 우물물을 세 번 움켜 마신 다음 창을 거머쥐고는 훌쩍 몸을 날려 군마에 올랐다. 신라군 병영의 장졸들은 그런 관창을 지켜보면서 연신 마른침을 집어삼키고 있었다. 바람 한 점 없는, 그리하여 나뭇잎 하나 미동도 하지 않는 찌는 듯한 무더위 속에 숲에서는 무심한 꾀꼬리들이 꾀꼴, 꾀꼴, 꾀꾀꼴, 꾀꼴⋯⋯ 뭐라 열심히 지저귀고 있었다.

계백은 짙푸른 주변 산천을 바라보며 잠시 지난 세월을 반추하였다. 허망했다. 삶과 죽음은 따로따로 동떨어진 것이 아니라 동일한 연장

선상에 있었다. 삶이란 죽음으로 가는 한갓 과정에 지나지 않을 따름이었다. 그동안 작은 명리(名利)에 연연하지 않고 혜오화상의 가르침을 받들어 지조와 절개를 지키느라 깜냥껏 분투해 왔지만 그렇다고 일말의 회한마저 없는 것은 아니었다.

사실 대의와 명분을 잃지 않고 한 평생 지조와 절개를 지키며 산다는 것은 참으로 힘들고 고단한 일이었다. 하지만 그 대목에 관한 한 계백은 하늘을 우러러 한 점 부끄러움도 없다고 자부했다. 그럼에도 불구하고 처자까지 참수하지 않으면 안 되었던 그 고통과 번뇌는 차라리 그만이 아는 비밀이었다.

황산벌 산야에 즐비하게 널려 있는 피아(彼我)의 시체들. 아무 죄도 없는, 참으로 신성하고 거룩한 생명들을 애꿎은 죽음으로 내모는 미친 전쟁. 싸우지 않고서도 서로가 서로를 도우며 얼마든지 화평하게 살 수 있으련만 인간들은 어찌하여 죽자 살자 다투고 싸우는지 알 수가 없었다. 계백이 그런 화두를 붙잡고 깊은 고뇌에 잠겨 있을 때 부장 길원이 다가왔다. 그가 말했다.

"장군……. 그 방자한 놈이 다시 오고 있사옵니다."

"내가 뭐랬소? 충분히 예측했던 일이니 만큼 조금도 이상할 것이 없다 하겠소."

그의 말이 떨어지기도 전에 이번에는 중군에서 사병들이 달려 나갔다. 관창의 창에 사병 몇이 고꾸라지는가 했더니, 중군장 경수가 냅다 말을 몰고 달려 나가 관창의 앞을 가로막았다. 그가 두어 차례 창을 휘두르자 요리조리 피하던 관창이 몸을 휘청하면서 또 다시 낙마하였다.

중군장 경수는 그를 사로잡아 장대로 인치하였다. 그러나 관창은 의기를 꺾지 않은 채 악을 쓰다시피 계속 진중을 어지럽히고 있었다.

좌우간 그의 성정은 여간 질긴 것이 아니었다. 경수가 계백에게 말했다.

"아무래도 안 되겠사옵니다. 이놈을 참수하겠사옵니다."

"중군장의 뜻이 저엉 그렇다면 더 이상 말리지 않겠소."

중군장 경수는 관창을 밖으로 끌어냈고, 계백 이하 사령부의 제장과 모사들이 지켜보는 가운데 쓱싹 그의 목을 베었다. 선혈이 시뻘겋게 묻어난 칼을 칼집에 푹 꽂으면서 경수가 계백에게 말했다.

"이놈의 수급을 장대에 매달아 군문에 효수하겠사옵니다."

"안 되오. 그 수급은 말안장에 매달아 적진으로 돌려보내시오."

"네에?"

"저 옛날 관산성 회전 때 성왕 전하께서 신라 복병들에게 생금된 적이 있었소. 그때 신라 복병들은 성왕 전하를 참수하여 수급은 서라벌로 가져가 북청 도당에 묻었으나 옥체만은 우리 백제에 돌려주었소. 이제 우리가 관창의 수급을 보내줌으로써 그 부모로 하여금 마지막 얼굴이라도 보게 하는 것이 좋겠소. 더군다나 관창은 비록 적장이라 할지라도 자라나는 후진들의 귀감이자 더 나아가 모든 장병의 표양이 되고도 남는다 하겠소. 관창이 적장인지라 포상하지는 못할지언정 그의 수급만은 부모에게 돌려주어 장사라도 잘 지내도록 하는 것이 인간의 도리라 생각하오."

대장 계백의 말이 떨어지자 중군장 경수는 관창의 수급을 말안장에 매달았다. 그러고 나서 그는 관창의 군마에 힘껏 채찍을 가했는데, 눈물이 글썽해 있던 그 군마는 히히힝 울부짖다가 다시 곰티재를 향하여 껑충껑충 달려 나갔다. 부장 길원이 대장 계백에게 말했다.

"장군……. 소장은 아직도 장군의 깊은 뜻을 헤아리지 못하겠사옵니다. 어찌하여 굳이 애송이 놈의 수급을 보내야 한단 말이옵니까?"

“하하하……. 그것이 그렇게도 궁금했소? 본관이 한 마디만 하겠소. 모름지기 전쟁에도 인륜과 법도가 있어야 하는 까닭이오.”

사실 계백은 아직 새파랗게 어린 소년을 참수한 데 대해 깊은 죄책감을 느끼지 않을 수 없었다. 그는 관창의 수급을 돌려보낼 경우 신라군의 독기를 자극하는, 말하자면 결과적으로 김유신의 고육지계를 돕게 된다는 사실까지 잘 알고 있었다. 하지만 그는 자기 집 마당에 나뒹굴던 부인 목씨와 정은 원동 남매의 수급을 떠올리면서 기꺼이 관창의 수급을 돌려주었다.

어느덧 한낮이 기울고 있었다. 하늘에는 여전히 짙은 구름이 잔뜩 끼어 있었다. 신라군의 시체가 산더미처럼 겹겹이 쌓여 아무렇게나 나뒹구는 황산벌에는 바람 한 점 불어오지 않았다. 저 멀리 소택지에는 백로가 하얗게 앉아 있었고, 구름 사이로 언뜻언뜻 햇빛이 비칠 때에는 장대 옆 소나무 그림자가 길게 드러눕곤 하였다.

신라의 장군 품일은 말안장에 매달려 돌아온 관창의 수급을 받아보고 남몰래 피눈물을 씹어 삼켰다. 그는 장졸들 앞에서 눈물을 보이지 않으려고 애썼지만 내면으로는 피를 토하고 있었다. 그가 옷소매로 아들의 안면에 묻어난 혈흔을 닦아내며 말했다.

"관창⋯⋯. 너는 과연 내 아들이야. 너의 얼굴과 눈이 꼭 살아 있는 것 같구나. 장하구나. 나라를 위해 죽었으니 너는 저승에 가서도 정녕 후회가 없을 것이야."

품일은 관창의 수급을 부여안은 채 그만 오열했다. 이윽고 관창의 장렬한 옥쇄 소식이 1도, 2도, 3도 등 3군의 모든 병영으로 퍼져 나갔고, 계백의 용맹에 거의 주눅이 들어 있던 신라군 장졸들은 저마다 비분강개(悲憤慷慨)하여 어느 누구라도 잡아먹을 듯한 독기를 내뿜기 시작하였다. 결국 김유신의 고육지계가 진중에 그대로 먹혀들었다.

그 기회를 놓칠세라 김유신은 3도의 전군에 총공격을 명령하였다. 그의 기수가 영기를 세차게 흔들었고, 그와 동시에 1도, 2도, 3도의 장졸들이 계백의 3영을 향해 일제히 진격하기 시작했다. 1도는 좌군을, 2도는 중군을, 3도는 우군을 공격목표로 삼아 전군이 전력으로 돌격하였다.

군사들의 함성이 지축을 흔들었고, 전고, 동라, 나팔, 각적을 비롯한 군악기 울부짖는 소리에 천지가 진동하고 있었다. 그 소리가 얼마나 요란했던지 저 멀리 소택지에서 노닐던 백로들까지 깜짝 놀라 멀리 날아가고 있었다. 계백의 3영에 포진한 장졸들은 전원 전투대형을 완비하고 그들이 사정권 안으로 접근하기를 기다리고 있었다. 길원이 계백에게 말했다.

"적의 군세가 대단하옵니다."

"그렇소. 드디어 올 것이 왔소. 적이 좀 더 접근해 오면 전군이 혼연일체로 합심하여 반격하시오."

계백은 태연했다. 김유신이 반굴과 관창을 잇달아 내보내 고육지계를 쓸 때부터 그는 전황이 이렇게 돌아가리라는 것을 예측하고 있었다. 아직까지 황산벌을 통과하지 못함으로써 소정방과의 군약을 어기게 된 김유신. 그는 반굴과 관창을 희생 제물로 삼아 장졸들로 하여금 독기를 내뿜게 한 뒤 그 힘으로 정면 돌파를 시도하였다.

계백은 싸우는 데까지 싸우다가 종당에는 백병전을 벌일 수밖에 없다고 판단하였다. 다른 때 같으면 화공을 모색해볼 수도 있었다. 그러나 건초(乾草)라고는 찾아볼 수 없는, 아니 산천이 온통 짙푸른 이 절기에 불을 붙일 데가 없었고, 며칠 전부터 바람 한 점 없는 날씨인지라 풍향 같은 것은 따져볼 필요조차 없었다.

이윽고 신라군이 사정권 안으로 들어왔다. 계백은 길원과 나란히 서서 활을 쏘았는데, 시위를 떠난 허공을 가르며 적진으로 날아가 자로 잰 듯이 적군의 산멱에 정확히 꽂혔다. 아니, 그들의 살밑에는 눈이 달린 모양이었다. 아무튼 그들이 쏜 화살은 어김없이 적의 산멱을 찾아가 척척 꽂히면서 그들의 멱통을 끊어놓고 있었다.

계백의 화살은 단 한 발도 허투루 빗나가는 법이 없었다. 한껏 농익을 대로 농익은 계백의 궁술은 가위 무예의 극치를 뛰어넘어 신기(神技)에 이르러 있었다. 그리고 백제의 화살은 살상력이 뛰어나 한 번 제대로 맞았다 하면 어느 누구라도 살아남을 수가 없었다. 하지만 신라군은 화살을 맞고 쓰러지는 동료의 시체를 뛰어넘으며 물밀 듯이 덤벼들고 있었다.

계백의 3영에서 계속 화살을 날리는데도 그들은 점점 더 가까이 다가서고 있었다. 화살을 맞고 쓰러지는 신라군은 수를 헤아릴 수가 없었다. 그렇건만 그들은 소나기 같은 화살에도 아랑곳없이 개미떼처럼 새까맣게 산비탈로 기어오르며 좌군 중군 우군 등 3영을 포위하려 획책하고 있었다.

하지만 어느 한 순간 백제군의 좌군과 우군에서 화살이 날아가지 않고 있었다. 그 대신 그들 두 진영에서는 돌이 날아갔고, 구렁과 구렁 사이의 음침한 둔덕에 몸을 숨기고 있던 기병들이 말을 몰고 뛰어나와 신라군의 후미를 들이치고 있었다. 길원이 계백에게 말했다.

"좌군과 우군에 화살이 바닥난 것 같사옵니다. 소장도 화살이 없어 쏠 수가 없게 되었사옵니다."

"허허……. 안타까운 일이오. 그렇다면 백병전으로 맞설 수밖에 없겠소."

그 말이 미처 떨어지기도 전에 이번에는 중군장 경수가 다가왔다. 그의 얼굴에는 개기름 같은 진땀이 줄줄 흐르고 있었다. 그가 울상을 지으며 계백에게 말했다.

"장군……. 중군에도 화살이 떨어졌사옵니다."

사실은 계백의 전통도 이미 바닥나 있었다. 그는 활을 거두어 장대의 나뭇가지에 걸었고, 어깨에 짊어졌던 전통을 벗어 그 위에 얹어 놓았다. 그런 다음 그는 창을 거머쥐고 말에 올랐다. 그가 경수에게 말했다.

"일단 돌과 통나무를 굴리시오. 이제 곧 육박전으로 들어가겠소."

3영은 돌과 통나무를 굴렸다. 그들은 통나무를 곧추 세웠다가 적을 향해 쓰러뜨렸다. 통나무는 숲으로 곤두박질치면서 신라군을 덮치고 있었다. 그런가 하면 어떤 통나무는 산기슭의 다른 나무들에 걸려 그대로 주저앉기도 하였다.

취사부 사병들은 달려드는 적에게 끓는 물을 끼얹거나 그동안 아궁이에서 긁어모았던 재를 뿌리기도 하였다. 이 없으면 잇몸으로 산다지만, 돌과 통나무의 살상력이란 아무것도 아니었다. 달걀로 바위 치는 형국이라고나 할까, 그것은 적의 접근을 막는 데는 어느 정도 효과를 볼 수 있을지언정 적을 무찌르기에는 한계가 있을 수밖에 없었다.

한편, 김법민과 김유신은 넉넉한 미소를 머금고 있었다. 그들은 백제군의 시석이 동났다는 것을 간파하고 있었다. 그들은 내친 김에 3영을 마구 들이쳐서 백제군을 사그리 소탕한 다음 아예 쑥대밭으로 만들어 놓을 작정이었다. 본영의 기수는 김유신의 손짓에 따라 계속 영기를 흔들었고, 전고, 동라, 나팔, 각적도 더욱 요란하게 악을 써대고 있었다.

대장 계백은 최후의 순간이 다가오고 있음을 직감했다. 우군이 진지를 벗어나 뒤로 밀리기 시작하였고, 신라군 3도가 우군이 포진해 있던 고지(高地)로 진입하고 있었다. 바로 그 순간, 화살이 떨어져 고전을 면치 못하던 좌군도 김유신의 1도에 밀려 진지를 벗어나고 있었다.

좌군과 우군은 적에게 포위당하지 않으려고 일면 방어, 일면 후퇴를 되풀이하면서 능선을 따라 중군 쪽으로 뒷걸음질치고 있었다. 그들은 적에게 일방적으로 밀리면서도 군사가 가장 적은 중군을 엄호하기 위하여, 그리고 계백의 사령부를 끝까지 지켜내기 위하여 그들 나름대로 시간을 벌기 위한 지연작전을 펴면서 이쪽으로 후퇴하고 있었다.

이제 좌군이며 우군과는 교신다운 교신도 할 수가 없었다. 그들의 전열이 무너진 데다 전세가 악화될 대로 악화된 탓이었다. 전세를 확실히 반전시켰다고 판단한 품일, 흠춘, 김문영이 휘하의 사졸들을 휘몰아치고 있었다. 그러나 계백은 좌군과 우군이 위기에 몰렸다는 것을 알면서도 병력이 턱없이 부족한 데다 시석까지 고갈된 터라 마땅한 구원대책을 마련하지 못하고 있었다.

중군의 진지에도 적군이 턱밑까지 다가서고 있었다. 좌군, 우군의 방어선이 1도와 3도에 의해 무너지자 2도 역시 자신감에 넘쳐 더욱 기승을 부리고 있었다. 그들의 화살이 소나기처럼 날아왔다. 길원이 계백에게 말했다.

"장군……. 몸을 피하는 것이 어떻겠사옵니까?"

"피하다니……."

"위험하옵니다. 좌군과 우군이 이쪽으로 후퇴하고 있는지라 중군은 포위될 수밖에 없사옵니다."

"알고 있소. 하지만 우리가 먼저 후퇴하면 좌군과 우군이 배후를 잃게 되어 전멸을 면치 못할 것이오. 그들이 우리에게 다가와 합세할 때까지 적의 접근을 최대한 저지해야 하오."

비로소 신라군 본영이 곰티재 산모퉁이를 돌아 전모를 드러내기 시작하였다. 호위병들이 겹겹이 에워싼 가운데 태자 김법민과 대장군 김유신은 온갖 깃발을 펄럭이며 기세 좋게 다가오고 있었다.

김법민과 김유신의 위세는 하늘을 찌를 듯하였고, 궁지에 몰린 계백의 처지는 처량하기 짝이 없었다. 빌어먹을……. 그들이 시야에 들어오는 순간 계백은 눈을 부릅뜨고 으드득 이를 갈았다. 마음 같아서는 당장 그쪽으로 돌진하여 적의 지휘부를 송두리째 도륙하고 싶었지만 사실은 발등에 떨어진 불을 끄기도 버거운 형편이었다.

화살이 빗발치고 있었다. 계백은 쉴 새 없이 날아드는 화살을 창끝으로 툭툭 쳐내면서 장졸들을 격려하였다.

"끝까지 싸워라."

최전방에 포진해 있던 궁노수들이 적의 예봉을 피해 장대 쪽으로 올라왔다. 그들은 어쩌다 적진에서 날아온 화살을 주워 적을 향해 되쏘기도 했지만 그것은 언 발에 오줌 누기나 다를 바 없었다.

이윽고 좌군과 우군의 주력이 중군 쪽의 평퍼짐한 언덕까지 다가와 있었다. 그들은 적의 군세에 밀려 계속 뒷걸음질을 치면서도 결사적으로 싸우고 있었다. 계백은 어쩔 수 없이 후퇴명령을 내렸다.

"후퇴하라!"

백제군 지휘부는 경수가 이끄는 중군의 주력과 함께 진지의 산비탈로 해서 고지를 내려왔다. 그들은 곧 존일의 좌군 감태의 우군과 합류했는데, 계백은 그때 차마 못 볼 꼴을 보고야 말았다. 장졸들의 수가 절반으로 줄었을 뿐만 아니라 들것에 실린 좌군장 존일이 중상을 입은 채 사경을 헤매고 있었다.

목덜미 전체에 시뻘건 선혈을 뒤집어쓴 존일. 사병들의 도움으로 간신히 진지를 벗어난 그는 겨우 깔딱깔딱 숨만 쉬고 있을 따름이었다. 계백은 그를 부여잡고 울상을 지었다. 계백이 말했다.

"좌군장……. 이게 어찌된 일이오? 정신을 차리시오. 좌군장은 참으로 용장이시오."

"소, 소장은……. 괜찮사옵니다. 끝까지 싸우지 못하고……. 한 놈이라도 더 적을 도륙하지 못하고……. 이런 꼴을 보여드려 참으로 죄송하옵니다. 소장은 죽어도 여한이 없사옵니다. 이 세상에 나와……. 장군처럼 훌륭한 어른을 모실 수 있었다는 것만으로도……. 크나큰 광영(光榮)이라 믿사옵니다. 설령 우리 백제의 국운이 다한다 해도……. 장군의 그 거룩하신 충절은 만세에 길이 빛날 것이옵니다.”

좌군장 존일은 그 말을 마치고 숨을 거두었다. 그의 비참한 최후를 지켜보던 장졸들의 눈에서는 생명의 액즙(液汁)같은 눈물이 뚝뚝 떨어지고 있었다. 계백은 존일의 장사 문제를 논의할 겨를도 없이 생존자들을 불러 모아 백병전에 들어가도록 명령하였다.

한편, 신라군은 점점 더 가까이 다가오고 있었다. 그러자 계백은 말을 몰고 달려 나가 적진을 마구 헤집으면서 단숨에 수십 명을 해치웠다. 그가 창을 한 번 내질렀다 하면 누군가는 반드시 피를 내뿜으며 나가 떨어졌다.

신라군의 목이 날아갈 때마다 투구가 떨어져 떼굴떼굴 굴렀다. 계백은 마치 신들린 사람 같았다. 계백이 그처럼 종횡무진으로 적진을 휘젓자 다른 장졸들도 사기가 충천해져서 더욱 용감무쌍하게 싸웠다.

치고, 받고, 베고, 찌르고, 부수고……. 어떤 사병은 말에서 굴러 떨어진 적을 올라타고는 단검으로 멱통을 끊어 놓기도 하였다. 그런가 하면 도끼를 휘둘러 달려드는 적의 머리를 장작 쪼개듯 두 조각으로 쩍쩍 갈라놓는 용사들도 있었다. 적과 맞붙어 싸우는 백제군의 기합소리가 하늘을 찌르고 있었다.

“얍!”

백제군의 칼과 창, 갈고리, 도끼, 발길질, 주먹 앞에 신라군의 비명이 산야를 가득 메웠다.

“으악, 으아악!”

정말 백제군은 한 명이 천 명을 감당해낼 기세로 싸웠다. 이틀씩 잠을 설친, 그리고 끼니조차 제대로 챙겨 먹지 못한 그들이었건만 어디에서 그런 힘이 펄펄 용솟음치는지 정말 놀라운 일이었다. 그들은 마치 오늘 이 전투를 위해 태어난 사람들 같았다.

웬만한 병졸들 같으면 적의 기세에 눌려 뿔뿔이 흩어져 도망치고도 남았겠지만, 그러나 계백의 결사대는 떼거리로 몰려드는 적군의 압박에 밀려 비록 뒷걸음질을 치고는 있을지언정 어느 누구도 적을 두려워하지 않았다. 그들에게는 오직 목숨 건, 끝까지 싸워 적을 박멸하고야 말겠다는 필승의 신념과 정면대결이 있을 뿐이었다.

어느덧 유시를 넘어 술시가 지나고 있었다. 날이 저물고, 먹구름까지 두터운지라 사위가 점점 침침해지고 있었다. 여기저기에서 피가 튀었고, 비명과 절규가 터져 나오는 가운데 시체가 점점 더 높이 쌓여가고 있었다. 칼과 칼, 창과 창, 도끼와 도끼…… 온갖 병장기가 부딪쳐서 쩔그렁쩔그렁, 쨍그랑, 쨍쨍…… 날카로운 금속성을 토해내는 가운데 황산벌은 시산혈해로 뒤덮여가고 있었다.

하지만 어느 사이엔가 대세가 기울고 있었다. 백제군은 아무리 창검을 휘둘러도 밀물처럼 달려드는 적군을 감당할 수가 없었다. 그 반면, 신라군 사졸들은 전열이 쓰러지면 후열이, 후열이 쓰러지면 그 다음 후열이 계속 달려들고 있었다.

그런 신라군을 얼마나 무찔렀던지 백제군은 지칠 대로 지쳐가고 있었다. 그들의 전의는 시퍼렇게 살아 펄펄 넘쳤으나 탈진한 몸이 그런 의지를 따라주지 않고 있었다. 몸이 가루가 되더라도 결코 포기하지 않겠다는 백제 최후의 결사대. 계백은 두 눈에 불을 켠 채 선봉에 서서 동에 번쩍, 서에 번쩍 달려드는 적을 닥치는 대로 쳐부수었다.

그러나 기진맥진한 그의 부하들은 적의 창검 아래 속절없이 쓰러져가고 있었다. 한 마디로 말해 중과부적(衆寡不敵)이었다. 이제 백제군은 거의 쓰러졌고, 계백 휘하에 남은 장졸은 부장 길원과 중군장 경수 이외에 여남은 명에 불과하였다. 그들은 계속 뒷걸음질 치며 밀리다가 황산벌 끄트머리의 이름도 없는 어느 야산 밑 귀퉁이에 이르러 있었다.

적진에서 돌연 나팔이 울렸고, 기를 쓰고 달려들던 적의 사졸들이 별안간 공격을 멈추면서 주춤하였다. 그 찰나, 계백은 재빨리 말을 몰아 좀 더 싸우기 좋은 밋밋한 언덕으로 올라섰다. 신라군 본영에서 튀어나온 두 필의 군마가 나란히 달려오고 있었다. 길원이 말했다.

"김유신이 또 다른 간계를 쓰는 모양이옵니다."

"그렇소. 저 두 사람은 필경 충상과 상영일 것이오."

계백은 단도직입적으로 말했고, 바람처럼 달려오던 두 필의 군마가 조금 전 계백이 잠시 주춤했던 야산 귀퉁이에 와서 멈추었다. 군마에 탄 인물은 다름 아닌 충상과 상영이었다. 충상이 계백에게 외쳤다.

"달솔……. 우리는 어젯밤 신라에 자진 투항했소. 달솔도 이제 그만 병장기를 거두고 순순히 항복하시오. 태자 전하와 대장군께서는 달솔이 투항할 경우 선처를 베푸는 것은 물론 섭섭지 않은 관등을 제수하겠다 약조하셨소."

'태자 전하'란 김법민을, '대장군'이란 김유신을 일컫는 말이었다. 엊그제까지 백제의 대신으로 대궐을 제 집 안방처럼 드나들며 국록을 먹던 작자가 어떻게 조국을 배신하고 그처럼 적으로 돌아설 수 있는 것인지 참으로 구역질이 나서 견딜 수가 없었다. 계백이 냅다 호통쳤다.

"네놈이 정녕 제 정신으로 지껄이고 있는가?"

그러자 이번에는 상영의 군마가 슬쩍 한 걸음 앞으로 나왔다. 그는 입가에 아주 이상야릇한, 이를테면 죽을 줄 모르고 싸우는 계백이 측은하고 가소롭다는 듯한 웃음을 흘리고 있었다. 상영이 말했다.

"달솔……. 어리석은 짓을 그만두시오. 백강에 나아갔던 의직도 이미 대국의 대총관에게 대패했소. 이제 당병이 신라 육군과 더불어 도성에 입성하는 것은 시간문제라 하겠소. 그렇건만 달솔은 어찌하여 섶을 지고 불더미 속으로 뛰어든단 말이오?"

"예끼, 천하의 역적 놈. 게 있거라. 내…… 네놈의 그 아가리를 찢어놓고야 말겠느니라."

계백은 창을 멀리 내던지고 마침내 스르릉 일장검을 뽑아들었다. 그의 눈에서 팍팍 불꽃이 튀고 있었다. 충상과 상영은 재빨리 말머리를 돌려 똥줄이 빠지게 달아났다. 그와 동시에 신라군 진영에서 전고가 울렸고, 선두에 나와 계백을 추격하던 적진의 사졸들이 일제히 공격을 재개하였다.

계백은 그들을 맞아 격돌하면서 불굴의 투혼을 불태웠다. 그의 장검이 스칠 때마다 신라군 사졸들의 수급이 뎅겅뎅겅 떨어져 나가면서 한꺼번에 두서너 명씩 무더기로 쓰러지고 있었다. 그러나 백제군 장졸들도 점점 줄어들고 있었다. 우군장 감태도 난전 중에 낙마하여 적의 말발굽에 짓밟혔고, 부장 길원까지 사력을 다해 싸우다가 끝내 장렬히 전사하고 말았다.

전령도 죽었고, 호위병도 전사했다. 그때 계백을 철저히 호위하며 위해(危害)를 막아주는 충성스런 장졸들이 있었다. 그 중에서도 철기와 공달은 자기들 목숨을 돌보지 않은 채 온몸으로 계백에게 달려드는 적을 사그리 소탕하고 있었다. 그들은 계백을 지켜내기 위해 참으로 물불을 가리지 않고 있었다.

적의 창검에 얼마나 찔리고 긁혔던지 숫제 벌집이 되어버린 그들의 육신. 그러나 무참히 난자(亂刺) 당해 만신창이가 되어버린 그들도 얼마 안 가 기진맥진하여 쓰러졌고, 이제 백제군 진영에는 달랑 계백 혼자만 남게 되었다.

계백은 냅다 말머리를 돌려 추격해 오는 신라군을 단숨에 따돌렸다. 그런 다음 그는 들꽃이 흐드러지게 피어난 어느 야산 밑으로 들어섰다. 그 야산은 바로 황산벌을 감싸고 도는 연산연봉의 한 내룡(來龍)이었다. 안장에서 훌쩍 뛰어내린 그는 그동안 고락을 함께 해온 애마의 목덜미를 어루만져주었다.

계백은 조국의 제단에 신명을 바친 부하들의 명복을 빌었다. 그의 눈앞에는 어느 사이엔가 그동안 만났다 헤어진 사람들의 모습이 주마등처럼 스쳐 지나갔다. 길쌈하던 모친을 비롯하여 혜오화상과 성충과 흥수와 의직은 물론 국왕 의자의 모습까지 가물가물 떠올랐다가 아련히 사라졌다.

부인 목씨와 해명과 정은과 원동 3남매의 해맑은 얼굴……. 목씨와 정은 남매의 수급을 벨 때 땅을 치며 통곡하던 목씨의 몸종 언년이에다 말먹일 꼴을 베어 가지고 돌아오다가 지게를 짊어진 채 뒤로 벌렁 나자빠지던 마당쇠 덕보하며 시루메 앞에 달려나와 오열하던 재창이라든가 아무튼 저승에 가서도 잊지 못할 사람들이 너무 많았다.

대장 계백은 마침내 단검을 뽑아 자신의 목에 겨누었다. 천하무적의 장졸들을 이끌던 일국의 원수로서 깨끗이 자결할지언정 더러운 적의 손에 목을 내어줄 수는 없었다.

그는 비록 궁지에 몰렸지만 5천 결사대의 작전은 크게 성공했다. 신라군이 초열흘날까지 당군과 합군하지 못하도록 놈들의 길목을 가로막고 지연작전을 펼치라던 의직 총령의 작전명령. 계백은 그 군령을 완벽하게 수행했다.

사나이 대장부 한 목숨 후회도, 미련도, 아쉬움도……. 아무것도 여한이 없었다. 그는 먼저 죽어간, 이름조차 알 수 없는 민초들의 영복(永福)을 기원하였고, 턱밑에 단도를 깊숙이 찔러 힘껏 내리그으면서 옆으로 풀썩 쓰러졌다.

그가 마지막 남은 숨을 헐떡헐떡 몰아쉴 때에는 목구멍에서 백마강 저녁노을보다 더 붉은 선혈이 울컥울컥 솟구치고 있었다. 신라의 장졸들이 달려들었고, 그들은 계백의 장엄한 최후를 지켜보면서 찌룩찌룩 비통한 눈물을 집어삼키고 있었다.

난세에 태어나 가장 장렬하게 일생을 마친 계백. 그러나 그는 누가 뭐래도 백제가 낳은 최고의 위인이었다. 신라의 장졸들은, 적대적 관계에 있던 백제의 달솔 계백이 비록 신라군을 엄청나게 살상한 적장이라 할지라도 타(他)의 추종을 불허하는 그 빛나는 투혼과 충절에 감복한 나머지 저마다 고개를 숙인 채 옷깃을 여미고 있었다.

그런 계백이 숨을 거두자 아까부터 겁을 집어먹은 채 그 큰 눈을 끔벅이던 그의 애마가 느닷없이 히히힝 울부짖었다. 그 명마(名馬)는 계백의 시신 곁을 뱅뱅 맴돌면서 앞발로 풀밭을 부욱부욱 긁어내 땅을 파헤치고 있었다.

어느 사이엔가 어둠이 몰려왔고, 먹구름이 짙게 끼었던 하늘에서는 후둑후둑 굵은 빗방울이 떨어지고 있었다. 계백의 죽음이 너무 애통하여 정녕 하늘도 눈물을 흘리는 모양이었다.

한편, 사비 도성 남쪽 갱갱이의 당군 본영에서는 눈이 빠지도록 신라 육군을 기다리다 지친 대총관 소정방이 온종일 역정을 내고 있었다. 그 바람에 국왕 김춘추의 아들이요 태자 김법민의 아우이자 김유신의 사위이면서 당군의 부대총관인 김인문은 안절부절못하고 있었다. 해가 저물어 어둠이 깔리기 시작할 때 소정방이 김인문에게 물었다.

"이거 어찌된 일이오? 신라 육군이 오늘 본영에서 회동하기로 약조했건만 군약을 어기다니 어쩌자는 것이오?"

“면목 없사옵니다.”

“면목 없다니……. 우리 13만 대군은 신라의 요청으로 만난을 무릅쓰고 바다 건너 예까지 원정에 나섰소. 그렇건만 신라 육군은 육로로 오는데도 이렇게 군약을 어긴단 말이오?”

“소장이 듣건대 폐국 본대가 황산벌에서 계백의 결사대를 만나 방어선을 뚫는 데 애를 먹었다 하옵니다.”

“그래도 그렇지……. 귀관이 알다시피 우리는 진흙 뻘을 통과하느라 버드나무 가지를 베어다 깔아 놓고 행군했소. 무릇 군대라면 산을 깎고 강을 메워 길을 내야 하오. 어디 그뿐이오? 우리는 좌평 의직과 조우하여 일대 접전을 벌였소. 의직의 군대는 백제의 주력이오. 계백의 군대가 결사대라 한들 의직의 주력에 비하면 소규모 병력이 아니겠소? 5만 군사가 그 따위 5천 명을 격파하지 못한대서야 말이 되오? 더군다나 지금 비까지 내리기 시작했소. 우리 장병들의 고충이 한층 심해졌소. 우리는 원정군이오. 원정군이 우중(雨中)에 싸우면 별로 유리할 것이 없잖소?”

소정방의 추상같은 질타에 김인문은 입을 굳게 다물었다. 사실 신라 육군의 도착이 지연됨으로써 그의 체면은 말이 아니었다. 그렇다고 그는 신라군을 원망할 수도 없었다. 그 자신 신라의 왕족일 뿐만 아니라, 다른 사람도 아닌 형님 김법민과 외숙이자 장인인 김유신이 주력을 통솔하고 있기 때문이었다.

그날 밤이었다. 김인문은 마치 가시방석에 앉은 기분이었으므로 한숨도 잠을 이룰 수가 없었다. 가재도 게[蟹] 편이라 했지만, 역시 신라 출신인 우무위중랑장(右武衛中郞將) 김양도 또한 밤잠을 설친 채 김인문과 함께 신라 주력의 안위를 걱정하고 있었다. 김양도가 김인문에게 말했다.

"태자 전하와 대장군께서 얼마나 고전하셨으면 아직까지도 못 오시는지 안타깝기 짝이 없사옵니다."

"그렇소. 태자 전하와 대장군께서 무사하셔야 할 텐데 지금으로서는 마음을 놓을 수 없다 하겠소. 대총관께서 격노하시는 것을 보면 우리 신라군이 도착한 뒤 아마도 무슨 변고가 일어나고야 말 것 같소. 아, 참……."

김인문은 초조한 심사를 달랠 길이 없었다. 구질구질 비는 내리고, 신라 육군은 오지 않고……. 이런 마당에 백제군의 기습이라도 받게 된다면 모든 위계가 빗나가 나당연합군이 사비 도성을 포위하여 의자의 항복을 받아내기로 작정한 당초의 목표가 수포로 돌아갈 수도 있었다.

그 이튿날이었다. 드디어 신라 육군이 당군 본영에 당도하였다. 당장 소정방은 그들을 따뜻이 환영하기는커녕 도리어 목에 핏대를 올리며 노발대발하였다. 그는 독군 김문영을 군문 앞으로 불러 입에 버캐를 물고 호되게 질책하였다. 그가 말했다.

"귀관은 독군이 아니던가?"

"그러하옵니다."

"그렇다면 군약을 지켰어야 하지 않는가? 그런데 어찌 이제야 나타난단 말인가? 본관은 군약을 지키지 못한 그 죄를 물어 귀관을 참수하겠소."

소정방은 즉각 김문영의 목을 베려 하였고, 사태가 심각하게 돌아가자 김유신도 소정방에게 맞불을 지르고 나섰다. 계백의 결사대와 싸우느라 반굴과 관창을 비롯한 장졸 2만여 명을 잃고 죽을 동 살 동 그야말로 사선을 넘어온 김유신. 그가 비장한 각오를 다지며 여러 사람들에게 말했다.

"대총관은 황산벌 싸움을 보지 못하고 단지 기일을 어겼다는 사실만으로 우리 독관을 문죄하려 하니 본관은 죄 없이 욕을 당할 수가 없소. 본관은 기필코 당군과 먼저 결전한 뒤에야 백제를 격파하겠소."

김유신은 분기탱천하여 도끼를 들고 군문 앞으로 나섰다. 그는 김문영을 참수할 경우 당군과 일전을 불사하겠다는 각오로 두 눈에 쌍심지를 박고 있었다. 그의 성난 머리칼이 하늘로 곤두섰고, 허리에 찬 보검이 저절로 칼집에서 들썩들썩하였다.

소정방과 김유신 사이에 일촉즉발(一觸卽發)의 아슬아슬한 긴장감이 감돌고 있었다. 그때 소정방에게 다가가 지그시 발등을 밟는 장수가 있었다. 그는 나당연합군의 우군장이자 부대총관인 동보량이었다. 그가 소정방에게 은밀히 속삭였다.

"아무래도 신라군이 변란을 일으킬 것 같사옵니다."

그 말을 듣고 소정방은 마지못해 김문영을 관면해주었다. 결국 소정방에게 종속되기를 거부한 김유신의 자존심이 김문영을 죽음으로부터 구출한 셈이었다. 갑자기 새 한 마리가 당나라 군영의 상공을 빙빙 돌고 있었다. 점쟁이를 불러 소정방이 물었다.

"갑자기 새가 나타나 우리 군영 위를 돌고 있으니 무슨 징조인지 모르겠소?"

"아무래도 상서롭지 못한 징조라 하겠사옵니다. 반드시 대총관이 위해를 입게 될 것이옵니다."

점쟁이의 그 말을 듣고 소정방은 몹시 불길함을 느낀 나머지 군사를 이끌고 물러가 싸움을 그만두려 하였다. 그는 의외로 겁이 많았고, 귀까지 여려 시답잖은 점쟁이의 말을 그대로 받아들이려 하였다. 김유신이 말했다.

"천리와 인심에 순응하여 지극히 불인(不仁)한 것을 치는데 뭐가 상서롭지 못하단 말씀이옵니까?"

　김유신은 하루라도 빨리 사비 도성을 함락할 욕심에 소정방의 뜨뜻미지근한 태도에 불을 지폈다. 그날 마침 백제의 왕자 융이 좌평 각가를 시켜서 당장 소정방에게 글월을 보냈는데, 융은 그 글월에서 당군이 백제의 강토에서 즉각 퇴군해줄 것을 강력히 요구하였다.

　그러나 그 요구를 일소에 붙인 소정방은 공격의 최종목표인 의자의 궁성을 포위하려고 소부리벌로 진격하였다. 신라군이 그 뒤를 따르고 있었다. 웅진구의 일차 접전에서 대패한 의직이 잔졸들을 정비하여 그들의 진격을 막았지만, 그러나 나당연합군을 물리치기에는 역시 역부족이었다. 그는 땀과 눈물로 장졸들을 조련하던 소부리벌을 내주고 다시금 부소산 아래 구드래 쪽으로 후퇴하지 않을 수 없었다.

　백제 왕자 융은 다시 상좌평 사택천복으로 하여금 소부리벌에 잠깐 유진(留陣)한 소정방에게 진수성찬(珍羞盛饌)을 차려 극진한 예우로써 향응을 베풀고자 시도하였다. 하지만 소정방은 그 호의를 가차 없이 물리쳤고, 백제의 상좌평 사택천복은 아무런 소득도 없이 벌레 씹은 맛으로 돌아서지 않으면 안 되었다.

　그 이튿날, 이번에는 의자의 서자인 궁(躬)이 임자 각가 희갑을 비롯한 좌평 여섯 사람과 함께 소정방을 찾아가 용서를 간구했다. 하지만 이미 승세를 거머쥔 소정방이 그것을 받아들일 리 만무했다. 그는 백제의 마지막 간청마저 무참히 묵살한 채 조수가 들어오는 물때를 이용하여 전함을 몰고 백마강을 거슬러 올라 도성으로 진군하였다.

　전함은 꼬리에 꼬리를 물고 들이닥치면서 백제 수군을 일방적으로 밀어붙이고 있었다. 그들을 막아보려고 혼신의 힘을 다해 혈전을 벌이던 의직은 끝내 휘하의 장졸 1만여 명을 잃고 부소산성 북쪽 깎아지른 암벽 밑의 대왕포까지 패퇴하였다. 그리고 살아남은 장졸들은 대부분 적의 창검을 피해 뭍으로 올라 달아나며 후일을 기약하였다.

　산전수전 다 겪은 백전노장 의직. 그러나 그가 이처럼 무참히 패배하기는 난생 처음이었다. 그는 강물 위로 봉긋하게 치솟은 암초에 올라 하늘을 우러러 통곡하면서 명치끝에 예리한 단검을 힘껏 찔렀다. 강 건너 울성산성 아래 왕흥사에서 뎅그렁뎅그렁 범종(梵鐘)이 울고 있었다.

　남달리 수군 양병에 주력해온, 그리하여 '해룡' 이라는 별칭까지 얻고 있었던 의직. 그러나 어이없게도 수전에서 참패한 그는 수중의 암초에서 목숨을 끊은 뒤 강물 속으로 풍덩 곤두박질쳤다. 때마침 범선에 요녀 금화를 태우고 왕흥사에 다녀오던 벙어리 사공이 그 암초로 뛰어올라 뱃줄(배를 매어 두거나 끄는 데에 쓰는 줄)을 던져 용을 낚듯이 강물에 떠 있던 의직의 시신을 인양하였다. 그리하여 국인들은 언제부턴가 깎아지른 암벽 밑의 그 암초를 '조룡대(釣龍臺)' 라 부르기 시작하였다.

　한편, 의직의 주력을 완파한 소정방은 더욱 기세를 올리며 기병과 보병을 이끌고 파죽지세로 도성을 압박하고 있었다. 이제 백제의 운명은 사실상 종말을 고하고 있었다. 사태가 점점 심각해지고 있던 그때 국왕 의자가 가슴을 치며 탄식하였다.

　"과인이 성충의 말을 듣지 않아 이 지경에 이르렀구나……."

　그날 밤이었다. 의자는 잠시 비가 그친 틈을 이용하여 태자 효, 왕자 연과 함께 몇몇 신하들을 거느리고 궁궐을 빠져나가 잠깐 부소산성으로 피신하였다. 그리고 그는 곧 범선을 몰고 백마강을 거슬러 올라가 웅진성으로 몽진하였다. 다른 때 같으면 보름을 앞둔 열사흘 달이 휘영청 밝았겠지만 장마가 시작되어 주위가 칠흑같이 어두웠다. 의자 일행은 그런 야음을 틈 타 귀신같이 웅진성으로 숨어들었다.

296

그러자 사비 도성에서는 의자의 둘째 아들 태가 스스로 국왕을 참
칭하고 얼마 남지 않은 잔군(殘軍)들을 지휘하였다. 그러나 그가 국왕
을 참칭함으로써 다른 왕족과 도성 안의 백성들이 가만있을 리 만무
했다. 태자 효의 아들 문사(文思)가 가장 먼저 반기를 들고 나섰다. 국
왕의 장손인 그가 의자의 셋째 아들 융에게 말했다.

“대왕 전하께서 태자 전하와 함께 몽진하였사온데 저 숙부가 왕을
참칭하고 있으니 이게 무슨 하극상이란 말이옵니까? 만약 당병이 물
러가고 대왕 전하와 태자 전하께서 환궁하시면 우리는 목숨을 보전키
어려울 것이옵니다. 소질(小姪)은 죽으면 죽었지 저 숙부를 왕으로 받
들어 모실 수가 없사옵니다.”

그러나 융은 장질(長姪) 문사의 그 말을 충분히 수긍하면서도 마지
막까지 도성을 사수하려고 고군분투하는 중형(仲兄) 태를 외면할 수도
없었다. 그가 이러지도 저러지도 못한 채 전전긍긍하고 있을 때 문사
는 밧줄을 타고 성벽을 내려가 도성을 탈출하였다.

숱한 백성들이 그 뒤를 따랐지만, 자칭 국왕인 태로서는 그들의 이
탈을 어떻게 제지할 방도가 없었다. 아무튼 왕실은 사분오열(四分五裂)
되었고, 민심 또한 걷잡을 수 없이 동요함으로써 백제의 국가기강은
단숨에 수습불능의 대혼란으로 접어들었다.

당장 소정방은 그 절호의 기회를 놓칠세라 군사들을 휘몰아 부소산
성 성첩에 당군의 깃발을 세웠고, 하루 동안 자칭 국왕으로 행세했던
태는 급기야 당병의 기세에 눌려 궁성 문을 열고 나와 항복하였다. 그
소식을 전해들은 그의 아우 융도 상좌평 사택천복과 함께 궁궐을 벗
어나 소정방에게 투항하였다.

항복해온 융을 보자 난데없이 격분하는 인물이 있었다. 신라 국왕
김춘추의 태자 김법민이었다. 그는 한때 백제의 태자였던 융을 자기

말 앞에 꿇어앉힌 뒤 낯에 침을 탁 뱉으면서 벽력같이 고함을 질렀다. 그가 말했다.

"지난날 네 아비가 무고한 내 누이 내외를 살해하여 그 수급을 백제의 형옥에 파묻었느니라. 그날 이후 지난 20년 동안 나는 단 하루도 네놈 부자를 잊은 적이 없었노라. 이제 네 목숨은 내 손에 달렸느니라. 알겠는가?"

하지만 융은 눈물만 절절 흘리면서 아무런 대꾸도 하지 못했다. 그때 적국에 복속되는 수모와 치욕을 거부하며 오직 조국과 더불어 운명을 함께 하기로 작정한 자랑스러운 여인들이 있었다. 하나, 둘, 셋, 넷……. 삼삼오오 모여든 그 의로운 여인들은 부소산성 북쪽 깎아지른 암벽에 올라 누가 먼저랄 것도 없이 앞서거니 뒤서거니 짙푸른 백마강을 향해 훨훨 몸을 날렸다.

지조와 절개를 지키고자 꺼져 가는 조국의 운명 앞에서 기꺼이 목숨을 던진 백제의 여인들. 조국 백제의 멸망을 탄식하며 강물을 향해 기꺼이 투신하는 그 여인들의 자태는 마치 부소산에 만발했던 백화(百花)가 지는 듯했다. 그리하여 훗날 세인들은 백제의 의녀(義女)들이 꽃송이처럼 몸을 날린 그 바위를 '낙화암(落花巖, 墜死巖이라고도 함)' 이라 부르게 되었다.

그날, 남부여대(男負女戴)한 채 어린 아이를 데리고 부랴부랴 사비 도성을 벗어나 일산 밑으로 해서 진악산성 방면으로 달아나는 일단의 무리가 있었다. 그들은 성충의 장남 재창 일가와 계백의 식솔이었던 덕보와 언년이었다. 그리고 그들이 데리고 나선 아이는 극적으로 살아남은 계백의 맏아들 해명이었다. 재빨리 도성을 벗어난 그들은 뒤도 돌아보지 않은 채 어디론가 부리나케 달려가고 있었다.

한편, 웅진성에 틀어박혀 숨을 죽이고 있던 의자는 사비 도성의 실함 소식을 듣고 더 이상 국가를 지탱할 여력이 없다고 판단하였다. 그는, 사신을 보내 당군의 철군을 전제조건으로 항복할 뜻을 밝혔다. 그는 당군이 철수할 경우 당나라와의 새로운 우호관계를 정립하기 위하여 그런 조건을 내세웠다.

그러나 소정방은 그 뜻을 전면 거부하였다. 그는 오직 의자의 무조건 항복과 백제의 토멸을 위해 모든 여력을 다 쏟아 붓고 있었다. 일국의 국왕으로서 자존심마저 팽개친 채 최소한의 요구조건을 내걸고 항복할 의사를 전했건만 소정방이 일언지하(一言之下)에 묵살함으로써 의자는 더 이상 어떻게 해볼 재간이 없었다.

그는 탐락과 황음에 젖어 국사를 제대로 돌보지 못했던 지난날을 후회하면서 자문(自刎; 스스로 자신의 목을 찔러 죽음)하기로 결심하였다. 그는 비수를 목덜미에 들이대고 힘껏 찔렀다. 그러나 다행인지 불행인지 칼끝이 동맥을 엇나가는 바람에 크게 다치기만 했을 뿐 그는 뜻을 이루지 못한 채 고목처럼 풀썩 쓰러졌다.

그때 의자의 자해를 목격한 웅진성 대장 이식(禰植)이 깜짝 놀라 그를 덮쳤다. 그리고 그는 곧 웅진방령군(熊津方領軍)을 동원하여 의자와 태자 효를 생금하였다. 본래 임자의 끄나풀이었던 그는 급기야 본색을 드러내면서 왕자 연과 국왕의 종자(從者)들까지 전원 포박한 뒤 소정방이 입성한 사비 도성으로 호송하였다.

대장 이식은 곧 소정방에게 무릎 꿇고 투항하였다. 그에게 잡혀온 국왕 의자와 태자 효, 그리고 그의 아우 연도 항복하지 않을 수 없었다. 의자가 왕위에 오른 지 20년째 되던 경신년 7월 열여드렛날이었다. 그리하여 온조왕 이래 서른한 명의 왕을 거쳐 나온 백제 왕조는 개국 678년, 사비에 도읍을 정한 지 1백 23만에 무너지게 되었고, 도성의 15만 2천 3백 호(戸)를 비롯하여 전국의 5부, 37군, 2백 성, 76만

호가 나당연합군의 손으로 넘어갔다.

이렇듯 나당연합군이 대승을 거두자 금돌성에 유차하던 신라 국왕 김춘추가 사비 도성으로 급히 달려왔다. 그는 대총관 소정방의 공로를 높이 예찬하고 태자 김법민, 대장군 김유신 이하 제장과도 재회하여 그 노고를 위로하였다. 그는 곧 제감(弟監) 천복(天福)에게 노포(露布; 전승을 알리는 포고문)를 주어 당나라로 급파하고, 당나라 황제 이치에게 전적(戰績)을 보고토록 하였다.

그 해 8월 초이튿날, 김춘추는 사비 도성에서 큰 잔치를 벌여 나당연합군 장병들을 위로하였다. 김춘추와 소정방은 제장과 함께 당상(堂上)에 앉고 의자와 융 등을 당하(堂下)에 앉힌 뒤 의자로 하여금 술잔을 올리게 하였다. 그것이 바로 승자와 패자의 냉엄한 명암이었다.

자문을 기도하다 목덜미를 크게 다쳤던 의자. 이제 그 상처는 어느 정도 아물어 있었지만, 그러나 늙을 대로 늙어 백발까지 성성한 일국의 국왕이 무릎을 꿇은 채 손아래의 정복자들에게 술잔 올리는 광경을 보고 백제의 신하들은 목이 메어 눈물을 흘리지 않는 자가 없었다.

그 날, 김춘추는 미처 도주하지 못하고 도성에 남아 있던 모척을 색출하여 단칼에 처단하였다. 그러고 나서 얼마 후 이번에는 신라의 사졸들이 검일을 잡아왔다. 김춘추는 그를 땅에 꿇어앉히고 그의 죄상을 엄중 문책하였다. 그가 말했다.

"네놈의 죄를 네놈이 알렷다. 네놈은 대야성에 있으면서 모척과 공모하고 백제군을 끌어들여 창고에 불 질러 성중의 식량을 없애버림으로써 패전을 초래했으니 그것이 첫째 죄목이요, 김품석 부처를 협박하여 죽였으니 그것이 둘째 죄목이요, 백제군과 더불어 본국을 공격했으니 그것이 셋째 죄목이니라."

김춘추는 장사를 시켜 그를 찢어 죽인 뒤 그 시체를 강물에 내다버리도록 하였다. 그리고 그는 임자와 금화를 불러 평생 구경도 하지 못할 엄청난 금은보화를 안겨주었으며, 백제를 배반하고 신라에 충성하기로 맹세한 자들에게는 각기 벼슬을 내려 신라의 국록을 먹도록 하였다.

좌평 충상과 상영과 달솔 자간은 일길찬(一吉飡; 一吉干·乙吉干이라고도 함)을 제수 받아 총관에 올랐고, 은솔 무수는 대내마의 관등을 제수 받아 대감(大監) 자리에 앉았으며, 역시 대내마를 제수 받은 인수는 제감 자리를 차지하였다. 하지만 그들의 벼슬을 잘 눈여겨보면 그들이야말로 간도 쓸개도 없는 작자들임을 알 수 있었다.

백제의 16품계 중 좌평은 1품이었고, 달솔은 2품이었으며, 은솔은 3품이었다. 그 반면, 신라의 일길찬은 17관등 중 7품이었고, 대내마라고 해야 겨우 10품에 지나지 않았다. 그러니까 충상, 상영, 자간, 무수, 인수는 조국을 배신하거나 신라에 충성을 맹세한 대가로 훨씬 강등된 작위(爵位)를 받아 평생 신라인들의 손가락질을 당하면서 이름도 없이 구차하게 살아가야 했다.

그러나 황산벌에서 장렬히 산화한 계백 장군은 백제의 유민뿐만 아니라 신라인들까지 숭앙하는 지조와 절개의 화신으로 각인되었다. 세인의 정신적 지주이자 사표가 되어 마침내 겨레의 영웅으로 우뚝 솟아오른 계백. 일찍이 혜오화상이 말했듯 그는 세상을 떠난 뒤 더욱 찬란한 광휘를 발하였고, 그리하여 세월이 흐를수록 만인이 우러르는 가운데 만세에 길이길이 성명을 떨치게 되었다.

그런데 왕조가 멸망했다고 해서 백제라는 나라가 뿌리째 뽑힌 것은 아니었다. 소정방은 웅진, 마한(馬韓), 동명(東明), 금련(金蓮), 덕안(德安) 등 다섯 도독부(都督部)를 두어 각 주·현을 통치하게 하였고, 거장(渠長; 무리의 우두머리)을 뽑아 도독 자사 현령으로 삼고 각 고을을 다스리게 하는 한편, 낭장(郎將) 유인원에게 군사 1만 명을 주어 도성을 지키게 하고 좌위낭장(左衛郎將) 왕문도를 웅진도독으로 삼아 백제 유민을 진무(鎭撫)토록 하였지만 백제의 옛 장수들과 유민들은 분연히 일어나 강력한 국권회복 전쟁에 돌입하였다.

일산과 맞닿은 남령에 근거지를 확보한 백제의 유민들은 백마강으로 쳐들어가 당장 유인원을 위협하는가 하면, 부소산성에 들어앉은 소정방의 본영을 기습하여 막대한 타격을 안겨주었다. 조정 대신이었던 정무와 지수신이 흩어진 군사들을 불러 모아 두시원악(豆尸原嶽)과 임존성 등지에서 분기하였고, 그들을 토벌하려고 나섰던 소정방은 도리어 역습만 당하고 돌아서지 않으면 안 되었다.

무왕의 조카 복신도 부도(浮屠), 도침(道琛)과 더불어 주류성(周留城)에서 항전하였다. 그들은 특히 왜에 볼모로 가 있던 왕자 풍(豐)을 국왕으로 추대하고 본격적인 국권회복 전쟁을 전개하였다. 백제의 서부와 북부가 다 호응하였고, 그들은 군사를 이끌고 도성으로 쳐들어가 유인원의 본영을 포위하여 당군의 숨통을 점점 옥죄었다.

서른한 살의 유능한 장수 흑치상지도 국가재건의 기치를 높이 올리고 점령군에 대항하면서 혁혁한 전과를 올렸다. 이러한 국권회복 전쟁은 요원의 불길처럼 번져나갔다. 왕조의 몰락과는 관계없이 백제가 민초의 나라로 영원히 살아 있음을 알리는 극명한 증거가 아닐 수 없었다.

이렇듯 국권회복 전쟁이 본격적으로 시작되자 전국 각지의 백성들이 한 마음 한 뜻으로 뭉쳤다. 아무튼 백제 부흥군(復興軍)은 웅진구 전투, 백강 전투 등 여러 전투에서 기적처럼 살아남은 장졸들을 비롯하여 이름을 알 수 없는 남녀노소 민초들이 망라돼 있었다. 국가재건 전쟁에 나선 백제의 용사들은 계백의 투혼을 이어받아 나당연합군으로 하여금 백제 땅에 발을 붙이지 못하도록 줄기차게 항전하였다.

한편, 나당연합군의 대총관 소정방은 9월 초사흗날 구드래에서 백제의 부로들 가운데 수만 명을 신라 육군에 넘겨준 뒤 국왕 의자, 은고, 태자 효, 왕자 태, 융, 연을 위시하여 사택천복, 국변성, 손등 이하 신료 93명, 백성 1만 2천여 명을 당나라 수도 장안으로 호송하기 위해 배에 태웠다. 신라 측에서는 부대총관 김인문 이외에도 사찬(沙湌; 薩湌, 沙干이라고도 함) 유돈(儒敦), 대내마 중지(中知) 등이 소정방의 수행자로 따라나섰다.

어느 누가 말하지도 않았건만 그날 백제의 유민들이 구드래에서 기벌포에 이르기까지 비단강 연안으로 구름처럼 몰려들고 있었다. 이윽고 백마강을 떠나 당나라로 호송되는 백제의 부로들. 그들은 뱃전에 엉겨 붙어 다시는 돌아오지 못할 조국 산천을 보고 또 보며 피눈물을 흘렸다. 강변의 백성들 또한 그들을 머나먼 남의 나라로 떠나보내며 망국의 한을 삭히지 못해 땅을 치며 통곡하였다.

그런 유민들 중에는 달포 전 사비 도성을 몰래 빠져 나왔던 재창 일가를 비롯하여 덕보와 언년이는 물론 계백의 한 점 혈육인 어린 해명도 끼어 있었다. 계백은 장렬히 전사했지만 그 후예는 면면히 이어졌고, 백제는 멸망했지만 백제인은 이렇듯 영원토록 살아남았다.

덕보와 언년이와 해명은 백제의 부로들을 태운 선박들이 점점 멀어져서 깨알 같은 점으로 사라질 때까지 뜨거운 눈물을 삼키고 있었다. 어느덧 배가 시야에서 사라졌고, 핏빛 저녁노을이 부소산을 감돌아 유장히 흐르는 백마강을 붉게 물들이고 있었다.